Janne Amelung, erfolgreiche Event-Managerin bei einem Fernsehsender, ist im Stress: Sie muss ihre Abteilung vor Unternehmensberatern präsentieren. Es steht viel auf dem Spiel – auch ihr eigener Job. Die sympathische Beraterin Vanessa Ott nimmt ihr die Anspannung, dankbar freundet Janne sich mit ihr an. Doch nach und nach wenden sich Jannes Kollegen von ihr ab, selbst ihre große Liebe Gregor misstraut ihr. Dann dringt jemand in ihre Wohnung ein und durchwühlt ihre persönlichsten Dinge. Erst jetzt erkennt Janne, dass es nicht nur unglückliche Zufälle sind. Nein, jemand will ihr Leben zerstören. Doch wem kann sie trauen – und wer glaubt ihr überhaupt noch?

Susanne Kliem wurde 1965 am Niederrhein geboren. Sie arbeitete als Pressereferentin für Fernsehserien von ARD und ZDF und für das größte deutsche Theaterfestival »Theater der Welt«. Seit 2009 schreibt sie Krimis, für die sie bereits mit mehreren Preisen ausgezeichnet wurde.

SUSANNE KLIEM

DIE BESCHÜTZERIN

Kriminalroman

btb

Für Christiane

MIX
Papier aus verantwortungsvollen Quellen
FSC® C014496

Verlagsgruppe Random House FSC® N001967
Das für dieses Buch verwendete FSC®-zertifizierte
Papier *Lux Cream* liefert Stora Enso, Finnland.

1. Auflage
Genehmigte Taschenbuchausgabe Januar 2016
btb Verlag in der Verlagsgruppe Random House GmbH, München

Umschlaggestaltung: semper smile, München
Umschlagmotiv: © Hainsley Brown/Millennium/ Plainpicture
Druck und Einband: GGP Media GmbH, Pößneck
MP · Herstellung: sc
Printed in Germany
ISBN 978-3-442-71307-3

www.btb-verlag.de
www.facebook.com/btbverlag
Besuchen Sie auch unseren LiteraturBlog www.transatlantik.de

Prolog

In der Wohnung ist es vollkommen still. Das ist ihr wichtig gewesen, ein ruhiges Schlafzimmer. Doch sie mochte auch die Kinderstimmen am Nachmittag im Hof. Nun wird sie nie mehr an diesen Ort zurückkehren.

Du aber bist noch einmal hier. Du lehnst am Fenster. Die letzten Blätter der Esche leuchten gelb vor dem schmutzigen Grau der Hofmauer. Mit jedem Blatt, das zu Boden schwebt, verschwindet ein Stück des Sommers. Bald werden nur noch die kahlen Äste übrig bleiben. Einen endlosen kalten Winter lang.

Du betrachtest ein letztes Mal das Bild. Ein Fotopanorama auf Leinwand, so breit wie das Bett. Sandmulden, Wurzelgestrüpp, ausgedörrte Gräser. Graue Erde, erdrückt von einem schwefelgelben Himmel. Farben, die in der Hitze flirren. Den Tiger entdeckst du später, auf den zweiten Blick, dabei weißt du, dass er dort lauert, im Staub. Er verschmilzt mit der Steppe, den Körper zum Sprung bereit, die Augen auf das stumpfe Fell der Antilope gerichtet, die schon in wilden Zickzack-Sprüngen vor ihm flüchtet. Seine hungrigen Augen. Die Beute hat keine Chance. Es liegt eine tiefe Gewissheit in seinem Blick, dass er siegen wird.

Du wendest dich ab. Nur noch einmal ins Badezimmer schauen. An den Fliesen in der Dusche haften glitzernde Tropfen. Zart schwebt der Duft nach Rosen in der Luft, das Handtuch bewahrt noch die warme Feuchtigkeit ihres Körpers. Du spürst den Frieden dieses Ortes. Du selbst warst Teil davon, gehörtest dazu.

Verabschiede dich.

Kein Blut. Keine Spuren. Du willst diesen Ort so in Erinnerung behalten. Und deshalb soll sie nicht hier sterben.

Dennoch, in wenigen Stunden wird die Wohnung voller Menschen sein. Männer in weißen Overalls werden nach Hinweisen suchen. Sie fordern von diesem Ort eine Erklärung.

Beeil dich. Beende es.

Du gehst ins Wohnzimmer, streifst die Handschuhe über und setzt dich an ihren Schreibtisch. Die Farbe des Briefbogens erinnert an blassen Flieder. Es ist edles Büttenpapier, weich fließt die Tinte hinein, leicht fliegen die Worte dir zu. Du musst nichts erfinden. Du weißt, wovon du schreibst. Du malst die Buchstaben, das V von Verzweiflung, das A von Abschied. Und das T von Tod. Als ob du deine eigene Handschrift vergessen hättest. Du setzt die Unterschrift darunter, ein letztes Mal das schwungvolle K. Du faltest den Papierbogen, presst die Kanten zusammen, die zarten Fasern brechen. Dann steckst du ihn in den fliederfarbenen Umschlag und legst ihn aufs Kopfkissen. Auch hier ist der Geruch, ihr Duft. Hängt er im Betttuch? Ein kleiner Rest Wärme und Leben.

Du möchtest lächeln, doch dein Gesicht fühlt sich an wie gefroren.

Noch einmal streichst du über die Bettdecke.

Geh. Beende es.

Du ziehst die Tür hinter dir zu.

1

Als ich Vanessa Ott zum ersten Mal begegnete, hatte ich fast zwanzig Stunden durchgearbeitet. In der Hektik hatte ich meine Kleider vom Vortag angezogen und fühlte mich klebrig und verschwitzt. Seit Tagen kletterte das Thermometer auf dreißig Grad, und der Dresscode im Sender war außer Kraft gesetzt. Sogar der Vorstandschef lief kurzärmelig herum. Vanessa Ott schien die Hitze nicht zu spüren. Das fiel mir sofort an ihr auf. Ihr Make-up war perfekt aufgetragen. Sie trug eine langärmelige Bluse, deren Manschetten bis zu den Fingerknöcheln reichten, und die Hand, die sie mir zur Begrüßung hinstreckte, war kalt.

Das war an einem Montagmorgen gewesen, doch der Startschuss für die Ereignisse war bereits am Tag zuvor gefallen.

Wenn mir an diesem Sonntag jemand verraten hätte, dass meine wunderbaren Pläne ins Wasser fallen würden, hätte ich mich einfach im Bett umgedreht und weitergeschlafen. So aber blinzelte ich freudig in die ersten Sonnenstrahlen, die durchs Fenster fielen. Gregor lag auf dem Bauch und hatte seinen Kopf ins Kissen vergraben. Er war nackt und seine Zudecke halb auf den Boden gerutscht. Ich betrachtete seinen Körper und widerstand der Versuchung, über seinen Rücken zu streichen. Ich wollte ihn noch nicht wecken, Gregor liebte es, am Wochenende auszuschlafen. Doch für heute hatten wir geplant, zum Segeln an die Ostsee zu fahren, und das lohnte sich nur, wenn wir rechtzeitig aufbrachen. Ich beschloss, ihm eine Schonfrist zu gönnen, ging leise ins Bad, dann in die Küche, machte mir einen Milchkaffee und setzte mich in die Werkstatt auf ein gemütliches, durchgesessenes Sofa im Empirestil. Tische und Stuhlgruppen, aber auch Truhen, Kommoden und Sofas aller Stilrichtungen warteten hier darauf, restauriert zu werden. Durch Spinnweben und Staub an den Fensterscheiben fiel diffuses Licht auf eine Welt ganz in Braun. Der Holzboden, die Werkbänke und Maschinen, die hölzernen Möbel, alles war bedeckt von einer Schicht aus Sägemehl, und der Anblick erinnerte mich an ein vergilbtes Bild auf einer alten Postkarte.

Ich hörte ein Rascheln in meinem Rücken und drehte mich um. Gregor stand in der Tür, das Haar verstrubbelt, er hatte sich eine Boxershorts angezogen.

»Hab ich dich geweckt?«, fragte ich.

»Ich konnte sowieso nicht mehr schlafen. Es ist einfach zu warm.« Er kam zu mir und küsste mich in die Halsbeuge. »Was hast du mit deinen Haaren gemacht?«

Ich kontrollierte mit der Hand die Hochsteckfrisur, die ich zum ersten Mal ausprobiert hatte. Sonst trug ich mein rotblondes Haar meist offen, oder ich band ein buntes Tuch hinein. »Gefällt es dir?«

Er betrachtete mich. »Sieht ja sehr seriös aus. Aber man kommt besser an deine Pfirsichhaut heran. Lass mich nochmal probieren.« Seine Lippen wanderten über meinen Nacken und meinen Hals. »Klasse, die Frisur.« Er blickte auf. »Ist es gestern spät geworden?«

»Nicht sehr. Vielleicht halb zwei? Ich hab mir ein Taxi genommen.«

»Und? Wie lief die Preisverleihung?«

Er fragte das ohne besonderes Interesse. Als Event-Managerin beim Fernsehsender Alfa.Sat musste ich häufig zu Abendveranstaltungen, die meine Abteilung organisiert hatte. Gregor hatte fast nie Lust mitzukommen. Er mochte die Atmosphäre im Sender nicht. »Die sind doch alle überspannt in deiner Glamour-Glitzer-Fernsehwelt«, war seine Meinung. Das letzte Mal begleitet hatte er mich zur internen Weihnachtsparty. Dort war er allen aufgefallen, besonders die Kolleginnen waren von ihm fasziniert. Er besaß nichts von der aufgeregten Geschäftigkeit und manchmal künstlichen Fröhlichkeit, die wir bei Alfa.Sat an den Tag legten, sondern strahlte coole Gelassenheit aus.

»Es lief gut. Jörg hat wunderbar moderiert. Wir haben hinterher noch einen Sekt zusammen getrunken.«

Gregor runzelte die Stirn. »Jörg Ermgassen? Du hast mir nicht erzählt, dass er dort ist.«

Jörg war Moderator bei Alfa.Sat, ein bekanntes Fernsehgesicht, und er hatte eine Zeit lang vergeblich versucht, mit mir eine Affäre anzufangen. Abgesehen von meiner Beziehung zu Gregor hatte ich wenig Lust gehabt, eine seiner unzähligen Eroberungen zu sein und mein Foto in der Gala zu entdecken. Gregor schien ein bisschen eifersüchtig zu sein, und das gefiel mir. Ich stand auf und schmiegte mich an ihn. »Wärst du sonst mitgekommen, um auf mich aufzupassen?«

Er grinste. »Nö. Gestern war Champions League.«

Ich kniff ihn in die Hüfte, wo eine leichte Wölbung verriet, dass Gregor selbst nicht mehr so regelmäßig Sport trieb.

»Du Biest.« Er biss mir spielerisch ins Ohrläppchen. »Mach mir Kaffee, ich muss noch packen.«

Ich löste mich von ihm und ging zurück in die Küche. Meine Reisetasche stand schon an der Tür. In der letzten Zeit hatte ich viele Überstunden gemacht, und dieser Tag zu zweit erschien mir wie ein Geschenk. Wir würden segeln, dann den Anker werfen, in der Sonne liegen, baden, am Abend in einem Fischrestaurant essen und so spät wie möglich nach Berlin zurückfahren.

Das Segelboot hatte früher meinem Vater gehört. Meine ganze Kindheit hindurch war ich mit ihm darauf gefahren, während meine Mutter sich meist geweigert hatte, mit an Bord kommen. Ihr war es zu eng und unkomfortabel, und bei stärkerem Wind bekam sie Angst. Als mein Vater vor drei Jahren an Krebs gestorben war, hatte ich das Boot zum Verkauf angeboten. Doch als sich die ersten Interessenten meldeten, merkte ich, dass ich zu sehr daran hing. Als würde ich die letzte Verbindung zu meinem Vater kappen, wenn ich sein Boot weggab.

Gregor war im Schlafzimmer verschwunden. »Was meinst du, brauche ich einen Pullover?«, rief er durch die geöffnete Tür.

»Pack lieber einen ein. Auf dem Wasser kann es frisch sein.«

Mein Handy klingelte. Erstaunt sah ich, dass es Lucy Reeves' Nummer war. Sie war die persönliche Referentin von Helmut Lehner, unserem Vorstand im Sender.

»Hallo Janne. Tut mir leid, dich am Sonntag zu stören, aber es gibt ein Problem. Du weißt ja, dass morgen früh die Unternehmensberater kommen.«

»Klar, Gunter von Hirten hat mir das schon vor Wochen gesagt.«

Seit mein Chef erfahren hatte, dass Bloomsdale Consulting den Sender umkrempeln würde, war er extrem nervös und reizbar. Er wollte seine Marketingabteilung so vorteilhaft wie möglich präsentieren und hatte sich akribisch vorbereitet.

»Janne, bitte entschuldige, das kommt jetzt sehr plötzlich, aber Helmut Lehner hat angeordnet, dass du das Bloomsdale-Team betreuen sollst.«

»Was? Wieso denn das?«

Sie zögerte. »Gunter von Hirten muss nach London. Eine Dienstreise, das hat sich kurzfristig ergeben. Ich weiß es auch erst seit gestern Abend. Und deshalb …«

»Ich soll das gesamte Marketing präsentieren?«, unterbrach ich sie fassungslos. Ich war mit meiner eigenen Event-Abteilung nur ein kleiner Teil davon.

»Lehner hat volles Vertrauen zu dir. Du machst das schon.«

Gregor stand, noch immer nur in Shorts, mit seinem Rucksack über der Schulter in der Tür und sah mich neugierig an. »Was ist los?«, formten seine Lippen lautlos.

Ich schüttelte unwillig den Kopf. »Lucy, da ist doch was faul. Diese Unternehmensberater bekommen horrende Tagessätze. Von Hirten hat sich wochenlang vorbereitet. Ich kann doch nicht aus dem Stegreif …«

Lucys Stimme klang bestimmt. »Du hast noch zwanzig Stunden, bis sie da sind. Es gibt keine Alternative. Und Janne …? Betrachte es als Chance.« Sie räusperte sich. »Ich kann mich auf dich verlassen?«

Ich unterdrückte ein Seufzen. »Natürlich.«

»Gut.« Sie legte auf. Ich ließ das Handy sinken.

»Was machst du für ein Gesicht? Ist jemand gestorben?«, fragte Gregor scherzhaft.

»Unser Sonntag ist gestorben«, sagte ich wütend.

»Sag nicht, du musst arbeiten.«

Ich erklärte ihm die Lage.

»Du hast seit Wochen malocht wie eine Blöde, dein Samstag geht für den Sender drauf, und nun willst du auch noch den Sonntag im Büro verbringen?«

»Ich find's auch bescheuert, aber ich kann nichts machen. Befehl von oberster Stelle.«

»Wieso sagen die so was nicht früher?«

»Weiß ich nicht. Für mich klingt das Ganze vollkommen unlogisch.«

»An deiner Stelle würde ich mich weigern. Komm, wir fahren los.«

»Und morgen? Wie stehe ich denn da? Die Bloomsdale-Leute müssen einen erstklassigen Eindruck bekommen. Die entscheiden über die berufliche Zukunft meines Teams. Und auch über meine. Ich hab eine riesige Verantwortung. Versteh das doch. Ich muss mich vorbereiten.«

Gregor schüttelte den Kopf. »Wenn du das Boot kaum noch nutzt, dann kannst du es auch gleich verkaufen. Und dir das Geld für den Liegeplatz sparen.« Er warf seinen Rucksack in die Ecke und ging in die Werkstatt.

Ich folgte ihm. »Jetzt sei nicht sauer.«

Er schwieg.

Ich wollte ihn gern für den Abend zu mir einladen, aber ich wusste nicht genau, wann ich fertig sein würde. Ich sagte lieber nichts. Wenn ich es nicht schaffte, würde er noch enttäuschter sein.

Gregor blieb vor einem Barockstuhl mit zerkratzten Beinen stehen, befühlte den fadenscheinigen Seidenbezug auf der Sitzfläche. Ich trat zu ihm und küsste ihn zärtlich auf die Schulter.

Er nahm mich nicht in den Arm. »Na toll. Dann arbeite ich eben auch heute.«

»Hast du was Dringendes zu erledigen?«

»Beschläge für ein Sideboard.« Er zeigte lustlos auf eine Möbelgruppe. »Das Teil da aus Nussbaum. Der Kunde holt es morgen ab. Für das übliche Taschengeld.«

»Du bräuchtest mal wieder einen vernünftigen Auftrag.«

»Ein ruhiges Wochenende mit dir wäre auch nicht schlecht.«

»Komm, wir machen uns noch einen Kaffee …«

»Nein, du musst los.« Sein Gesicht war verschlossen, und ich wusste, dass alle Versuche, ihn aufzuheitern, sinnlos sein würden.

»Hab trotzdem einen netten Tag.«

»Du auch.« Er trat zu mir und wischte mir ein wenig Staub von der Hose. Wir küssten uns, und obwohl wir uns kaum berührten, spürte ich seine warmen Lippen.

»Wie siehst du denn aus?«, fragte mich Michaela, meine Assistentin, als ich sie Montagmorgen in unserer kleinen Mitarbeiterküche traf, gerade noch rechtzeitig vor dem ersten Termin mit Bloomsdale Consulting. »Hast du das Wochenende durchgefeiert?«

Ich grinste müde. »Schön wär's. Ich bin seit gestern Morgen hier. Hab nur drei Stunden geschlafen. Und nicht mal Zeit zum Duschen gehabt.«

»Aber die neue Frisur sieht schick aus.« Michaela holte eine Tasse aus dem Schrank und stellte sie für mich in die Kaffeemaschine. »Erzähl mal, was war denn los?«

Ich erzählte ihr von Lucy Reeves' Anruf und dass sie mich kurz danach bereits im Sender erwartet hatte. »Lucy hat mir Zugang zu allen Akten und Unterlagen der Marketing-Abteilung verschafft. Ich hab das Passwort zu Gunters Dienstcomputer.«

»Wahnsinn.« Michaela betrachtete mich fasziniert. »Freier Zugang zur Höhle des Löwen.«

Ich verschwieg ihr, welches Durcheinander ich in Gunter von Hirtens Dateienordnern vorgefunden hatte. Ich wollte ihn nicht bloßstellen. Aber es hatte mich eine Menge Zeit gekostet, mich in seinem chaotischen Ablagesystem zurechtzufinden.

»Wo ist er denn eigentlich?«

»Auf Dienstreise in London.«

»Ausgerechnet jetzt? Wo Bloomsdale Consulting kommt? Ich möchte wissen, was in deren Köpfen da oben vorgeht.«

Ich verzog den Mund. »Aus Lucy hab ich leider auch nicht mehr herausgekriegt.«

»Und warum hast du mich gestern nicht angerufen? Ich hätte dir doch helfen können.«

»Dann hätte ich dir dein Wochenende auch noch verdorben. Ich wusste doch, dass Steffen da ist.« Michaelas Freund wohnte in Frankfurt, und sie sahen sich nur alle paar Wochen.

»Er hätte Verständnis dafür gehabt.« Auf Michaelas Stirn bildete sich eine Falte. »Oder gab es einen Grund, dass du das lieber allein durchziehen wolltest?«

Ich blickte sie erstaunt an. »Hey, was redest du da? Ich hab es einfach nur gut gemeint.«

»Ich weiß nicht, was ich dazu sagen soll«, meinte Michaela, sichtlich irritiert.

»Wie wär's mit ›Danke, Janne, dass du mir einen Sonntag im Büro erspart hast‹?«

Michaela wandte den Blick ab. »Okay … danke.«

Was war los? Glaubte sie, dass ich Informationen weitergeben wollte, von denen meine Mitarbeiter nichts wissen sollten? Nein, das konnte ich mir nicht vorstellen.

»Michaela? Alles in Ordnung?«

Sie lächelte. »Ja, klar. Willst du noch Kaffee?«

»Unbedingt.«

Mir wurde bewusst, wie kompliziert die nächste Zeit werden würde. Ich war jetzt von Hirtens Stellvertreterin und musste an seiner Stelle die Mitarbeiter einschätzen und beurteilen. Alle würden mit Argusaugen beobachten, wie ich mich verhielt. Ich musste ab sofort aufpassen, was ich sagte.

Die Tür zum Konferenzraum hatte ich offen gelassen und wartete, an einen Fensterrahmen gelehnt, auf die Unternehmensberater. Sie kamen zu zweit, auf die Minute pünktlich, ein Mann im dunklen Anzug und eine sehr schlanke Frau in einer langärmeligen, cremefarbenen Seidenbluse und einem dunkelgrauen Stiftrock. Sie wirkten so förmlich, dass ich mir vorkam wie bei einem Bewerbungsgespräch.

»Guten Morgen, ich bin Janne Amelung«, begrüßte ich sie.

Das Gesicht der Frau war schmal. Das schwarze, glatte Haar trug sie auf Kinnlänge.

»Vanessa Ott, Bloomsdale Consulting.«

»Es freut mich, Sie kennenzulernen.« Wir gaben uns die Hand und tauschten unsere Visitenkarten aus. »Senior Consultant« stand auf ihrer. Auch ihr Kollege reichte mir seine Karte mit der gleichen Position.

»Mark Winter. Wie uns mitgeteilt wurde, vertreten Sie Gunter von Hirten als unsere Ansprechpartnerin für das Marketing.«

»Ja, das ist richtig«, entgegnete ich.

»Und in Ihrer eigenen Abteilung organisieren Sie diese … diese Spendengala für Kinder?«, fragte Mark Winter.

»Den Smiling Kids Day. Das Größte und Wichtigste von etwa hundertfünfzig Projekten, die wir im Jahr durchführen.«

Vanessa Ott lächelte. »Das Aushängeschild des Senders. Kompliment.«

»Und ein teurer Spaß«, sagte Mark Winter.

Spielten die beiden Good Cop, Bad Cop? Ich musste auf alles gefasst sein. Ich schätzte sie auf mein eigenes Alter, Anfang dreißig. Mark Winter trug eine dunkel umrandete Brille, war gut gebräunt und sah drahtig aus wie ein Marathonläufer.

»Frau Ott und ich werden uns zunächst einen Überblick über die Kosten-Nutzen-Struktur Ihrer Events verschaffen.

Erfahrungsgemäß findet man im Bereich Charity eine Menge Einsparpotenzial. Seit wann gibt es diese Show?«

»Seit 2007, aber in den letzten zwei Jahren haben wir das Konzept erweitert«, sagte ich. »Wie Sie sicher wissen, treten internationale, prominente Gäste in der Fernsehshow auf. Parallel finden in Berlin und fünf weiteren Städten Klassik-Konzerte mit bekannten Sängern statt, zu denen live in die Sendung geschaltet wird.«

Mark Winter betrachtete mich so durchdringend wie ein Forscher ein seltenes Insekt. Er irritierte mich. Da niemand etwas entgegnete, erklärte ich weiter: »Die Zuschauer spenden per Anruf über ein Ted-System. Ein Großteil des Geldes geht an die Hilfsorganisationen, mit denen wir zusammenarbeiten. Das Geld wird in Kinderprojekte investiert, zum Beispiel …«

»Wir müssen noch nicht ins Detail gehen«, unterbrach er mich. »Zunächst verschaffen wir uns einen Überblick. Sie haben sicher ein schriftliches Konzept, das Sie uns vorlegen können?«

»Natürlich«, sagte ich. »Ich lasse es Ihnen gleich ausdrucken.« Ich rief Michaela an und gab durch, welche Unterlagen ich benötigte. Mark Winter legte unterdessen drei dicht beschriebene Papierbögen vor mir ab.

»Zunächst bearbeiten Sie bitte diesen Fragenkatalog zum abteilungsspezifischen Controlling. Es wäre hilfreich, wenn Sie uns die Informationen zügig liefern könnten.«

Ich überflog die ersten Punkte, froh, dass sie mit meiner Abteilung begannen. Hier fühlte ich mich auf sicherem Terrain. Ein internes Organigramm wurde gefordert. Ein weiteres, das die Abteilung hierarchisch in das Gesamtunternehmen einordnete, war schon vom Vorstand vorgelegt worden. Begriffe wie Profit-Center und Cost-Center sprangen mir ins Auge. Das konnte ja heiter werden.

Michaela kam mit den kopierten Unterlagen herein.

Während ich ihr die Blätter abnahm und Mark Winter reichte, betrat ein groß gewachsener Mann den Raum. Er hatte ein markantes, gut geschnittenes Gesicht und blondes Haar, das ihm in die Stirn fiel. »Mein Termin mit dem Vorstand ist beendet«, sagte er zu Vanessa Ott. »Ich bin dann im Headquarter.«

Sie wandte sich an mich und Michaela. »Dr. Helmut Eichstätt, Vice President von Bloomsdale Consulting.«

Michaela und ich stellten uns vor.

»Angenehm«, sagte er, doch sein Lächeln erreichte seine Augen nicht. Ein kühles Blaugrau.

Vanessa Ott strich sich eine Haarsträhne hinters Ohr. »Soll ich mich nachher melden?«, fragte sie.

»Von mir aus. Aber rechtzeitig«, gab Eichstätt zurück und verschwand mit energischen Schritten über den Flur.

Sie wandte sich mir zu. »Wir richten uns kurz in unserem Büro ein, und dann geht es los.«

Wie sich herausstellte, lag der Bloomsdale zugeteilte Raum nicht weit von meinem eigenen Büro entfernt. Ich begleitete die beiden. Unterwegs blickte Vanessa Ott rechts und links durch die geöffneten Türen und gläsernen Wände in die Büros, Mark Winter hingegen wandte nicht ein einziges Mal den Kopf zur Seite.

Einige Mitarbeiter hatten die Verbindungswände mit Postern zugehängt, um sich ein wenig Privatsphäre zu verschaffen, obwohl das von der Geschäftsführung nicht gern gesehen wurde. Wir sollten jederzeit erreichbar und ansprechbar sein, und wenn jemand gerade telefonierte, war das mit einem Blick zu erkennen. Von mir als Teamleiterin wurde erwartet, dass ich mit gutem Beispiel voranging, aber auch ich hatte ein großformatiges Plakat der Berlinale aufgehängt. Ich freute mich täglich daran, dass der smarte Hugh Jackman auf mich herablächelte und mir ein wenig Sichtschutz gab. Aber ich achtete gleichzeitig darauf, dass meine Tür immer offen stand.

»Hier ist es.« Ich führte die Unternehmensberater zu dem einzigen Raum auf der Etage, dessen Wände nicht aus Glas waren. Wir nutzten ihn manchmal als Abstellzimmer, hin und wieder auch, um Praktikanten unterzubringen. Zwei schlichte Resopalschreibtische waren in der Mitte zusammengestellt.

Vanessa Ott trat ein und öffnete das Fenster. Bestimmt war sie komfortablere Büros gewöhnt.

»Besonders groß ist es leider nicht«, sagte ich.

Sie lächelte. »Kein Problem, das wird schon gehen. Wir sind ja nur für ein paar Tage hier.«

»Gut. Ich lasse Ihnen einen frischen Kaffee bringen.«

Ich suchte Michaela. Obwohl ich dringend einige Telefonate erledigen musste, blieb ich noch einen Moment bei ihr in der Küche stehen.

»Die sind netter als ich erwartet habe«, meinte sie, während sie Espressobohnen in die Kaffeemaschine füllte. »Der Chef, dieser Dr. Eichstätt, sieht ja scharf aus. Das wäre mein Typ.«

»Wusste gar nicht, dass du auf Dressmen stehst.«

»Ich hab so meine Geheimnisse.« Sie kicherte. »Jedenfalls gefällt er mir besser als Mark Winter, das Brathähnchen.«

»Etwas mehr Respekt, wenn ich bitten darf.« Doch auch ich musste lachen.

»Und wie findest du die Frau? Vanessa Ott? Hast du ihre Taille gesehen? Was trägt die? Höchstens zweiunddreißig, oder?«

»Kann sein.«

Michaela stellte zwei Tassen auf das Auffangsieb und drückte die Starttaste. Vanessa Ott und Mark Winter wollten ihren Kaffee schwarz und stark. Die Maschine röhrte.

»Wahnsinn, ich bin so dick geworden.« Michaela sah an sich hinunter. Sie war Diabetikerin und litt durch ihre Krankheit an Gewichtsschwankungen.

Ich betrachtete sie. »Finde ich nicht so schlimm. Klar, im Moment hast du ein paar Pfund mehr auf den Hüften, aber ich wette, das hast du bald wieder im Griff.«

»Ach Janne, wenn ich dich und deinen Optimismus nicht hätte«, meinte Michaela dankbar. »Aber trotzdem ... so eine Figur wie diese Ott werde ich niemals haben.«

»Wozu auch?«

Michaela betupfte mit den Fingerspitzen ihre Wangenknochen. »Seit ich sie gesehen habe, fühle ich mich so ungepflegt. Kannst du das verstehen? Sie ist so ... perfekt.«

Sie hatte recht, auch ich hatte mich vorhin dabei ertappt, Vanessa Ott anzustarren. Wie konnte sie eine derart makellose Haut besitzen, ohne ein Fältchen, ohne die kleinste Unreinheit? Michaela schwärmte weiter von Vanessa Ott, lobte ihre Eleganz, die Seidenbluse, die Handtasche und warf mit Namen von teuren Designerlabels um sich. Doch es fiel mir schwer, mich auf Michaelas Geplauder zu konzentrieren. Meine Gedanken schweiften zu Gregor. Wir waren für abends verabredet. Ich hatte ihm früh eine SMS geschickt, ihn zum Essen zu mir eingeladen, und er hatte zugesagt. Hoffentlich war er nicht noch sauer wegen des geplatzten Segeltages. Ich verdrängte den Gedanken. Das würde sich alles später klären. Jetzt musste ich meine ganze Kraft auf die Bloomsdale-Leute konzentrieren.

»Fertig?«, fragte ich. Michaela nickte und nahm das Tablett. »Auf in die Schlacht.«

Die nächsten zwei Stunden mit Vanessa Ott und Mark Winter vergingen wie im Flug. Ich gab ihnen einen groben Überblick über die Aktivitäten meiner Abteilung. Die Fragen, die sie mir stellten, waren sachkundig und klug. Ich fühlte mich gut vorbereitet, und die beiden schienen mit meinen Antworten zufrieden zu sein. Als ich sie, eingedeckt mit schriftlichen Informationen, für eine Stunde allein ließ, war ich bester Stimmung. Wenn es in den nächsten Tagen so weiterging, freute ich mich sogar auf die Zusammenarbeit. Mark Winter war auch jetzt nicht annähernd so freundlich gewesen wie seine Kollegin, er war eher der zurückhaltende Typ, aber ebenso sachlich und konstruktiv. Wenn ich an die Panik dachte, die sich seit Wochen im Sender verbreitet hatte … Viele Kollegen fürchteten den Einsatz der Unternehmensberater wie einen Weltuntergang und schaukelten sich gegenseitig hoch in ihrer Hysterie. Das kam mir nun völlig übertrieben vor. Ich war sogar ein wenig stolz, dass ich die Erste war, die von den beiden befragt wurde. Bisher hatte ich einen guten Eindruck gemacht, da war ich sicher.

Michaela wartete schon vor dem Aufzug auf mich. »Und? Wie ist es gelaufen?«

»Super. Ich glaube, mit den beiden haben wir richtig Glück, vor allem mit Vanessa Ott.« Ich erzählte ihr kurz von der Begegnung. Während wir nach unten fuhren, sah ich auf die Uhr. »Wir sind spät dran. Ich wünschte, ich hätte es schon hinter mir.«

Der Termin im Hotel de Rome, ein Treffen mit der Sängerin Miranda Glass, die sich für die Aftershow des Smiling Kids Day angeboten hatte, lag mir seit Tagen im Magen.

»Warum hast du nicht abgesagt?«, fragte Michaela. »Mirandas Ruf ist eine Katastrophe. Wenn wir sie nehmen, stehen wir als die Deppen da.«

Ich schüttelte den Kopf. »Sie ist eine großartige Sängerin. Ich will mir lieber mein eigenes Bild machen, als der Klatschpresse zu glauben. Und die Gelegenheit ist doch perfekt. Sie hat im Rome ein Zimmer, es sind nur ein paar Schritte von hier …«

Die Eingangshalle des Hotels mit ihren hohen steinernen Säulen, den Blumenarrangements und den mit schwarzem Samt bezogenen Sitzgruppen faszinierte mich jedes Mal aufs Neue. Hier war es kühl und gleichzeitig behaglich, eine Welt für sich, abgeschieden vom Treiben auf dem Bebelplatz und den Touristenströmen Unter den Linden. Ein Hotelpage nahm uns in Empfang, und ich erklärte ihm, dass wir Miranda Glass und ihren Agenten Ralf Siebert im Opera Court treffen würden. Er führte Michaela und mich in den Raum mit eleganten Sitzgruppen, der den Hotelgästen als Aufenthaltsraum und Bibliothek offenstand, der aber auch für Veranstaltungen genutzt wurde. In einer Ecke stand ein schwarzer Flügel. Mirandas Agent hatte von sich aus vorgeschlagen, dass sie uns etwas vortrug. Er wusste, dass es nicht leicht sein würde, mich zu überzeugen.

Michaela und ich setzten uns.

»Hast du in der Presse noch mal was über sie gelesen?«, fragte ich. Michaela war immer auf dem Laufenden, was die Frauenzeitschriften und Boulevardblätter berichteten.

»Zum Glück nichts. Nach dem Konzert in München wurde sie ja böse verrissen. Diese Drogengerüchte. Seitdem ist sie wie vom Erdboden verschluckt.« Michaela machte es sich in dem ausladenden Ledersessel bequem. »Egal, wie sie heute drauf ist, du hast keine Garantie, dass sie nicht wieder zusammenklappt. Und was machen wir dann?«

»Sie hat seit sechs Monaten kein Engagement gehabt. Sie wird alles dafür tun, damit die Sache gut läuft«, sagte ich. »Ich möchte ihr eine Chance geben.«

Ich sah auf die Uhr. Es war fünf Minuten nach der verabredeten Zeit.

»Sie hat wirklich Nerven, dich warten zu lassen«, meinte Michaela. »In ihrer Situation …«

Wie aufs Stichwort erschien Ralf Siebert in der Tür. »Geht sofort los!« Er gab dem Hotelpagen ein Zeichen, die Verbindungstür zur Halle zu schließen. Ein schlaksiger junger Mann kam herein und setzte sich hinter den Flügel. Gleich nach ihm erschien Miranda Glass. Ich hielt kurz die Luft an. Sie war noch immer eine elegante Erscheinung in ihrem blauen, schmal geschnittenen Seidenkleid, aber ihr Gesicht wirkte grau und leicht aufgedunsen. Sie trug eine Sonnenbrille.

Ich stand auf, ging zu ihr und reichte ihr die Hand. »Janne Amelung von Alfa.Sat. Wir haben uns vor zwei Jahren beim Smiling Kids Day kennengelernt, das ist meine Mitarbeiterin, Frau Meiffert.«

Sie nickte, ließ jedoch nicht erkennen, ob sie mich oder Michaela wiedererkannte.

»Vielen Dank, dass Sie bereit sind, etwas für uns zu singen.«

»Es ist mir eine Freude. Ich würde sehr gern wieder bei der Aftershowparty auftreten.«

Sie nahm die Sonnenbrille ab. Ihre Augen blickten teilnahmslos. Sie ging zum Flügel und nickte dem Pianisten zu. Er schlug die ersten Takte an, und sie begann zu singen. *»He left no time to regret …«* Ausgerechnet *Back to black*, einen Song von Amy Winehouse, hatte Miranda gewählt. Ich versuchte, nicht an Amys tragisches Ende zu denken. Mirandas Stimme klang dunkler, rauchiger, als ich sie in Erinnerung hatte. Die Verbindungstür zur Halle öffnete sich, und Vanessa Ott kam herein. Michaela und ich sahen sie überrascht an. Sie blieb an der Tür stehen, bis der letzte Ton ausklang. Dann lächelte sie Miranda und Ralf Siebert zu und kam auf mich zu. Ich stand auf. »Brauchen Sie mich im Büro? Wir sind gleich fertig.«

»Nein, keine Eile.« Leise fügte sie hinzu: »Ich bin ein Fan von

Frau Glass. Und als Sie vorhin sagten, dass Sie sie hier treffen, war ich einfach zu neugierig … Lassen Sie sich bitte nicht stören.«

»Miranda?« Ralf Siebert runzelte die Stirn. »Du wolltest doch *One Moment in Time* von Whitney Houston singen, nicht diese depressiven Sachen.«

»Mir war nicht danach«, entgegnete Miranda.

Ich spürte Michaelas Blick. »Zu riskant. Vergiss sie«, hieß das.

»Ich schlage vor, du singst noch einen zweiten Song.« Ralf Sieberts Munterkeit wirkte aufgesetzt, es fehlte nur noch, dass er in die Hände klatschte.

Miranda legte eine Hand an ihren Hals. »Ralf, ich glaube, es wäre besser, wenn … Meine Stimmbänder sind ein wenig angeschlagen.« Sie wandte sich zu mir, in ihren Augen sah ich die Qual, die es ihr bereitete, vorzusingen, als wäre sie eine Musikschülerin. »Es sei denn, Sie möchten noch etwas hören …«

»Nein, das ist völlig in Ordnung. Ihre Gesundheit geht vor.«

Ralf Siebert forschte in meinem Gesicht. »Sie konnten sich überzeugen. Miranda ist ganz die Alte, auch wenn sie eine Weile pausiert hat.«

Vanessa Ott stellte sich den beiden vor. »Ich bin ein großer Fan von Ihnen«, sagte sie zu der Sängerin.

»Danke.«

Ralf Siebert hielt uns die Tür auf. »Alles Weitere können wir bei einem Getränk besprechen.«

Wir verließen den Raum. Miranda verabschiedete sich an den Aufzügen.

»Du bleibst auf dem Zimmer, bis ich fertig bin?«

Der Agent sprach mit ihr, als wäre sie ein ungehorsames Kind.

Wir setzten uns in den Velvet Room, ein kleines, intimes Separee neben der Bar, dessen Wände mit braunem Samt bezogen waren. Auf einem Tisch standen eine Karaffe mit Wasser und Kristallgläser bereit.

»Entscheiden Sie sich für Miranda«, sagte Ralf Siebert. »An den Gerüchten ist nichts dran.«

Vanessa Ott hob die Augenbrauen. »Gerüchte? Sie ist auf der Bühne zusammengebrochen. Danach war sie in der Nervenklinik. Es stand in allen Zeitungen.«

Ralf Siebert lächelte gequält. »Na ja. Was die Medien so behaupten …«

»Sie wäre meine Wunschkandidatin für den Smiling Kids Day«, sagte ich. »Ihre letzte Show bei uns war ein Riesenerfolg. Aber die Entscheidung liegt nicht bei mir. Ich werde sie dem Vorstand vorschlagen.«

»Dann wünsche ich Ihnen, dass Sie sich nicht blamieren«, meinte Vanessa Ott.

Ihre Bemerkung ärgerte mich. Gerade eben hatte sie noch demonstriert, wie sehr sie Miranda bewunderte, und nun mischte sie sich in die Verhandlung ein, mit der sie nichts zu tun hatte.

Ich erhob mich. »Schicken Sie mir den Vertragsentwurf.«

Ralf Siebert nickte mir zu. Eine schwere Last schien von ihm abzufallen.

Wir verabschiedeten uns und verließen das Hotel. Nach der angenehmen Kühle schien sich die Luft draußen zu einer unsichtbaren Mauer aus Hitze verdichtet zu haben.

Vanessa Ott musterte mich. »Eine Event-Managerin mit weichem Herzen? Oder mit sentimentaler Ader?«

Ich suchte nach einer Antwort. Ihre Bemerkung hatte spöttisch geklungen, aber nicht vollkommen abwertend. Es kam mir vor, als habe ein Hauch von Erstaunen in ihrer Stimme mitgeschwungen. Hier ging es ums Geschäft, um die Interessen des Senders. Und natürlich hatte sie recht. Ich hatte keine

Kopfentscheidung getroffen, sondern auf mein Herz gehört. Aber egal, was sie von mir dachte, ich würde dazu stehen.

Sie lächelte. »Lassen Sie sich nicht irritieren. Selbstverständlich bin auch ich dafür, dass Miranda Glass ihre Chance bekommen soll.«

»Sie haben vorhin nicht den Eindruck gemacht.«

Sie fuhr sich mit der Hand über die Stirn und sah plötzlich müde aus. »Zeigen Sie niemals, was Sie wirklich denken, wenn Sie erfolgreich sein wollen. Das ist unser Credo bei Verhandlungen. Die Haltung ist mir in Fleisch und Blut übergegangen.« Sie lachte laut auf. »Und es funktioniert, oder nicht? Dieser Wurm von Agent hat ganz schön gezittert.«

Zurück im Sender ging mir das kurze Gespräch im Kopf herum. Warum war Vanessa Ott ins Hotel de Rome gekommen? Angeblich war sie Mirandas Fan, doch das nahm ich ihr nicht so richtig ab. Ich hatte eher das Gefühl, dass sie mir gefolgt war. Um mich zu beobachten? War das ein übliches Verhalten? Ich nahm mir vor, meine Freundin Ulla ausführlich zu der Arbeitsweise von Unternehmensberatern zu befragen. Schließlich hatte sie die ganze Prozedur erst letztes Jahr in ihrem Job durchgemacht. Und hatte ihn bei der Gelegenheit leider verloren. Doch jetzt war keine Zeit, sie anzurufen. Ein Meeting jagte das nächste – mit der Produktionsfirma, mit der Presseabteilung, und schließlich, als Höhepunkt, die Gesamtkoordinationsbesprechung mit der Sendeleitung des Smiling Kids Day. Ein paar Stunden normaler Arbeitsalltag, ohne die Bloomsdale-Leute. Doch kaum war ich zurück in meinem Büro, rief Mark Winter an.

»Wir brauchen dringend das Event-Rating, das Sie für uns erstellen wollten.«

Ich seufzte unhörbar. Dringend … Alles war immer dringend. Aber ich hatte Michaela schon gebeten, das Rating anzufertigen. Ich musste es mir nur holen.

»Ich bin gleich da«, versicherte ich.

»Das wäre schön.« Er legte auf.

Ich ging zu Michaelas Büro, das sie sich mit Heike und Evelyn, meinen zwei Junior-Event-Managerinnen, teilte. Schon von draußen sah ich, dass Michaela mehr auf ihrem Stuhl hing, als dass sie saß. »… aber diese Liste … sie braucht das dringend«, sagte sie gerade, als ich eintrat. Heike stand bei ihr, hatte ihre Hand auf Michaelas Schulter gelegt, Evelyn hatte einen Telefonhörer in der Hand.

»Red keinen Quatsch, du solltest wirklich zum Arzt gehen«, meinte Evelyn. Und zu mir gewandt: »Ihr geht's nicht gut.«

»Was ist denn los?« Mein erster Gedanke war, dass Michaela unterzuckert war. Aber eigentlich achtete sie akribisch auf ihre Ernährung und hatte für Notfälle immer Medikamente dabei.

»Ich verstehe das nicht. Mir ist schlecht und schwindlig, alles gleichzeitig.«

»Du fährst jetzt zu deiner Hausärztin«, sagte ich. »Evelyn, melde sie dort an.«

»Hab ich gerade gemacht.«

»Dann ruf ein Taxi.«

»Aber was ist mit dem Rating für das Bloomsdale-Team?«, fragte Michaela.

»Das schaffe ich schon allein. Mach dir keine Gedanken.« Sie nickte.

Ich brauchte eine knappe Viertelstunde, um die Übersicht zu erstellen, druckte sie aus und ging damit zum Büro der Unternehmensberater.

»Endlich«, sagte Mark Winter, ohne von seinem Bildschirm aufzusehen.

»Bitte entschuldigen Sie. Ich musste meine Assistentin zum Arzt schicken. Deshalb hat es einen Moment länger gedauert.«

Mark Winter atmete geräuschvoll aus. »Frau Amelung, wir haben ein Riesenpensum zu absolvieren.«

Vanessa Ott sah ihn an. »Sie hat doch gesagt, dass Frau Meiffert krank ist. Was hat sie denn?«, fragte sie mich.

Ich hob die Schultern. »Vermutlich hat sie sich den Magen verdorben. Sie muss was Falsches gegessen haben.« Von Michaelas chronischer Erkrankung wollte ich ihnen nichts erzählen.

»Legen Sie das Rating auf meinen Tisch.« Winter stand auf und ging aus dem Zimmer. Dabei zog er seinen Fuß ein wenig nach, als habe er Schmerzen. Kaum hatte er Vanessa Ott den Rücken zugewandt, veränderte sich ihr Ausdruck. Sie grinste frech. »Er war heute Morgen joggen. Und ist über einen herrenlosen Hund gestolpert.« Ihre Unterlippe bebte, dann lachte sie los.

Ich wusste nicht, wie ich reagieren sollte, entschied mich für ein verständnisvolles Lächeln. Mir wurde bewusst, dass ich zum ersten Mal mit Vanessa Ott allein in einem Raum war.

»Bitte entschuldigen Sie. Es ist nicht fair von mir, über Herrn Winters Unfall zu lachen.« Sie wurde wieder ernst. »Ich hoffe, ich hab Sie mit meiner Art nicht irritiert. Ich meine, vorhin, im Hotel. Sie wirkten nach dem Termin ein bisschen verstört.«

»Nein, überhaupt nicht. Ich war nur … erstaunt über Ihren Meinungswechsel.«

Sie kramte in ihrer Handtasche. »Vielleicht können wir irgendwann in Ruhe ein bisschen plaudern. Wo geht man denn hier in der Gegend zum Essen hin?«

»Meistens ins Nice Place. Quer über die Straße.«

»Ist das dieser Asiate?«

»Genau. Gilt als inoffizielle Kantine des Senders.«

»Hört sich gut an. Nehmen Sie mich mal mit?«

»Klar, gerne«, entgegnete ich. Mit ihr zu essen, ein Glas Wein zu trinken, zu plaudern, würde bestimmt Spaß machen. Ich war neugierig, sie kennenzulernen, und ihr ging es offenbar mit mir genauso. Die Zusammenarbeit würde leichter werden, wenn wir uns erst besser kannten und ein bisschen mehr darüber wussten, wie die andere tickt. Schließlich war sie maßgeblich an den Entscheidungen über meine Zukunft, über die meiner Abteilung und meiner Projekte beteiligt. Es war gut, wenn sie mich einschätzen konnte. Und vielleicht sogar mochte.

Mein Handy meldete eine SMS. Sven, mein Senior Projektleiter, schrieb: »Kommst du? Das Büfett ist aufgebaut.«

Ich stand auf. »Bitte entschuldigen Sie mich für ein paar Minuten.«

Sie sah mich fragend an.

»Unten findet gleich der Abschied von unserem Betriebsratsvorsitzenden Frank Oderthal statt. Ein Sektempfang. Meine Mitarbeiter haben alles organisiert, aber ich sollte kurz nach dem Rechten schauen.«

»Ist es okay, wenn ich Sie begleite?«

»Natürlich.« Offenbar konnte ich meine Überraschung nicht ganz verbergen, denn nun sagte sie: »Ich mache mir gern ein persönliches Bild der Mitarbeiter, über die ich eine Einschätzung abgeben soll.« Sie lächelte. »Und heute sind Sie an der Reihe.«

Im Konferenzraum stellte ich Vanessa Ott Sven und Britta, unsere Praktikantin, vor. Sie hatten das Mobiliar gegen weiß eingedeckte Stehtische austauschen lassen. In hohen, schlanken

Glasvasen leuchteten Rosen und Bartnelken als hellrosa und purpurrote Farbkleckse.

Ich kontrollierte mit einem Blick das Büfett, Geschirr, Servietten, Besteck, Getränke. Alles war perfekt.

Der Raum füllte sich mehr und mehr. Frank Oderthal kam herein, ließ sich ein Glas Prosecco reichen und winkte uns zu.

»Schau mal, Promi-Alarm«, raunte Sven in mein Ohr und blickte weiter zum Eingang.

Ich drehte mich um und entdeckte Jörg Ermgassen. Auch er hatte mich gesehen.

»Weißt du, wieso er hier ist?«, fragte Sven, doch in diesem Moment begann das offizielle Programm, und alle verstummten. Die Abschiedsreden für Frank Oderthal wurden gehalten. Ich beobachtete Jörg. Ohne das Make-up, das er vorgestern Abend auf der Bühne aufgetragen hatte, sah er blass, schmal und gestresst aus. Seine neue Talkshow hatte keine guten Quoten. Sie wurde in München produziert, und dort war auch sein Arbeitsplatz. Nach Berlin kam er nur, wenn er Termine mit dem Vorstandschef hatte. Hoffentlich hatte er keinen Ärger. Der Applaus für Oderthal war noch nicht verklungen, da ging ich schon zu Jörg, bevor er von jemand anderem in ein Gespräch verwickelt werden konnte. Sämtliche Augenpaare, zumindest der weiblichen Belegschaft, waren dezent auf uns gerichtet.

»Was machst du denn hier?«

Jörg grinste. »Befehl von oben. Ich hab einen Termin bei Lehner.«

»Was ist los?«

»Überraschung.«

Ich sah ihn fragend an.

»Später«, flüsterte er. »Ich muss los. Drück mir die Daumen.« Er warf mir einen Handkuss zu, nahm im Vorbeigehen ein Glas Sekt vom Tablett einer Hostess und verschwand damit.

Inzwischen leerte sich der Raum. Auch die meisten Mitarbeiter meiner Abteilung hatten die Feier verlassen. Ich entdeckte Vanessa Ott in einer Ecke. Sie unterhielt sich mit Sven. Ich wollte zu ihnen gehen, aber Svens Gesichtsausdruck hielt mich davon ab. Er runzelte die Stirn und sah hochkonzentriert aus. Was ich da beobachtete, war kein Party-Small-Talk. Was konnten die beiden so Wichtiges zu besprechen haben?

Ich wandte mich den Resten auf dem Büfett zu, nahm eine Minibulette und steckte sie in den Mund. Da spürte ich eine Hand auf meiner Schulter und drehte mich um. Frank Oderthal stand hinter mir. Er hatte sein Jackett ausgezogen und seine Krawatte gelockert.

»Das hab ich überlebt.« Er lachte. »Nein, im Ernst, es war toll. Das habt ihr perfekt organisiert. Danke.«

»Das geb ich gern weiter.«

Während Oderthal mir gegenüber irgendwann zu einem vertrauten »Du« übergegangen war, siezte ich ihn als graue Eminenz des Senders weiterhin, eine Regelung, mit der wir uns beide wohlfühlten.

»Ich hoffe nur, man hat mir nicht angemerkt, wie sentimental ich war«, fuhr er fort.

»Nur ein ganz kleines bisschen.«

»Das wird ein komisches Gefühl sein, morgen früh nicht mehr ins Büro zu fahren. Trotzdem bin ich froh über mein Timing. In ein paar Wochen möchte ich nicht mehr hier sein.«

»Wegen Bloomsdale?«

»Ein Tsunami ist nichts dagegen. Ich habe so dies und das gehört, natürlich unter dem Siegel der Verschwiegenheit.« Oderthal sprach leise, obwohl niemand in der Nähe stand. »Wenn die Aufforderung zu Einsparungen kommt, dann kleb nicht an den alten Konzepten. Du musst radikal denken. Sonst wird dein Projekt wegrasiert.«

»Der Smiling Kids Day?« Ich spürte, wie mir das Blut aus dem Gesicht wich. Er konnte sich nur täuschen. Andere Events vielleicht, aber doch nicht dieses. »Das ist das Aushängeschild des Senders.«

»Du hörst nicht zu, Janne. Ich sage doch, gib das alte Denken auf. Vergiss das ›Aushängeschild‹. Der SKD ist eines unter vielen Projekten. Nichts ist mehr heilig.« Er schwieg einen Moment. Ich forschte in seinem Gesicht. Zwischen seinen Brauen hatte sich eine Falte gebildet. Was meinte er mit ›radikalem Umdenken‹? Was hatte er erfahren? Würde er mir Details sagen?

Oderthal nahm sich eine Cherrytomate, steckte sie sich in den Mund und kaute. »Da ist noch was. Lehner hat mir gegenüber Andeutungen gemacht.«

»Über das Projekt?«

»Über dich.« Er lächelte. »Du bist keine typische Führungskraft. Und erst seit drei Jahren im Sender. Aber du fällst auf. Du hörst zu, du förderst deine Leute. Dein Team vertraut dir blind. Lehner beeindruckt das.« Sein Ausdruck wurde ernst, er senkte die Stimme. »Aber ich warne dich, Janne. Gunter von Hirten wird …«

Wie aus dem Erdboden gewachsen stand auf einmal Vanessa Ott neben mir. »Entschuldigung, ich wollte nicht stören.«

»Ich muss los. Wir bleiben in Kontakt«, sagte Oderthal, bevor ich die beiden einander vorstellen konnte. Er schnappte sich seine Jacke von einer Stuhllehne und verließ den Raum.

Vanessa Ott blickte ihm nach. »Ein beeindruckender Mann. Er wirkt so integer.«

»Ja, er wird von allen sehr geschätzt. Ich konnte mich immer an ihn wenden, wenn ich Rat brauchte. Er wird mir fehlen.«

Vanessa Ott zog die Augenbrauen hoch. »Auf mich wirken Sie nicht so, als ob Sie den Rat von alten Männern nötig hätten.« Sie lachte auf. »Auf jeden Fall danke, dass Sie mich mit zu dem Empfang genommen haben, es war sehr interessant.«

»Gerne.«

Wir gingen zum Aufzug.

So was Blödes, dass Vanessa Ott uns ausgerechnet in diesem Moment unterbrochen hatte. Oderthals Andeutung hörte sich ja fast so an, als dächte Lehner über meine Beförderung nach. Aber warum hatte er mich vor meinem Chef gewarnt? Was hatte er mir sagen wollen? »Gunter von Hirten wird …«? Von Hirten hatte keinen guten Stand, und vermutlich ahnte auch er das bereits. Ich fröstelte plötzlich. Das konnte die Erklärung für sein abweisendes Verhalten in den letzten Wochen sein. Er fürchtete mich als Konkurrentin. Stand auch die plötzliche Dienstreise damit in Zusammenhang? Wollten die Bosse ihn aus dem Weg haben? Vielleicht war die Zusammenarbeit mit Bloomsdale eine Art Eignungstest für mich. Was hatte Lucy Reeves gesagt? »Betrachte es als Chance.«

Der Aufzug kam, und wir gingen hinein. Vanessa Ott warf einen Blick in den Wandspiegel. Ihr sorgfältig geschminktes Gesicht war durchscheinend blass. Ich hätte einiges dafür gegeben, ihre Gedanken lesen zu können.

Ob sie in die internen Vorgänge eingeweiht war? Wusste sie von den angeblichen harten Einschnitten beim Smiling Kids Day? Vielleicht gab es längst eine festgelegte Marschrichtung beim Bloomsdale-Team, und die scheinbar objektive Begutachtung meiner Statistiken und Tabellen war nur vorgeschoben.

»Das Buffet sah gut aus«, sagte sie. »Aber ich bin nicht dazu gekommen, etwas zu essen. Was meinen Sie, wollen wir nicht auf einen Sprung ins Nice Place rübergehen?«

»Das wäre wirklich toll, nur leider kann ich jetzt nicht weg«, sagte ich. »Jeden Moment kommt Paul York, der Modedesigner. Er will uns die neue Hostessenkollektion zeigen.«

»Hostessenkollektion? Für so etwas hat der Sender Geld?«, fragte Vanessa Ott.

Ich war sofort auf der Hut. Sie war da, um nach Einsparpotenzial zu suchen. »Die Sachen sind zu abgetragen bei fast hundert Einsätzen im Jahr.«

»Das kann ich mir vorstellen. Darf ich mir die Kollektion mal ansehen? Von Mode verstehe ich etwas.«

Sie hatte nicht vor, mich aus den Augen zu lassen.

Als sich die Aufzugtür öffnete, hörten wir ausgelassenes Geplapper auf dem Gang. Heike, Evelyn und Britta rollten voll behängte Kleiderstangen in den Besprechungsraum. Meine Mitarbeiterinnen liebten es, Paul Yorks neue Kreationen selbst anzuprobieren. Sie wussten auch, dass Paul oft Musterstücke verschenkte.

»Ich komme gleich nach«, sagte Vanessa Ott und bog auf die Damentoilette ab.

Ich begrüßte Paul, der sich mit einem Notebook an einem der Tische niedergelassen hatte. Er stand auf und klatschte in die Hände. »Okay, wo sind meine Topmodels?«, rief er mit seinem amerikanischen Akzent.

»Die Sachen sind so schön, aber die Größen sind mal wieder eine Herausforderung«, seufzte Heike, die gegen überschüssige Pfunde ankämpfte, seit ich sie kannte.

»Michaela wird sich schwarz ärgern, dass sie Paul verpasst«, meinte Evelyn.

Pauls Blick wanderte kritisch über Heikes Hüfte hinüber zu Evelyns Beinen. »Komm her, Schatz, versuch mal, ob dieser Rock passt. Und die Jacke hier.« Er drückte Evelyn einen Bügel in die Hand. In diesem Moment kam Vanessa Ott in den Raum.

»Na, wer sagt es denn, *das* ist ein Model!«

Paul hielt Vanessa Ott für eine meiner Assistentinnen. Ich wollte erklärend einschreiten, doch Vanessa Ott schüttelte leicht den Kopf und zwinkerte mir zu. Paul reichte ihr einen gelben, taillierten Gehrock. »Die Farbe wird dir perfekt stehen. Mit dem schwarzen Haar zusammen, grandios!«

Vanessa Ott tauschte ihr eigenes Jackett gegen das Musterstück. Sie lief bis zum Ende des Raumes und kam zurück. Dabei stakste sie wie ein professionelles Model auf einem Laufsteg, setzte die Füße vor- statt nebeneinander. Der Gehrock war ihr zu weit, aber sie bewegte sich, als wäre er ihr auf den Leib geschneidert. Ihr Gesicht war maskenhaft, der Blick stechend.

»Großartig, Schatz, toll machst du das«, rief Paul.

Wir applaudierten. Vanessa verzog keine Miene, verharrte in einer perfekten Pose, einen Arm in die Hüfte gestemmt, ein Bein vorangestellt, streifte elegant die Jacke ab und reichte sie Evelyn. »Hier, du bist dran, Schatz!« Sie imitierte perfekt Pauls Akzent und versuchte gleichzeitig, Evelyn mit dem stechenden Modelblick zu taxieren, aber dann lachte sie prustend los. Paul und Evelyn lachten mit, auch ich lächelte. Ihre gute Laune war einfach ansteckend.

Nachdem ich mich für eine Auswahl aus Pauls Kollektion entschieden hatte, eilte ich in ein Meeting mit der Presseabteilung. Die Kollegen waren nicht glücklich über ein Engagement von Miranda Glass, aber es gelang mir, sie zu überzeugen. Direkt im Anschluss traf ich mit Sven einen Bühnenbildner wegen eines weiteren Events. Irgendwann sah ich auf die Uhr und bekam einen kleinen Schreck. Es ging auf acht Uhr zu, und ich wollte Gregor nicht warten lassen. Ich holte meine Tasche aus meinem Büro, schaltete den Computer aus und trat auf den Flur. Die Stimme eines Mannes hallte mir entgegen. Vor dem Aufzug standen Vanessa Ott und ein Fremder in einem dunkelblauen, zerknitterten Jackett. Ich blieb in meinem Türrahmen stehen, sie hatten mich noch nicht bemerkt.

»Ist genug Gras über die Sache gewachsen? Sind Sie das Versteckspielen leid?«, fragte der Fremde. »Ich hätte nicht gedacht, dass Ihr Boss Sie decken wird.«

»Ich wüsste nicht, was Sie das angeht.«

»Machen Sie keinen Fehler. Ich grabe weiter, so lange, bis ich Beweise finde.«

Vanessa Ott lachte. »Da wünsche ich Ihnen viel Spaß. Aber ich rate Ihnen, passen Sie gut auf sich auf.«

»Drohen Sie mir etwa?«

»Wie käme ich dazu. Und jetzt machen Sie Platz. Sie stehen mir im Weg.«

Der Fremde rührte sich nicht. Sie ging um ihn herum, drückte auf den Knopf des Aufzugs, ein Surren aus einer anderen Etage verriet, dass er sich in Bewegung setzte. Die Tür der Herrentoilette öffnete sich, und Mark Winter kam heraus. Er blieb abrupt stehen und starrte den Mann an. »Vanessa, was ist …?« Er war mit wenigen Schritten neben ihr, obwohl er noch immer humpelte. »Was wollen Sie hier? Wie sind Sie hier reingekommen? Verschwinden Sie sofort, oder ich rufe die Polizei!« Er zog sein Handy aus der Jacke.

»Die Polizei?« Der Fremde lachte böse auf. »Auf die ist Verlass. Die Erfahrung haben Sie ja schon gemacht.«

Mark Winter riss die Hände hoch und stieß den Fremden hart vor die Brust, sodass der zurücktaumelte. Der Fremde wischte über den Stoff seiner Jacke, als klebe Dreck daran.

»Diesmal kriege ich Sie«, sagte er zu Vanessa Ott und war im nächsten Moment durch das Treppenhaus verschwunden.

Der Aufzug öffnete sich. Mark Winter ging voraus in die Kabine, doch Vanessa Ott blieb stehen.

»Vanessa …?«

»Alles in Ordnung, Mark. Danke. Geh nach Hause und kühl deinen Fuß. Ich muss noch kurz … Ich hab etwas im Büro vergessen.«

Die Aufzugtür schloss sich, und Mark Winter verschwand. Sie drehte sich in meine Richtung um. Ich ließ meine Bürotür laut ins Schloss fallen, und klapperte mit dem Schlüsselbund, so, als wäre ich gerade herausgekommen.

Sie kam auf mich zu. »Ah, Sie sind auch noch da? Das ist gut. Ich habe noch ein paar Fragen an Sie …« Ihre Stimme zitterte leicht. War sie durcheinander wegen der Begegnung mit diesem Mann? Was hatte er von ihr gewollt?

»Nur ein paar kurze Fragen … zu Ihrem Event-Rating,« sagte sie.

»Oh, kein Problem, aber hat das eventuell Zeit bis morgen früh?« Ich blickte auf die Uhr.

Sie legte eine Hand auf ihre Brust und atmete mehrmals heftig ein und aus.

»Frau Ott? Ist alles in Ordnung?«

»Sicher, mir ist nur …« Sie stützte sich an der Wand ab. »Mir ist ein bisschen schwindelig.«

»Kommen Sie in mein Büro. Setzen Sie sich erst mal hin. Ich hole Ihnen einen Schluck Wasser.«

»Nein, nicht nötig. Aber … ich sollte vielleicht etwas essen.« Ihre Augen leuchteten auf. »Was halten Sie davon? Wir beide nutzen jetzt die Gelegenheit und gehen ins *Nice Place*.«

Gregor war bestimmt auf dem Weg zu mir. Oder er saß schon auf meinem Sofa und wartete. Und ich hatte nicht mal was zum Kochen eingekauft.

»Ich fürchte, leider muss ich …«, setzte ich an, doch sie unterbrach mich.

»Nein, nicht schon wieder einen Aufschub! Ihren Fleiß in

allen Ehren, aber Sie haben versprochen, mir das Nice Place zu zeigen.«

Ich lächelte entschuldigend. »Ich habe einen privaten Termin.«

»Und wenn Sie ihn verschieben? Mir zuliebe? Ich esse schrecklich ungern allein.«

Für einen Augenblick war ich sprachlos. Sie hatte mich fast den ganzen Tag begleitet. Es war mir nicht unangenehm gewesen, auch wenn ich es ungewöhnlich gefunden hatte. Aber nun begann mein Privatleben. Ich wollte höflich, aber bestimmt ablehnen. Doch etwas in Vanessa Otts Blick hielt mich zurück. Ich erkannte, dass sie nicht einfach einen Wunsch geäußert hatte. Es war ein freundlich verpackter Befehl gewesen.

Sie hob die Hände. »Nein, bitte vergessen Sie's einfach. Das war grad nur so eine spontane Idee. Ich habe volles Verständnis, wenn Sie keine Zeit haben. Ich kann wirklich allein ins Nice Place gehen. Ich bin ja ein großes Mädchen.« Sie lächelte. »Es ist doch hier gegenüber, nicht?« Doch ihre Augen sagten das Gegenteil: Komm mit, sagten sie, wenn du mich nicht enttäuschen willst.

Nun konnte ich mir also aussuchen, wen ich verärgern wollte. Gregor hasste es, wenn ich unzuverlässig war. Er hatte es oft erlebt, und immer war der Job schuld gewesen. Aber ich kannte Gregor gut genug, wusste, wie er tickte. Ich konnte ihm meine Verspätung erklären, und er würde es trotz aller Verärgerung verstehen. Aber Vanessa Ott kannte ich nicht. Vielleicht würde sie mich kein weiteres Mal fragen. Und wenn ich mitging, konnte ich den ersten Tag mit den Unternehmensberatern so richtig erfolgreich zu Ende bringen. Ich musste ja nicht ewig bleiben. In eineinhalb Stunden konnte ich zu Hause sein.

Das ungute Gefühl blieb. Ob Gregor so lange warten würde?

»Gut, ich komme mit. Ich muss aber kurz telefonieren.«

»Prima. Ich fahre schon nach unten.«

Ich ging in mein Büro und wählte Gregors Handynummer, aber er ging nicht dran. Ich sprach ihm auf die Mailbox, dass ich mich leider verspäten würde. Bei mir zu Hause sprang ebenfalls nur der Anrufbeantworter an. Ich hinterließ auch dort meine Entschuldigung und hoffte, dass Gregor eine meiner Nachrichten bald abhörte.

»Sie haben vorhin ausgesehen wie ein Profi auf dem Laufsteg. Woher können Sie das so gut? Waren Sie mal Model?«, fragte ich Vanessa Ott, als wir im Nice Place saßen.

Die Frage, die mich weitaus mehr interessiert hätte, lautete: Wer war der Fremde in der dunkelblauen Jacke? Und worüber war, nach seinen Worten, genug »Gras gewachsen»?

Sie lächelte. »Ich hab es zum ersten Mal versucht.«

»Das ist ja unglaublich! Dafür müssen andere hart trainieren.«

»Es kommt auf die innere Einstellung an. Ich habe mir vorgestellt, es wäre mein Beruf. Alles nur Konzentration und Selbstkontrolle.«

Die Kellnerin kam und brachte zwei Gläser mit Weißwein.

»Danke.« Vanessa Ott nahm ihr Glas. »Ich musste sehr früh auf eigenen Füßen stehen, vielleicht liegt es daran, dass ich mich auf Unbekanntes schnell einstellen kann.«

Ich vermied es, sie direkt anzusehen. Das Thema war eindeutig privates Terrain.

»Ich rede nicht gerne über meine Vergangenheit«, fügte sie hinzu.

»Das kann ich verstehen«, sagte ich freundlich.

»Aber bei Ihnen hab ich so ein vertrautes Gefühl.« Sie lachte verlegen. »Ich habe meine Mutter früh verloren. Sie hat sich umgebracht, als ich zwölf war.«

Schockiert sah ich sie an. »Das tut mir leid.«

»Na ja, das ist lange vorbei.« Sie blickte auf einen entfernten Punkt im Raum, wirkte kurz abwesend. »Manchmal sehe ich sie ganz klar vor mir, und an anderen Tagen kann ich mich nicht mehr an ihr Gesicht erinnern.«

Das Display meines Handys, das auf dem Tisch lag, blinkte, ich hatte den Ton abgestellt. Unsere Blicke fielen gleichzeitig darauf. Ich versuchte zu erkennen, ob Gregors Name auf dem Display stand. Aber es war Jörg.

»Gehen Sie doch dran«, meinte Vanessa Ott. Ich fand es unhöflich, das Gespräch zu unterbrechen, nachdem sie mir gerade diese traurige Sache erzählt hatte, aber gleichzeitig platzte ich vor Neugier, was Jörg zu berichten hatte.

»Entschuldigen Sie, das geht ganz schnell.« Ich nahm das Gespräch an. »Jörg? Was ist los?«

Ich verließ den Tisch und ging zum Ausgang.

»Ich hab einen Vertrag unterschrieben«, rief Jörg. »Die Bombe ist offiziell geplatzt: Ich moderiere ab sofort den Smiling Kids Day!«

»Das ist ja super. Gratulation!«

Lehners Entscheidung bedeutete einen enormen Imagegewinn für Jörg. Er stieg damit zum Topmoderator des Senders auf. Für uns beide hieß es, dass wir in den nächsten Monaten eng zusammenarbeiten würden. Jörg würde zu den Planungsmeetings nach Berlin kommen.

»Hast du Zeit?«, fragte er. »Mein Flieger geht erst morgen früh. Das müssen wir feiern!«

»Nein, leider … es geht heute nicht. Aber ich freue mich riesig. Wir feiern das nach.«

»Na klar, das machen wir«, sagte Jörg, aber er klang enttäuscht.

»Wann bist du wieder in Berlin?«

»Weiß noch nicht. Okay, bis bald, meine Süße. Ich melde mich.« Wir legten auf.

»Sie strahlen ja so«, meinte Vanessa Ott, als ich zurückkam. »Gute Neuigkeiten?«

»Ja«. Ich erzählte ihr von Jörgs Erfolg. Zur Geheimhaltung gab es keinen Grund mehr, der Vertrag war unterschrieben, und es würde sowieso in Kürze in der Zeitung stehen.

»Das freut mich für ihn«, sagte Vanessa Ott. »Ich hatte das Gefühl, er ist bisher unterschätzt worden.« Sie sah mich an. »Und Sie kennen ihn privat?«

»Wir sind befreundet.«

»Oh, da beneide ich Sie. Gemeinsam mit mindestens fünf Millionen anderer weiblicher Fans.«

Ich lachte. »Das könnte stimmen.«

Ihr Gesichtsausdruck wechselte, und ihr Lächeln verschwand. »Was ich Ihnen über meine Mutter erzählt habe … Bitte behalten Sie es für sich, ja? Wir beide kennen uns erst seit Kurzem, und es ist sonst nicht meine Art, andere mit privaten Dingen vollzuschwatzen. Aber Sie geben mir das Gefühl … Sie sind eine so gute Zuhörerin. Das können die wenigsten.«

»Na, ich weiß nicht.« Ich überlegte, was ich sagen konnte, um wieder neutraleren Boden zu gewinnen. »Dann sind Sie also bei Ihrem Vater aufgewachsen?«

Vanessa Ott schüttelte den Kopf. »Er war selten zu Hause, er war damals Manager bei einem internationalen Unternehmen.« Sie sah an mir vorbei. »Ich hatte Kindermädchen. Eine ganze Riege hab ich verschlissen. Ich glaube, ich war recht schwierig damals.« Sie lachte kurz und bitter auf. »Keine hat es lange mit mir ausgehalten. Bis auf eine. Carola. Die hatte ich jahrelang am Hals. Sie hatte ein Verhältnis mit meinem Vater. Eine dumme und dreiste Person, unfähig, sich um ein pubertierendes Mädchen zu kümmern. Sie hat meinem Vater Lügen über mich erzählt, damit er mich bestraft. Aber letztendlich …«, Vanessas Augen blitzten auf, »hab ich sie fertiggemacht.«

»Und wie?«, fragte ich.

»Sie hat Geld geklaut. Hat vom Haushaltsgeld so einiges abgezweigt. Und das konnte ich Paps irgendwann beweisen. Dann hat er sie entlassen, und ich hab den Haushalt selbst geschmissen. Da war ich fünfzehn. Ich war viel allein.«

»Das war bestimmt schwer für Sie.«

»Sagen wir so, es hat mich abgehärtet.«

Einen Moment tranken wir schweigend. Ich nahm ein Stück Baguette, zupfte kleine Stückchen ab und kaute sie langsam.

»Nun habe ich uns die Stimmung verdorben«, sagte Vanessa Ott. »Erzählen Sie mir lieber etwas von sich. Hatten Sie eine glückliche Kindheit?«

»Ja«, sagte ich. Im Vergleich zu Vanessas Schicksal musste ich diese Frage bejahen. Meine Mutter war nicht von einem Tag auf den anderen fort gewesen. Und dennoch …

Ich trete mit den zwei schweren Koffern aus dem Haus. »Mama, das Taxi kommt!« Ich hoffe immer noch, dass sie mich zum Bahnhof fährt. Wir werden uns so lange nicht sehen. »Mama?« Das Haus atmet Stille und Kälte aus. Es kann ihr doch nicht egal sein, dass ich fortgehe. »Mama?«, rufe ich lauter. Nebenan steckt Frau Bauer den Kopf zum Fenster heraus. »Ich habe sie vorhin weggehen sehen. Ich glaube, sie wollte zum Friseur.« Ich kämpfe mit den Tränen. »Bitte sagen Sie ihr einen lieben Gruß von mir.« Frau Bauer nickt. »Viel Glück, Janne. Hast du dir das auch gut überlegt mit dem Studieren? So weit weg willst du …«

»Frau Amelung?« Vanessa Ott sah mich an. »So tief in Gedanken?«

»Nein, ich …« Eigentlich wollte ich sagen, dass ich auch an meine Mutter denken musste, aber das kam mir taktlos vor nach dem, was Vanessa Ott erlebt hatte. Was für ein merkwürdiges Gespräch das mit ihr war. Ich hatte mir ein wenig beruflichen Smalltalk vorgestellt, stattdessen sprachen wir über intimste Dinge. Auch jetzt sah sie mich an, als wolle sie mich durchleuchten. Ich war froh, dass in diesem Moment die Kellnerin mit dem Essen kam.

»Ich sehe schon, dieser Kram aus der Vergangenheit macht uns nur schlechte Laune. Also los, Themenwechsel.« Vanessa Ott nahm ihr Glas. »Wie ist es mit der Arbeit? Sind Sie gern bei Alfa.Sat?«

»Sehr gern.« Ich atmete auf und begann, von meiner Abteilung und unseren Projekten zu erzählen. Anfang des Jahres hatte ich eines der Waisenhäuser besucht, die wir mit den Spenden unterstützten. Es hatte mich glücklich gemacht, mit eigenen Augen zu sehen, wie das Geld für die Kinder eingesetzt wurde. Sie bekamen Bücher und Kleider geschenkt. Und Möbel für ihr Klassenzimmer. Meine Arbeit machte mir nicht nur sehr viel Spaß, sondern war auch noch sinnvoll und wichtig. Ich konnte mir nichts Besseres vorstellen. Mir wurde bewusst, wie sehr ich leiden würde, sollte ich diesen Job verlieren. Und wie einen Messerstich spürte ich Angst. Die Frau, mit der ich hier unbefangen plauderte, war an der Entscheidung darüber beteiligt. Vielleicht musste ich viel mutiger sein und sie ganz offen fragen, was sie über den Smiling Kids Day dachte? Doch während ich sprach, spielte Vanessa Ott mit ihrem Handy, betrachtete das Display. Sie war so offensichtlich nicht bei der Sache, dass es mich verunsicherte.

»Ganz schön turbulent, Ihr Leben. So viele Events und Termine. Bleibt Ihnen da noch Zeit für Freundschaften? Für eine Beziehung?«, fragte sie unvermittelt.

Wieder das Privatleben. Ich zögerte, dachte an Gregor.

»Also, richtig in Ruhe sehen mein Freund und ich uns nur am Wochenende«, sagte sie.

»Bei uns ist es auch nicht besser.«

»Meiner wohnt in München.« Vanessa pikste mit der Gabel im Gemüse herum. Bisher hatte sie kaum etwas gegessen. »Er arbeitet bei einer internationalen Werbeagentur. Ich weiß nicht, wer von uns mehr reisen muss. Diesmal hab ich ja Glück, einen Auftrag in Berlin zu haben. Es ist so angenehm, abends in die eigenen vier Wände zu kommen. Inzwischen hasse ich Hotels, egal, welchen Standard sie besitzen.« Sie nahm eine Gabel mit fünf Reiskörnern und schob sie in den Mund. »Was macht denn Ihr Freund beruflich? Ist er auch beim Fernsehen? Bitte sagen Sie es mir, wenn ich zu neugierig bin.«

»Nein, kein Problem. Er ist Möbelrestaurator.«

»Oh, wirklich? Ein Handwerker? Ich finde ja Männer toll, die praktisch veranlagt sind. Hat er ein Geschäft?«

»Eine kleine Werkstatt mit Ladenlokal.«

»Ich habe zu Hause einen alten Tisch. Der hat so eine Schellackoberfläche, die ich mal neu aufpolieren lassen müsste. Wie heißt denn Ihr Freund? Vielleicht könnte er das machen.«

»Gregor Behrendt.« Gregor würde sich über den Auftrag freuen, doch aus irgendeinem merkwürdigen Grund gefiel mir die Idee nicht, dass Vanessa Ott und er sich kennenlernten. Weil sie hübsch und faszinierend war? Sofort kam ich mir albern vor. »Soll ich Ihnen mal die Nummer geben?«

Ihre Hände spielten mit dem Wasserglas. »Ach nein, wenn ich so darüber nachdenke … Ich glaube, das ist nicht nötig. Vermutlich lohnt es sich nicht, in das alte Ding noch Geld reinzustecken. Ich kaufe mir lieber einen neuen Tisch.«

Vanessa Ott hatte sich ein Taxi rufen lassen, und ich versuchte, während der Autofahrt nach Hause Gregor zu erreichen. Es war schon bald halb zehn. Er ging weder an sein Handy noch an die Festnetznummern bei ihm oder bei mir in der Wohnung. Bei dem Gespräch mit Vanessa Ott war ich abgelenkt gewesen, aber inzwischen war ich unruhig. Ob er wütend war?

Auf der Suche nach einem Parkplatz bog ich in meine Straße am Kollwitzplatz ein. Abends war es besonders schwierig, denn außer den Anwohnern parkten hier auch die Gäste der vielen Restaurants und Kneipen. Ein Umzugswagen in der zweiten Reihe versperrte direkt vor meinem Haus die Durchfahrt. Eine ungewöhnliche Tageszeit, um Möbel auszuladen. Laderampe und Haustür standen offen. Vor mir war ein BMW gestrandet, der Fahrer war ausgestiegen und beschimpfte einen etwa zehnjährigen Jungen, der immer wieder auf das Haus hinter sich zeigte. Kurz spielte ich mit dem Gedanken, zu wenden und andersherum um den Platz zu fahren, andererseits konnte es nicht schaden, einen Moment zu warten, ob ein Parkplatz in der Nähe des Hauses frei wurde. Ich stoppte hinter dem BMW und stieg aus.

»Sie bringen das Klavier rauf«, sagte der Junge gerade. Er hatte dunkelbraune Locken. »Aber sie kommen gleich wieder.«

»Und was dann? Dann kommt das Sofa dran? Und dann die Regale? Der Wagen ist voll mit dem Plunder. Das kann ja noch ewig dauern.«

»Vielleicht können Sie irgendwie anders fahren?«, fragte der Junge vorsichtig, in seiner Stimme klang Hoffnung mit.

»Nun werd nicht auch noch frech«, schimpfte der Fahrer.

Ich ging auf ihn zu. »Das Kind kann doch nichts dafür.«

»Ach so?« Der Fahrer kniff die Augen zusammen. »Sie finden das in Ordnung, mitten auf der Straße zu parken?« Er blickte an mir herunter.

»Ich habe es auch eilig«, sagte ich. »Am besten wende ich, dann können Sie …«

»Also, ich habe alle Zeit der Welt«, sagte er mit einem Grinsen. »Mir geht es nur ums Prinzip. Ich *könnte* es ja eilig haben.« Er zeigte auf die Möbel auf dem Laster. »Und sehen Sie sich den Schrott doch mal an.«

Ich erkannte einen Schreibtisch mit zerkratzter Resopalplatte, Holzregale, ein abgenutztes, mit rotem Samt bespanntes Sofa, einen kränklichen Ficus und die üblichen Kartons.

»Aber eine Wohnung am begehrtesten Platz im Prenzlauer Berg muss es sein«, entrüstete er sich weiter.

Ich beschloss, ihn zu ignorieren. »Sind das deine Eltern, die den Umzug machen?«, fragte ich den Jungen.

»Mein Papa und seine Freunde.«

»Und wie heißt du?«

»Benni.«

»Woher kommt ihr? Aus einer anderen Stadt?«

Er schüttelte den Kopf. »Aus Prenzlauer Berg.«

»Ich wohne in diesem Haus. Ich heiße Janne.«

Ein Mann kam aus dem Hauseingang auf uns zu. Er hatte das gleiche braune Haar, das lockig über die Ohren fiel. Er ging auf Benni zu, legte ihm eine Hand auf die Schulter und zog ihn an sich. Es war eine fast beiläufige und doch sehr zärtliche Geste. Ich sah schnell zur Seite, doch der Anblick hatte weh getan.

Erschreckt und verschwitzt sitze ich im Bett. Der Albtraum ist wiedergekommen, dabei hatte Papa mir doch versprochen, er würde ihn für immer vertreiben. Aber Papa ist nicht da. Ich strecke die Arme nach Mama aus, die in der Zimmertür steht. »Mama … bitte, kannst du noch ein bisschen hierbleiben?« »Sei nicht albern und schlaf.« Die Tür geht zu. Ich bin allein in der Dunkelheit. Allein mit den Fratzen der Toten aus meinem Traum. »Mama«, rufe ich, aber ganz leise. Es nützt nichts, wenn ich weine. Sie wird nicht zurückkommen. Aber ich habe es doch bei meiner Freundin Babette gesehen. Als Babette von der Schaukel gefallen ist und geweint hat, da hat Babettes Mama sie in den Arm genommen und getröstet. Seitdem weiß ich, Mütter tun so etwas.

Bennis Stimme holte mich zurück in die Gegenwart: »Papa, das ist Janne. Sie wohnt hier.«

Sein Vater war groß und etwas schlaksig. Ich schätzte ihn auf Mitte oder Ende dreißig. Sein Blick aus warmen, braunen Augen traf mich. »Freut mich, dann sind wir bald Nachbarn. Sebastian Grolmann.«

»Janne Amelung.«

Benni blickte schüchtern zu dem BMW-Fahrer, der sich vor der Laderampe aufgebaut hatte.

»Der Mann schimpft die ganze Zeit«, flüsterte er seinem Vater zu.

»Hey!«, rief der Fahrer wie aufs Stichwort. »Sie versperren eine öffentliche Straße.«

»Tut mir leid, wir sind gleich weg. Nur noch die paar Sachen hier.« Sebastian Grolmann wirkte ernsthaft zerknirscht. »Meine Halteverbotsschilder hat wohl keiner gesehen. War alles zugeparkt.«

»Die malt man ja auch nicht selbst.« Der BMW-Fahrer rollte mit den Augen und startete seinen Wagen. Auch ich stieg ein. Die Aktion kostete mich zusätzlich Zeit. Hoffentlich saß Gregor oben und hatte sich einen Wein aufgemacht. Während ich wendete, sah ich einen zweiten Mann in Begleitung einer südländisch aussehenden Frau aus dem Haus kommen.

»Leute, beeilt euch!«, rief Sebastian Grolmann. Er kletterte auf die Rampe und rückte den Schreibtisch vor an die Kante. Der Helfer, ein kräftig gebauter Typ, trug ihn allein. Sebastian Grolmann und die Frau packten jeder einen Karton. Ich ließ den BMW-Fahrer vorbei. Er bog mit aufjaulendem Motor in eine Querstraße ein und verschwand. Ich hatte Glück und fand einen Parkplatz in der Nähe. Eilig lief ich zurück.

Der Umzugswagen stand noch vor dem Haus, die Ladefläche war jetzt geschlossen. Ich betrat den Hausflur. Durchs Treppenhaus hallte Musik, das Klavier trug die Melodie, eine Frauenstimme sang, Saxofonklänge schwebten weich und schmiegsam heran. Das war eindeutig live gespielt.

Ich sah, dass mein Briefkasten überquoll. Wieso hatte Gregor die Post nicht mit nach oben genommen? Schnell holte ich den Wust an Reklame und Briefen heraus und stieg die Treppe hinauf. Die Musik kam aus der Wohnung, die meiner gegenüberlag. Die Tür stand offen. Ich hatte nicht bemerkt, dass die Studentin, die bisher dort gewohnt hatte, ausgezogen war. Ich sah Kartons, die an der Wand gestapelt waren. Der Gesang brach ab, die Sängerin sagte: »Tolle Akustik hier«, dann hörte ich sie lachen. Das Saxofon und das Klavier klangen in einem melancholischen Moll-Akkord aus.

Der Junge tauchte gegenüber in der Türöffnung auf.

»Hey Benni.« Ich winkte ihm zu, doch er sah mich nur ernst an.

»Papa, du musst den Laster wegfahren«, rief er ins Innere der Wohnung, während er die Tür zufallen ließ.

Meine Tür war nicht abgeschlossen, doch die Zimmer waren dunkel. Mein Anrufbeantworter blinkte, und mein Herz machte einen kleinen Hüpfer vor Aufregung. Gregor! Doch dann fiel mir ein, dass ich selbst es gewesen war, die eine Nachricht darauf hinterlassen hatte. Ich überprüfte das Gerät. Keine weiteren Anrufe. Ich ging ins Wohnzimmer, einen Moment absurderweise hoffend, dass Gregor ohne Licht auf dem Sofa sitzen würde. Natürlich war er nicht da.

Die Hitze des Tages staute sich, und ich riss erst mal die Balkontür auf. Das Schlafzimmer war kühler, aber ebenso verlassen. Es war fast unwirklich still. Oder kam mir das nach diesem hektischen Tag nur so vor? Ich legte mich aufs Bett und schloss die Augen. Dann stand ich wieder auf, goss mir in der Küche ein Glas Rotwein ein und wählte noch mal Gregors Nummern. Nichts. Ich ließ den Wein stehen, warf etwas zum Anziehen in eine Tasche und hatte schon die Türklinke in der Hand, da sah ich ihn. Gregors Ersatzschlüssel zu meiner Wohnung. Er hing an einem roten geflochtenen Bändchen an meinem Schlüsselbord.

Ich verließ die Wohnung, trat auf die Straße. Der Umzugswagen war verschwunden. Ich lief zu meinem Auto und fuhr nach Schöneberg, zu Gregor. Die Fenster waren dunkel. Ich drückte auf die Klingel. Nichts. Eine Weile blieb ich ratlos vor der Tür stehen. Die einzige Kneipe, in die Gregor manchmal auf ein Bier ging, war der Felsenkeller in der Akazienstraße. Einen Versuch war es wert. Ich ging zu Fuß rüber.

Die meisten Gäste standen vor der Tür. Gregor war nicht unter ihnen. Ich ging ein paar Schritte in den schlauchartigen Raum, in dem sich die Wärme staute. Auch hier nur unbekannte Gesichter. Doch da entdeckte ich meine Freundin Ulla. Sie saß mit einem Mann auf einer Holzbank an der Wand. Er hatte den Arm um ihre Schultern gelegt und sagte ihr etwas ins Ohr. Er war viel jünger als Ulla mit ihren Mitte vierzig, ich schätzte ihn auf höchstens Ende zwanzig.

Es tat gut, Ulla zu sehen. Ich hätte gern mit ihr gesprochen, wollte die beiden aber nicht stören. Doch dann verdrehte Ulla die Augen und lachte laut. Ich kannte jedes ihrer Lachen, und dieses hier war falsch. Ich ging ein paar Schritte auf die beiden zu.

»Janne!« Ulla winkte mich hektisch heran. »Was machst du denn hier?«

»Ich bin auf der Suche nach Gregor.«

Unsere Blicke trafen sich. Sie brauchte keine Sekunde, um zu kapieren, dass ich ziemlich durcheinander war. Und dass ich Redebedarf hatte.

Ihr Begleiter betrachtete mich irritiert, dann glomm in seinen Augen Interesse auf. Vielleicht sah er in mir ein neues Flirtobjekt, noch dazu eher in seiner Altersklasse. Er sah ganz sympathisch aus, hatte schwarzes, kurz geschnittenes Haar und ein paar Lachfältchen um die Augen.

»Tom.« Er nahm den Arm von Ullas Schulter und drückte meine Hand.

»Janne.«

»Er jobbt in meiner alten Redaktion beim *Abendkurier*«, sagte Ulla. »Hat mir ein bisschen Klatsch und Tratsch erzählt.«

»Generation Praktikum«, meinte Tom mit einem Grinsen. »Und was machst du so?«

Ulla unterbrach, bevor ich antworten konnte. »Es ist genauso, wie ich erwartet habe. Freie Mitarbeiter schreiben jetzt die Gerichtsreportagen. Tom sitzt für den *Abendkurier* im Landgericht.« Sie sprach im Plauderton, doch ich kannte sie gut genug, um den Unterton zu hören. Es hatte sie hart getroffen, ihre feste Stelle zu verlieren. Seitdem schlug sie sich mehr schlecht als recht als freie Journalistin durch, nahm jeden Auftrag an, den sie bekommen konnte.

»Hast du Jura studiert?«, fragte ich Tom.

»Nö«, meinte er. »Journalismus.«

»Aber musst du dich da nicht mit juristischen Inhalten auskennen?«, fragte ich ehrlich verwundert.

»Ach was, das wird überschätzt. Klar, ich lese mich ein bisschen ein. Aber so genau nimmt die Redaktion das nicht.«

»Er ist billig. Und verfügbar. Darauf kommt es an. Nicht?« Ulla warf ihm einen spöttischen Blick zu.

Tom schien sich unbehaglich zu fühlen, auf seiner Stirn glänzte Schweiß. Er rutschte auf der Bank herum. »Na, ich werd dann mal … Muss morgen früh raus.« Er sah Ulla schüchtern an. »Kann ich dich mal anrufen? … Ich meine, wenn ich höre, dass die jemanden suchen. Oder wenn ich einen Rat brauche? Oder Fragen zu einem Prozess habe?«

Sie musste lachen, aber es klang bitter. »Klar. Meine Nummer hast du ja.«

»Super. Ich melde mich ganz bestimmt. Gute Nacht.«

Ulla nickte. »Träum was Schönes. Von einem festen Job zum Beispiel. Nur leider nicht beim *Abendkurier*.«

Tom gab ihr einen schnellen Kuss auf jede Wange, lächelte mich verunsichert an und drängelte sich in Richtung des Ausgangs durch.

Ulla blickte ihm nach. »Putzig, oder? ›Kann ich dich mal anrufen? Wenn ich einen Rat brauche?‹ Ob er glaubt, er macht alten Frauen mit so was eine Freude? Oder damit, ihre jungen Freundinnen anzustarren?«

Ich bestellte per Handzeichen zwei Bier für uns. »Du bist ungerecht«, meinte ich. »Was kann er dafür?«

»Wofür?« Ulla verschränkte die Arme.

»Dafür, dass du deinen Job verloren hast. Dass du keinen Partner hast. Dass er zu jung und zu naiv ist, um dich geistvoll zu unterhalten. Dass er Angst hat, mit dir ins Bett zu gehen. Dass du aber genau das von ihm willst und nichts weiter.« Ich zwinkerte ihr zu. »Dafür, dass du eine frustrierte alte Schachtel bist.«

Ulla erwiderte meinen Blick, ein Funkeln in den Augen. Dann lachte sie los. »Danke für die liebevolle Einschätzung!«

»Gern geschehen.«

»Und?«, fragte sie. »Warum ziehst du die ganze Zeit so ein Gesicht?«

»Wegen Gregor.« Ich zögerte. »Ich hab ihn versetzt.«

»Das hör ich in letzter Zeit aber oft von dir.«

Ich schluckte. Ulla hatte recht, aber es ärgerte mich, dass sie es aussprach.

»Was war denn wieder los?«

»Wir waren bei mir verabredet, doch dann musste ich spontan mit der neuen Unternehmensberaterin was essen gehen. Er hat natürlich sein Handy ausgeschaltet. Und jetzt ist er verschollen.«

»Ich find's gut, dass er sich nicht alles gefallen lässt.«

Ich erzählte Ulla von meinem verdorbenen Wochenende und vom ersten Tag mit dem Bloomsdale-Team. Von Vanessa Ott. »Sie ist mir sympathisch, aber ich kann sie nicht so richtig einschätzen.« Ich berichtete von Vanessas Meinungswandel zu Miranda Glass' Engagement und auch von der Show, die Vanessa Ott als Pauls »Model« aufgeführt hatte. »Ich konnte mir nicht vorstellen, was in ihr vorging. Ich meine, sie ist mitten im Einsatz als Unternehmensberaterin, sie hat uns zu analysieren und zu bewerten und entscheidet am Ende darüber, ob wir unseren Job behalten oder nicht. Wenn Evelyn oder Heike, eine von uns, so eine Performance gebracht hätten, dann hätte ich mich schlapp gelacht. Aber in Vanessa Otts Position war es irgendwie unpassend.«

»Vielleicht will sie genau das«, meinte Ulla.

»Was?«

»Eine von euch sein.«

Mein Bier wurde gebracht, gleichzeitig mit einem neuen Glas für Ulla. Ich nahm einen großen Schluck. »Ich weiß es nicht. Auf jeden Fall ist sie mir lieber als ihr Kollege. Der macht einen ziemlich humorlosen Eindruck.«

»Und dann warst du auch noch mit ihr essen?« Ulla sah mich skeptisch an. »Ist das nicht etwas zu privat?«

Bevor Ulla beim Abendkurier entlassen worden war, hatte eine Unternehmensberatung die Zeitung umstrukturiert und ihre Stelle eingespart. Verständlich, dass sie empfindlich auf Vertreter dieser Berufsgruppe reagierte.

»Ich dachte, wir machen nur ein bisschen Smalltalk. Aber stattdessen hat sie mir erzählt, dass ihre Mutter sich umgebracht hat, als sie noch ein Kind war«, sagte ich.

»Wie bitte?« Ulla legte die Stirn in Falten. »Wieso vertraut sie dir so etwas an?«

»Angeblich, weil ich so gut zuhören kann.« Ich erwartete eines von Ullas ironischen Witzchen, stattdessen sagte sie: »Da hat sie recht. Eine deiner besonderen Qualitäten. Was hat sie dir noch so alles erzählt?«

»Nicht viel. Ihr Freund lebt in München. Macht Karriere in einer Werbeagentur. Sie sehen sich kaum. Kein Wunder bei den Arbeitszeiten. Sie kam mir ein wenig einsam vor.«

»Das ist ja wirklich erschütternd. Mir kommen gleich die Tränen. Ein Segen, dass sie endlich auf Mutter Teresa getroffen ist, die sich ihrer annimmt.«

Wir mussten beide lachen und tranken unsere Biere aus. Ulla orderte zwei Neue.

»Hey, ich muss noch fahren«, protestierte ich schwach.

»Genau, Taxi«, gab Ulla zurück.

»Was hätte ich denn deiner Ansicht nach machen sollen?«, fragte ich, wieder ernst. »Sie vor den Kopf stoßen? Ich hab mir die Situation nicht ausgesucht. Sie ist wirklich nett. Und wenn sie mich auch sympathisch findet, umso besser. Ich hab keine Lust, gekündigt zu werden.«

»Verstehe ich. Aber trotzdem: Tu mir den Gefallen und sei vorsichtig.«

»Ulla …«

»Ja, schon gut, ich hör ja auf.«

Für eine Weile schwiegen wir. Ich betrachtete die Leute um uns herum, ohne sie wirklich zu sehen. Ich war erschöpft und gleichzeitig überdreht und hellwach. Ob Gregor irgendwo draußen herumlief? Ob er auf mich wartete? Vielleicht schlief er längst.

»Falls Gregor sauer ist, lass ihn eine Weile in Ruhe«, sagte sie, als hätte sie meine Gedanken gelesen. »Er kriegt sich schon wieder ein. Schließlich liebt er dich.«

»Ich hoffe es.«

»Was der arme Tom jetzt wohl macht?« Ulla grinste.

»Vermutlich liegt er im Bett, total erledigt nach dem Abend mit dir.«

»Und fragt sich, wie er an deine Nummer kommt«, meinte sie. »Aber von mir kriegt er sie nicht.«

Wir verabschiedeten uns mit dem Versprechen, bald zu telefonieren. Ich lief zu meinem Auto. Als ich vor Gregors Haus stand, sah ich im Zimmer hinter der Werkstatt Licht durch den Türspalt.

Gregor öffnete mir nach dem ersten Klingeln. Er hatte noch nicht geschlafen.

»Wo warst du denn?«, fragte ich.

»Zuerst bei dir. Dann Currywurst essen.«

»Hast du meine Nachricht nicht bekommen?«

»Doch.«

»Und warum hast du dich nicht kurz gemeldet?«

»Keine Lust. Erst werde ich per SMS eingeladen. Und dann per Anrufbeantworter wieder ausgeladen. Irgendwie ist das nicht so die Beziehung, die ich mir vorstelle.«

Ich ging zu ihm und legte meinen Kopf an seine Schulter.

»Verzeih mir, du hast ja recht.«

Er nahm mich in die Arme. Einen Moment standen wir so, dann löste er sich von mir.

»Komm.«

Wir tranken noch ein Glas Wein, aber es kam kein richtiges Gespräch in Gang. Instinktiv verzichtete ich darauf, Gregor von meinem Tag im Sender zu erzählen, vom Terminstress und den Unternehmensberatern, obwohl mein Kopf voll davon war. Wenn er gefragt hätte … Aber er gähnte.

»Lass uns ins Bett gehen. Mir reicht es für heute. Übrigens hab ich den Schlüssel von deiner Wohnung bei dir vergessen.«

Wir zogen uns aus und legten uns ins Bett. Es war so warm, dass wir uns nicht zudecken mochten. Gregor drehte sich von mir weg auf die rechte Seite, seine normale Einschlafstellung. Kein Kuss, keine Umarmung mehr. Ich schmiegte mich an seinen Rücken und legte eine Hand auf seine Hüfte. Manchmal lagen wir so, bereit zum Einschlafen, und dann streichelte ich ihn, und er nahm meine Hand und küsste sie und drehte sich zu mir um. Aber heute bewegten wir uns beide nicht.

Ich lauschte Gregors Atemzügen. Das Rollo war nicht ganz geschlossen und zerschnitt das Licht der Straßenlaterne in Streifen. Die Schatten der Möbel besaßen scharfe, schwarze Kanten. Ich konnte lange nicht einschlafen, und ich hatte das Gefühl, dass auch er wach lag.

2

Kopfschmerzen pochten hinter meinen Schläfen, als ich am nächsten Morgen Gregors Wohnung verließ. Er schlief. Ich fuhr zu mir und zog mich eilig um. Ich wollte früh im Büro sein. Für die Hochsteckfrisur blieb keine Zeit mehr, ich kämmte mich nur schnell und band mir ein Tuch ins Haar.

Ich schloss meine Wohnungstür ab. Durch das Fenster im Hausflur fiel grelles Sonnenlicht und beleuchtete Flecken und Kratzer an den Wänden. Dabei fiel mir der Schlüsselbund aus der Hand und schepperte laut auf den Boden. Ich hob ihn auf, lief die ersten Treppenstufen hinunter und wäre beinahe über eine kleine Gestalt gestolpert, die nah am Geländer hockte. Es war Benni. Zwischen seinen Beinen klemmte ein Geigenkasten.

»Hallo Benni. Was machst du denn hier?«

Er rieb sich die Augen mit seiner kleinen Faust. »Ich hab meinen Rucksack vergessen. Nun hab ich keine Buskarte und kein Sportzeug und kein Schulbrot. Ich hab nur die Geige.«

»Kannst du nicht wieder rein?«

»Der Schlüssel ist auch im Rucksack.«

»Und dein Papa?«

»Noch auf der Arbeit. Er arbeitet als Nachtpförtner in einem Hotel, da ist er bis um neun.«

»Und wenn du ihn anrufst?«

Er biss sich auf die Lippe.

»Verstehe«, sagte ich. »Das Handy ist auch im Rucksack?«

Er nickte.

»Na, vielleicht kann ich dir ja helfen«, meinte ich. »Ich fahr dich mit dem Auto zur Schule. Wir kaufen was beim Bäcker. Und Turnsachen leihst du dir heute mal von jemandem aus.«

Benni schniefte. »Mir leiht keiner was. Und ich komm zu spät. Dann werde ich ins Klassenbuch eingetragen.«

»Hey, Kopf hoch. Willst du trotzdem mit mir fahren?«

Benni nickte. Zum Auto begleitete er mich mit gesenktem Blick, doch beim Bäcker besserte sich seine Laune, als er sich zwei zuckertriefende Donuts aussuchen durfte. »Die erlaubt Papa mir nie! Ich darf nur Vollkornbrot«, sagte er. »Danke!«

»Verrat es ihm lieber nicht, okay?«, meinte ich leicht verunsichert. Von Kindererziehung hatte ich keine Ahnung. Aber für meinen Geschmack war Benni viel zu jung, um nachts allein zu Hause zu bleiben und sich selbstständig für die Schule fertigzumachen.

Im Auto plapperte er auf mich ein: »Heute Nachmittag haben wir die Premiere von unserem Theaterstück. Es ist ein Musical, und ich spiele was auf der Geige vor. Es ist um drei Uhr. Kannst du kommen und zusehen?«

Ich lächelte. »Leider nicht. Ich muss arbeiten.«

»Papa kommt auch nicht. Er hat Probe mit der Band.« Benni senkte traurig den Kopf. »Alle anderen Eltern kommen.«

Ich schwieg und Erinnerungen krampften sich wie eine kalte Hand um mein Herz. Wie gut ich ihn verstehen konnte. Wir erreichten das Gebäude um zehn nach acht. Ich hielt am Straßenrand. »Steig hier aus, auf der Seite zum Bürgersteig. Tschüss, Benni, bis bald.«

Er hob die Hand, um zu winken, machte aber keine Anstalten, loszugehen, sondern blieb mit seinem Geigenkasten am Auto stehen, eine kleine, blasse, traurige Gestalt. Er blickte mich an. Auf einmal begriff ich.

»Hast du Angst, reinzugehen?«

Er bewegte leicht den Kopf, ein angedeutetes Nicken. Er war ein fremdes Kind, zufällig in meiner Nachbarwohnung eingezogen. Was hatte ich mit seinen Problemen zu tun? Aber ich konnte nicht einfach wegfahren. Ich stieg aus.

»Nützt es was, wenn ich mit reinkomme?«

Er nickte heftig. »Wenn du dabei bist, kann Frau Wegberg nicht schimpfen.«

Ich folgte ihm ins Schulgebäude, dann durchs Treppenhaus in einen Flur. Hinter den Türen rechts und links war Gemurmel zu hören, manchmal etwas lauter eine Lehrerstimme. Benni klopfte an die Tür eines Klassenzimmers. Auf ein »Herein« traten wir ein. Eine schlanke Frau Anfang dreißig stand am Lehrerpult und blickte erstaunt auf. Benni stupste mich in die Seite.

»Ich bringe Benni …, also … Benjamin. Bitte entschuldigen Sie seine Verspätung«, sagte ich.

»Benni, die Schlafmütze!« Ein kräftiger hellblonder Junge in der letzten Reihe sprang auf. Einige Kinder lachten.

»Sind Sie …«, begann die Lehrerin.

»Ist das deine Mami?«, rief ein Kind.

Der blonde Junge grinste. »Benni hat keine Mami.«

»Hab ich wohl!«, schrie Benni. »Sie kommt bald. Und dann macht sie euch alle fertig!«

»Ruhe! Es reicht! Jonas, setz dich wieder hin.« Der blonde Junge gehorchte, aber auf seinem Gesicht war immer noch das gehässige Grinsen.

Die Lehrerin trat zu Benni und legte ihm eine Hand auf die Schulter.

»Ich bin die Nachbarin«, sagte ich.

Die Lehrerin nickte. »Vielen Dank für Ihre Hilfe.« Sie führte Benni zu seinem Platz und drückte ihn auf den Stuhl. Ich winkte ihm zum Abschied zu und ging.

Trotz meines Umwegs über Bennis Schule war ich immer noch früher im Sender als sonst. »Morgen, Herr Keipke«, begrüßte ich den Pförtner in der Eingangshalle.

»Morgen, Frau Amelung. Wollten Sie heute mal die Erste sein?« Er grinste. »Hat nicht geklappt. Diese Unternehmensberater sind schon oben.«

»Seit wann?«

Er sah auf die Uhr. »Ich schätze, seit sieben. Na ja, bei dem Geld, was die verdienen, sollen sie sich ruhig ein bisschen anstrengen. Und ich mach gleich Feierabend. War eine lange Nacht.«

»Sagen Sie mal, haben Sie gestern Abend jemand Fremdes ins Haus gelassen? Ein Mann, blaues Jacket, schlank, dunkle, kurze Haare? Der stand auf einmal oben im Flur. Wissen Sie, wer das war und was er wollte?»

»Wie bitte? Der war im Gebäude?» Er sah mich fassungslos an. »Der Typ kam zu mir an die Pforte. Angeblich ein Journalist. Hat mit einem Ausweis rumgewedelt. Er wollte wissen, wer von Bloomsdale hier im Einsatz ist und ob er diese Frau Ott noch antreffen kann. Ich hab versucht, sie oben anzurufen, aber sie ging nicht mehr dran. Daraufhin hab ich ihn weggeschickt. Er wirkte ganz cool, ist dann gegangen. Jetzt frag ich mich nur, wie der hier reingekommen ist.»

Ich hob die Schultern. Es gab einige Aufnahmestudios im Erdgeschoss, die separate Eingänge hatten.

»Was hat der Kerl da oben getrieben? Haben Sie mit ihm gesprochen?«, fragte Keipke.

»Ich habe ihn nur von Weitem gesehen, er hatte einen bösen Wortwechsel mit den Bloomsdale-Leuten, und dann verschwand er durchs Treppenhaus.«

»Danke, dass Sie Bescheid gesagt haben.« Keipke griff zum Hörer. »Ich verständige jetzt den Sicherheitsdienst.«

»Das ist gut.« Ich winkte ihm zum Abschied zu und fuhr in meine Etage. Dabei ging mir der letzte Satz des Journalisten durch den Kopf: »Diesmal kriege ich Sie.« Hatte Vanessa Ott vielleicht seine feste Stelle eingespart, so wie bei Ulla, und er war deshalb so wütend?

Meine Kopfschmerzen verstärkten sich, als ich an die Arbeit dachte, die nun vor mir lag: eine von Bloomsdale Consulting geforderte Einschätzung aller Marketingmitarbeiter. Ich sollte die Qualifikation der Kollegen und ihre Aufgabenschwerpunkte skizzieren und eine Bewertung abgeben, ob Profil und Leistung in Einklang waren. Innerlich verwünschte ich Gunter von Hirten. Nur weil er so plötzlich verschwunden war, musste ich mich mit dieser heiklen Aufgabe herumschlagen. Über meine eigenen Mitarbeiter zu berichten, fiel mir nicht schwer, aber wir waren ja nur ein Teil des Marketings. Einige der anderen Kollegen kannte ich nicht gut genug, um die Qualität ihrer Arbeit einschätzen zu können. Da, wo ich mir kein Urteil zutraute, vermerkte ich es, und versuchte ansonsten, so fair und objektiv zu sein wie möglich.

Während ich schrieb, tauchten immer wieder Bennis traurige Augen vor mir auf. Sie schwebten vor den Buchstaben der Tastatur. »Benni hat keine Mami.« Wieso hatte dieser feiste blonde Junge das gerufen? Und wie gemein war das von ihm. Ich war davon ausgegangen, dass Bennis Eltern getrennt lebten. Aber vielleicht war die Mutter auch gestorben? Ich war dankbar, dass mir Benni und Sebastian Grolmann so viele Rätsel aufgaben, denn sie lenkten mich von meinen Gedanken an Gregor ab. So was wie gestern Abend durfte mir nicht mehr passieren. Aber ich wusste genau, dass mein Job immer wieder für spontane Überstunden sorgen würde. Erst recht, solange die Bloomsdale-Leute da waren.

Gegen neun sah ich nach Michaela, doch sie war noch nicht im Büro. Ich erreichte sie auf dem Handy. »Wie geht es dir? Alles wieder in Ordnung?«

»Ja, die Beschwerden sind fast weg. Ich sitze in der U-Bahn. Bin gleich da.«

Mein Postfach quoll über vor Mails, das Telefon stand nicht still. Es war wie jedes Jahr, wenn die Planung des Smiling Kids Day in die Endphase trat. Auch der Agent von Miranda Glass wartete dringend auf meinen Rückruf, ich sollte vermitteln, weil die PR-Abteilung auf seine Vorstellungen nicht eingehen wollte.

Gegen Mittag saß ich mit den Unternehmensberatern in meinem Büro zusammen. Wir besprachen die Einschätzungen der Mitarbeiter im Einzelnen. Mark Winter gingen meine Beurteilungen nicht weit genug, und er stellte viele Detailfragen, die ich nicht beantworten konnte.

»Frau Amelung, Ihre Loyalität und Vorsicht den anderen gegenüber in allen Ehren, aber Sie müssen schon etwas deutlicher werden. Nur Mut! Das, was Sie uns sagen, wird diese vier Wände nicht verlassen. Wir sind die Einzigen, die Zugang zu den Papieren haben, und nach Abschluss des Gutachtens wird jede einzelne Seite geschreddert.«

Michaela brachte uns frischen Kaffee.

Vanessa Ott gähnte, reckte die Arme über den Kopf und streckte sich. »Ich brauche Sauerstoff«, sagte sie, ging zum Fenster und öffnete es. »Pause?«

»Ja, gern«, seufzte ich.

Mark Winter blickte uns missbilligend an, stand auf und ging aus dem Zimmer.

»Janne, hast du einen Moment Zeit?«, fragte Michaela. »Ulla ist unten in der Eingangshalle.«

Ich sah sie erstaunt an.

»Gehen Sie nur, wir unterbrechen ja für ein paar Minuten«, sagte Vanessa Ott.

Ich rief den Pförtner an und bat ihn, Ulla raufzuschicken. Sie lehnte sich in der Teeküche an den Schrank und sah abgespannt und gehetzt aus. »Ich hatte hier um die Ecke einen Termin, da dachte ich, ich schau kurz rein. Hab gar nicht damit gerechnet, dass du Zeit hast.«

Ich drückte ihr eine Tasse Kaffee in die Hand. »Was ist los?«

»Neuigkeiten«, sagte Ulla. »Ich soll für eine Nachrichtenagentur Politiktermine übernehmen. Ich muss gleich zu einer Pressekonferenz bei der SPD.«

»Gratuliere«, warf ich ein.

»Außerdem … und jetzt halt dich fest, hat Tom vorhin angerufen. Der *Abendkurier* will, dass ich über diesen Prozess gegen die Hells Angels berichte. Tom tut so, als hätte er das eingefädelt.«

»Der putzige kleine Tom, sieh mal an.«

»Vielleicht hab ich ihn unterschätzt. Er hat irgendeinen Draht zum Redaktionsleiter. Oder er geht mit dem weiblichen Teil der Geschäftsführung ins Bett.«

»Na, aber für dich sind das doch gute Nachrichten«, meinte ich vorsichtig. »Oder nicht?«

Ulla verzog den Mund. »Der Prozess wird hochspannend. Und ich könnte das Geld wirklich brauchen. Aber ich fürchte, ich bin zu stolz. Die haben mich rausgeschmissen mit einer lächerlichen Abfindung, und nun soll ich für das halbe Geld als Freie ran.«

»Und du bist auch zu stolz, von Tom Hilfe anzunehmen.«

Sie antwortete nicht.

»Aber dir bleibt ja das Politikressort?«

Ulla seufzte. »Klar, das ist eine Chance. Aber ich hab keine Ahnung von dem Kram. Ich muss mich erst einarbeiten.« Sie stieß sich von der Wand ab. »Was soll's. Ich kann es mir nicht mehr aussuchen. Muss nehmen, was ich kriege. Also, frisch ans Werk.« Sie grinste zynisch. »Wie läuft's bei dir?«

»Ich war gestern Nacht doch noch bei Gregor.«

»War er sauer?«

»Ein bisschen. In letzter Zeit ...« Ich brach ab, weil ich an der Tür eine Bewegung wahrnahm.

Vanessa Ott stand im Türrahmen. Sie hielt ihre leere Tasse hoch. »Gibt es noch mal Nachschub? Ich brauche dringend mehr Koffein.« Sie lächelte Ulla an.

»Einen Moment.« Ich nahm ihr die Tasse ab, stellte sie unter die Maschine, wartete, bis sie gefüllt war, und reichte sie ihr zurück.

»Danke. Kommen Sie rüber? Wir sollten weitermachen.«

»Sofort«, sagte ich.

Vanessa Ott lief über den Gang zu meinem Büro.

»Das ist sie«, sagte ich zu Ulla.

Ulla runzelte die Stirn. »Dachte ich mir. Ist die magersüchtig?«

»Hab ich mich auch schon gefragt.«

»Sie wirkt wie eine dieser typischen Karrierefrauen. Nur Job, Geld und Markenklamotten im Kopf. Na ja ...« Ulla griff nach ihrer Tasche, die sie auf einem Sideboard abgestellt hatte. »... in ein paar Tagen bist du sie hoffentlich los ...« In der Tür blieb sie stehen. »Was mach ich nun mit dem *Abendkurier*?«

»Rede mit denen. Sag, dass du es dir vorstellen könntest. Aber nicht zu den Bedingungen. Verlang das, was du früher bekommen hast. Alles andere ist Verarschung. Und das würde dich nur unzufrieden machen. Wenn sie qualitativ hochwertige Berichterstattung wollen, müssen sie vernünftig zahlen. Und sonst sollen sie den Praktikanten hinschicken.«

Ulla warf mir einen Handkuss zu. »Das ist meine kleine Janne, wie ich sie liebe. Recht hast du.«

»Und ruf Tom an. Lad ihn zum Essen ein und nimm ihn mit zu einem Segeltörn auf deinem Wasserbett.«

Ulla verschwand kichernd über den Flur, drehte sich noch einmal um und streckte kämpferisch die Faust in die Luft.

Ich kehrte ins Büro zurück, wo Vanessa Ott und Mark Winter schon wieder über meine Berichte gebeugt saßen. Das Fenster war geschlossen, die Luft im Raum stickig. Draußen wiegten sich die Bäume vor einem strahlend blauen Himmel im Wind.

»Ich hoffe, Sie haben die nächsten Stunden keine weiteren Termine«, knurrte Mark Winter. »Das hier wird dauern.«

Mir war nicht ganz klar, ob das Gespräch mit Ulla schuld war oder meine tiefe Unlust, den Rest des Tages mit diesem schlecht gelaunten Mann in einem Raum zu verbringen, jedenfalls sagte ich, ohne vorher nachzudenken: »Ich muss gegen halb drei für eine Stunde aus dem Haus. Danach bin ich ganz für Sie da.«

Mark Winter starrte mich an, als hätte er sich verhört, und auch über Vanessa Otts Gesicht huschte ein unwilliger Ausdruck. »Ein Arzttermin?«, fragte sie.

»Nein …,« ich zögerte. Ich hatte mir keine Erklärung zurechtgelegt.

»Wie auch immer«, rettete sie mich aus der Verlegenheit. »Das dürfte kein Problem sein. Wir haben auch ohne Sie genug zu tun.« Sie wechselte mit Mark Winter einen Blick, dann sah sie mich durchdringend an. »Hauptsache, Sie werden uns nicht krank.«

Wie kam sie nur darauf? »Bestimmt nicht«, gab ich zurück.

Als ich um kurz vor drei aus dem Auto stieg und in die wärmende Sonne trat, spürte ich ein längst vergessenes Gefühl von Freiheit. So hatte es sich früher angefühlt, den Unterricht zu schwänzen. Und dabei betrat ich gerade freiwillig eine Schule.

Ich heftete mich an eine Gruppe Erwachsener mit kleineren Kindern, darauf bauend, dass sie auch zur Theateraufführung wollten. Ich folgte ihnen in eine Turnhalle. Die Sitzbänke waren bereits besetzt, und ich blieb an der hinteren Wand stehen. Ob Benni mich entdecken würde? Mein Herz machte einen kleinen Hüpfer. Ich wollte ihm so gern eine Freude machen.

Die Aufführung begann mit einem Tanz zu Musik aus einem Kassettenrekorder, den eine angestrengt blickende Lehrerin bediente. Immer mehr Grundschüler liefen in Gruppen auf die Bühne, bildeten Reigen und fassten sich an den Händen und drehten sich umeinander … Mir wurde langweilig. Ich fing an, die Eltern um mich herum zu betrachten. Mütter, die voller Entzücken für ihre Sprösslinge Zwischenapplaus spendeten, und Väter, die unablässig filmten oder fotografierten. Auf einmal lenkte eine melodische Kinderstimme meine Aufmerksamkeit zurück auf die Bühne. Ganz allein stand dort Benni. Er erzählte auswendig den Beginn der Geschichte *Die Konferenz der Tiere*. Das Publikum wurde still, jedes Rascheln oder Hüsteln empfand ich als Störung. Als Benni fertig war, brachte ihm eine Mitschülerin seine Geige, und er begann zu spielen. Währenddessen kamen von rechts und links als Tiere verkleidete Kinder auf die Bühne. Ich entdeckte den blonden Jungen aus Bennis Klasse. Er trug ein Löwenkostüm und ging dicht hinter Benni vorbei. Als er bei ihm war, flüsterte er ihm etwas zu, seinem bösartigen Gesichtsausdruck nach musste es etwas Unfreundliches sein. Bennis Miene war wie versteinert. Er verspielte sich, setzte neu an, verspielte sich wieder. Ein paar Kinder rechts auf der Bühne begannen zu kichern. Benni setzte die Geige ab und sah hilfesuchend zu der Lehrerin hinüber, doch sie reagierte nicht. Ich konnte sehen, dass er Tränen in den Augen hatte. Ich verkrampfte meine Hände ineinander, wäre am liebsten vor zur Bühne gelaufen, um ihm beizustehen. Nur wie? Auf einmal tauchte ein großer, dunkelhaariger Mann neben mir auf. Sebastian Grolmann. Er hatte mich nicht gesehen, blickte unverwandt zu Benni auf die Bühne.

»Da capo!«, rief er jetzt. »Da capo, Benni!«

Benni hob den Kopf und entdeckte seinen Vater. Er öffnete den Mund vor Erstaunen, atmete tief ein und aus, setzte die Geige neu an und spielte voller Schwung und ohne einen Fehler das Lied bis zu Ende. Es gab viel Applaus. Benni verbeugte sich und hockte sich an den Seitenrand der Bühne. Er streichelte immer wieder über die Geige.

Sebastian Grolmann hatte mich inzwischen entdeckt. Er sah mich erstaunt an. »Haben Sie auch ein Kind hier auf der Schule?«

»Nein.«

Während das Theaterstück weiterging, erzählte ich ihm flüsternd von meiner morgendlichen Begegnung mit Benni. »Er ging davon aus, dass Sie nicht kommen können. Und er schien ein wenig traurig zu sein.«

Eine halbe Stunde später warteten wir am Ausgang auf ihn.

»Und Sie sind extra hierhergefahren? Um Benni eine Freude zu machen?« Seine Augen forschten in meinem Gesicht.

»Ehrlich gesagt war ich ganz froh, mal aus dem Büro rauszukommen«

Er lächelte und schüttelte dabei leicht den Kopf. Einen Augenblick lang standen wir schweigend nebeneinander. Gerade als ich mich mit Hinweis auf die im Sender wartende Arbeit verabschieden wollte, zog er zwei verbogene Pappstreifen aus seiner Hosentasche und hielt sie mir hin. Es waren Eintrittskarten. »Haben Sie heute Abend schon was vor? Ich spiele im A-Trane mit meiner Band. Jazz übrigens.«

Ich zögerte. »Danke, das ist wirklich nett, aber… meine Arbeitszeiten sind im Moment nicht sehr kulturfreundlich.«

»Der Einlass ist um neun, aber wir fangen nicht vor zehn an. Das müssten Sie doch schaffen?«

»Gut, ich versuch es«, sagte ich und steckte die Karten ein.

Auf dem Flur zu meinem Büro kam mir Michaela entgegen. »Wo warst du so lange?«

»Beim Konzert eines kleinen Geigenkünstlers.« Ich musste grinsen, als ich ihren verständnislosen Blick sah.

»Ich hab dir aufs Band gesprochen«, meinte sie. »Von Hirten ist wieder da.«

»Was, heute schon? Ich dachte, er ist den Rest der Woche weg. Wollte er mich sprechen?«

»Nein, aber er hat sich gleich bei Mark Winter und Vanessa Ott vorgestellt. Die sitzen seit einer halben Stunde bei ihm drin.« Michaela lehnte sich in den Türrahmen. »Was glaubst du? Ob er ab jetzt selbst die Bloomsdale-Leute betreut? Dann kämen wir endlich mal wieder zu unserer normalen Arbeit.«

»Ja, schlecht wäre das nicht.« Ich schloss meine Tür auf und dachte an die Warnung von Betriebsrat Oderthal. »Von Hirten wird …« Was? Die Dinge an sich reißen? Versuchen, mir zu schaden?

»Übrigens, hast du es gelesen? Miranda Glass ist im Krankenhaus.«

»Wie bitte?«

»Sie ist in der Feinschmeckerabteilung im Lafayette zusammengeklappt und in die Charité gebracht worden. Kreislaufkollaps.«

»Das kann bei der Hitze jedem passieren«, meinte ich.

Michaela verzog den Mund. »Das ist noch nicht alles. Vorher hat sie mit ihrer Prada-It-Bag auf eine junge Frau eingeschlagen. Sie hielt sie wohl für eine Paparazza und fühlte sich verfolgt. Es war aber nur eine ahnungslose amerikanische Touristin, die die Käsetheke fotografieren wollte.«

Ich öffnete ein Online-Nachrichtenmagazin und stieß direkt auf die Schlagzeile. Der Vorfall wurde genüsslich ausgewalzt. Die Reporterin spekulierte über einen Zusammenhang zu Mirandas angeblichem Drogenmissbrauch.

»Mist, das hat uns gerade noch gefehlt. Jetzt macht mir die Presseabteilung die Hölle heiß. Besorg mir sämtliche Artikel zu dem Vorfall. Und ruf mal ihren Agenten an und frag, wie es Miranda jetzt geht.«

Michaela ging und ließ meine Tür offen. Ich warf die Eintrittskarten neben meine Tastatur und rief meine E-Mails ab. Wie schon erwartet hatte ich eine Eilnachricht von der Presseabteilung. Ich legte mir im Kopf eine Strategie zurecht. Aber es wurde jetzt natürlich viel schwieriger, für Miranda zu argumentieren. Nun musste ich den PR-Profis die Einschätzung der Lage überlassen. Mein Blick fiel auf die Freikarten. Schnell schrieb ich Gregor eine SMS, ob er mit zu dem Konzert kommen wolle. Kurz darauf meldete er sich, ebenfalls schriftlich. Es würde ihm nicht passen, zu viel zu tun.

Ich seufzte. Er hatte so gut wie gar nichts zu tun, also war er noch beleidigt. Ich schrieb zurück: »Dann morgen Abend bei mir?« Die Antwort kam sofort. »Lieber am Wochenende. Hab keine Lust, wieder stundenlang zu warten.«

Traurig blickte ich auf seine Nachricht. Wäre ich doch bloß nicht mit Vanessa Ott essen gegangen. Auf keinen Fall würde ich zulassen, dass der Job meine Beziehung kaputt machte. Ein Job, der heute das Gegenteil von Spaß bedeutete. Den ganzen Vormittag über hatte ich mich gefühlt wie ein Stasispitzel, von dem verlangt wird, dass er andere ans Messer liefert. Und der Vorfall mit Miranda brachte auch nur neuen Ärger… Wieder betrachtete ich die Karten. Ich schrieb Ulla eine SMS und fragte, ob sie mich begleiten wolle.

Als ich mein Fenster öffnete, bemerkte ich, dass meine Pflanzen die Blätter hängen ließen. Ich hatte seit Tagen vergessen, sie zu gießen. Kein Wunder bei dem Stress, der hier herrschte, seit die Bloomsdale-Leute da waren. Ich nahm meine kleine Gießkanne aus dem Schrank.

Als ich mich umdrehte, sah ich Vanessa Ott in der Tür. Wie lange stand sie dort schon? Ich hatte sie nicht bemerkt. Nun klopfte sie an den Rahmen.

»Störe ich?«

»Nein, kommen Sie rein.«

Sie legte ihr Notebook auf meinem Schreibtisch ab. »Ich wollte kurz etwas unter vier Augen besprechen.«

»Bitte setzen Sie sich.«

Sie schloss die Tür und nahm auf meinem Besucherstuhl Platz. »Ihr Chef ist wieder da. Er war in seiner Einschätzung der Marketingmitarbeiter in fast jedem Einzelfall sehr weit von Ihrer Analyse entfernt. Und, unter uns gesagt, er hält es für unnötig, dass Herr Winter und ich weiter mit Ihnen sprechen. Als Marketingleiter sei er auch für den Smiling Kids Day der beste

Ansprechpartner. Das größte Event des Senders sei natürlich Chefsache. Er ließ durchblicken, dass Sie nur eine untergeordnete Rolle spielen.«

Beinahe hätte ich laut aufgelacht. Alle relevanten Fragen zum Smiling Kids Day hatte ich selbst mit dem Vorstand geklärt. Ich hatte längst das Go für meine Planung bekommen. Gunter von Hirten hatte sich bisher nie in die Vorgänge eingemischt. Es war absurd, dass er sich den Erfolg der Show nun auf die eigenen Fahnen schrieb.

Ich suchte nach den richtigen Worten. Ich musste mich loyal verhalten, noch war von Hirten mein Chef. »Es stimmt natürlich, er trägt die Gesamtverantwortung«, sagte ich. »Nur sind ihm manche Details des Projektes nicht vertraut, deshalb halte ich es schon für nötig, dass Sie weiterhin auch mit mir …«

»Was ist da los zwischen Ihnen?«

»Das kann ich Ihnen nicht beantworten.« Ich hatte nicht vor, jemanden von Bloomsdale in die internen Rangeleien einzuweihen. Von Hirten versuchte offenbar, sich seine alte Machtposition zurückzuerobern. Ließ den Chef heraushängen.

Vanessa Ott schwieg, doch sie beobachtete jede Regung meines Gesichtes. »Frau Amelung, wir von Bloomsdale können eine ganze Menge … bewegen. Aber wir sind abhängig davon, was Sie uns an Informationen liefern. Ich bin auf Ihrer Seite. Ich kann Sie auch beschützen. Sie müssen mir nur vertrauen.«

Was sollte das bedeuten? Hatte sie vor, von Hirten zu meinen Gunsten zu schaden? Gut, dass ich darauf nicht angewiesen war. Aber es konnte hilfreich sein, von ihr über seine Schachzüge informiert zu werden. Ich verdrängte mein ungutes Gefühl, sie auszunutzen. Schließlich hatte sie mich freiwillig ins Vertrauen gezogen. »Danke, ich … ich weiß das zu schätzen«, sagte ich.

Sie drehte eine der Eintrittskarten herum. »A-Trane? Das ist doch der bekannte Jazzclub? Ich wohne nur ein paar Schritte von dort entfernt. Ich wollte schon lange mal zu einem Konzert gehen, aber ich vergesse immer, mich um Karten zu kümmern.«

»Mein neuer Nachbar ist Saxofonist. Er hat heute einen Gig und hat mich spontan eingeladen.«

Vanessa Ott verbog eine der Eintrittskarten zwischen Daumen und Zeigefinger. »Ich liebe Jazz.«

In diesem Moment klingelte mein Handy.

»Gehen Sie doch dran«, sagte Vanessa Ott.

Es war Ulla. »Janne, nur ganz kurz, danke für die Einladung, aber ich bin später schon verabredet. Kannst du vielleicht spontan am frühen Abend?« Ich bejahte. »Super, dann meld dich doch, wenn du aus dem Büro gehst.«

»Gut, wir treffen uns im Nice Place.« Ich legte auf. »Entschuldigung«, sagte ich zu Vanessa Ott und ließ das Handy in meine Handtasche gleiten.

»Kein Problem«, meinte sie mit einem Lächeln. Sie hielt immer noch das Ticket in der Hand. »Dieses Jazzkonzert … Sie gehen bestimmt mit Ihrem Freund hin? Wie hieß er noch …? Ach ja, Gregor Behrendt.«

Warum wollte sie das nun wissen? Sie hatte sich tatsächlich Gregors Namen gemerkt. Ich lächelte höflich. »Nein, er hat keine Zeit.«

»Also, wenn Sie die zweite Karte übrig haben … Ich würde Sie Ihnen gern abkaufen.« Sie strahlte mich an, wurde aber in der nächsten Sekunde ernst. »Aber vermutlich wollen Sie jemand anderen von Ihren Freunden einladen. Mir war nur gerade die Idee gekommen … es tut mir leid, manchmal bin ich zu spontan!« Sie lachte verlegen und legte das Ticket auf den Tisch.

Spontan aufdringlich, ging es mir durch den Kopf. Doch da war wieder etwas in ihrem Blick, das mich warnte.

»Nein, gar nicht, die Idee ist doch nett. Ich freue mich, wenn Sie mitkommen.«

»Danke. Ich freue mich auch.«

Ich hielt ihr die Karte hin, und sie steckte sie ein.

Kaum war sie zur Tür hinaus, begann ich mich zu ärgern. Warum hatte ich sie eingeladen? Hatte ich ernsthaft vor, jeden Abend mit Vanessa Ott zu verbringen? Ich brachte mich selbst in eine unmögliche Situation. Nein, verbesserte ich mich: *Sie* brachte uns beide in diese Situation. Wir waren schließlich keine Freundinnen, nicht mal Kolleginnen. Sie schien mich zu mögen, aber ich würde erst wieder ruhig schlafen können, wenn Bloomsdale Consulting den Sender verlassen hatte und es meine Abteilung und meine Projekte dann noch gab. Warum suchte sie den Kontakt zu mir? Die Erklärung, mich aus beruflichen Gründen besser kennenlernen zu wollen, um meine Jobtauglichkeit zu überprüfen, reichte nicht als Grund. Dazu musste sie nicht ihre Freizeit mit mir verbringen. Sie war freundlich, sogar herzlich zu mir gewesen, aber ich wusste, ich hätte nicht ablehnen dürfen. Weder gestern das gemeinsame Essen noch diesen Konzertbesuch. So nett sie auch war, sie manipulierte mich. Aber warum ließ ich das zu? Ich hätte sagen können: »Wie schade, das tut mir leid, die Karte ist schon vergeben.« Punkt und Schluss. Doch ich hatte es nicht gewagt.

Mama liegt auf dem Sofa. Sie starrt gegen die Wand, ihre Augen sind dunkel, trüb wie schlammiges Wasser. Ich weiß nicht, wie sie sich fühlt. Was sie denkt. Den Rest des Tages wird sie so daliegen. Der Einkaufszettel klebt am Kühlschrank, der giftgrüne Magnetfrosch grinst mir entgegen. Papa hat die Liste geschrieben, bevor er zur Arbeit gefahren ist. Mama geht nur noch selbst, wenn sie was zu trinken braucht. Flaschen, die ich an der Kasse nicht bekomme. Ich will nicht gehen. Meine Beine sind wie Blei. Am liebsten möchte ich wieder ins Bett, mir die Decke über den Kopf ziehen. Und die Frau im Laden fragt immer nach Mama, wann sie denn wieder gesund sei, das ist mir peinlich, sie fragt mit so einem hämischen Unterton, als würde sie gar nicht glauben, dass Mama wirklich krank ist.

Ob Papa zum Abendessen nach Hause kommt? Ich überlege, was ich kochen könnte. Groß ist die Auswahl nicht, ich kann Rührei oder Spaghetti mit Fertigsauce. Er war wütend, als er gegangen ist. Er hat die Haustür zugeknallt. Ich mache Pellkartoffeln und kaufe Frühlingsquark, das mag er gern. Hoffentlich ist er nicht auch wütend auf mich.

Mein Handy brummte und holte mich aus den Erinnerungen. Eine SMS von Ulla: »Können wir? Habe Hunger.«

»Bin schon unterwegs«, schrieb ich zurück.

Das Nice Place war wie jeden Abend gut besucht, aber da ich Stammgast war, bekam ich sofort einen Tisch zugewiesen. Ulla traf nur wenige Minuten nach mir ein.

»Das war ein Tag!«, sagte sie und ließ ihre riesige Handtasche achtlos neben dem Stuhl auf den Boden fallen. »Ich hab angefangen, mich in den Hells-Angels-Prozess einzulesen. Zehn prall gefüllte Aktenordner.«

Ich sah sie gespannt an. »Hast du dich mit dem Abendkurier schon geeinigt?«

»Sagen wir es so: Sie sind mir entgegengekommen.«

Ich wunderte mich, dass die Verhandlungen offenbar so leicht über die Bühne gegangen waren.

»Fühlst du dich gut mit der Entscheidung?«

Sie hob die Schultern. »Ich bin zwar nicht jung, aber ich brauche das Geld. Der Prozess könnte sich über Jahre hinziehen. Vielleicht bringt mir das wenigstens die Miete ein.«

Während sie sprach, sah sie immer wieder an mir vorbei, als wäre etwas Spannendes in meinem Rücken zugange. Langsam machte es mich nervös. »Wo siehst du die ganze Zeit hin?«

»Du wirst beobachtet.«

Ich unterdrückte den Impuls, mich umzudrehen. »Von wem?«

»Miss Bloomsdale Consulting.«

»Vanessa Ott?«

Ulla nickte. »Mit einem umwerfend aussehenden Mann.«

»Oh. Ich kann mir denken, wer das ist.« Ich blickte unauffällig hinter mich.

Ich sah Vanessa Ott im Profil und, ihr gegenüber, ihren Boss Dr. Helmut Eichstätt. Ich hatte sie beim Hereinkommen nicht bemerkt. Oder waren sie kurz nach uns eingetroffen? Vanessa Ott erwiderte meinen Blick sofort, sie winkte mir fröhlich zu. Eichstätt wandte ebenfalls den Kopf in meine Richtung, reagierte aber nicht. Vanessa Ott hatte gehört, wie ich mich mit Ulla hier verabredet hatte. War sie deswegen hier? Um mich zu beobachten? Stopp, ermahnte ich mich. Wie kam ich nur auf solche Gedanken? Es war sicher ein Zufall. Wenn man den Sender verließ, stolperte man fast von selbst in dieses Lokal.

»Hast du irgendwas?«, fragte Ulla.

»Nein, nichts.« Etwas hielt mich davon ab, mit ihr über Vanessa Ott zu sprechen. Sie würde kein Verständnis dafür haben, dass ich nicht mehr Distanz wahrte. Und schon gar nicht, dass ich sie mit in das Konzert schleppte. Für Ulla wäre es kein Problem gewesen, sie einfach abblitzen zu lassen. Aber für mich hatte Neinsagen schon immer eine Herausforderung bedeutet.

»Soso, Eichstätt gefällt dir also?«, fragte ich. »Da kannst du dich mit Michaela, meiner Assistentin, zusammentun.«

»Scharfer Typ. Aber mit dem Job hat er keine Chancen bei

mir.« Ulla schüttelte den Kopf. »Es liegt nicht an ihm, dass ich dauernd da hinsehe, sondern an dieser Vanessa Ott. Ehrlich gesagt ist sie mir ein bisschen unheimlich. Die Art, wie sie dich fixiert. Sie hat so einen … hungrigen Blick.«

»Na, dann hoffen wir, dass sie bald was zu essen kriegt!«, versuchte ich zu witzeln.

Ullas Blick wurde ernst. »Noch mal, zum Mitschreiben, versprich mir, auf dich aufzupassen. Beim *Abendkurier* ist eine Menge passiert und das wenigste aufgrund sachlicher Entscheidungen. Wenn ich meinen Mund gehalten hätte, wäre meine Stelle vielleicht nicht futsch.« Sie blickte nachdenklich auf das Weinglas in ihrer Hand. »Du wirst in der nächsten Zeit viele Ungerechtigkeiten erleben. Tu mir einen Gefallen: Spiel nicht die heilige Johanna. Kämpf nicht für andere, nur für dich selbst.« Sie sah mir in die Augen. »Und bleib auf Distanz zu diesen Unternehmensberatern. Freundlichkeit und Höflichkeit sind selbstverständlich. Aber gib nichts von dir preis. Du weißt nie, ob das nicht gegen dich verwendet wird.«

Ich nickte und trank von meinem Wein. Ulla hatte ja recht. Aber wie verdammt schwer war es, sich abzugrenzen, wenn eine Frau Ott ganz beiläufig die Grenzen überschritt. Ich beobachtete sie aus dem Augenwinkel. Nun schien sie in ihr Gespräch mit Helmut Eichstätt vertieft. Die beiden waren ein attraktives Paar, er hünenhaft und blond, sie zart und dunkelhaarig. Gerade in dem Moment gestikulierte Eichstätt, und Vanessa Ott legte ihre Hand wie zur Beruhigung auf seinen Unterarm. Dort lag er eine Sekunde zu lange. Ich ärgerte mich, hingesehen zu haben. Ich wollte nichts Intimes über sie wissen.

Ich hätte gern die nächsten Tage schon hinter mir gehabt. Die Lawine rollte bereits. Was konnte ich tun, wenn Freundinnen oder Kollegen unter ihr begraben werden würden? Vielleicht sogar ich selbst? Vor allem auf Gunter von Hirten musste ich aufpassen. Gerade als ich Ulla von seiner merkwürdigen Dienstreise erzählen wollte, sah sie auf die Uhr. »Oh, Mist, schon kurz vor neun.«

»Mit wem bist du denn noch verabredet?«

Sie lächelte breit.

»Nicht dein Ernst, oder …?«

»Doch, doch.« Sie badete genüsslich in meinem Erstaunen.

Ich hob mein Glas. »Auf die Praktikanten.« Wir stießen an.

Ullas Augen leuchteten. »Janne, er ist … ach, was soll ich sagen, er ist eine Wucht.«

»In welcher Hinsicht?«

»In *der* Hinsicht.« Sie grinste. »Und dazu kommt, dass wir nun zusammenarbeiten werden. Wir machen den Hells-Angels-Prozess zu zweit.«

Ich verbarg meine Skepsis. Ich hatte Ulla schon zu oft von einem Mann schwärmen gehört. Um sie dann ein paar Wochen später trösten zu müssen. Und Tom war so viel jünger als sie.

»Übrigens hab ich auch einen netten Mann kennengelernt. Nein, sogar zwei nette Männer.« Ich erzählte von Sebastian und Benni, dem chaotischen Umzug, Bennis Pech mit dem vergessenen Rucksack und dem Schulkonzert.

Ulla rollte mit den Augen. »Du liebe Zeit. Ein vernachlässigtes Kind in deiner Nachbarwohnung? Das wird mit einer Adoption enden. Ich kenne doch dein großes, weiches Herz.«

»Quatsch.« Ich lächelte. »Aber findest du das in Ordnung? Einen Zehnjährigen über Nacht allein zu lassen?«

Ulla zuckte mit den Schultern. »Ich kenn mich mit Kindern nicht aus. Du kannst ja ab sofort babysitten. Übrigens, zu diesem Jazzkonzert wäre ich echt gerne mitgegangen.«

»Das können wir sicher bald nachholen. Jetzt, wo ich so

gute Kontakte habe.« Hoffentlich fragte sie jetzt nicht, wem ich die zweite Karte vermacht hatte.

Sie verzog den Mund. »Schön wär's. Aber ich fürchte, ich hab den Tisch so voll Arbeit, dass ich die nächsten drei Wochen Nachtschichten machen könnte.«

Der Himmel schimmerte wie dunkelblauer Samt, als ich eine halbe Stunde später am Savignyplatz aus der S-Bahn stieg. Der Duft blühender Stauden wehte aus dem kleinen Park zu mir herüber. Auf den Bänken, zwischen dem üppigen Grün der Büsche, versteckten sich Liebespärchen. Die restlichen Charlottenburger saßen an den Außentischen der vielen Restaurants und Kneipen. Eigentlich war es schade, den Abend in einem überfüllten, stickigen Raum zu verbringen.

Vor dem A-Trane standen Leute in Grüppchen zusammen, rauchten und plauderten. Vanessa Ott war noch nicht zu sehen. Nach dem Essen war sie mit Eichstätt in einen Wagen gestiegen und weggefahren. Inzwischen hatte ich den Vorsatz gefasst, keine Vorurteile gegen sie zu haben, sondern jetzt einfach mal abzuschalten und den Abend zu genießen. Vermutlich dachte sie sich nichts dabei mitzukommen. Sie war eben unkonventioneller als Mark Winter. Und wenn wir uns nicht ausgerechnet in dieser komplizierten beruflichen Lage kennengelernt hätten, hätten wir vielleicht Freundinnen werden können.

Sie kam aus dem Jazzclub, zwei bis zum Rand gefüllte Gläser Bier balancierend. Sie hatte sich umgezogen und frisches Make-up aufgelegt. Zur grauen Röhrenjeans und hochhackigen Stiefeln trug sie eine Bluse in einem angesagten Nude-Ton und ein schmales Haarband in der gleichen Farbe. Ohne ihr strenges Business-Outfit wirkte sie jünger, fast mädchenhaft.

»Hallo. Haben Sie zufällig Durst?«

»Und wie. Danke.« Ich nahm ihr eines der Gläser ab, und wir stießen vorsichtig an, ohne das Bier überschwappen zu lassen. »Na dann, auf ein schönes Konzert.«

Sie trank einen großen Schluck. »Das tut gut! Fast ein Gefühl wie Feierabend. Ich bin seit fünf auf den Beinen. Ich glaub, ich hab mir ein bisschen Entspannung verdient.«

Ob der Termin mit ihrem Boss vorhin dienstlich oder privat gewesen war? Jedenfalls schien er bei ihr nicht unter dem Stichwort »Entspannung« zu laufen.

»Seit fünf?«, fragte ich. »Das ist ja mitten in der Nacht.«

»Ich jogge vor der Arbeit. Genau wie Herr Winter und Dr. Eichstätt übrigens.«

»Hut ab. Ich nehm's mir ja auch immer vor, aber ... na ja, der innere Schweinehund will morgens nicht aus dem Bett.«

Sie musterte mich. »Aber Sie gehen ins Fitnessstudio? So schlank, wie Sie sind ...?«

Ich schüttelte den Kopf. »Mein Vorsatz fürs neue Jahr.«

»Ich gehe zweimal die Woche, in den Soho-Club.«

Die Zuschauer drängten nun in das Lokal, und wir reihten uns in die Schlange ein.

»Disziplin in allen Ehren«, setzte ich unseren Small Talk fort. »Aber Sie sind jeden Tag vierzehn Stunden oder mehr im Büro. Und ich vermute, ein Projekt reiht sich an das nächste. Sie müssen die Konstitution eines ...« – »eines Büffels haben«, wollte ich sagen, aber der Vergleich verbot sich bei einer Elfe wie ihr. Ich rettete mich in ein Schulterzucken und schüttete mir prompt einen Schluck Bier über die Füße.

»Ich mache den Job seit vier Jahren«, meinte sie. »Und ich war noch keinen Tag krank. Es ist knallhartes Business, aber denken Sie an die Vorteile.«

»Die wären?«

»Das Einkommen zum Beispiel. Ich sag's ganz offen, ich gebe gern Geld aus.« Sie lachte. »Gute Restaurants, gehobene Hotels, Klamotten. Wenn ich schon viel arbeite, dann möchte ich mich in der restlichen Zeit auch belohnen.« Sie sah mich an. »Ich hoffe, du hältst mich nicht für oberflächlich.« Sie stockte. »Oh, nun hab ich Sie einfach geduzt.« Sie lachte verlegen. »Das war wirklich keine Absicht. Sie kamen mir gerade so vertraut vor, als würden wir uns schon lange kennen. Entschuldigen Sie …»

»Das macht doch nichts.» Mir war das Duzen gar nicht aufgefallen, es hatte sich ganz normal angefühlt.

»Ich bin nicht oberflächlich. Ich habe viel durchgemacht, und jeden einzelnen Tag Luxus teuer bezahlt.«

Ich wusste nicht, was ich darauf entgegnen sollte. Es klang merkwürdig dramatisch.

»Übrigens, Glück für Sie, so viele Frauen in Ihrer Abteilung zu haben«, fuhr sie fort.

»Wieso meinen Sie?«

»Ich habe eine Menge Teams kennengelernt, und mein Eindruck ist, dass Frauen fairer miteinander umgehen. Sie denken nicht nur an die eigene Karriere, sondern auch an den gemeinsamen Erfolg.«

»Da ist was dran. Und bei Ihnen? Wie läuft es da?«

»Massiver Konkurrenzdruck. Es macht mir nichts aus, viel zu arbeiten, aber diese Art Kämpfe zehren an einem.« Sie lächelte müde. »Doch was bleibt mir anderes übrig? Oder würden Sie einem Typen wie Mark Winter das Feld überlassen?«

»Aber Sie sind doch genauso ein Team, aufeinander angewiesen, um Erfolg zu haben.«

Vanessa Otts Mund wurde schmal. »Ich persönlich sehe das so. Aber Winter wartet nur auf eine Gelegenheit, mich abzuservieren.«

Ich zögerte. Erwartete sie eine Antwort? Wollte sie mir einen negativen Kommentar über ihren Kollegen entlocken?

»Man verbringt so viel Zeit im Job, da ist es schade, wenn man sich mit dem engsten Kollegen nicht versteht«, sagte ich ausweichend.

Vanessa Ott warf mir einen Blick zu. »Sie sind ja eine richtige Idealistin. Aber natürlich haben Sie recht.«

Wir sahen uns um. Es gab nur etwa zwanzig Stühle an den kleinen, runden Tischen, und die waren längst belegt.

Vanessa Ott lächelte. »Tja, ich fürchte, wir müssen stehen.«

»Macht es Ihnen was aus?« Ich blickte auf ihre Absätze.

»Kein Problem. Bleiben wir doch gleich hier, der Blick auf die Bühne ist perfekt.« Sie trank ihr Bier aus. Das Licht erlosch, es gab Pfiffe und Applaus. »Wie schön», rief sie plötzlich. »Das ist so aufregend!»

Der erste Musiker sprang auf die Bühne, nahm sich den Bass, und ein stämmiger Typ setzte sich ans E-Piano. Ich erkannte ihn als Sebastians Umzugshelfer. Als Letzte kamen Sebastian und die südländisch aussehende Sängerin. Unter den Applaus mischten sich anfeuernde Pfiffe und Schreie. Der Pianist spielte einen Lauf, Sebastian antwortete mit der gleichen Tonfolge am Saxofon, dunkel stimmte der Bass ein und gab den Takt vor. Die Sängerin nahm das Mikro. »Welcome to Café Noir«, sagte sie mit ihrer dunklen, erotischen Stimme, und ich bekam eine Gänsehaut. »Welcome, Berlin.«

Die Musik wurde härter und schneller, vibrierte in meinem Kopf, dann im ganzen Körper. Normalerweise hätte ich Lust gehabt zu tanzen, doch es hemmte mich, dass Vanessa Ott neben mir stand. Fühlte sie sich wohl? Genoss sie die Musik oder dachte sie noch immer an den Job, ärgerte sich über Mark Winter? Das erste Stück endete. Ich stimmte in den begeisterten Applaus mit ein, Vanessa war zurückhaltender, aber immerhin klatschte sie.

»Wer von denen ist Ihr Nachbar?«, rief Vanessa Ott in mein Ohr.

»Der Saxofonist.«

»Dachte ich mir.« Sie strahlte. »Er scheint nur für Sie zu spielen.«

Ich war erstaunt, nach meinem Gefühl hatte er meine Anwesenheit nicht einmal bemerkt. Er hatte mich nicht ein einziges Mal angesehen, spielte wie in Trance, meist mit geschlossenen Augen. Er wippte mit dem Oberkörper im Takt, und die braunen Locken fielen in sein Gesicht.

»Er ist gut!«, rief Vanessa Ott.

Mein Handy vibrierte in der Hosentasche. Ich zog es heraus. Ulla. »Ich bin gleich zurück.« Ich zeigte auf mein Handy. Sie nickte.

Auf der Straße drückte ich die Rückruftaste. Ulla meldete sich sofort.

»Janne, wo bist du gerade?«

»Na, auf dem Konzert natürlich. Ich stehe draußen vor dem A-Trane. Was ist denn los?«

»Entschuldige, dass ich dich störe, aber ich muss dir was erzählen. Mich hat gerade ein alter Kollege aus Hamburg angerufen. Karsten.«

»Der Karsten, mit dem du mal was hattest?«

Ulla stöhnte genervt. »Erinnere mich nicht daran.«

Ihre Affäre mit Karsten hatte nur zwei Wochen gedauert, und ich hatte ihn nie kennengelernt.

»Es geht nicht um ihn. Karsten ist an einer interessanten Sache dran. Vor etwa einem Jahr gab es einen merkwürdigen Todesfall bei der IOMAG in Hamburg, bei dieser Softwarefirma. Eine Frau ist im Innenhof des Gebäudes aus dem fünften Stock gestürzt. Sie hieß Katharina Schilling. Vielleicht erinnerst du dich, es ging durch die Presse.«

Ich verneinte.

»Bei der IOMAG war zu diesem Zeitpunkt Bloomsdale Consulting im Einsatz. Katharina Schilling hatte kurz vor ihrem Tod erfahren, dass sie ihren Job los ist. Und nun rate, wer die zuständige Mitarbeiterin von Bloomsdale war?« Ulla holte Luft, und ich wusste, was sie jetzt sagen würde.

»Vanessa Ott.«

Das Handy am Ohr, lehnte ich mich an die kalte Häuserwand. »Das heißt, diese Frau hat sich umgebracht?«

»Karsten sagt, es wurde ein Abschiedsbrief in ihrer Wohnung gefunden. Aber irgendwas muss bei den Ermittlungen der Kripo komisch gelaufen sein.«

»Wie meinst du das? Komisch?« Ich zog die Schultern hoch, auf einmal erschien mir die Nachtluft zu kühl.

Ulla seufzte. »Großes Mysterium. Karsten verrät mir nichts. Angeblich darf er nichts sagen. Wegen einer einstweiligen Verfügung.«

»Das hört sich ja geheimnisvoll an. Aber ich wüsste nicht …«

… Was das mit mir zu tun haben soll, hatte ich sagen wollen, aber Ulla hörte sich ernsthaft besorgt an.

»Ich versuch morgen mal, noch mehr rauszukriegen. Vielleicht bauscht er auch nur irgendwas auf, um sich wichtigzumachen. Aber versprich mir bitte, dass du um diese Vanessa Ott einen Bogen schlägst, okay?«

Aus dem A-Trane schallte Applaus auf die Straße.

»Janne, bist du noch dran?«

»Ja … klar.«

»Wie ist denn eigentlich das Konzert?«

Ich hatte etwas Mühe, mich wieder auf das Hier und Jetzt zu konzentrieren. »Es ist super. Schade, dass du nicht hier bist!«

Das meinte ich ehrlich. Was hätte ich mit Ulla für einen Spaß gehabt, anstatt mir Sorgen zu machen, ob es Vanessa Ott gefiel oder ob ich sie verärgert haben könnte.

»Bist du die zweite Karte noch losgeworden?«

»Ja.« Ich zögerte. »Michaela hatte Zeit.«

»Deine Assistentin?«

»Genau. Sie hatte zufällig mitbekommen, dass du abgesagt hast.«

»Ich dachte, die steht auf Disco. Na los, dann geh mal wieder rein, damit sie nicht so lang allein ist.«

»Okay. Ich ruf dich an.« Wir legten auf.

Ich hatte einen riesigen Kloß im Hals. Noch nie hatte ich Ulla angelogen, und das schlechte Gewissen nagte sofort an mir. Sie machte sich Gedanken um mich, und ich dankte es ihr so.

Ich blieb noch einen Augenblick an der Eingangstür stehen, musste an die Frau in Hamburg denken, die sich umgebracht hatte. Lag es wirklich daran, dass sie ihren Job verloren hatte? Und was hatte diese Geschichte mit Vanessa Ott zu tun gehabt? Es war ihre Aufgabe, Unternehmen rentabler zu machen, und dazu gehörte es meist auch, Mitarbeiter einzusparen. Es kam sicher oft vor, dass jemand nicht zurechtkam mit der Arbeitslosigkeit. Aber sich deshalb umzubringen? Konnte man der Unternehmensberatung eine Mitschuld geben?

Mir fiel es so schwer, Vanessa Ott einzuschätzen. Ob ihr solche Schicksale gleichgültig waren? Sie wirkte nicht gleichgültig und kühl. Aber sie schien viele Gesichter zu haben, sendete entgegengesetzte Botschaften aus. Sie war die toughe Karrierefrau, die sich bei Bloomsdale Consulting durchbiss und deren Leben aus Arbeit und Selbstkontrolle zu bestehen schien. Gleichzeitig kam sie mir so zerbrechlich vor. Es lag nicht nur an ihrem Äußeren. Etwas stimmte nicht mit ihr. Sie wirkte so rastlos.

Wieder drangen Pfiffe und Applaus auf die Straße. Ich ging hinein. Ich versuchte, mir meinen alten Stehplatz neben Vanessa Ott zurückzuerobern, was sich als schwierig erwies. Die Zuschauer tobten, die Stimmung war auf dem Höhepunkt. Es war warm und stickig. Zwischen all den erhitzten Gesichtern, den im Takt wippenden Körpern, stand Vanessa Ott. Mit dem schwarzen Haar und der blassen Haut erinnerte sie mich an ein Bild von Schneewittchen aus dem Märchenbuch, das ich als Kind so geliebt hatte. Sie bewegte sich anmutig im Takt, mit einer fließenden Bewegung der Hüften, schien vollkommen in die Musik versunken zu sein. Sie wirkte so zart, so verletzlich. Mein Misstrauen gegen sie fühlte sich auf einmal lächerlich und falsch an. Diese Frau konnte kein Menschenleben auf dem Gewissen haben. Mir fiel auf, dass einige Männer sie beobachteten. Am liebsten hätte ich sie abgeschirmt gegen diese aufdringlichen Blicke. Ich wollte sie beschützen.

Sie wandte den Kopf und sah mich zurückkommen. Sie winkte mir zu. Dabei strahlte sie. Und noch etwas erstaunte mich: In ihrem Blick lag echte und warme Zuneigung. Es berührte mich. Ich drängelte mich weiter vor, bis ich wieder neben ihr stand.

»Sie haben Sebastians Solo verpasst«, rief sie. »Spitzenmäßig.«

Es war zu laut, um zu antworten, und so nickte ich nur und berührte ihren Arm. Vanessa ergriff meine Hand und drückte sie.

Das Konzert verging wie im Flug. Nach der vierten Zugabe winkte Sebastian ab: Schluss für heute. Die Musiker verbeugten sich wieder und wieder, der Applaus wollte nicht abebben. Sebastian sah glücklich und entspannt aus. Er legte den Arm um die Hüfte der Sängerin und zog sie an sich. Sie küsste ihn, er drehte im letzten Moment den Kopf, und der Kuss landete auf seiner Wange. Bevor er von der Bühne ging, signalisierte er mir mit Handzeichen, dass ich noch bleiben sollte. Er hatte mich also doch bemerkt.

Alles drängte zum Ausgang. Auf der Höhe des Tresens blieb Vanessa Ott stehen. Ihre Wangen hatten nun Farbe. »Und jetzt? Lerne ich noch den Star des Abends kennen?«

»Auf jeden Fall.« Ich bestellte uns zwei neue Biere.

Der Raum leerte sich, nur noch etwa zehn Leute standen nahe der Bar. Wir waren nicht die Einzigen, die auf die Musiker warteten.

»Es war großartig. Ich hatte seit Langem nicht mehr so viel Spaß«, schwärmte Vanessa Ott. »Ich werde ab sofort viel öfter in Konzerte gehen. Wenn Sie wollen, nehme ich Sie dann auch mit.«

»Gern, wenn Ihre Freunde mal keine Zeit haben.«

Ihr Gesichtsausdruck wurde verschlossen. Sie hatte meinen kleinen Versuch, auf Distanz zu gehen, bemerkt. Um die unangenehme Stille zu überbrücken, sagte ich: »Übrigens, die Freikarten für heute verdanken wir eigentlich Sebastians kleinem Sohn.«

Vanessa Ott zog fragend die Augenbrauen hoch.

Ich erzählte ihr von meinen Begegnungen mit Benni. »Er scheint Sebastians Talent geerbt zu haben. Er spielt schon jetzt sehr schön Geige.«

»Und wo steckt die Mutter?«

»Keine Ahnung, Sebastian und der Kleine scheinen allein zu leben.«

Spontaner Applaus brach aus. Ich wandte mich um. Die Musiker kamen zurück. Sebastian begrüßte Freunde, verteilte Wangenküsse. Er plauderte kurz mit zwei jungen Männern, legte dem einen die Hand auf die Schulter und sagte ihm etwas ins Ohr. Der Freund sah zu mir herüber. Dann kam Sebastian auf uns zu. »Hallo Nachbarin!«

»Janne.«

»Ach ja, richtig.« Sebastian schüttelte mir die Hand. »Super, dass du kommen konntest.«

»Ich habe eine Bekannte mitgebracht.«

Vanessa Ott stellte sich selbst vor und betonte, wie gut es ihr gefallen habe. Sebastian musterte sie. Was er sah, schien ihm zu gefallen. Vanessa erwiderte seinen Blick. Sie strich sich eine Haarsträhne aus dem Gesicht.

»Ihr bleibt doch noch?«, fragte Sebastian. »Ich brauche nur schnell was zu trinken.«

Eine Kellnerin balancierte ein Tablett mit frisch gezapften Bieren. Sebastian nahm sich eines, stürzte es fast auf Ex herunter.

»Kommt mit, ich stelle euch die anderen vor.«

Die Sängerin, die Elena hieß, und der Pianist, Carl, erzählten, dass Sebastian die meisten der gespielten Stücke selbst komponiert hatte.

»Das einzig wahre Talent unter uns!« Carl schlug Sebastian auf die Schulter. »Leider macht er nichts draus.«

»Wieso nicht?«, fragte ich.

»Ach, das ist nicht so einfach«, sagte Sebastian.

»Das ist sogar sehr einfach«, mischte sich Elena ein. »Du musst dich nur trauen, deine Stücke bei den Wettbewerben einzureichen. Die renommierten Festivals. Montreux oder Rotterdam.« Sie wandte sich uns zu. »Er komponiert auch für Big Bands und große Orchester, tolle Sachen. Die liegen fertig in der Schublade. Die müsste er auch den Rundfunkanstalten mal schicken, der WDR- oder NDR-Bigband. Aber dazu ist er nicht ehrgeizig genug.«

»Nicht ehrgeizig? Ich würde das eher faul nennen«, meinte Carl.

Sebastian war es sichtlich unangenehm, im Mittelpunkt zu

stehen, er zog eine Grimasse, wandte sich ab und orderte eine neue Runde Bier. Nach diesem Konzert zweifelte ich keine Sekunde an Sebastians Begabung. Vielleicht konnte ich sogar was für ihn tun. Ich war gut vernetzt und hatte oft einen Riecher dafür, die richtigen Leute zusammenzubringen. Zu Sebastian schossen mir sofort verschiedene Möglichkeiten durch den Kopf. Am besten gefiel mir die Idee, ihn mit einer neuen Erkennungsmelodie für den Smiling Kids Day zu beauftragen. Unsere alte hatte mir nie gefallen. Der Jingle würde tagelang in den Werbetrailern zur Spendengala laufen. So blendend, wie Sebastian aussah, könnte er sogar live in der Show auftreten. Er würde ganz ordentlich Geld verdienen. Und in Verbindung mit unserer guten Pressearbeit würde ihn das sogar namentlich bekannt machen.

»Darüber reden wir mal in Ruhe, okay?«, sagte ich. »Ich organisiere ja eine Menge Events für Alfa.Sat. Vielleicht könnte sich eine Zusammenarbeit ergeben.«

Auf Elenas Gesicht breitete sich ein spöttisches Lächeln aus. »Na, da hast du ja wieder einen wahren Engel aufgetan«, meinte sie zu Sebastian, laut genug, dass ich es hören konnte. Ich dachte an seine Hand auf Elenas Hüfte, vorhin auf der Bühne, an ihren Kuss auf seine Wange. Vielleicht war sie eifersüchtig. Sebastian schien gern zu flirten. Mir fiel der intensive Blick ein, mit dem er Vanessa Ott betrachtet hatte. Ich wandte mich um, um zu sehen, wo sie abgeblieben war. Sie lehnte am Tresen, Carl neben sich, der ihr gerade einen Barhocker anbot. Doch Vanessa setzte sich nicht. Sie hörte mit ausdruckslosem Gesicht zu, während der Pianist ihr etwas erzählte. Er lachte laut. Vanessa schien ihn kaum wahrzunehmen. Ich winkte ihr zu, doch auch darauf reagierte sie nicht. Gerade wollte ich zu ihr gehen, da hielt mich Sebastian zurück: »Nun erzähl mal, was machst du genau bei Alfa.Sat?«

Ich berichtete von den verschiedenen Events, die meine Abteilung organisierte, und vom Smiling Kids Day. Auch Elena und die anderen Musiker hörten zu und stellten ab und zu Fragen. Ich versuchte, mit einem Auge Vanessa Ott im Blick zu behalten. Carl plauderte noch immer auf sie ein.

Sebastian bemerkte, dass meine Aufmerksamkeit nur halb bei ihm und unserem Gespräch war. »Ist irgendwas mit deiner Freundin? Sie guckt so genervt.« Er grinste. »Liegt vielleicht an Carl. Nicht jede verträgt seine Charmeattacken.«

»Ich weiß nicht, was sie hat. Wir sind übrigens nicht befreundet«, meinte ich.

»Woher kennst du sie denn?«

Ich erzählte ihm von dem Auftrag der Unternehmensberatung.

»Okay, dann nehme ich das Wort ›Freundin‹ schnell wieder zurück.« Auf einmal beugte er sich nah zu mir: »Lass uns hier abhauen.« Dann lächelte er. »Wie praktisch, wir haben denselben Heimweg.«

Er kam mit seinem Mund meiner Wange so nahe, dass die Luft zwischen uns elektrisch knisterte. Seine Locken streiften weich mein Gesicht. Obwohl ich sofort an Gregor dachte, genoss ich es.

»Sebastian, wir müssen abbauen«, rief Elena von der Bühne.

»Wartest du auf mich?«, flüsterte er, noch immer nah an meinem Ohr.

»Nein, besser nicht, ich …«, murmelte ich, doch das hörte er schon nicht mehr. Er ging zu Elena und begann Stecker zu ziehen und Kabel aufzurollen. Sie warf ihm beleidigte Blicke zu, doch er ignorierte sie und summte fröhlich vor sich hin.

Als ich mich zu Vanessa Ott umwandte, war sie verschwunden. Carl stand allein am Tresen. Er nahm sein Bier und kam auf mich zu.

»Wo ist meine … Bekannte hin?«, fragte ich ihn. Er zuckte die Schultern.

»Für kleine Mädchen«, meinte er. »Kommt aber gar nicht mehr wieder.«

»Leute! Macht voran, ich will nach Hause. Carl, trag deinen Schuhschrank ins Auto«, rief Elena von der Bühne.

»Ich hasse es, wenn sie mein Piano beleidigt«, sagte Carl mit zusammengepressten Lippen. Doch er ging folgsam auf die Bühne. Sebastian sah mich an. Seine Lippen formten die Worte: »Warte auf mich.«

Ich musste lachen, fühlte mich auf einmal, als wäre ich fünfzehn. Mir war heiß, bestimmt war ich rot im Gesicht.

Vanessa Ott kam aus der Toilette. Sie sah bleich und angespannt aus. »Ich muss los. Danke für den Abend.«

Ich sah sie erstaunt an. Vorhin hatte sie noch begeistert über das Konzert gesprochen, ein Leuchten in den Augen. Hatte ich etwas Falsches gesagt? Hatte sie sich über irgendetwas geärgert? Vielleicht über Carl?

Sie stützte sich mit der Hand auf einem Barhocker ab, als suche sie Halt.

»Geht es Ihnen nicht gut?«, fragte ich vorsichtig.

»Mir ist nur ein wenig schwindelig.«

Schon wieder? Das Problem hatte sie doch erst gestern im Sender gehabt. Ich überlegte, wie viel sie getrunken hatte, aber mehr als zwei oder drei Biere konnten es nicht gewesen sein.

»Soll ich nicht besser mitkommen?«

»Nein, nicht nötig. Ich hab es ja nicht weit.«

Sie klang abweisend. Etwas stimmte nicht mit ihr, aber offenbar wollte sie in Ruhe gelassen werden.

»Dann kommen Sie gut nach Hause. Wir sehen uns morgen früh.«

Vanessa Ott nickte stumm und strich sich wieder eine Haarsträhne aus dem Gesicht. Eine vertraute Geste. Aber jetzt war etwas anders. Ich starrte auf ihren Unterarm. Auf dem hellen Ärmel war ein länglicher, dunkelroter Fleck. Ich erschrak. Es sah aus wie Blut. »Haben Sie sich verletzt?«

Das Grün ihrer Augen war hell und eisig wie ein Gletschersee. »Nein.« Sie presste den Arm an ihre Hüfte. »Mit mir ist alles in Ordnung.«

3

Mark Winter blätterte nervös in einem Stapel Unterlagen. Er saß mir gegenüber am Tisch. Wir hatten uns pünktlich um acht getroffen, nur Vanessa Ott war noch nicht da. Es vergingen einige Minuten. Mark Winter stellte mir Fragen zu den administrativen Kosten des Smiling Kids Day, aber meine Antworten schien er kaum zu hören. Er sah auf die Uhr und seine Brauen senkten sich. Es war Viertel nach acht.

»Merkwürdig, dass Frau Ott nicht angerufen hat«, meinte er. »Sie kommt sonst nie zu spät.«

Er klappte sein Notebook auf und vertiefte sich in irgendetwas auf seinem Bildschirm.

Ich unterdrückte ein Gähnen und tat so, als würde ich ebenfalls etwas auf dem Rechner lesen. In Wirklichkeit hatte ich genug damit zu tun, den gestrigen Abend zu verarbeiten. Sebastian und ich hatten uns ein gemeinsames Taxi nach Hause bestellt, nachdem Carl sich bereit erklärt hatte, den beladenen Bandtransporter mitzunehmen. Elena wollte zur S-Bahn. Sebastian und sie hatten sich zum Abschied umarmt.

»War ein klasse Gig«, meinte er, und Elena nickte.

»Wir sehen uns morgen um eins.« Als sie sich abwandte, war ihr Gesichtsausdruck traurig.

»Hey, Elena ...« Sebastian warf ihr einen Handkuss zu. Sie lächelte und ging.

Sebastian bestand darauf, das Taxi zu bezahlen. Ich schloss die Haustür auf. Es ging schon auf halb zwei zu, und im Treppenhaus hörten wir keinen Laut. Und dann standen wir im Flur, rechts und links unsere beiden Wohnungstüren.

»Ich bin noch total aufgedreht«, meinte Sebastian laut. »Kommst du mit zu mir, auf ein Glas?« Er trat näher.

Ich war beschwipst und müde, aber gleichzeitig auch aufgekratzt.

»Ich sollte ins Bett gehen«, sagte ich und lehnte mich an meinen Türrahmen. Sebastian legte den Arm um meine Taille, zog mich an sich und küsste mich.

Warum hatte ich das zugelassen? Es war meine Stimmung gewesen, die ganze Atmosphäre, die Musik. Gregor würde nichts davon erfahren. Nichts war passiert. Ein winziger Flirt. Ein Kuss. Zugegeben, ein sehr erotischer Kuss.

Als Mark Winter sich laut räusperte, zuckte ich zusammen. Er zog sein Handy hervor und wählte eine Nummer, erreichte aber niemanden. Unsanft legte er das Gerät auf den Konferenztisch.

»Wollen Sie unser Meeting lieber verschieben?«, fragte ich und hoffte insgeheim auf eine halbe Stunde in meinem Büro, wo meine normale Arbeit sich stapelte.

»Sie geht nicht ans Handy«, sagte er, wie zu sich selbst. Er klang mehr besorgt als verärgert. Mir fielen Vanessa Otts unfreundliche Bemerkungen über ihn am gestrigen Abend ein. Und er saß hier und sorgte sich um sie. Er blickte wieder auf seinen Monitor, als hätte er meine Frage nach der Verschiebung nicht gehört. Ich dachte an Vanessa Otts plötzlichen und unterkühlten Abschied. An den mysteriösen roten Fleck auf ihrem Ärmel. Die Kälte in ihrem Blick. Ich ließ noch einmal den gesamten Abend in meinem Kopf Revue passieren, jeden Satz, den wir gewechselt hatten. Irgendetwas musste ich gesagt haben, das sie in den falschen Hals bekommen hatte. Aber mir fiel nichts ein. Gut, ich war anfangs auf ihre Bemerkungen zu Mark Winter nicht eingegangen. Ob es daran gelegen hatte? Aber nein, wir hatten uns den Rest des Abends gut verstanden. Sie hatte entspannt gewirkt.

Ich stand auf. »Ich hole uns einen frischen Kaffee.« Natürlich hätte ich Michaela anrufen können, welchen zu bringen, aber ich hatte das Bedürfnis, der angespannten Atmosphäre zu entkommen. Warum war Mark Winter so nervös? Wenn jemand sich verspätete, konnte es doch eine Menge ganz simpler Erklärungen geben. Vanessa Ott war mit dem Auto unterwegs. Sie konnte im Stau stecken. Vielleicht hatte sie vergessen, ihr Handy einzuschalten.

Ich ging in die kleine Mitarbeiterküche, öffnete weit das Fenster und atmete tief ein. Die Morgenluft war kühl, doch der wolkenlose, tiefblaue Himmel kündigte den nächsten heißen Sommertag an. Jetzt, im hellen Sonnenlicht, kam mir der Vorfall mit Vanessa Ott unwirklich vor. War das wirklich Blut gewesen? Hatte sie vielleicht eine Hautkrankheit, wegen der sie ihre Unterarme und Handgelenke immer verbarg?

Ich schloss das Fenster. Michaelas benutzte Kaffeetasse stand in der Spüle, darauf in großen Lettern »Ich bin nicht perfekt« und darunter viel kleiner und in Klammern »aber verdammt nahe dran«. Der Anblick des vertrauten Gegenstandes holte mich in die Wirklichkeit zurück. Michaela und ich hatten es uns angewöhnt, die erste Dosis Koffein gemeinsam in der Küche einzunehmen und dabei zu plaudern, meist über harmlose private Dinge. Anschließend setzten wir uns meist in mein Büro und gingen die Termine und Aufgaben des Tages durch. Doch seit die Unternehmensberater hier den Takt vorgaben, blieb für unsere netten, kleinen Rituale keine Zeit mehr.

Als ich mit zwei Tassen Kaffee ins Büro zurückkam, saß Vanessa Ott am Tisch. Trotz ihres perfekt aufgetragenen Make-ups wirkte ihre Haut fahl, und um ihre Augen lagen dunkle Schatten. Ich warf einen verstohlenen Blick auf ihre Arme, doch die waren unter den langen Ärmeln einer Kostümjacke verborgen. Obwohl sie mich begrüßte und mir sogar ein kurzes Lächeln schenkte, als ich ihr meine Tasse hinstellte, lag eine spürbare Spannung in der Luft. Vanessa Ott vertiefte sich sofort in die Kostenaufstellungen, nannte verschiedene Summen, die einer besonderen Prüfung unterzogen werden sollten, und Mark Winter tippte sie in sein Notebook. Beide wirkten konzentriert wie immer, aber mir entgingen nicht die prüfenden Blicke, die Mark Winter auf seine Kollegin warf. Mit einer fahrigen Bewegung bündelte Vanessa Ott die Unterlagen und legte sie zur Seite. Dabei zuckte sie zusammen und sah auf ihren Finger. Aus einer hauchfeinen Linie quoll in Sekundenschnelle Blut hervor. Sie musste sich an einer Papierkante geschnitten haben. Ohne ein Wort stand sie auf und verließ den Raum. Einige Minuten verstrichen. Mark Winter starrte aus dem Fenster in den Himmel, sein Blick war leer.

»Ich sehe mal nach Frau Ott«, sagte ich.

Er reagierte nicht, schien mich nicht mal gehört zu haben. Als ich aufstand, wandte er abrupt den Kopf zu mir. In seinem Blick lagen Abwehr und eine Aggression, die ich nicht einordnen konnte. »Wenn Sie meinen, dass das nötig ist«, sagte er.

Ich vermutete, dass Vanessa Ott zum Waschraum gegangen war, und öffnete die Tür. Es war nichts zu hören, aber in der Damentoilette war eine Kabine verriegelt.

»Frau Ott?« Meine Stimme hallte durch den gekachelten Raum.

»Was ist denn?«, hörte ich sie aus der Kabine.

»Brauchen Sie etwas? Ein Pflaster vielleicht?«

Die Tür wurde entriegelt, und sie kam heraus. »Es geht schon.« Wie zum Beweis hielt sie mir ihren Zeigefinger hin. Die Wunde blutete nicht mehr.

Sie ging zum Waschbecken. In dem grellen Licht wirkte ihr Gesicht noch blasser. Ich tat so, als müsste ich auch auf die Toilette und trat in eine der Kabinen. Als ich die Tür schloss, sah ich, wie sie sich mit einer Hand auf dem Waschtisch abstützte. Der Wasserhahn rauschte, wurde abgestellt. Die nachfolgende Stille unterbrach ein dumpfes Geräusch, ein Poltern. Ich entriegelte die Toilettentür und sah hinaus. Vanessa Ott lag vor den Waschbecken auf dem Boden. Sie stöhnte und hielt sich den Kopf. Ich lief zu ihr und ging in die Hocke.

»Frau Ott! Was haben Sie?« Als ich mich vorbeugte, sah ich die Panik in ihren Augen. Ihr Brustkorb hob und senkte sich unter hastigen Atemstößen.

»Was ist passiert? Kann ich Ihnen helfen?«

»Mein Kreislauf«, murmelte sie. Ich ging auf die Knie und legte meinen Arm um sie, wollte ihr Halt geben. Unter dem Stoff der Jacke fühlte ich ihre Schulterknochen hervorstehen. Sie lehnte sich an mich und schloss die Augen. Sie wirkte wie ein hilfloses Kind, und sie tat mir leid. Aber die körperliche Nähe zwischen uns war mir zu viel. Ich war unsicher, wie ich mich verhalten sollte. In meinem Kopf hörte ich Ullas Stimme: »Bleib auf Distanz zu diesen Unternehmensberatern.«

»Können Sie aufstehen? Warten Sie, ich helfe Ihnen.« Ich fasste unter ihre Arme und zog sie hoch. Sie hielt sich an der Kante des Waschbeckens fest. Ihre Bewegungen waren unsicher. Mit einer Hand griff sie nach ihrer Handtasche, bekam aber den Bügel nicht zu fassen. Die Tasche fiel herunter, Gegenstände verteilten sich auf dem Boden. »So ein Mist!«, fluchte sie.

Ich bückte mich, um den Inhalt einzusammeln. Schlüsselbund, Portemonnaie, Lippenstift, ein zierliches Taschenmesserset. Ich hatte auch früher so eines besessen und leider verloren, wusste aber noch, dass sich eine Menge praktischer kleiner Werkzeuge daran befanden. Eine Nagelfeile, eine winzige Schere und ein Messer, das erstaunlich scharf gewesen war. Ich öffnete die Tasche, um die Sachen hineinzulegen. Zwei größere Schachteln waren nicht herausgefallen. In der einen waren Vitamintabletten, auf der anderen stand »Tavor«. Ich kannte den Namen, ein Beruhigungsmittel bei Angst und Panikstörungen. Mein Vater hatte es genommen, nachdem ihm die Ärzte gesagt hatten, dass seine Krebserkrankung unheilbar war.

Ich stellte die Tasche auf die Tischplatte und sah, dass es Vanessa Ott immer noch Mühe kostete, sich aufrecht zu halten.

»Geht es?«

»Ich bin froh, dass Sie da sind.« Sie sah mich mit einer Warmherzigkeit und Dankbarkeit an, die mich ins Herz traf. »Es war ein schöner Abend gestern. Ich wollte nicht … Ich wollte es nicht verderben.«

»Aber das haben Sie nicht«, sagte ich. »Ich hab den Abend auch sehr genossen. Und jetzt fahren Sie am besten zum Arzt. Ich rufe ein Taxi.«

»Nein, nicht nötig. Ab und zu macht mein Kreislauf morgens schlapp. Ich hab schon ein Medikament genommen. Es muss gleich wirken.«

Wir gingen zurück zum Besprechungsraum. Mark Winter stand auf, als er uns kommen sah. Er rückte Vanessa Otts Stuhl zurecht, beobachtete, wie sie sich setzte, und blieb hinter ihr stehen. Sein Blick traf mich, und ich erschrak. Es war nicht Wut, die ich in seinen Augen sah: Es war der blanke Hass.

Michaela saß hinter dem Stapel Pizzakartons am Konferenztisch und verlas die Kritzeleien auf den Deckeln. »Vegetaria ohne Zwiebeln. Sven, für dich. Spinaci?«

»Meine.« Ich nahm meine Pizza entgegen. »Danke.«

»Hawaii?«

»Die kriegt Mark Winter.«

»Der Rest ist Hasenfutter.« Michaela verteilte diverse Salate an die Frauen am Tisch, die lieber auf die üppig mit Käse belegten Kalorienbomben verzichteten. Der Salat für Vanessa Ott und Mark Winters Pizza blieben in der Mitte übrig. Die Unternehmensberater wollten etwas später nachkommen.

»Ich kann das Zeug vom Italiener nicht mehr sehen«, meinte Michaela.

»Wir könnten doch mal wieder Sushi bestellen«, schlug Heike vor.

»Gute Idee. Wie lange wird die Kantine eigentlich noch renoviert?«, fragte Michaela.

»Noch mindestens zwei Wochen«, gab Sven zurück. »Es sei denn, sie wird eingespart. Warten wir mal ab, was Bloomsdale Consulting sagt.«

»Genau, verschlanken wir nicht nur das Unternehmen, sondern auch die Mitarbeiter«, meinte ich.

»Na, mir würde es guttun«, sagte Heike kauend. Alle lachten.

Sven reichte ihr ein Pizzabrötchen. »Los, kommt, genießen wir die fetten Zeiten, solange wir noch können!«

»Gib es Janne. Die kann essen, was sie will, und man sieht's hinterher nicht.«

»Von wegen.« Es stimmte zwar, dass ich beim Essen keine Kalorien zählte, aber ein wenig aufpassen musste auch ich auf meine Figur. Als Teenager hatte ich mal Gewichtsprobleme gehabt, aber das wussten die anderen natürlich nicht. Zu dieser

Zeit waren bei meinem Vater erste Metastasen gefunden worden. Ich war zwölf oder dreizehn gewesen und hatte angefangen, Dreihundert-Gramm-Tafeln Schokolade am Stück zu verdrücken. Natürlich nicht ohne Folgen. Meine Mutter hatte mir prophezeit, dass ich die Pfunde niemals wieder loswerden würde. Weder vor noch nach dieser Phase hatte ich jemals wieder so viel Aufmerksamkeit von ihr bekommen.

Zum Glück behielt sie nicht recht mit ihren düsteren Prognosen über meine verpfuschte Zukunft als Fettleibige, sondern mein Körper löste das Problem von allein, indem er sich in einem Wachstumsschub streckte und wieder normal und schlank wirkte. Und mein Vater schien nach der Chemotherapie geheilt zu sein. Wie sehr wir uns alle getäuscht hatten.

Michaela blickte auf das Essen der Unternehmensberater. »Soll ich Frau Ott Bescheid sagen?«

Sven grinste. »Unbedingt, ihr Grünzeug wird kalt.«

Ich war eifersüchtig. Warum genossen sie nicht einfach, dass wir endlich mal wieder unter uns waren? Die Stimmung war locker und entspannt. Wieso wollte Michaela das zerstören? Denn sobald die Unternehmensberater im Raum waren, würden alle wieder verkrampfen. Sei nicht ungerecht, ermahnte ich mich, jeder versucht, sich gut mit ihnen zu stellen. Ich tat ja selbst nichts anderes, verbrachte sogar meine Freizeit mit Vanessa Ott.

»Vielleicht ist Frau Ott nicht nach essen zumute«, sagte ich. »Ihr ging es heute Morgen nicht so gut.«

»Wieso?«, fragte Michaela.

»Ihr war schwindelig. Es sah aus wie eine Kreislaufschwäche.«

»Na, ich schaue mal, wo sie bleibt.« Michaela stand auf.

»Wenn du meinst …«

Michaela war kaum um die Ecke verschwunden, da kamen Vanessa Ott und Mark Winter herein.

»Guten Appetit«, wünschten sie und setzten sich.

»Ist das hier meiner?« Vanessa Ott zeigte auf den Salat in der Mitte des Tisches.

»Ja. Warten Sie, hier liegt Ihr Besteck.« Sven reichte es ihr. Vanessa Ott zog den Salat zu sich heran, sortierte Schafskäsestückchen an den Rand und spießte eine Gabel voll Salatblätter auf.

»Möchten Sie auch Mineralwasser?«, fragte Sven.

»Ich hole schnell Gläser.« Heike ging in Richtung Teeküche.

Das servile Getue ärgerte mich, ohne dass ich genau sagen konnte, warum. Mir fiel das Gespräch ein, das Vanessa Ott mit Sven auf Oderthals Abschiedsfeier geführt hatte. Svens ernster Gesichtsausdruck.

Michaela kam zurück. »Ach, da sind Sie schon. Ich war oben, um Sie zu holen. Geht es Ihnen wieder besser?«

»Mir?«

»Na ja, Janne, also ich meine Frau Amelung, sagte, dass Sie heute Morgen ...«

Vanessa Ott blickte mich an, und ihre Augenbrauen hoben sich. »Ich weiß nicht, was Frau Amelung meint. Mir geht es ausgezeichnet.«

Einen Moment lang entstand ein peinliches Schweigen.

»Das freut mich«, sagte ich. »Entschuldigen Sie, ich dachte ...«

»Nein, kein Problem, ich finde es nett, dass Sie sich um mich sorgen.« Sie schaute die anderen an, ohne ein Lächeln. »Seien Sie froh, eine so sensible und aufmerksame Chefin zu haben. Sie kümmert sich wirklich um jeden.«

Die anderen schienen nicht zu wissen, was sie entgegnen sollten. Gleich würde Sven eine lustige Bemerkung machen, oder jemand anderes etwas erzählen, das die merkwürdige Stimmung vertrieb. Doch niemand sagte etwas.

Auf dem Rückweg zu meinem Büro kam mir Helmut Eichstätt entgegen. Er grüßte mich, als würde er mich nicht erkennen, und steuerte auf von Hirtens Vorzimmer zu. Ich selbst hatte meinen Chef seit seiner Rückkehr noch nicht gesehen, dabei wäre es das Normalste gewesen, sich von mir informieren zu lassen, wie es mit Bloomsdale bisher gelaufen war und auf welchem Stand sich die Unternehmensberater befanden. Dass er mich überging, war kein gutes Zeichen.

Ich suchte Michaela, sie war noch nicht an ihrem Schreibtisch. Kurze Zeit später sah ich sie mit einem Tablett aus der Küche kommen. Sie ging ebenfalls zu von Hirtens Büro. Gab es einen Termin, den ich übersehen hatte? Ich rief meinen Kalender auf. Nichts war eingetragen. Ich hatte den Nachmittag freigehalten für das Bloomsdale-Team.

Ich passte Michaela ab, als sie zurückkam. »Was ist los? Wo sind Vanessa Ott und Mark Winter?«

»Bei von Hirten.«

»Mit Dr. Eichstätt? Was ist denn das für ein Termin?«

Michaela rieb ihr Ohrläppchen. »Keine Ahnung. Vorhin rief von Hirten mich an. Er wollte wissen, ob du mit Winter und Frau Ott zusammensitzt. Ich sagte, du seist gerade im Haus unterwegs. Er hat mich gebeten, die Unternehmensberater zu ihm zu schicken.«

Ich versuchte, mir meinen Ärger nicht anmerken zu lassen. Michaela konnte nichts dafür, sie war ja nur Befehlsempfängerin. Trotzdem … »Warum hast du mich nicht kurz angerufen?«

Sie blickte an mir vorbei. »Von Hirten hat gesagt …« Sie räusperte sich, es war ihr sichtlich unangenehm. »Er sagte, du müsstest über den Termin nicht informiert werden. Es klang so, als sollte ich es nicht tun. Es tut mir leid, Janne.« Sie rang die Hände. »Ich hasse diese ganze Situation.«

Nachdenklich sah ich meine Assistentin an. Ich hätte geschworen, dass sie mir gegenüber hundertprozentig loyal war. Aber der Einsatz der Unternehmensberater veränderte uns alle. Dazu brauchte es nicht mal konkrete Äußerungen. Ihre Anwesenheit reichte, um uns einzuschüchtern. Alle fürchteten um ihre Jobs. Michaela war nicht gesund und würde es nie sein. Ihr Freund war arbeitslos geworden, er suchte seit Längerem vergeblich einen Job als Webdesigner. Die beiden waren vor Kurzem in eine größere, teurere Wohnung gezogen und wünschten sich ein Kind. Sie verließen sich auf Michaelas festes Gehalt. All das mochte ihr vorhin durch den Kopf geschossen sein.

»Nun mach dich nicht verrückt«, sagte ich. »Hast du wenigstens mitbekommen, worüber die reden?«

Michaela biss sich auf die Lippe. »Mark Winter hat die Unterlagen zum Smiling Kids Day mit reingenommen.« Sie berührte mich am Arm. »Das muss ja noch nichts heißen. Ich wette, von Hirten will sich nur wieder als Chef in den Vordergrund spielen. Er war tagelang weg, und nun hat er Angst, dass ihm die Felle davonschwimmen.«

Mit einem unguten Gefühl ging ich in mein Büro. Es war viel liegen geblieben, um das ich mich dringend kümmern musste. Aber mir spukte ständig die Frage im Kopf herum, was von Hirten mit den Bloomsdale-Leuten verhandelte. Die Anwesenheit von Helmut Eichstätt bedeutete, dass es etwas Wichtiges sein musste. Ich trank einen Kaffee nach dem anderen, bis ich mich ganz zittrig fühlte. Aber das Grübeln brachte mich nicht weiter. Ich zwang mich, mich mit etwas zu beschäftigen, das mir Freude machte. Seit Längerem ging mir eine Idee für den Smiling Kids Day durch den Kopf. Ich wollte eine Art Charity-Bus einsetzen, der mit Schauspielern des Senders Schulen in verarmten Landstrichen in Osteuropa besuchen sollte. Bei einigen unserer Promis hatte ich schon mal vorgefühlt und war mit der Idee auf Begeisterung gestoßen. Charity war heutzutage fast schon ein Muss, um in den Medien positiv wahrgenommen zu werden. Ich stellte mir das so vor, dass deutsche Schulklassen Patenschaften für georgische oder bulgarische Schulen übernehmen könnten. Von Spendengeldern könnten Schulbücher und Lehrmittel gekauft werden und den Schülern warmes Mittagessen angeboten werden. Unsere Promis sollten als Botschafter das Geld oder Sachspenden überbringen, begleitet von einem Kamerateam, das die Freude über die Geschenke aufzeichnen und zu kurzen Einspielern in der Fernsehshow verarbeiten würde. Alfa.Sat könnte außerdem gegenseitige Besuche der Kinder finanzieren. Freundschaften würden entstehen, und Gastkinder könnten in der Show auftreten. Die Aktion könnte Smiling Kids Mobil heißen. Ich musste ein passendes, geräumiges Fahrzeug finden. Es musste etwas Auffälliges sein. Vielleicht einer dieser silbernen amerikanischen Caravans? Airstream hießen die. Nein, so ein Gefährt würde viel zu protzig wirken. Michaela tauchte in der Tür auf. Sie sah beunruhigt aus. »Du sollst zu von Hirten kommen.«

»Was ist los?«

»Er scheint aus irgendeinem Grund sauer auf dich zu sein. Sie wollten das Budget des Smiling Kids Day noch mal haben, und als ich es reingebracht habe, sagte Eichstätt gerade, das Projekt habe so keine Zukunft. Und von Hirten meinte dann, du würdest so daran hängen, dass du die Dinge schöngeredet hättest.«

Ich sah sie ungläubig an. Seit über einer Woche saß ich nun rund um die Uhr mit den Bloomsdale-Leuten zusammen. Die Einschaltquoten der Spendengala waren hervorragend, und ich hatte das Budget immer eingehalten. Vanessa Ott und Mark Winter hatten sich bisher nur zufrieden geäußert.

»Na, dann geh ich am besten gleich mal rüber.« Ich versuchte, zuversichtlich zu klingen. Aber als ich an die Tür meines Chefs klopfte, war mir mulmig zumute. Ich hatte damit gerechnet, die ganze Runde bei ihm anzutreffen, und war erstaunt, dass er allein im Zimmer war.

Als ich eintrat, blickte er auf und seufzte. »Nun haben wir den Salat«, meinte er. »Wäre ich bloß nicht weggefahren. Ich dachte wirklich, ich hätte dir die Sache überlassen können.«

Ich setzte mich auf seinen Besucherstuhl. »Das muss ja eine sehr spontane Reise gewesen sein.«

Seine Augen wurden schmal, als er merkte, dass er mich nicht eingeschüchtert hatte. »Der Vorstand will ein Sparkonzept für den Smiling Kids Day«, sagte er. »Freitag, neun Uhr, Präsentation vor dem Bloomsdale-Team. Jemand vom Vorstand kommt dazu.«

Ich brauchte ein paar Sekunden, diese Nachricht zu verdauen. Ich fand keine Erklärung. »Was soll denn das? Bloomsdale hat sich das Projekt angesehen. Es war alles bestens.«

Von Hirten sah mich unfreundlich an. »Diesen Eindruck hatte ich nicht.» Er unterbrach sich und fuhr mit der Hand über sein gegeltes Haar. »Du hast sie offensichtlich nicht überzeugt.«

Ich schluckte eine Entgegnung hinunter und sagte nur: »Also gut. Wie sind denn die Vorgaben für dieses … Sparkonzept? Wir sollten uns dringend zusammensetzen.«

Auf seinem Schreibtisch stand eine gerahmte Fotografie. Von Hirtens Frau und seine kleine Tochter, beide blond und hübsch, in rosa-weißem Dress mit Tennisschlägern in der Hand.

»O nein, das lass mal schön meine Sache sein. Darum kümmere ich mich selbst.« Er rieb sich die Augen und blickte dann mit einer theatralischen Geste um sich. »Großartig, Janne. Mein Schreibtisch ist zum Bersten voll. Ich hab in London eine große Kooperation auf den Weg gebracht. Und jetzt kann ich alles stehen und liegen lassen und mich mit dem Smiling Kids Day beschäftigen.«

Ich war froh, auf dem Flur niemandem zu begegnen. Wenn mich jemand angesprochen hätte, wäre ich vor Wut in die Luft gegangen. Oder in Tränen ausgebrochen. Entgegen den Vorschriften schloss ich meine Bürotür. Ich dachte an Ullas düstere Prophezeiungen. »Du wirst viele Ungerechtigkeiten erleben.« Wie wahr. Doch niemand konnte mich zwingen, alles stillschweigend zu akzeptieren. Ich wollte es zumindest verstehen.

Ich beschloss, Vanessa Ott direkt zu fragen, was den Stimmungswechsel zu meinem Projekt bewirkt hatte. Von ihr würde ich eine Antwort bekommen.

Ich machte mich auf den Weg zu ihrem Büro, hörte ihre Stimmen durch die geschlossene Tür. Insgeheim hatte ich gehofft, dass Vanessa Ott allein dort saß, aber ich wusste, dass das unwahrscheinlich war, sie waren ja meist im Doppelpack anzutreffen. Offenbar stritten sie sich. Vanessa Ott sprach abgehackt und überdeutlich wie zu einem bockigen Kind.

»Wenn wir noch nicht so weit sind, dann mache ich das nicht. Ich lasse mich nicht hetzen. Auch von einem Helmut Eichstätt nicht.«

»Aber wenn das Gutachten nächste Woche vorliegen soll, dann …«

Vanessa Ott hob die Stimme. »Es kann erst vorliegen, wenn wir uns sicher sind.«

»Ich bin mir sicher.«

»Du denkst nur an deine Beförderung«, erwiderte Vanessa Ott. »Eichstätt möchte schnell hier raus, und du willst eine Top-Beurteilung von ihm. Aber ich werde nicht zulassen, dass du eine halbgare Strategie vorlegst.«

Ich blieb stehen, bückte mich und tat so, als müsse ich das

Riemchen meiner Sandalette schließen. Ich war sichtbar für die Kollegen hinter ihren gläsernen Wänden. Hoffentlich kam niemand über den Flur spaziert oder, noch schlimmer, einer der beiden Unternehmensberater aus dem Zimmer gestürmt.

»Wie immer siehst du nur die Zahlen.« Das war wieder Vanessa Ott. »Man könnte noch einiges rausholen. Die Human Resources sind nicht voll ausgeschöpft. Renn nur zu Eichstätt, am Ende werde ich ihn überzeugen.«

»Was willst du denn noch? Wir haben alle Informationen. Die Abteilung ist gut aufgestellt.«

»Oberflächlich gesehen ja. Aber ich will mehr wissen. Ich will ...«

»Vanessa, hör damit auf.« In Mark Winters Stimme schwang ein Ton mit, der mich aufmerken ließ. War das Angst?

»Willst du, dass es wieder eine Katastrophe gibt?«

Das Kratzen von Stuhlbeinen auf dem Boden war zu hören. Dann erneut Winters Stimme, viel leiser, sodass ich ihn nur noch mit Mühe verstehen konnte. »Ich meine es ernst, Vanessa. Noch so ein ... Vorfall, und wir sind definitiv geliefert.«

»Es reicht, ich kann dein Gejammer nicht mehr hören.«

»Ein Segen, dass dies unser letztes Projekt zusammen ist«, sagte Mark Winter.

»Genieß es, es wird auch dein letztes Projekt für Bloomsdale sein.«

Ich musste sehen, dass ich wegkam, die feindselige Spannung würde sich gleich entladen, das war deutlich zu spüren.

Ich schaffte es gerade noch in den Kopierraum gegenüber, als Mark Winter die Tür aufriss und das Büro verließ. Er stürmte am Kopierraum vorbei, ohne mich zu sehen. Er war gerade erst außer Sichtweite, als auch Vanessa Ott herauskam. Ich zog mich so weit wie möglich in eine Ecke zurück, hörte sie ein paar Schritte laufen, dann wurde es still. Sie musste auf

Höhe des Kopierraums stehen geblieben sein. Würde sie mich gleich entdecken? Auf jeden Fall war sie noch da draußen, ganz in meiner Nähe. Ich wartete. Das war doch nicht möglich. Kein Laut war zu hören. Nach einigen Minuten sah ich hinaus auf den Flur. Er war leer.

Wer von den beiden war auf meiner Seite, Vanessa Ott oder Mark Winter?

Ich ging zurück in mein Büro. Ich musste dringend mit jemandem über all das sprechen, nahm das Telefon in die Hand. Und legte es wieder auf den Tisch. Wen sollte ich anrufen? Michaela oder Sven, die sonst meine engen Vertrauten in der Abteilung waren, würden aufs Höchste beunruhigt sein. Ulla. Sie stand den Vorgängen neutral gegenüber, nun ja, zumindest einigermaßen neutral. Ulla würde mir zuhören. Ich wählte ihre Nummer, erreichte aber nur ihr Band. Ich bat dringend um Rückruf. Ich trommelte mit den Fingern auf die Tischplatte, wurde immer unruhiger. Ich war kaltgestellt. Von Hirten entriss mir mein Projekt. Wem von den Unternehmensberatern konnte ich trauen? Vielleicht beiden nicht? Ich zwang mich, ruhig zu atmen. Auf einmal überkam mich der intensive Wunsch, einfach alles stehen und liegen zu lassen und zu meinem Boot zu fahren. Die Segel zu setzen und mich irgendwohin treiben zu lassen. Noch lieber aber wollte ich mich in der kleinen hölzernen Kajüte verstecken, mich zusammenrollen wie ein Kind, während draußen der Wind pfiff und ich warm und geborgen war, wie zu der Zeit, als mein Vater noch lebte.

Oderthal hatte mich gewarnt. Es war nur logisch, dass mein Chef diese Chance nutzte, um sich vor den Bloomsdale-Leuten zu profilieren. Deshalb wollte er das Sparkonzept allein erarbeiten. Schon die Vorstellung war absurd. Er hatte nicht genug Ahnung vom Smiling Kids Day. Und er war ein ungeduldiger Mensch und wollte schnelle Erfolge sehen. Niemals würde er sich hinsetzen und sich vernünftig in die Details einarbeiten. Er brauchte mich. Oder machte ich mir etwas vor? Überschätzte ich meine Rolle?

Kurz entschlossen wählte ich Frank Oderthals Privatnummer. Es klingelte lange ins Leere, doch auf einmal nahm er ab.

»Janne! Wie schön, dass du dich mal meldest. Ich war unten im Garten, hab das Telefon erst nicht gehört. Ich schneide gerade die Hecke. Ist das nicht ein herrliches Wetter?«

Ich sah ihn vor mir, wie er auf seinem Grundstück herumwuselte, und beneidete ihn auf einmal so heftig um seine Freiheit, dass ich schlucken musste. Er hatte alles hinter sich, musste sich nicht mehr im Job herumärgern. Ich wunderte mich über meinen Gedanken. Ich hatte meine Arbeit immer geliebt.

»Ja, stimmt«, sagte ich. »Das wird ein Jahrhundertsommer.«

»Ist irgendwas? Du hörst dich bedrückt an?«, fragte er.

»Nein, nein. Wie geht es Ihnen denn so? Ohne Alfa.Sat und den täglichen Stress?«

Oderthal seufzte. »Wenn ich ehrlich bin, fehlt mir das alles. Es ist ja schön, mal Zeit für das Haus und den Garten zu haben, aber so richtig spannend ist es auf Dauer nicht. Also, erzähl, was tut sich bei euch? Was macht die Bloomsdale-Truppe?«

Ich begann zu reden, zuerst zögernd, dann sprudelte es nur so aus mir heraus. Ich berichtete Oderthal alles, was seit seiner Abwesenheit in meiner Abteilung geschehen war.

»Von Hirten will selbst ein Sparkonzept erarbeiten?«, fragte Oderthal. »So ein Blödsinn. Das kriegt er nicht hin.«

Ich war ihm dankbar für den Nachdruck, mit dem er das sagte. »Ich bin unsicher, wie ich mich jetzt verhalten soll.«

»Das ist doch klar. Entwirf selbst ein Konzept.«

»Gegen von Hirtens Willen? Aber er …«

»Vergiss ihn«, unterbrach mich Oderthal. »Du musst kämpfen, sonst kickt er dich raus. Er wird an der Sparaufgabe scheitern, und dann kommst du mit deiner Idee um die Ecke. Ich hoffe, du hast eine?«

Ich dachte kurz nach. »Wenn das Konzept so erhalten bleiben soll, wie es ist, gibt es kaum Einsparungsmöglichkeiten«, sagte ich.

»Dann schmeiß es weg«, meinte er knapp.

Nachdem wir aufgelegt hatten, starrte ich lange Zeit auf meinen schwarzen Computerbildschirm. Das Konzept wegzuschmeißen hieß, das erfolgreichste Format von Alfa.Sat zu beerdigen. Nein, das sollten andere machen, nicht ausgerechnet ich, die sich seit drei Jahren mit vollem Engagement für die Spendengala einsetzte. Ich konnte nicht die Totengräberin des Smiling Kids Day sein. Das war zu viel verlangt. Aber dann dachte ich an das Geld, mit dem wir seit vier Jahren bedürftigen Kindern halfen. Es ging nicht um mich oder um von Hirten oder die Bloomsdale-Leute. Es ging darum, dass Hilfe bei denen ankam, die sie brauchten. Ob die Show nun weiterhin Glamour verbreitete oder ein anderes Gesicht bekam, war zweitrangig. Ich musste einen Weg finden, wie die Spendengelder flossen, ohne dass die Show diese hohen Kosten verursachte. Und es musste für den Zuschauer unterhaltsam sein und die nötigen Einschaltquoten bringen. Mir würde etwas einfallen. Ich würde kämpfen.

Ich holte mir ein Glas mit kaltem Wasser, lehnte mich zurück und legte die Füße auf die Ecke meines Schreibtischs. Michaela tauchte vor der Glaswand auf und klopfte.

»Du bist noch da?«, fragte ich erstaunt. Es war schon kurz vor acht.

»Ja, … ich hab mir Sorgen gemacht. Alles in Ordnung mit dir? Wie ist es bei von Hirten gelaufen?«

Unter normalen Umständen hätte ich sie jetzt in die neue Entwicklung eingeweiht. Aber ich war unsicher. Ich wollte sie nicht in Schwierigkeiten bringen.

»Es ist glimpflich abgelaufen«, sagte ich. »Offenbar müssen beim SKD noch Posten eingespart werden. Er will sich selbst was überlegen.«

Michaela runzelte die Stirn. »Wie meinst du das …? Er allein?«

»Frag mich bitte nicht.« Ich sah auf die Uhr. »Ich muss noch ein bisschen in meinem Postfach aufräumen. Aber mach du doch Feierabend.«

Sie kam rein und setzte sich. »Janne. Ich möchte nicht, dass etwas zwischen uns steht. Bitte sag mir, was wirklich los ist. Und wenn ich dich irgendwie unterstützen kann, dann will ich das tun.«

»Du könntest in Loyalitätskonflikte kommen.«

»Das nehme ich in Kauf.«

»Okay.« Ich erzählte ihr von den Gesprächen mit von Hirten und Oderthal und von meiner Entscheidung, ein eigenes Konzept zu entwickeln. »Die Verantwortung trage ich allein. Ich will dich da nicht reinziehen. Ich habe volles Verständnis, wenn du jetzt nach Hause fährst. Ich bitte dich nur, meinen Plan für dich zu behalten.«

Michaela blieb sitzen. »Ich helfe dir.«

»Lass es mich erst mal allein versuchen.«

»Nein, so was geht besser zu zweit. Du hast sicher schon Ideen. Du erzählst sie mir, und ich hinterfrage sie kritisch.«

»Ich danke dir.« Ich war so froh, dass sie da war. Es war ein gutes Gefühl, nicht allein zu kämpfen.

»Das Problem sind die Kosten für die Promis. Wir müssen

in der TV-Show etwas bieten, was genauso wirkt wie der Glamourfaktor.«

»Die Zuschauer erwarten aber Promis«, meinte Michaela. »Das Level herunterzufahren, riecht nach Einsparung, und das wäre einfach nur peinlich.«

Ich erzählte ihr von meiner Idee mit dem Charity-Bus. »Kinder ziehen ja immer«, meinte sie. »Aber das allein reicht nicht.«

»Okay, halten wir fest, die Show funktioniert nicht ohne Promis, das eine bedingt das andere.« Frustriert blickte ich auf meine Tastatur. »Dann müssen wir eben beides streichen.«

»Die Fernsehshow streichen? Wie soll das denn gehen?« Michaela sah mich verständnislos an.

Ich war auf einmal hellwach. »Das ist es! Wir nehmen den Titel wörtlich: Smiling Kids Day. Wir machen den gesamten Tag zum Spendenmarathon. Die Hilfsaktionen werden in jeder Sendung auf Alfa.Sat Thema sein, und die Zuschauer können den gesamten Tag über mit Promis aus dem Sender telefonieren und spenden.«

Die nächsten Stunden vergingen wie im Flug. Meine Idee nahm Gestalt an. Ich tippte einen ersten Entwurf in meinen Computer. Ich dachte nicht darüber nach, wieso wir den ganzen Abend in Ruhe gelassen wurden. Weder von Hirten noch die Unternehmensberater störten uns. Doch je länger ich plante und überlegte, desto unruhiger wurde Michaela. Sie rutschte auf ihrem Stuhl herum. »Janne …«

»Was?«

»Die Sache hat einen Riesenhaken.«

»Wieso denn?« Ich wollte jetzt nichts Kritisches hören.

»Bist du nicht mehr mit Jörg befreundet?«, platzte Michaela heraus.

Ich schwieg. »Doch, wieso?«, sagte ich dann trotzig.

»Weil … du ihm so seine Karriere kaputtmachst.«

Ich blickte sie an. »Er bleibt Moderator des Smiling Kids Day.«

»Ja! Aber du streichst die Show. Er ist nur Gast in anderen Sendungen.«

Michaela sprach aus, was ich befürchtet hatte. Jörg würde das nicht akzeptieren.

»Dann weiß ich auch nicht weiter. Vielleicht hat ja von Hirten eine bessere Idee«, meinte ich. »Eine Variante, bei der alles so bleibt, wie es ist, die aber nur die Hälfte kostet.«

»Der doch nicht. Nie im Leben.«

Inzwischen konnte ich keinen klaren Gedanken mehr fassen. Auch Michaela sah erschöpft aus. Es ging auf zehn Uhr zu. »Machen wir Schluss. Die Präsentation ist erst übermorgen. Ich hab mir Notizen gemacht. Morgen schauen wir mit klarem Kopf noch mal drauf.« Ich schaltete meinen Computer aus.

»Michaela?« In der Tür wandte sie sich zu mir um. »Danke, dass du mir hilfst.«

Sie spreizte zwei Finger zum Victoryzeichen. Dann verschwand sie über den Flur.

Langsam packte ich meine Handtasche und ging, noch immer in Gedanken zum neuen Konzept versunken, zum Aufzug. Bis auf die Notbeleuchtung lag die Etage im Dunkeln. Michaela schien bereits weg zu sein.

Als ich durchs Foyer im Erdgeschoss auf den Ausgang zulief, sah ich direkt davor auf dem Bürgersteig einen weißen Alfa Romeo. Ich blieb stehen. So einen Wagen fuhr Vanessa Ott. Es schien niemand darin zu sitzen.

»Nun wird's aber Zeit, Frau Amelung«, schimpfte Herr Keipke aus seiner Pförtnerloge. »Sie wollen doch hier nicht übernachten, oder?«

»Nein, ich freue mich auf mein eigenes Bett.« Ich ging zu ihm. »Ist Frau Ott von Bloomsdale noch im Gebäude?«

»Die ist gerade weg. Und vor zwei Minuten ist Frau Meiffert rausgegangen.« Er lehnte sich nach vorn über seinen Tresen. »Und ich hab eine Woche Spätschicht. Da bekommt man so wenig mit. Wie läuft es denn mit den Heuschrecken?«

Ich musste schmunzeln, dass er die Bloomsdale-Leute so nannte. »Wenn ich das wüsste. Sie tun sehr geheimnisvoll.«

In seiner Kabine war ein Piepsen wie von einem Wecker zu hören. »Oh, schon zehn … Zeit fürs Abendessen.« Er holte eine Butterbrotdose aus einer abgeschabten Aktentasche und nahm eine zusammengeklappte Stulle heraus. Sie duftete nach Salami, und ich spürte auf einmal, wie hungrig ich war. Seit dem frühen Mittag hatte ich nichts gegessen. Mein Kühlschrank zu Hause hatte sich auch nicht von selbst gefüllt. Und um noch irgendwo einzukehren, war ich viel zu müde.

»Sie starren mein Wurstbrot an wie eine Heiligenerscheinung. Hier.« Er reichte mir die Stulle und nahm sich eine neue aus der Dose. »Genug für uns beide.«

»Danke.« Wir kauten schweigend.

»Na ja, mich können die nicht einsparen«, sagte er. »Irgendeiner muss ja hier sitzen und alles im Griff haben.«

»Das ist wahr. Ich finde auch, Sie sind unersetzbar. Noch mal danke für die lebensrettende Maßnahme.« Ich wischte mir ein paar Brotkrümel vom Mund, und wir wünschten uns eine gute Nacht.

Vor dem gläsernen Ausgang parkte noch immer das weiße Cabriolet. Vanessa Ott lehnte an der Fahrertür. Bei ihr stand Michaela, und sie unterhielten sich. Ohne mich um Herrn Keipkes neugierige Blicke zu kümmern, wartete ich in der Halle.

Jetzt ging Michaela um den Wagen herum und öffnete die

Beifahrertür. Sie setzte sich hinein. Vanessa Ott stieg auf der Fahrerseite ein und fuhr los. Ich lauschte, bis das Motorengeräusch verhallt war.

Auf der Fahrt nach Hause wuchs mein Misstrauen. Konnte es sein, dass die Begegnung vor der Tür kein Zufall war? Dass Vanessa Ott auf Michaela gewartet hatte? Worüber redeten die beiden? Michaela war in meine Pläne eingeweiht. Ich versuchte, mich zu beruhigen. Sie würde niemals Vanessa Ott von meinem Konzept erzählen. Sie hatte mir versprochen … Oder war es doch möglich? Heute Morgen hatte sie mir schon einmal etwas verschwiegen. Aber es hatte ihr leidgetan. Und ich hatte ihr geglaubt.

Während ich den letzten Treppenabsatz in den dritten Stock hochstieg, zog ich meinen Wohnungsschlüssel aus der Tasche. Vor meiner Wohnungstür stand etwas, es war eine schön gewachsene, üppige Pflanze. Eine Aloe Vera. Zwischen ihren fleischigen, spitz zulaufenden Blättern steckte ein Zettel:»Ich wurde ausgesetzt und suche ein neues Zuhause.« War die von Sebastian? Ich warf einen Blick zu seiner Tür und überlegte kurz, ob ich noch klingeln sollte. Mir war nicht nach Gesellschaft, aber noch weniger danach, allein zu sein. Trotzdem beschloss ich, es nicht zu tun. Benni schlief sicher schon und Sebastian vielleicht auch. Doch da hörte ich ein Geräusch direkt hinter der Tür, ein Rascheln. Ich klopfte leise. Sebastian öffnete fast sofort. Als er mich sah, strahlte er. Er wollte die Tür ganz aufziehen, knallte aber gegen einen Umzugskarton, den er offenbar gerade verschoben hatte.

»Entschuldige, dass ich so spät noch störe«, meinte ich. »Aber da hat sich jemand verlaufen.« Ich zeigte auf die Aloe.

»Sie schnarcht. Deshalb hab ich sie rausgeschmissen.« Er berührte meinen Arm. »Trinkst du einen Schluck Wein mit mir?«

Ich zögerte, war hin- und hergerissen.

»Komm, nur ein Gläschen.«

»Ein einziges.«

Sein Wohnzimmer war vollgestopft mit Bücherregalen, alten Möbeln und noch nicht ausgepackten Kartons. Überall im Zimmer verteilt lagen Stapel von Papieren. Ich trat näher. Es waren Notenblätter. Die Tür zum Balkon stand offen. Das weinrote, durchgesessene Samtsofa hatte er so aufgestellt, dass er nach draußen in die Kastanie blicken konnte. Davor stand ein niedriges Tischchen mit einem goldenen orientalischen Tablett darauf, eine geöffnete Rotweinflasche, ein halb volles Weinglas und mehrere Teelichter in türkischen Teegläsern mit roten und blauen Ornamenten darauf, die bunte Lichttupfer in den Raum warfen. Auf dem Boden lag Lego verstreut. Trotz der Unordnung war das Zimmer urgemütlich, und ich ließ mich in die Sofakissen sinken.

Sebastian drückte mir ein Glas Rotwein in die Hand. »Ich wollte dich gern was fragen. Aber erzähl erst mal, wie es dir geht. Du siehst ein bisschen genervt aus, kann das sein?«

»Anstrengender Tag. Ziemlich grässlich. Ich will gar nicht daran denken.«

»Was war denn los?«

Ich hob die Schultern. »Ärger im Job. Mein Chef macht mir das Leben schwer. Nichts Wichtiges. Lass uns einfach was trinken.«

Wir ließen die Gläser klingen.

»Und diese Unternehmensberaterin? Hast du mit der noch zu tun?«

»Noch ein paar Tage lang. Aber du wolltest mich etwas fragen?«

»Genau. Wegen Benni.«

»Was denn?«

»Er hat eine Eignungsprüfung bestanden. Er geht ab dem neuen Schuljahr auf das Landesmusikgymnasium.«

»Das ist ja toll!«

»Ja, er ist echt glücklich. Und er scheint wirklich begabt zu sein. Ich frag mich ja nur, von wem er das hat.«

Ich stieß ihn mit dem Ellbogen in die Rippen.

»Das Schuljahr beginnt mit so einer Feier, bei der die neuen Schüler begrüßt und vorgestellt werden. Tja, und er …« Er holte Luft. »Er hat es sich in den Kopf gesetzt, dass du mit dorthin kommst.«

»Klar, gern, ich …« Erst jetzt fiel der Groschen bei mir. Ich sah Sebastian an. »Du meinst, er will, dass ich mich als seine Mutter ausgebe?« Ich setzte mich auf.

»Ich weiß auch nicht … Ja, offenbar wünscht er sich das.« Er wich meinem Blick aus. »Er hat in der Grundschule ein paar schlechte Erfahrungen gemacht. Und er hat Angst, dass es auf der neuen Schule so weitergeht …«

Ich dachte an den feisten blonden Jungen und die Hänseleien der anderen Kinder.

Sebastian räusperte sich. »Ist schon gut. Janne, sei nicht sauer. Ich kann verstehen, wenn du das für eine Schnapsidee hältst. Ich bin selbst dagegen. Er nervt mich nur seit Tagen damit. Ich musste ihm versprechen, dich zu fragen. Gut, das habe ich hiermit getan. Am besten, wir vergessen das Thema.«

»Ich habe mitbekommen, wie er in der Klasse behandelt wird. Was willst du denn tun, um ihm zu helfen?«

»Wenn ich das wüsste.«

»Was ist mit Bennis Mutter?«, fragte ich.

»Sie lebt in den USA. Ich hoffe zumindest, dass sie lebt. Seit sechs Monaten hab ich nichts von ihr gehört.« Er wandte den Blick ab und schien in düstere Erinnerungen zu versinken.

»Ist sie krank?«

»So kann man es nennen. Sie spritzt. Kokain. Ich habe sie in dem Hotel kennengelernt, in dem ich arbeite. Sie jobbte auch dort. Sie hatte einen Entzug gemacht und den Kontakt zu ihren alten Freunden abgebrochen. Sie war so … zuversichtlich, voller neuer Lebensfreude. Wir waren eine Zeit lang zusammen, und sie wurde schwanger und bekam Benni.« Er trank einen Schluck. »Doch dann kreuzte ihr Freund wieder auf. Ihr Dealer. Ich weiß nicht, was er ihr erzählt hat, was dann los war. Kurz darauf war sie weg. Keine Ahnung. Irgendwann, nach Monaten, hat sie mir geschrieben. Aus Spanien. Der Brief war wirr. Sie sagte, sie könne Benni nicht so lieben, wie sie es müsste. Es würde ihm besser gehen ohne sie. Ich vermute, sie hatte damals schon wieder angefangen, Drogen zu nehmen.« Er verstummte und starrte auf seine Hände. »Benni denkt, sie kommt zurück«, sagte er fast unhörbar.

»Glaubt er das wirklich?«

Er schüttelte langsam den Kopf. »Aber er klammert sich daran.«

Sebastian goss unsere Gläser fast bis zum Rand voll, und ich protestierte nicht mal.

»Weißt du, es macht mir nichts aus, mitzugehen. Ich würde es für Benni machen. Aber mein Gefühl sagt mir, ihr beide solltet versuchen, allein klarzukommen. Solange du Benni vermittelst, dass ihr zu zweit weniger wert oder nicht komplett seid, solange werden ihn auch die Hänseleien richtig verletzen.«

Eine Weile saßen wir schweigend da.

»Du hast recht«, sagte er dann. »Aber ich bin noch nicht so weit. Ich weiß nicht, wie ich Benni mehr Sicherheit geben soll. Ich fühl mich selbst so hilflos.«

»Denk noch mal in Ruhe darüber nach und sag mir Bescheid. Wenn du glaubst, dass es nötig ist, komme ich mit. Für Benni. Nicht für dich. Du bist schließlich erwachsen. Oder zumindest siehst du so aus.« Ich grinste ihn an.

»Danke, Janne.« Sebastian streckte die Hand aus und fuhr mit dem Finger sanft über meine Wange.

»Nicht«, sagte ich leise.

Sebastian lächelte. »Der Kuss hat mir gefallen. Ich würde ihn gern wiederholen.«

Er begann, mein Haar zu streicheln. Dann legte er die Hand in meinen Nacken und zog mich zu sich. Ich löste mich sanft von ihm, nahm seine Hände und hielt sie fest. Sebastian gefiel mir, und ich wusste, wenn ich noch einen Kuss zuließ, würde mehr passieren.

»Ich bin in einer festen Beziehung.«

Sebastian ließ mich los. »Ist schon gut. Ich lass dich in Ruhe.«

Als ich in meine Wohnung kam, ein wenig schwindelig vom Wein und meiner Müdigkeit, blinkte das Telefon mit seinem roten Lämpchen und meldete entgangene Anrufe. Ich drückte auf die Abspieltaste, und mein Herz setzte für einen Schlag aus, als ich Gregors Stimme hörte. Er hatte sich gemeldet. Das war ein gutes Zeichen. Doch als ich die Nachricht hörte, verflog meine Euphorie sofort.

»Ich bin es. Konstantin hat mich für ein paar Tage mit nach Frankfurt genommen. Er hat einen Auftrag für ein Bühnenbild, und ich soll ihm helfen.« Ein kurzes Zögern. »Nur, damit du weißt, wo ich bin und du dir keine Sorgen machst. Für den Fall, dass du versucht hast, mich zu erreichen. Bis demnächst.«

Ich starrte in das dunkle Zimmer, überlegte, was für eine Botschaft das gewesen sein sollte. Kein »Ich liebe dich«, kein zärtliches Wort. Ich hatte mich doch gemeldet, hatte ihn sehen wollen. Und er hatte abgesagt. Was erwartete er denn jetzt von mir?

Ich drückte auf den Knopf, um die nächste Nachricht zu hören, doch es war nur Rauschen auf dem Band. Ab und zu ein Geräusch wie von vorbeifahrenden Autos. Und ich meinte, jemanden atmen zu hören, aber das konnte auch Einbildung sein. Die Nummer auf dem Display war unterdrückt worden.

4

Am nächsten Morgen trieb mich meine Unruhe früh ins Büro. Ich wollte nicht an Gregor denken, und schon gar nicht an Sebastian, den ich beinahe ein zweites Mal geküsst hatte. Mehr Probleme, als ich sowieso im Job schon hatte, konnte ich wirklich nicht gebrauchen. Um mich aufzuheitern, kaufte ich mir auf dem Weg zu meinem Auto eine langstielige gelbe Rose. Ich nahm spontan einen Strauß leuchtender lila Anemonen für Michaela mit, als kleines Dankeschön für ihre Unterstützung. Ich verdrängte das Bild, wie sie zu Vanessa Ott ins Auto gestiegen war. Ich mochte nicht an ihr zweifeln.

Sie war nicht im Büro. Ich stellte die Blumen in einer Vase auf ihren Schreibtisch. Auch die Teeküche war verwaist, die Kaffeemaschine noch nicht eingeschaltet, aber ich fand ein hohes, schlankes Glas für meine Rose.

Als ich meinen Computer hochfahren wollte, stutzte ich. Er war bereits eingeschaltet. Auch der Monitor befand sich nur im Ruhezustand und wurde hell, als ich eine Taste berührte. Auf dem Bildschirm erschien ein Foto meines Segelbootes vor der Steilküste der Wismarer Bucht, das Gregor aufgenommen hatte, bis zum Bauchnabel im Wasser, während er nach Luft japste und schrie: »Das Wasser ist tierisch kalt!«

Ich wählte Michaelas Nummer. Sie kannte mein Passwort. Es hieß »Bolero« wie mein Segelboot. Jetzt war sie da und nahm ab.

»Guten Morgen, warst du schon an meinem Computer?«

»Ja. Warte, ich komm rüber.« Sie brachte uns beiden Kaffee mit und stellte eine Tasse vor mir ab.

»Danke für die wunderschönen Anemonen. Die sind doch von dir, oder?«

»Gern geschehen.« Ich wunderte mich, denn Michaela hatte mich nicht richtig angesehen, seit sie im Raum war. »Ist irgendwas?«

»Von Hirten brauchte die Sponsorenliste vom Smiling Kids Day. Die aktuelle Fassung hattest nur du. Ich hab sie ihm von hier aus gemailt.«

»Was ist denn in den gefahren? So früh auf den Beinen?«

»Er sitzt auch an seinem Konzept. Er will es dir gleich schicken.«

»Aha. Da bin ich aber gespannt.«

Michaela reagierte nicht. Ich warf ihr einen prüfenden Blick zu. Sonst war sie immer für eine kleine Lästerei über von Hirten zu haben. Statt wie üblich auf den Besucherstuhl am Schreibtisch hatte sie sich etwas weiter entfernt an meinen Konferenztisch gesetzt und trank stumm ihren Kaffee.

»Hast du irgendwas?«, fragte ich.

»Nein, alles bestens.«

»Ich hab gesehen, dass Vanessa Ott dich gestern im Auto mitgenommen hat.«

»Ja, ich hatte sie zufällig beim Rausgehen getroffen. Sie war total freundlich zu mir, hat mich nach Hause gebracht, obwohl es ein Umweg für sie war.«

»Das ist ja wirklich nett.«

»Ja, fand ich auch.«

Wir schwiegen eine Weile. Ich wartete, ob Michaela noch etwas darüber erzählen würde, wie die Fahrt verlaufen war, vielleicht, worüber sie gesprochen hatten, aber für sie schien das Thema erledigt zu sein.

Ich sah, dass mein Chef eine Datei mit dem Betreff »SKD – Sparkonzept – Eilt« geschickt hatte.

»Da ist schon die Mail. Sieht so aus, als hätte Gunter Nachtschicht gemacht.« Ich öffnete das Dokument und überflog es. »Das hab ich befürchtet. Er hat die Aftershowparty gestrichen. Und die Promis sollen die Hotelzimmer selbst zahlen.« Ich musste lachen. »Das kann er nicht ernst meinen. Sag das dem Agenten von George Clooney.«

Michaelas Augen weiteten sich. »Wir haben George Clooney für die Show?«

»Reingefallen.«

Sie verzog den Mund. Früher hätte sie gelacht.

»Aber im Ernst, was glaubt er, was die Promis nach der Aufzeichnung machen sollen? Will er die um Zehn Uhr abends ins Bett schicken?« Ich las weiter. »Aha, hier kommt sein ›innovativer Ansatz‹. Wir sollen mehr Sponsoren auftreiben.«

Michaela schnaubte. »Er hat keine Ahnung von dem Projekt. Es läuft doch schon fast alles über Sponsoring.«

Ich sah sie an. »Er macht es sich verdammt einfach.«

Mit ein paar längeren Telefonaten gelang es mir, bei den Hauptsponsoren, zu denen ich engen Kontakt hielt, noch weitere Vergünstigungen herauszuholen. Von Hirten hatte es nie für nötig gehalten, sich ein eigenes Netzwerk aufzubauen. Er hatte ja mich. Aber in der Auswirkung auf das Gesamtbudget spielte nichts davon eine wesentliche Rolle, und erst recht nicht konnte man das jemandem als ein neues Sponsoring-Konzept verkaufen.

Nach einer Weile steckte Michaela den Kopf zur Tür herein. »Von Hirten. Du sollst mal kommen.«

In seinem Büro saßen Vanessa Ott und Mark Winter. Vanessa Ott sah blendend aus. Ihr Gesicht hatte etwas mehr Farbe als sonst, sie wirkte ausgeruht und war wie immer perfekt geschminkt. Sie trug einen dunkelgrauen Anzug aus einem seidigen, edel wirkenden Stoff und darunter eine schlicht geschnittene weiße Bluse, der man ebenfalls am Material ansah, dass sie sehr exklusiv sein musste. Eine Perlenkette rundete das Bild ab. Von dem Moment an, in dem ich den Raum betrat, ließ sie mich nicht aus den Augen. Sowohl sie als auch Mark Winter grüßten mich freundlich, von Hirten brummte nur etwas, das entfernt nach »Guten Morgen« klang.

»Hast du meine Mail bekommen?«, fragte er.

Ich nickte. »Wir sollten darüber reden. Ich denke, die ...«

»Dazu ist keine Zeit«, fiel er mir ins Wort. »Ich schicke das Konzept heute hoch an Lehner. Für die Präsentation morgen überleg dir bitte eine Strategie. Ich brauche ein neues Sponsoring-Konzept, das ich vorstellen kann.«

»Darum geht es ja«, ich holte Luft, »nach meiner Einschätzung ist die Einbindung von Sponsoren ...«

»Das genügt für den Moment, vielen Dank.« Von Hirten sah auf die Uhr. »Deine persönliche Meinung hören wir uns später an.«

Gegen Mittag unternahm ich einen neuen Versuch, mit Vanessa Ott zu sprechen, aber Michaela sagte mir, sie und Mark Winter seien den Rest des Tages im Headquarter bei Bloomsdale zu einer Strategiesitzung.

Den gesamten Nachmittag saß ich mit Michaela an unserem neuen Konzept. Ihr merkwürdiges Verhalten hatte aufgehört, sie wirkte aufgekratzt. Am frühen Abend rief mich von Hirten an und bestellte mich wieder zu sich. Als ich klopfte und die Tür öffnete, verließ gerade Vanessa Ott den Raum. Sie lächelte. »Gut, dass Sie da sind«, flüsterte sie mir zu und ging.

Von Hirten saß so zusammengesunken auf seinem Stuhl, als hätte seine Wirbelsäule nicht mehr die Kraft, ihn aufrecht zu halten. Gleichzeitig trommelten seine Finger nervös auf die Tischplatte.

»Setzen wir uns hier rüber.« Er erhob sich schwerfällig und zeigte auf den Konferenztisch.

Ich wunderte mich. Sonst liebte er es, hinter seinem wuchtigen Schreibtisch zu thronen, während ich wie eine Bittstellerin auf den Besucherstuhl verbannt war. Mir fiel auf, dass das Foto seiner Familie verschwunden war.

»Nun ja, reden wir nicht groß drum herum. Die Zeit ist knapp.« Er fixierte die Wände rechts und links hinter mir. »Mein Konzept ist abgelehnt worden. Es ist … nicht weitreichend genug. Die Programmleitung stellt sich eine radikale Umstrukturierung vor. Und jetzt halt dich fest, Janne.« Er verzog das Gesicht, als hätte er Zahnschmerzen. »Lehner liegt ein Gutachten von Bloomsdale vor, mit der Empfehlung, den SKD komplett aus dem Programm zu nehmen. Es sei denn …«, er stand auf und lief zu seinem Schreibtisch und wieder zurück, als hätte er vergessen, was er dort wollte.

»Es sei denn …?«, wiederholte ich.

»… es sei denn, wir schaffen es, die Kosten um sechzig Prozent zu senken.« Er sank zurück auf seinen Stuhl und stützte den Kopf in die Hände. »Das ist komplett illusorisch, und das weiß Lehner ganz genau.« Von Hirten sah mich an, und ich erkannte an seinen Augen, dass er Angst hatte. »Ich brauche deine Hilfe. Du kennst das Projekt in- und auswendig. Wenn jemand eine Lösung finden kann, die wir morgen früh präsentieren können, dann du.«

Ich fühlte mich, als würde ich einen Film sehen, den ich schon kannte. Alles lief genauso ab, wie Oderthal es vorausgesagt hatte. Von Hirten hatte meine Einwände gestern nicht hören wollen, er hatte versucht, sich mit seiner halbgaren Schnellversion lieb Kind zu machen und war gescheitert. Das hatte er verdient. Doch so, wie ich von Hirten kannte, war er ein Stehaufmännchen. Er hatte es bisher niemals zugegeben, wenn er nicht weiterwusste. Warum tat er es jetzt? Warum war er in einem dermaßen aufgelösten Zustand?

»Das ist nur ein Teil der Geschichte, stimmt's?«, fragte ich.

Er schwieg, und ich konnte sehen, wie es hinter seiner Stirn arbeitete. Dann nickte er. »Lehner will mich loswerden. Er hat Andeutungen gemacht, wenn die Präsentation morgen nicht überzeugend ist, bin ich draußen.«

Ich verstand ihn gut, doch Mitleid empfand ich keines. Er saß da, sonnengebräunt, in seinem gestärkten, leuchtend hellblauen Hemd, mit seiner etwas zu auffälligen Armbanduhr, dem aufdringlichen Duft nach Aftershave, dem aufgesetzten, zerknirschten Lächeln. Ich war mir sicher, dass er in seinem Leben immer auf die Füße fallen würde.

»Ich war nicht ehrlich zu dir«, sagte er und richtete sich auf. »Ich war nicht in London.« Er betrachtete seine Hände, die er ineinander verschränkt hatte. »Ich hatte einen Scheidungstermin vor Gericht. Und die Tage danach hab ich mir freigenommen. Ich war nervlich … Es hat mich sehr mitgenommen.« Er schluckte. »Das mit London ist die offizielle Version für die Bloomsdale-Leute.« Er blickte mich an, seine Augen waren gerötet.

Ich war unsicher, ob er Theater spielte, um mein Mitleid zu erregen, oder ob er wirklich so aufgelöst war, wie er vorgab. Und ich dachte an Oderthals Warnung vor ihm.

»Vergiss es, es geht ja nicht um mich. Aber wenn uns nichts einfällt, ist der Smiling Kids Day Geschichte«, sagte er. »Das kannst du nicht zulassen. Nicht nach allem, was du an Kraft und Zeit in das Projekt investiert hast. Wir brauchen eine Lösung. Wir müssen auch an die armen Kinder denken.«

Es gab wenig, was Gunter von Hirten gleichgültiger war als die hilfsbedürftigen Empfänger der Spendengelder. Aber er schätzte mich schon richtig ein. Ich würde den Smiling Kids Day niemals kampflos aufgeben. Nicht mal, wenn ich dafür seinen Kopf retten musste. »Ich habe etwas vorbereitet.«

»Ich wusste es«, sagte er.

»Die Grundidee beruht auf einer neuen Aufteilung der …«

»Ganz wunderbar, Janne. Ich bin sicher, es ist wun-der-bar.« Er dehnte das Wort übertrieben in die Länge und stand auf. »Die Details höre ich ja morgen früh bei der Präsentation.« Er sah auf die Uhr und murmelte »O Gott.« Er schnappte sich sein Jackett. »Bitte entschuldige, dass ich so unhöflich bin, aber … ich bin zum Abendessen verabredet.«

Mit seiner Glasfront bot der Konferenzraum einen weiten Blick über die Mitte Berlins, den Dom und den Fernsehturm. Ich war bisher nicht oft hier oben gewesen, da der Raum normalerweise nur vom Vorstand genutzt wurde. Ich suchte eine Steckdose für mein Notebook und schloss es an. Dann schaltete ich den Beamer ein. Michaela kam mit einem Tablett herein, verteilte Kaffeetassen und kalte Getränke und legte dann auf jeden Platz Kopien von meinem Konzept. Sie sah müde aus und schien mir wortkarg.

»Alles in Ordnung?«, fragte ich.

»Wenig geschlafen.« Sie musterte mich. »Aber du siehst toll aus.« Ich freute mich, doch noch einen netten Satz von ihr zu hören. Was mein Outfit anging, war ich allerdings unsicher, ob es für eine so hochrangig besuchte Präsentation nicht zu bunt ausgefallen war. Ich hatte mein Haar mit einem türkis gemusterten Tuch zusammengebunden, das ich im Vorbeigehen in einem Schaufenster gesehen und spontan gekauft hatte. Dazu trug ich ein rostrotes Kleid. Die Farben brachten sich gegenseitig zum Leuchten, und das gefiel mir.

Michaela verließ den Raum, und ich versuchte, meine innere Unruhe abzuschütteln. Es war wichtig, dass es mir gelang, den Vorstand zu überzeugen. Zum Glück hatte ich noch ein paar Minuten zur Vorbereitung, bis es losging. Doch da kam Vanessa Ott herein. »Guten Morgen, Frau Amelung.«

»Guten Morgen.« Sie steckte in einem ihrer schicken, dunklen Anzüge, die ich insgeheim Traueroutfits nannte, heute war es ein schwarzes statt eines anthrazitfarbenen Exemplars. Ich erwiderte ihren Gruß, doch das freundliche Lächeln fiel mir schwer. Bestimmt war es ihr und Mark Winter zu verdanken, dass mein Projekt nun gefährdet war. Ich rückte meine Unterlagen zurecht.

»Nervös?«, fragte sie mich.

»Ein bisschen.«

»Ich bin sicher, Sie haben die perfekte Lösung in der Tasche.« Sie zupfte am Kragen ihrer weißen Bluse. »Wissen Sie, ich mache den Job schon seit ein paar Jahren und ich bilde mir ein, gute und schlechte Leute voneinander unterscheiden zu können. Ich hab mich noch nie getäuscht.« Sie senkte die Stimme. »Ich glaube, Sie sind bisher unterschätzt worden.«

»Danke. Nett, dass Sie das sagen.« Ich wunderte mich über Vanessa Otts Lob. Helmut Eichstätt traf zeitgleich mit Mark Winter ein, einen kurzen Moment später kam der Vorstandschef mit Lucy Reeves. Sie zwinkerte mir zu.

Es war kurz nach neun, und Eichstätt blickte bereits zum zweiten Mal auf seine Uhr, als Gunter von Hirten den Raum betrat und die Tür hinter sich schloss. Er war außer Atem. Als

Einziger trug er ein Notebook unter dem Arm. Er legte es auf dem Konferenztisch ab und setzte sich.

»Gut, dann sind wir vollzählig«, begann Lehner. »Guten Morgen noch mal in die Runde. Ich will Sie nicht lange mit Vorreden aufhalten, sondern übergebe gleich an Herrn von Hirten.«

Von Hirten nestelte an seinem obersten Hemdknopf herum, auf seiner Stirn glänzte ein Schweißfilm. »Danke für Ihr Kommen. Ich habe Ihnen ein neues Konzept mitgebracht, um den Smiling Kids Day, der einen wichtigen Baustein im Senderprofil darstellt, zukunftsfähig zu machen. Meine Mitarbeiterin Janne Amelung wird es uns freundlicherweise präsentieren.«

Ich hatte nicht erwartet, dass von Hirten mich als Urheberin des Konzepts benennen würde, doch dass er es sich so schamlos selbst zuschrieb, ließ mich doch schlucken.

Ich stand auf und trat zum Tisch, auf dem mein Notebook stand. »Vorgabe des Vorstands war eine Einschmelzung des Gesamtbudgets auf sechzig Prozent des Volumens«, begann ich mit einem Blick zu Lehner. Er nickte. »Das bedeutet, der SKD kann in seiner jetzigen Form nicht mehr aufrechterhalten werden. Selbst harte Einschnitte an allen Einzelpositionen erbringen nicht das gewünschte Ziel. Deshalb war ich gezwungen …«, ich fing einen drohenden Blick meines Chefs auf, ignorierte ihn aber, »… radikal umzustrukturieren. Bevor ich in die Details gehe, möchte ich betonen, dass ich persönlich, als langjährige Leiterin des Projekts, den SKD in seiner alten Form für erhaltenswert erachte. Das Projekt erstreckt sich durch die umfangreiche PR über das gesamte Jahr und ist ein Aushängeschild für das soziale Engagement des Senders. In Anbetracht der Einschaltquoten und des Imagegewinns ist es eines der Stützpfeiler des Programms.« Lucy Reeves nickte, Lehner selbst hörte mit neutralem Gesichtsausdruck zu. Von Hirten räusperte sich. Mein Blick streifte Eichstätt, den Bloomsdale-Boss, der ebenfalls ein Pokerface aufgesetzt hatte. »Gut. Was ich Ihnen vorstellen möchte, ist ein 24-Stunden-Spendenmarathon. Die Grundidee besteht in Cross-Promotionen innerhalb des Senders. Der Hauptmoderator Jörg Ermgassen ist den gesamten Tag über zu Gast in insgesamt acht Sendungen und wirbt für den SKD. Wir behalten die Live-Konzerte in fünf verschiedenen Städten, da sie sich durch die Eintrittsgelder tragen, und schalten immer wieder zu den Moderatoren vor Ort. Die Details führe ich gleich aus. Ein neuer Kostenpunkt wäre die Entwicklung eines Extra-Trailers, den die On-Air-Promotion inhouse herstellen würde.« Ich hielt inne und klappte mein Notebook auf. Meine Ideen hatte ich in einer PowerPoint-Präsentation zusammengefasst und die passende Datei schon vorher aufgerufen. Nun klickte ich auf »Start«. Auf dem Beamer leuchtete kurz das Titelblatt auf, dann wurde der Monitor schwarz. Ich schaltete in den Ruhezustand und versuchte es erneut, doch der Computer reagierte nicht. »Offenbar gibt es eine technische Panne. Einen kleinen Moment bitte.« Ich überprüfte die Stromverbindung und schaltete dann den Beamer aus und wieder ein. Er funktionierte. Nur mein Notebook ließ sich nicht mehr starten.

»Bitte entschuldigen Sie. Ich weiß noch nicht, woran es liegt.« Meine Handflächen wurden feucht. Lehner kam zu mir und sagte: »Lassen Sie mich mal sehen.« Er fummelte am Beamerkabel, zog es heraus, steckte es wieder ein, versuchte einen Neustart, doch mein Notebook versagte.

»Da tut sich nichts. Haben wir einen Plan B?«, fragte er.

»Nehmen Sie bitte die Handouts«, schlug ich vor. »Ich habe die Präsentation für Sie ausgedruckt, und wir können …«

»Ich glaube, hier ist etwas schiefgelaufen, Frau Amelung«, hörte ich die kühle Stimme von Helmut Eichstätt. »Das sind

Listen mit Kleidergrößen.›Übersicht Hostessen für Paul-York-Kollektion‹.«

Mir wich das Blut aus dem Gesicht. Ausgerechnet Eichstätt hatte falsche Unterlagen bekommen.

»Warten Sie, ich geb Ihnen meine …« Ich nahm meinen eigenen Stapel Papiere in die Hand, blätterte das Deckblatt um und erstarrte. Dieselben Listen der Hostessen. »Ich … kann mir nicht erklären, wie das passieren konnte.« Mir war eiskalt, gleichzeitig glühte mein Kopf. Michaela hatte die Kopien angefertigt und verteilt. Hatte sie …? Nein, das wollte ich mir einfach nicht vorstellen. Und was war mit meinem Notebook los? Es war noch nie zuvor abgestürzt.

Lehner warf Lucy Reeves einen kurzen Blick zu, sie hob fast unmerklich die Schultern. »Was ist jetzt? Frau Amelung, verstehe ich das richtig: Sie können die Präsentation nicht über den Beamer vorführen, und wir haben auch keine Papierversion zur Hand?«

»Nur eine Sekunde, ich werde meine Assistentin bitten …« Ich nahm mein Handy und wählte Michaelas Nummer, doch sie ging nicht ran. Ich atmete tief durch. Vanessa Ott sah mich mitleidig an.

Eichstätt wandte sich an Lehner. »Ich schlage eine Terminverschiebung vor. Ich habe um elf bereits eine Telefonkonferenz mit unseren amerikanischen Partnern. Das wird sonst knapp.« Er ließ sein Smartphone in die Innentasche seines Jacketts gleiten.

»Augenblick, meine Herren«, sagte von Hirten und trat mit seinem Notebook zum Beamertisch. »Die komplette Präsentation befindet sich selbstverständlich auch auf meinem Rechner. Wenn Sie sich wieder setzen würden, könnte ich sofort beginnen.«

Er stellte mein Gerät zur Seite und schloss sein eigenes an

den Beamer an. Sekunden später leuchtete das Titelblatt der Präsentation auf der Leinwand auf. Eichstätt setzte sich wieder, warf einen Blick auf seine Uhr und verschränkte dann die Arme.

Von Hirten blickte in Runde, mich jedoch sparte er aus. »Die Dramaturgie ist folgende: Alfa.Sat ist live bei der Einweihung einer Schule in Georgien dabei, die durch die Spenden des letzten SKD finanziert wurde. Sich steigernde Spannung über den Vormittag, Zuspieler und Liveschaltungen nach Georgien, Interviews mit Lehrern der Schule, mit dem Bürgermeister, aufgeregte Kinder, Emotionen in höchster Dosierung … Dann unsere neueste Idee, das Smiling Kids Mobil … Ein Bus mit prominenten Schauspielern ist gleichzeitig unterwegs, um Geld und Geschenke in verarmte Dörfer zu bringen, begleitet von einem Kamerateam. Wir denken dabei an einen Sponsorenvertrag mit einer Autovermietung, ein Kontakt ist schon hergestellt. Parallel ist eine Spendenhotline geschaltet, auf der die Zuschauer mit Promis des Senders am Telefon sprechen können.«

Er schaltete auf das nächste Blatt um.

»Nun der Ablauf: Wir beginnen mit dem Frühstücksfernsehen um acht. Auslobung eines Gewinnspiels und Vorstellung des Hilfsprojektes ›Eine Schule für Georgien‹ durch Jörg Ermgassen. Im Anschluss an den ersten Nachrichtenblock wird er …«

Ich hörte nur noch ein Rauschen in meinem Kopf, darin Wortfetzen aus von Hirtens Vortrag. Er war bestens vorbereitet. Er referierte flüssig und lückenlos, führte Details aus, die nur als Stichpunkte in meinem Konzept gestanden hatten. Woher wusste er von dem Charity-Bus? Nur Michaela war darüber eingeweiht gewesen. Was war seitdem passiert? Sie war gestern früh an meinem Computer gewesen, bevor ich in den Sender gekommen war. Hatte sie von Hirten das Konzept zur

Verfügung gestellt? Nein, das durfte ich nicht einmal denken. Michaela war meine engste Vertraute im Team. Das hätte sie niemals getan. Ihr merkwürdiges Verhalten fiel mir ein. Vielleicht hatte sie ein schlechtes Gewissen gehabt?

Auf jeden Fall hatte von Hirten mich belogen. Die angebliche Ablehnung seiner Sparversion durch den Vorstand war eine Farce gewesen. Er hatte nur mein Mitleid erregen wollen, indem er vorgab, seinen Job zu verlieren. Und die Scheidung ... ob er die auch erfunden hatte? Er hatte mein Konzept schon gestern gekannt, und nun gab er es nicht nur als das seine aus, sondern sorgte dafür, dass ich als Versagerin dastand.

Wie unter einer Glasglocke nahm ich den Rest des Meetings wahr. Ich sah, wie Lehner und von Hirten beim Hinausgehen noch einige Worte wechselten. Niemand sprach mich an. Dann legte sich eine Hand auf meine Schulter. Ich blickte auf. Erst jetzt bemerkte ich, dass alle den Raum verlassen hatten. Die Hand gehörte Vanessa Ott. Ihre Finger waren kühl, ich fühlte sie durch den Stoff meines Kleides.

»Alles in Ordnung?«, fragte sie leise.

Mir kamen die Tränen, doch ich schluckte sie herunter. Ich nickte und stand auf. Vanessa Ott half mir, die Kopien mit den Listen der Hostessen einzusammeln. Ich packte den ganzen Stapel und warf ihn in einen Papierkorb.

Dann lief ich direkt zu Michaelas Büro.

»Gehen Sie ruhig schon vor«, hatte Vanessa Ott gesagt. »Ich muss noch telefonieren.«

Es war so ruhig auf dem Flur, als wäre der Sender von allen Menschen verlassen, aber ich fand Evelyn, Heike und Michaela in ihrem Raum.

»Wie ist es gelaufen?«, fragte Michaela.

»Ich muss mit dir sprechen. In meinem Büro.«

Heike und Evelyn wechselten einen erstaunten Blick. Michaelas Telefon klingelte. Sie signalisierte mir per Handzeichen, dass sie sofort nachkommen würde.

Ich drehte mich um und ging hinaus. Vor meinem Raum stand Vanessa Ott mit meiner Handtasche. »Frau Amelung, ist das Ihre?«

»Ja.« Ich hatte nicht gemerkt, dass ich den Konferenzraum ohne die Tasche verlassen hatte. Selten war ich so durcheinander gewesen. Sie reichte sie mir.

»Vielen Dank.«

Vanessa Ott wandte sich zum Gehen, blieb dann aber zögernd stehen. »Ich mache mir ein bisschen Sorgen um Sie. Kann ich irgendetwas für Sie tun?«

»Nein, ich … Nein, danke.«

»Ich beobachte nicht zum ersten Mal, dass Chefs nicht eine Sekunde zögern, ihre Mitarbeiter in die Pfanne zu hauen, wenn es um den eigenen Kopf geht.« Sie lächelte, zog die Mundwinkel aber nach unten. »Nehmen Sie es nicht allzu persönlich.«

»Vermutlich haben Sie recht.«

»Das Konzept war von Ihnen, nicht wahr?«

»Was spielt das noch für eine Rolle?«

»Auf jeden Fall ist es gut.« Sie nickte anerkennend. »Es ist überstanden. Schauen Sie nach vorn.« Sie machte noch immer keine Anstalten, den Raum zu verlassen. »Ich würde mich freuen, wenn wir mal wieder zusammen essen gehen.«

Bevor ich antworten konnte, bog Michaela um die Ecke.

»Dann bis später«, sagte Vanessa Ott zu mir und ging.

Michaela wich respektvoll aus, um sie vorbeizulassen. »Was ist denn los?«, fragte sie. »Du bist ja weißer als die Wand.«

»Gehen wir rein.«

»Puh, warm hier drin.« Michaela stellte mein Fenster auf Kippe. Sie wich meinem Blick aus. Ich erzählte ihr in knappen Worten, was auf der Präsentation passiert war.

Michaela starrte mich an. »Von Hirten hat dein Konzept präsentiert? Aber woher …?« Sie schüttelte den Kopf.

»Das frage ich mich auch. Jemand muss es ihm gegeben haben. Er wusste von dem Charity-Bus und kannte alle möglichen Details.«

»Das ist … Das verstehe ich nicht …« Ihre Verwirrung schien echt zu sein.

»Michaela. Ich habe nur mit dir darüber gesprochen.«

Sie riss entsetzt die Augen auf. »Du glaubst, ich hätte ihm …«

Ich hob die Schultern. »Ich weiß nicht, was ich denken soll.«

»Von mir hat er kein Wort erfahren«, sagte sie mit schmalen Lippen.

»Natürlich nicht.« Es kostete mich Überwindung, weiterzufragen. Aber es musste sein. »Was war denn mit den Kopien los? Hast du eine Idee, was da schiefgelaufen ist? Du hast sie doch selbst gemacht und verteilt?«

»Als ich am Kopierer stand, hat mich von Hirten auf dem Handy angerufen. Er hatte eine dringende Frage zum Personalbudget. Ich bin kurz zu ihm reingegangen, und hab den Kopiervorgang weiterlaufen lassen. Sonst hätte ich ja wieder von vorn anfangen müssen. Als ich zurückkam, lagen die Kopien fertig sortiert im Ausgabekörbchen, ich hab nur auf das oberste Blatt geschaut und hab den Packen mit in den Konferenzraum genommen. Ich hab nicht noch mal durchgeblättert.« Sie runzelte die Stirn. »Ich war höchstens drei Minuten aus dem Raum.«

Unsere Blicke trafen sich, doch sie sah schnell wieder weg.

»Michaela, … wenn du etwas weißt, dann sag es mir bitte. Mein Notebook stürzt sonst nie ab. Wieso ausgerechnet auf der Präsentation?«

»Ich hab's dir prophezeit. Hab dir angeboten, dir ein neues zu besorgen. Du benutzt die alte Kiste doch, seit du im Sender bist.«

Sie hatte recht. Während einige meiner Mitarbeiter, zu denen auch Michaela gehörte, großen Wert darauf legten, immer die aktuellste Hard- und Software zu bekommen, war es mir egal. Hauptsache, die Technik funktionierte. Wenn ich mit einer Anwendung nicht weiterkam, fragte ich Michaela. Sie hatte sich inzwischen zu einer richtigen Expertin entwickelt. Ob sie wusste, wie man einen Computer manipulierte? Ich erschrak über meinen Gedanken. Michaela war immer meine liebste Mitarbeiterin gewesen. Wir waren fast so etwas wie Freundinnen …

»Wenn es irgendetwas gibt, was du mir sagen willst …« Ich sah ihr direkt in die Augen.

Sie verkrampfte die Hände ineinander. Sie zögerte. Ja, ich spürte es genau.

»Michaela, bitte …!«

Sie stand auf. »Es tut mir leid, Janne. Ich kann dir gar nichts sagen.« Sie drehte sich um und ging hinaus.

Ich saß lange regungslos da, den Kopf in die Hände gestützt. Das Gebäude kam mir viel zu still vor. Niemand kam, niemand rief an. Ich fühlte mich wie eine Aussätzige. Eine, die alles verpatzt und verdorben hat. Auf einmal bewegte sich etwas auf dem Flur. Sven ging mit Kollegen vorbei. Sven! Ob er von der Präsentation gehört hatte? Bestimmt wusste er längst Bescheid. Ich sah auf die Uhr. Kurz nach zwölf. Ich folgte ihm und näherte mich dem Konferenzraum. Die Tür stand einen Spalt offen. Ich hörte Svens Stimme.

»Was weiß ich? Ich hab gehört, von Hirten hat präsentiert. Der Smiling Kids Day soll auf eine Sparversion heruntergefahren werden. Die Bloomsdale-Typen waren natürlich begeistert. Und Janne hat dabei gesessen und keinen Pieps gesagt.«

»Das ist doch Schwachsinn.« Das war Evelyn. »Du kennst doch Janne. Ich bin sicher, sie kämpft mit allen Mitteln für die Abteilung und unsere Projekte.«

»Verlassen würde ich mich darauf nicht mehr.«

Ich fuhr zusammen. War das gerade Michaelas Stimme gewesen?

»Entschuldigung bitte.« Ich drehte mich um. Vor mir stand unser Sushi-Lieferant, der mehrere Tüten mit gestapelten Plastikbehältnissen trug.

»Sushi? Sie haben bestellt?«, fragte er mich.

»Nein, ich nicht.« Ich trat zur Seite, um ihm Platz zu machen. Ich wartete, bis er aus dem Konferenzraum zurückkehrte und über den Flur verschwunden war. Ich ging hinein. Vier betretene und erschrockene Gesichter blickten mich an.

»Habt ihr für mich was mitbestellt?«, fragte ich in neutralem Ton.

Sven warf zuerst Michaela, dann Evelyn einen irritierten Blick zu. »Ja …, nein …, also, haben wir …?«

Michaela verschränkte die Arme und blickte mich herausfordernd an. »Nein, weil du sagtest, du hättest Kopfschmerzen. Du wolltest lieber allein sein.«

Sie wusste so gut wie ich, dass ich nichts davon gesagt hatte. Sie hatte mich einfach übergangen. Ich verbarg meine Wut über ihre Lüge. Das mussten wir wirklich nicht vor den anderen austragen.

»Wir haben aber genug. Möchtest du jetzt doch noch?«, fragte Evelyn und zeigte auf die Plastikschalen.

»Ja, setz dich doch, es reicht für uns alle«, stimmte Sven zu.

Ich lächelte knapp an Svens vertrautem Gesicht vorbei. »Nett von euch, aber nun hab ich mir was beim Bäcker geholt. Morgen wieder.«

Ich ging zurück in mein Büro, sank auf meinen Stuhl und starrte auf den leeren, schwarzen Monitor.

Sie hatten mich ausgeschlossen und über mich geredet. Sie zweifelten an mir. Bisher waren die anderen Abteilungsleiter immer neidisch über die gute Stimmung in meinem Team gewesen.

Ein Pling meines Computers kündigte den Eingang einer E-Mail an. Der Betreff lautete: »Dein Song«. Erstaunt sah ich, dass sie von Sebastian stammte.

»Hallo Janne, sehen wir uns heute Abend? Ich habe an dich gedacht, und auf einmal hatte ich eine Melodie für ein neues Stück im Kopf. Das muss ich dir unbedingt vorspielen. Ich habe es *Jannes Song* genannt. Kisses from Sebastian.«

Ich starrte eine ganze Weile auf die Buchstaben. Was sollte das denn jetzt? Sebastian wusste, dass ich einen festen Partner hatte. Aber das schien ihn nicht von weiteren Flirtversuchen abzuhalten. Ich hätte den Kuss nicht erwidern dürfen. Das intime Gespräch auf Sebastians Sofa, der Wein, die Kerzen, meine Sorge um Benni … Ich hatte nicht nachgedacht. Er war auf der Suche nach jemandem.

Ich klickte auf »Antworten« und schrieb: »Hallo Sebastian, Glückwunsch zum neuen Song, aber widme ihn besser einer anderen Dame. Bin ja in festen Händen … Ein Gruß, Janne.«

Es dauerte keine Minute, bis die Antwort eintraf. »Verzeih mir. Bin ja selbst schuld. Warum lasse ich mich so von dir verwirren? Können wir noch mal reden?«

Ich zögerte, tippte dann: »Klar. Nur nicht heute Abend. Ich melde mich.«

Es klopfte, und Vanessa Ott steckte den Kopf zur Tür herein. »Hatten Sie auch keine Lust auf Sushi?« Sie lächelte. »Ich wollte gerade rübergehen ins Nice Place. Kommen Sie mit?«

Ich spießte ein Stück Huhn auf und ließ die Gabel wieder sinken. Ich bekam nichts hinunter. Vanessa Ott schien ausnahmsweise einen guten Appetit zu haben. Sie nahm sich sogar eine zusätzliche Portion Reis zu ihrem Rindfleisch mit Gemüse. Immer wieder warf sie mir besorgte Blicke zu. »Was kann ich nur tun, um Sie aufzumuntern? Sie nehmen sich das alles viel zu sehr zu Herzen. Klar, von Hirten spielt foul, aber er steht eben auch selbst sehr unter Druck.«

Erwartete sie, dass ich nun Verständnis für meinen Chef zeigen würde? Das konnte nicht ihr Ernst sein.

»Ich verrate Ihnen was, aber das muss unser Geheimnis bleiben«, sagte sie. »Mit von Hirten müssen Sie sich nicht mehr lange herumschlagen.«

»Wieso glauben Sie das? Er hat seine Position gerade gefestigt. Ich bin diejenige, die sich blamiert hat.«

»Ich stehe mit einigen der Top-Headhunter in Kontakt. Und ich habe gehört, dass er sich ins Gespräch gebracht hat. Er ist auf dem Absprung.«

Für diese Information war ich ihr dankbar. Auch wenn ich nicht verstand, warum sie mich einweihte. Hoffentlich behielt sie recht, und er war bald weg, so weit wie möglich!

»Nun essen Sie erst mal», sagte sie. »Und denken Sie nicht dauernd an diese dumme Präsentation. Vorbei ist vorbei. Es gibt Schlimmeres. Entscheidend ist, dass wir nun ein funktionierendes Konzept haben. Dass das Projekt gerettet ist. Das ist doch das Wichtigste.« Sie goss mir Mineralwasser nach. »Nun machen wir mal Pause von Alfa.Sat. Und reden über angenehme Dinge. Ich finde ja, Sie haben ein Händchen für Mode. Wie kommen Sie immer an diese ausgefallenen Accessoires? Dieses Tuch ist wunderschön. Ein Türkis wie das Meer auf den Malediven. Es bringt Ihre Augen zum Leuchten. Wo finden Sie so etwas? Mögen Sie den Ku'damm? Oder die Friedrichstraße? Oder gehen Sie zu irgendeinem Modedesigner in Prenzlauer Berg?«

Ich rieb mir über die Augen. Ich konnte ihrem Geplapper kaum folgen, geschweige denn an irgendwelche Modefragen denken. Mein Kopf schmerzte, fühlte sich dumpf und betäubt an. Ich berührte das Tuch, das noch immer einen Hauch des typischen Geruchs nach Mottenkugeln in sich trug, obwohl ich es gleich gewaschen hatte. »Das hier ist aus einem Second-Hand-Laden«, meinte ich geistesabwesend.

»Im Ernst?« Sie machte große Augen. Dann lachte sie. »Sie sind wirklich eine Individualistin!«, rief sie aus. »Im Gegensatz zu mir. Dieser Dresscode bei Bloomsdale ist so langweilig. Immer Grau und Schwarz und Schwarz und Grau. Das Höchste der Gefühle ist mal Dunkelblau.«

Ihre gute Laune ging mir auf die Nerven. Warum saß ich hier mit dieser Frau? Alle meine Probleme hatten mit dem Auftauchen von Bloomsdale Consulting angefangen. Ich war sicher, Vanessa Ott und Mark Winter hatten sich gegen den Smiling Kids Day ausgesprochen. Vielleicht war sogar Vanessa Ott die treibende Kraft im Bloomsdale-Team gewesen, die das Sparkonzept gefordert hatte. Und jetzt machte sie Smalltalk, als wäre nichts passiert.

Ich legte mein Besteck auf den fast vollen Teller. »Warum sorgen Sie dafür, dass ein erfolgreiches Projekt wie der Smiling Kids Day zerstört wird?«

Vanessa Ott zog fast unmerklich die Augenbrauen hoch. »Frau Amelung, da missverstehen Sie etwas. Ich bin auf Ihrer Seite.« Sie begegnete meinem Blick, und ich gab mir keine Mühe, mein Misstrauen zu verbergen. »Ich will versuchen, es Ihnen zu erklären. Sie sehen nur Ihren Bereich, Ihre Abteilung. Wir aber sind mit der Neuaufstellung des gesamten Senders beauftragt. Ich darf eigentlich noch nicht darüber sprechen, aber …«, sie zögerte, »wir beide können uns vertrauen, nicht wahr?« Sie wartete, bis ich nickte. »Es wird eine neue inhaltliche Strategie geben. Radikal. Das Gesicht des Senders soll sich verändern. Ein neues Logo. Neue Slogans. Alfa.Sat muss weg von dem Hausfrauenimage.«

»Und eine jährliche Spendengala, die nachweislich viel Gutes bewirkt und vom Publikum angenommen wird, passt nicht mehr zum Gesicht des Senders?«, fragte ich kühl.

Vanessa Ott seufzte leise. »Die Zuschauer des SKD sind durchschnittlich über fünfzig. Diese Art von Charity, auch die Verknüpfung mit Klassikkonzerten, das ist altbacken. Der Sender muss die junge Zielgruppe erreichen, wir müssen hipper sein, sonst fehlen bald die Werbeeinnahmen.« Vanessa Ott sah mich prüfend an. »Ich möchte Ihnen einen Rat geben, weil ich Sie mag. Machen Sie nicht den Fehler, sich gegen die Zukunft zu sperren. Sonst verlieren Sie.«

Ich schluckte, trotzdem konnte ich mir die Frage nicht verkneifen. »Macht Ihnen Ihr Job eigentlich Spaß?»

»Natürlich. Ich habe die Chance, wirklich etwas zu gestalten. Ich habe Einfluss. Ich kann Unternehmen komplett umkrempeln.«

»Und Sie?«, fragte sie nach einer kurzen Pause. »Genießen Sie es nicht auch manchmal, Macht zu haben?« Sie lächelte nicht bei diesen Worten.

»Nein«, sagte ich spontan und bereute es sofort. Nicht, dass sie nun dachte, ich wäre nicht in der Lage, meine Abteilung zu führen. »Ich meine, klar, ich gebe schon die Richtung vor, aber am liebsten ist es mir, wenn es mir gelingt, alle zu überzeugen.«

»Hauptsache Harmonie?«

Ihr ironischer Tonfall regte mich auf, aber das sollte sie mir nicht anmerken. »Solange es möglich ist, ja.«

Sie warf mir einen amüsierten Blick zu. »Haben Sie eigentlich Angst vor mir?«

»Natürlich. Sie krempeln Unternehmen komplett um.«

»Immer höflich, immer freundlich. Wie sieht das wohl aus, wenn Sie richtig wütend werden? Oder wenn Sie in Panik geraten?«

»Panik?«, fragte ich betont locker. »Na, ich denke, so schlimm wird es nicht kommen.«

»Nicht, solange ich auf Sie aufpasse.« Sie tupfte sich den Mund mit der Serviette ab. »Aber nun reden wir schon wieder über die Arbeit. Sie sollen sich doch ein wenig erholen.«

»Was ist mit meiner Abteilung?«, fragte ich. »Wird es da Einschnitte geben? Können Sie mir dazu etwas sagen?«

Ihr Körper verspannte sich. »Ich darf eigentlich nicht darüber reden. Das Gutachten ist noch nicht abgeschlossen.«

»Sie sagten, wir vertrauen einander.«

»Tun wir das?« Sie lächelte spöttisch. »Also gut. Herr Winter und ich sind da nicht einer Meinung.«

Ich hörte unter Hochspannung zu. Nun würde ich die Hintergründe des Streits verstehen. »Warum?«

»Er bildet sich was auf seine Erfahrung ein. Die hat er zweifelsohne. Er hat mehr Projekte geleitet als ich, denn ich war im letzten Jahr mehr … im Hintergrund tätig. Aber er ist durch die vielen Einsätze oberflächlich geworden. Hauptsache, eine schnelle Lösung. Wie der Kunde auf Dauer damit klarkommt, interessiert ihn wenig. Was das Event-Marketing angeht, will er ein paar Leute einsparen. Das wird üblicherweise erwartet. Aber ich weigere mich, dem zuzustimmen. Ich habe eine ganz andere Idee. Eine, in der die Abteilung in der jetzigen Größe bestehen bleiben kann.«

»Was für eine Idee ist das?«

Sie drückte kurz meine Hand. »Ganz ruhig. Es wird alles gut. Ich kann darüber noch nicht sprechen.«

War es das gewesen, was sie in dem Streit mit Mark Winter über die Human Resources gesagt hatte? Wenn ich ihr glaubte, dann war sie diejenige, die sich für mich und meine Leute einsetzte, während Mark Winter eine Gefahr darstellte. Ich entspannte mich ein wenig, aber mein Misstrauen blieb. Was hatte Mark Winter gemeint, als er sie vor einer »weiteren Katastrophe« gewarnt hatte?

»Nun ist aber Schluss mit den Zukunftssorgen. Es ist so herrliches Wetter«, meinte Vanessa Ott. »Haben Sie denn was Nettes geplant für das Wochenende?«

»Bisher nicht.« Mir war nicht mal bewusst gewesen, dass es Freitagnachmittag war.

»Bestimmt hat Ihr Freund sich schon was einfallen lassen.«

»Ja, vielleicht.« Ich fühlte mich unendlich müde, die Kopfschmerzen waren stärker geworden, und das Gespräch strengte mich an. Doch ich befürchtete, sie würde keine Ruhe geben, bis ich ihr irgendetwas über meine Pläne erzählte.

»Vielleicht fahre ich an die Ostsee. Ich habe ein kleines Segelboot.« Die Vorstellung allein war schon wunderbar. Am Meer würde ich abschalten können …

»Wirklich? Wo liegt es denn?«

»In der Nähe von Wismar.«

»Das klingt doch herrlich. Ich habe auch etwas Nettes vor«, sagte sie. »Stellen Sie sich vor, ich treffe Jörg Ermgassen in München. Ich habe ihn vor ein paar Tagen hier kennengelernt. Wir wollen mal essen gehen.« Sie lächelte. »Keine Sorge, verführen lasse ich mich nicht. Vielleicht kommt mein Freund auch mit.«

Ob sie von Jörg verführt wurde oder nicht, war meine geringste Sorge, aber wenn ich mir vorstellte, er erfuhr durch Vanessa Ott von der Sparversion des Smiling Kids Day …

Mein Handy klingelte, es war Evelyn. »Janne, entschuldige die Störung, aber … wo bist du gerade?«

»Im Nice Place.«

»Könntest du herkommen? Michaela geht es nicht gut.«

»Ich wüsste nicht, wie ich ihr da helfen könnte. Sie soll am besten zum Arzt gehen, bevor alle Praxen schließen.« Ich hatte für heute genug von Michaela.

»Nein, sie … Es hat nichts mit ihrer Gesundheit zu tun. Sie weint. Sie will nicht sagen, was los ist. Sie ist ganz aufgelöst.«

»Ich bin mitten in einem Gespräch, ich spreche später mit Michaela.« Ich legte auf. Sofort tat mir meine harsche Reaktion leid. Evelyn konnte nichts dafür. Und warum weinte Michaela? Hatte sie mich hintergangen oder nicht? Ich wusste nicht mehr, was ich denken sollte. Und mir graute vor dem Gedanken, zurück in den Sender zu müssen. Ich wollte nur noch allein sein. Über alles nachdenken, was passiert war. Einen klaren Kopf bekommen.

Vanessa Ott spielte mit ihrer Serviette, faltete und drehte sie ineinander, bis sie an eine Blüte erinnerte. »Entschuldigen Sie, wenn ich so direkt frage, aber … haben Sie zu Ihrer Assistentin eigentlich ein gutes Verhältnis? Ich meine, das war merkwürdig heute Morgen, oder?«

Ich spürte, wie mir die Tränen kamen, aber ich schaffte es, sie zu unterdrücken. Vanessa Ott legte eine Hand auf meinen Unterarm. »Hey … das war alles ein bisschen viel heute, stimmt's?«

Es kostete mich enorme Anstrengung, nach außen kühl und kontrolliert zu bleiben. Dazu die Kopfschmerzen. Der Druck verschlimmerte sich von Sekunde zu Sekunde. Ich rieb mir über die Schläfen.

»Alles in Ordnung?«

»Kopfschmerzen.«

»Moment. Ich habe immer was dabei.« Sie kramte in ihrer Handtasche, holte einen silbernen Streifen mit Tabletten hervor und drückte zwei davon auf meine Serviette. »Sie nehmen jetzt die hier, die helfen bestimmt.«

Es gab keine Verpackung, auf der ich hätte erkennen können, um welches Medikament es sich handelte. Ich mochte nicht irgendwas Unbekanntes einnehmen. »Danke, es wird sicher gleich besser.«

»Keine Sorge, das ist so was wie Aspirin. Harmlos, nur viel wirkungsvoller.«

Ich zögerte. Wieder steckte ich in einer dieser Zwickmühlen. Auf meinen Bauch hören. Das hieß ablehnen. Unhöflich sein. Oder das tun, was sie wollte. Und mich unbehaglich fühlen. Ich schüttelte leicht den Kopf, aber schon diese kleine Bewegung verstärkte den Schmerz.

Sie betrachtete mich mit ihren kühlen, grünen Augen. »Wie war das vorhin? ›Wir vertrauen einander.‹ Oder doch nicht? Denken Sie, ich will Sie vergiften?« Sie lächelte breit. »Ich habe Ihr Misstrauen nicht verdient. Ich mag Sie wirklich und möchte nur helfen. Diese Tabletten bringe ich mir aus der Schweiz mit. Bei Kopfschmerzen kenne ich nichts Besseres.«

Sie winkte die Kellnerin herbei und bat sie, mein Glas mit frischem Wasser zu füllen. »Warten Sie bitte kurz«, sagte sie zu ihr.

Nun lag es offen auf dem Tisch, mein Misstrauen. Ich hatte keine Ahnung, wie ich aus der Situation herauskam, ohne sie direkt vor den Kopf zu stoßen. Und es kostete enorme Energie, mich ihr zu widersetzen. Energie, die ich nicht hatte. Warum sollte sie auch lügen? War ich schon restlos paranoid? Sie würde mich ja nicht vor den Augen der Kellnerin vergiften.

Ich schluckte die zwei Tabletten herunter, spülte mit dem Wasser nach.

»Gut gemacht«, sagte Vanessa Ott und zu der Kellnerin gewandt: »So, nun möchte ich zahlen, alles zusammen.«

Der Schmerz hinter meinen Schläfen war so stark, dass mir schwindelte. Ich stützte meinen Kopf in die Hände. Vanessa Ott nahm meine Handtasche von der Stuhllehne.

»Ich hole meinen Wagen aus der Tiefgarage. Sie bleiben noch hier sitzen. Ich halte vor der Tür, Sie kommen dann raus, und ich fahre Sie nach Hause.«

Ich fühlte mich willenlos. Ihre Ansagen waren klar und bestimmt, und ich hatte nicht die Kraft, mich zu widersetzen. Ich wollte es auch nicht. Es tat gut, dass jemand die Regie übernahm. Ich dachte an zu Hause, an mein Bett in meinem kühlen Schlafzimmer. Ich war so müde …

5

Ich lag auf meinem Bett und hörte Vanessa Ott in meiner Küche herumkramen. Sie hatte darauf bestanden, mich bis in die Wohnung zu begleiten, hatte zuerst das Fenster geschlossen und das Holzrollo heruntergelassen. »Es kommt sowieso nur die Hitze herein.«

Die Kopfschmerzen hatten nachgelassen, ich war in einer Art Dämmerzustand, den ich als angenehm empfand. Die Arbeit, die verpatzte Präsentation, das alles schien mir wie in dichten, kühlen Nebel gehüllt. Auch meine Angst, wie es nun weitergehen sollte, hatte sich in ein undurchdringliches, weißes Niemandsland verkrochen.

Vanessa Ott kam ins Zimmer und stellte eine Karaffe mit Wasser, in dem Eiswürfel schwammen, ein Glas und einen Teller mit Zwieback auf den Nachttisch.

»Sie sollten ein bisschen essen«, meinte sie. »Die Tabletten soll man nicht auf nüchternen Magen nehmen. Und Ihr Hühnchen im Nice Place haben Sie ja kaum angerührt.«

Ich nickte. Am liebsten hätte ich die Augen zugemacht und mich dem Schwebezustand überlassen.

Sie zog meinen Korbsessel aus der Ecke näher an mein Bett und setzte sich. »Probieren Sie einen Zwieback.«

Warum konnte sie mich nicht allein lassen?

»Sie müssen doch sicher ins Büro zurück«, sagte ich und erschrak, wie schleppend meine Stimme klang. »Herr Winter ...«

»Ich hab ihm Bescheid gesagt. Es handelt sich schließlich um einen Notfall. Ich möchte zuerst sicher sein, dass es Ihnen gut geht.«

Sie rückte den Teller näher zu mir und füllte das Glas. Die Eiswürfel klirrten. Ich richtete mich ein wenig im Kissen auf, trank einen Schluck und biss in einen Zwieback.

»Gut.« Sie lächelte. »Gibt es jemanden, der sich weiter um Sie kümmern kann? Soll ich Ihrem Freund Bescheid sagen?«

Wenn Gregor hier wäre ... Das wäre so wunderbar ...

»Frau Amelung? Hören Sie mich? Wenn Sie mir seine Nummer verraten, kann ich ...«

»Ja ... ja ... einen Moment.« Schweiß lief über meinen Rücken. Ich wusste Gregors Telefonnummer nicht mehr. Sie fing mit einer Acht an, da war ich sicher, aber die restlichen Ziffern purzelten wirr durch meinen Kopf. »Ich kriege sie nicht zusammen ...«

»Bestimmt haben Sie sie eingespeichert. Ich hole mal das Telefon. Entspannen Sie sich.« Schon war sie aus dem Zimmer gegangen. Sie kam mit meinem Festnetztelefon zurück und tippte darauf herum. »Na bitte, da ist er doch, Gregor Behrendt ...«

Sie spazierte auf und ab, entfernte sich bis zum Fenster. Ich hörte, wie sie etwas sagte, konnte ihren Worten aber nicht folgen. Plötzlich war ihre Stimme ganz nah.

»Er war nicht da, aber ich habe ihm aufs Band gesprochen.« Sie setzte sich auf die Kante des Sessels und fuhr sich mit der Hand über die Augen. »Na, das gefällt mir ganz und gar nicht. Mir wäre lieber, wenn jemand hier bei Ihnen wäre. Dieser Sebastian, Ihr Nachbar ... wo genau wohnt denn der?«

Wozu wollte sie das nun wissen? Ich schloss die Lider. »Gegenüber.«

Sie neigte den Kopf zur Seite. »Ein sympathischer Typ. Begabt. Und sieht auch noch gut aus.« Sie blickte an mir vorbei. »Finden Sie nicht auch?«, fragte sie nach einer Weile. Ich hatte vergessen, wovon sie gesprochen hatte. Ich konnte meine Gedanken nicht festhalten. Sie flatterten davon wie Nachtfalter.

»Bitte? Entschuldigen Sie ...«

»Ihr Nachbar. Ich hatte das Gefühl, er flirtet mit Ihnen.«

Ich dachte an Sebastians E-Mail. Vanessa Ott hatte offenbar schon bei dem Konzert die richtigen Schlüsse gezogen.

»Soll ich mal nachsehen, ob er zu Hause ist? Er könnte sich um Sie kümmern.«

»Nein, lieber nicht.«

»Na gut ... Aber was ist mit Ihrer Freundin? Wie hieß sie noch? Ulla?«

Ich sah sie erstaunt an. Hatte sie sich wirklich Ullas Namen gemerkt? Verschwommen regte sich etwas in meinem Gedächtnis. Ulla hatte nicht zurückgerufen, obwohl ich ihr aufs Band gesprochen hatte. Sicher war sie restlos eingespannt in ihrem neuen Job.

»Ich kann es später selbst bei ihr versuchen«, sagte ich. »Wirklich, Sie brauchen sich keine Sorgen zu machen, ich komme zurecht.« Ich setzte mich auf und griff nach dem Wasserglas. Ich fasste ins Leere, streifte aber etwas mit der Hand. Es gab einen Knall. Das Glas zersprang auf dem Boden. Das Zimmer begann sich um mich zu drehen, und ich ließ mich zurück ins Kissen sinken. Mir wurde übel. Ich atmete tief ein und aus.

Vanessa Ott schüttelte den Kopf. »Sehen Sie? Lassen Sie mich Ihre Freundin verständigen. Und sobald sie unterwegs ist, gehe ich. Sonst hab ich keine Ruhe im Büro.«

Ich musste die Augen schließen. Das Kreisen der Wände und Möbel verlangsamte sich. Mit matter Stimme sagte ich: »Sie ist eingespeichert unter dem Namen Schildknecht.«

Es war zwar nicht nötig, dass jemand auf mich aufpasste, aber die Aussicht, Ulla zu sehen und mit ihr zu reden, beruhigte mich. Ich hörte Vanessa Ott sprechen, konnte jedoch nur Bruchstücke der Sätze aufschnappen.

»Hallo, Frau Schildknecht? … gerade bei Alfa.Sat im Einsatz … Bei Janne Amelung zu Hause und sie …« Hatte sie Ulla erreicht oder sprach sie auf den Anrufbeantworter? Ich hielt die Augen geschlossen, während Vanessa Otts angenehme Stimme wie ein buntes Vögelchen im Hintergrund herumschwirrte. Ab und zu bekam ich neue Satzfetzen mit.

»… dachte ich, es wäre besser, wenn jemand bei ihr bliebe. … Ja, schwindelig und ich glaube, auch ein bisschen übel …«

Für eine Weile verlor ich mich im nebligen Dunst, hörte die Stimme nur noch aus der Ferne. Das war nicht der Anrufbeantworter. Aber was hatte Vanessa Ott so lange mit Ulla zu verhandeln?

»… Schön, dann bin ich beruhigt. Übrigens wollte ich mich noch bei Ihnen bedanken.« Sie lachte perlend. Das Zuhören strengte mich an. Bald durfte ich schlafen. Doch etwas beunruhigte mich. Es war das Wort gewesen, das Vanessa Ott gerade gesagt hatte. »Bedanken« … Wieso wollte sie sich bei Ulla bedanken? Etwas blitzte in meinem Gedächtnis auf, grell und erschreckend, doch ich konnte es nicht fassen.

»Ja, Sie haben wirklich was verpasst …»

Was redete sie so lange? Ich bekam nichts mehr mit. Irgendwann fühlte ich eine Hand auf meiner Stirn und öffnete die Augen. Vanessa Ott beugte sich über mich.

»Frau Amelung? Ich gehe jetzt. Ihre Freundin ist unterwegs und müsste bald hier sein. Sie sagte, sie hat einen Schlüssel. Ich gebe Bescheid, dass Sie heute nicht mehr in den Sender kommen, und rufe Sie später noch mal an, um zu hören, wie es Ihnen geht.«

»Danke«, murmelte ich, die Augen schon wieder halb zu. Ich fühlte mich wohl und geborgen. Hatte ich geschlafen? »Was waren das für Tabletten, die Sie mir gegeben haben?«

Keine Antwort. Alles war still. War sie gegangen? Ich versuchte, meine Umgebung klar zu sehen. Der Sessel war zurück in die Ecke gerückt, die Scherben vom Boden verschwunden. Ein neues Glas, gefüllt mit Wasser, stand neben mir. Das Zimmer war leer.

Ein Geräusch weckte mich. Ein Stuhl wurde gerückt. Schritte von der Küche ins Wohnzimmer, die Balkontür knarrte. Ich setzte mich vorsichtig auf. Der Schwindel war weg. Hinter meinen Schläfen regte sich noch leise der Schmerz wie ein eingesperrtes Tier. Wer war da in meiner Wohnung? Langsam fiel mir ein, was passiert war, bevor ich eingeschlafen war. Vanessa Ott hatte sich um mich gekümmert. Ulla. Ulla musste inzwischen da sein.

Ich stand auf und ging ins Wohnzimmer. Sie saß auf dem Sofa und drehte sich zu mir um. »Hey, da bist du ja. Wie geht es dir?«

»Wieder ganz gut.« Ich setzte mich in die andere Sofaecke. »Ich glaube, ich brauch erst mal einen Kaffee.«

Ich wunderte mich über Ullas angespannten Gesichtsausdruck. Dann überkam mich das schlechte Gewissen. Bestimmt hatte sie meinetwegen Termine absagen müssen. Um dann hier sinnlos zu hocken, während ich schlief. Mir fiel ein, wie Vanessa Ott insistiert hatte, Gregor oder sie anzurufen. Gregor! Er war nicht gekommen, obwohl sie ihm aufs Band gesprochen hatte.

»Bist du schon länger hier?«, fragte ich. »Ich weiß gar nicht, wie lange ich geschlafen habe. Wie spät ist es denn?«

»Halb neun.«

»So spät? Ich hoffe, du musstest nicht …«

Sie fiel mir ins Wort. »Janne, sag mir, was mit dieser Vanessa Ott los ist. Was will die von dir?«

»Ich weiß es nicht.«

»Sie ist Unternehmensberaterin bei Alfa.Sat, keine private Krankenschwester. Was macht die hier bei dir in der Wohnung?«

»Sie hat mich nach Hause gefahren und ist dann noch geblieben. Sie … ich weiß auch nicht. Sie sucht dauernd den Kontakt zu mir.«

»Und du gehst darauf ein.«

»Kannst du mir sagen, was ich sonst machen soll?«

Ulla wandte den Kopf ab. »Du nimmst sie sogar mit zu diesem Konzert.« Sie sah mich an, Wut und Verletzung im Blick. »Und mich belügst du. Du hast gesagt, deine Assistentin Michaela war dabei.«

Woher wusste Ulla davon? Dann fiel es mir ein. Vanessa hatte sich vorhin am Telefon bei Ulla bedankt. Wofür bedankt? Die Eintrittskarte. Sie hatte sie ja Ullas Absage zu verdanken gehabt. »Sie haben wirklich was verpasst …« , irgend so etwas hatte sie zu Ulla gesagt.

»Es tut mir leid. Ulla …«, ich wartete, bis sie mich ansah. »Du hast mir eingeschärft, einen Bogen um Vanessa Ott zu machen. Hast mir von diesem Todesfall in Hamburg erzählt. Was hätte ich sagen sollen? Schön, dass du dich um mich sorgst, aber ich verbringe gerade einen netten Abend mit ihr? Sie hatte sich selbst eingeladen mitzukommen. Ich kam aus der Nummer nicht raus, ohne sie zu beleidigen. In dem Moment am Telefon hatte ich Angst, du würdest mir das nicht glauben.«

»Und jetzt sitzt sie schon bei dir am Bett und hält Händchen.« Ulla schüttelte den Kopf.

»Ich war, ehrlich gesagt, sehr dankbar, dass sie mich nach Hause gebracht hat. Ich hab noch nie so schlimme Kopfschmerzen gehabt. Sie hätte dich nur nicht anrufen sollen. Sicher hattest du Termine.«

»Sag mal, hast du sie noch alle?« Nun war Ulla richtig wütend. »Du glaubst, mir seien meine Termine wichtiger, als mich um dich zu kümmern? Ich bin deine beste Freundin, schon vergessen? Nicht Vanessa Ott.«

»Das weiß ich doch.«

Ich erzählte ihr von der Präsentation, von meinem Verdacht gegen Michaela, dem Verhalten der Kollegen.

Während sie zuhörte, wurde ihr Gesicht immer fassungsloser. »So ein Arsch«, knurrte sie, als ich beschrieb, wie von Hirten mich bloßgestellt hatte. Als ich von dem Gespräch mit Vanessa Ott im Nice Place berichtete, zog sie die Augenbrauen zusammen.

»Du meinst wirklich, die ist auf deiner Seite?«

»Ich hoffe es«, sagte ich. »Was soll ich tun? Was würdest du in meiner Situation tun?«

Ulla schlug mit der Faust auf meine Sofalehne. »Ich hasse diese Geheimniskrämerei von diesen Typen. Diese Mauscheleien. Alles streng geheim! Es reicht, dass ich das beim Abendkurier erleben musste. Aber jetzt auch noch du.«

»Bist du noch sauer auf mich?«, fragte ich.

»Nein.« Ulla verzog den Mund. »Ich weiß nicht, was ich dir raten soll. Du sagst, du kannst sie nicht auf Abstand halten. Das versteh ich nicht.«

»Sie überschreitet einfach die Grenzen. Setzt mich unter

Druck. Und dazu sagt sie die ganze Zeit, dass sie nur mein Bestes will.« Ich zögerte. »Und es ist nicht ausgeschlossen, dass das stimmt.«

»Wenn du mich fragst, solltest du dieser Frau mal dringend eins vor den Koffer geben. Ständig fragst du: Müsste ich nicht, könnte ich nicht, sollte ich nicht? So bist du eben. Du willst immer das Gute in den Leuten sehen. Bis es dir das Genick bricht.«

Ich wusste nicht, was ich darauf sagen sollte. Aus Ullas Mund hörte sich das so leicht an. Aber wenn ich mit Vanessa Ott zusammen war, war es viel komplizierter.

Papa kommt früher aus dem Büro zurück, er ist blass und sagt, er habe sich den Magen verdorben. Dann steht er im Wohnzimmer, den Mund halb offen vor Staunen. Mama liegt auf dem Sofa, sie hat die Toastbrotscheiben zerrissen und überall hingeworfen. Eine ganze Packung voll. Dazwischen liegen leere Flaschen, die zerknüllte Zeitung und abgerolltes Klopapier. Sie ist wütend auf mich gewesen. Dabei wollte ich nur, dass sie etwas isst. Sie hat mich angeschrien, da bin ich auf mein Zimmer gegangen.

Ich bitte Papa um Verzeihung, dass ich nicht aufgeräumt habe, doch er hört gar nicht zu. Er packt mein Handgelenk, drückt zu, so fest, dass ich weine. »Warum machst du das, Janne? Ich verbiete es dir, hörst du?« Jetzt brüllt er. »Soll sie doch verrecken, wenn sie das will!« Er lässt mich los, geht auf meine Mutter zu. Ob sie ihn sieht? Ihre Augen sind dunkel und trüb. Ich bin schneller als er, hocke mich vor sie auf die Sofakante, strecke ihm abwehrend die Arme entgegen. »Lass sie! Ich mach doch gleich sauber. Bitte, Papa!« Er dreht sich weg, geht aus dem Zimmer. Ich kann sehen, dass er weint.

»Janne? Alles in Ordnung?«

Ich nickte, doch Ulla sah mich zweifelnd an. »Ich hab mir mal die Berichterstattung zu dem Hamburg-Fall aus dem Netz geholt. Die Tote, Katharina Schilling, hatte einen Verlobten. Er hielt es für ausgeschlossen, dass sie sich umgebracht hat. Sie hatten wohl in Kürze heiraten wollen. Er wurde selbst als Verdächtiger vernommen, hatte aber ein Alibi. Er war nicht in der Nähe, als seine Katharina über die Brüstung fiel und fünf Stockwerke in die Tiefe stürzte. Aber jemand anderes war im Gebäude.« Ulla atmete hörbar ein. »Jemand, mit dem Katharina Schilling vorher einen Termin gehabt hatte. Die letzte Person, die sie lebend gesehen hat, war Vanessa Ott.«

Noch eine ganze Weile, nachdem Ulla nach Hause gefahren war, blieb ich auf meinem Sofa sitzen. Trotz des langen Schlafes war ich erschöpft, meine Glieder fühlten sich an wie Blei. Es fiel mir schwer, klar und logisch zu denken. Waren das die Nachwirkungen von Vanessa Otts Tabletten? Bruchstücke der Ereignisse des Tages schwirrten in meinem Kopf herum. Lehner, wie er Gunter von Hirten auf die Schulter klopfte. Vanessa Otts besorgtes Gesicht. Der Moment, wo sie mir meine Handtasche ins Büro brachte. Michaelas Lüge. Das Mittagessen meiner Abteilung, von dem ich ausgeschlossen war.

Ich hörte Geräusche von nebenan. Eine Tür fiel ins Schloss. Kurze Zeit später ein paar Takte am Klavier. Benni? Die Wände im Haus waren dünn. Trotzdem hörte ich fast nie einen Mucks von ihm. Er musste ein extrem leises Kind sein.

Der Gedanke an meine Nachbarn brachte mich in die Gegenwart zurück. Ich hatte Hunger und Durst. Auf dem Weg in die Küche blinkte mir mein Anrufbeantworter entgegen. Mein Herz machte einen kleinen Hüpfer. Hatte Gregor sich gemeldet? Aber wann? Normalerweise weckte mich das Klingeln des Telefons. Ich musste geschlafen haben wie eine Tote.

Die Anzeige zeigte zwei eingegangene Nachrichten an. Ich drückte auf die Abspieltaste. Die erste Anruferin war Michaela.

Ich brauchte einen Moment, um ihre Stimme zu erkennen, sie klang brüchig und verweint. »Janne, Vanessa Ott hat uns gesagt, es ginge dir nicht gut und du würdest heute nicht mehr kommen. Aber ich muss …« Sie atmete schluchzend ein. »Ich muss dringend mit dir sprechen. Es tut mir so leid, was passiert ist. Ich bin vollkommen durcheinander. Ich kann verstehen, dass du sauer auf mich bist, aber … bitte, ruf mich an. Bitte.«

Ich schaltete auf die nächste Nachricht: »Hallo, hier ist Vanessa Ott. Ich wollte nur noch mal hören, wie es Ihnen geht. Na, ich hoffe, Sie schlafen jetzt tief und fest. Wir sehen uns Montag im Sender. Alles Gute und ein schönes Wochenende.«

Kein Gregor. Langsam wurde ich wütend. Es reichte. Er kümmerte sich nicht um mich, wenn ich krank war, interessierte sich nicht mal dafür, ob es mir besser ging. Wenn das so war, würde ich mich auch nicht melden. Er konnte mich mal …

Michaelas Nachricht versetzte mich in Unruhe. Was war los mit ihr? Wollte sie mir beichten, dass sie bei der verpatzten Präsentation ihre Finger im Spiel gehabt hatte? Würde sie ehrlich zugeben, was passiert war?

Hatten mir die beiden auch noch auf die Mailbox gesprochen? Ich suchte meine Handtasche. Ich lief von Zimmer zu Zimmer. Sie war nicht da. Wann hatte ich sie zuletzt gesehen? Mir fiel ein, dass Vanessa Ott sie im Restaurant von meiner Stuhllehne genommen hatte. Sie musste sie mitgenommen haben. Aber wozu? Sie hatte sicher nicht vor, meine Kreditkarte zu missbrauchen, Geld hatte sie genug. Ich ging die Gegenstände durch, die in der Tasche waren. Nur Alltagskram, Schminkzeug, ein Notizbüchlein, mein Schlüsselbund. Und mein Smartphone. Mit Terminkalender und allen meinen Adressen. Sie war immer so neugierig, was mein Privatleben anging. Schnüffelte sie in meinen Einträgen herum? Als hätte ich meine Gefühle zu lange unterdrückt, überkam mich nun eine unbezwingbare Wut auf diese Frau. Was bildete sie sich ein? Sie drängte sich in mein Leben, bewirkte, dass ich mich unwohl fühlte, und stahl mir nun auch noch persönliche Dinge? Das konnte doch nicht wahr sein! Ich holte mein Festnetztelefon und rief meine Handynummer an.

Mein Handy klingelte. Ich folgte dem Geräusch und stand in meinem Flur. Da hing sie, meine Handtasche, an einem Haken an der Garderobe. Warum hatte ich sie beim Hereinkommen nicht gesehen? Ich riss sie herunter und öffnete sie. Nichts fehlte.

Ich setzte mich aufs Sofa und sah aus dem Fenster. Mein Atem ging noch immer schnell. Was war in mich gefahren? Wurde ich paranoid? Ich musste mich wirklich zusammenreißen. In letzter Zeit vergaß oder verlor ich dauernd meine Sachen. Ich hatte die Tasche ja schon im Konferenzraum liegen lassen. Vanessa Ott hatte sie mir hinterhergetragen. Und auch diesmal hatte sie sich darum gekümmert, dass mein Kram wieder bei mir landete. Ich sollte ihr dankbar sein.

Ich nahm das Handy und drückte auf Michaelas eingespeicherte Nummer. Sofort erklang eine automatische Ansage. »Dieser Teilnehmer ist vorübergehend nicht erreichbar.« Sie hatte es ausgeschaltet. Warum? Sie wartete doch auf meinen Rückruf. Ich ging in die Küche und sah auf die Uhr. Viertel nach zehn. Ins Bett gegangen war sie um diese Zeit sicher noch nicht. Ich wurde die innere Unruhe nicht mehr los. Trotz meiner Erschöpfung konnte ich nicht weiterschlafen. Ich lief planlos in meiner Wohnung herum, blickte in den Spiegel im Schlafzimmer. Ich trug noch immer das rostrote Kleid, das ich heute früh für die Präsentation ausgesucht hatte. Das türkisfarbene Tuch war im Bett aus meinem Haar gerutscht und lag neben meinem Kopfkissen. »Es bringt Ihre Augen zum Leuchten«, hatte Vanessa Ott gesagt. Nun waren meine Augen rot geädert und mein Gesicht verquollen. Ich zog das Kleid aus und warf das Tuch dazu. Ich konnte mir nicht vorstellen, dass ich jemals wieder Lust haben würde, eines von beiden zu tragen. Es würde mich immer an diesen grauenhaften Tag erinnern.

Ich lief in Unterwäsche zu meinem Handy und versuchte es noch einmal bei Michaela. Die gleiche Ansage wie zuvor. Ich zog mir Jeans und ein Sweatshirt an und warf ein paar praktische Kleidungsstücke in eine Reisetasche. Noch länger in der Wohnung zu hocken mit meinen Fragen, Zweifeln und Ängsten, war unerträglich. Ich sehnte mich nach meinem Vater. Das waren die Situationen, in denen ich ihn am meisten vermisste: wenn ich allein nicht weiterwusste. Ich musste hier raus. An den Ort, an dem ich mich immer geborgen gefühlt hatte.

Ich schloss die Wohnung ab. Auf dem Weg nach draußen ging ich auf den Hof und warf das Kleid und das Tuch in eine der Mülltonnen.

Die Autobahn war leer, und ich fuhr schneller als sonst. Während der zwei Stunden Fahrt versuchte ich, mich mit einer Radiosendung über neue Musikbands vom Grübeln abzulenken. Erstaunlicherweise klappte es. Mein Gehirn schien immer noch nicht wieder normal zu funktionieren. Logische, sortierte Gedankengänge fielen mir schwer. Zum Glück fühlte ich mich nicht zu müde zum Fahren.

Dunkel und still lag der Hafen von Boltenhagen vor mir. Die Windrädchen auf den Mastspitzen der Segelboote drehten sich geräuschlos. Aus der Hotelanlage an der Hafenpromenade hörte ich Klaviermusik. In der Bar war noch Leben.

Ich hängte meine Reisetasche über die Schulter, ging über den Steg zu meinem Holzboot, nahm das Schott heraus und kletterte hinein. Ich atmete den vertrauten Geruch von feuchtem Holz, den Polstern und dem Petroleumkocher. Mein Schlafsack lag in der Vorderkoje. Der meines Vaters steckte zusammengerollt unter dem Bett. Ich hatte es noch nicht übers Herz gebracht, ihn vom Schiff zu räumen. Ich zog nur die Jeans aus und legte mich hin. In dem kleinen, dunklen Schiffsbauch, die hölzerne Decke dicht über meinem Kopf, war mir, als würde mein Vater noch leben. Wenn wir an Bord geschlafen hatten, hatte er im Salon gelegen, wo die Kojen größer waren als in der spitz zulaufenden Vorderkoje. Er hatte oft beim Einschlafen etwas gesummt. Wenn er jetzt bei mir sein könnte. Ich zog den Schlafsack enger um meinen Körper. Wieder einmal wurde mir bewusst, wie still es hier war. Nur ganz leise ächzte manchmal eine der Schiffsplanken. Von draußen pochte etwas an den Rumpf. Vielleicht der Schnabel eines Wasservogels. Mein Vater hatte den Kampf gegen den Krebs schnell verloren. Wenn mehr Zeit gewesen wäre, mich zu verabschieden … Aber nach vier Monaten war alles vorbei. Er hatte starke Schmerzen gehabt, und niemand hätte ihm ein längeres Leiden gewünscht. Ich dachte an meine Mutter, die in unserem Haus wohnen geblieben war, obwohl es für sie allein viel zu groß war. Das riesige, kalte Haus …

Ich wache auf. Es muss mitten in der Nacht sein. Ich höre jemanden weinen. Mama? Ich schleiche nach unten. Mama schimpft, wenn ich aufstehe. Sie sitzt zusammengekrümmt auf dem Fußboden, an ein Bein des Esstisches gelehnt, auf dem eine fast leere Flasche steht. »Mama, was hast du?« Sie sieht mich an. »Wegen dir musste ich mir das bieten lassen. Hätte ich dich nur niemals geboren. Schon lange wär ich weg. Wäre er doch dageblieben, bei seiner Marianne.« Mamas Ton wird schriller: »Du bist an allem schuld! Starr mich nicht so an! Verschwinde ins Bett. Verschwinde …«

Warum kamen mir immer nur diese schrecklichen Erinnerungen, wenn ich an meine Mutter dachte? Ich versuchte, mich an liebevolle, schöne Situationen mit ihr zu erinnern. Oft war sie mit mir einkaufen gegangen. Es war ihr wichtig gewesen, dass ich gut angezogen war. Ich sollte hübsch aussehen. Schon als kleines Mädchen hatte ich das lange rotblonde Haar gehabt, und manchmal, vor dem Einschlafen, hatte sie es mir gebürstet. Aber das hatte sie nicht für mich getan, sondern für die Nachbarn, die Bekannten, die Frau an der Kasse im Supermarkt. Alle sollten denken, wir wären eine perfekte, glückliche Familie. Niemand Fremdes sollte merken, dass sie unglücklich war. Nur ich, ich hatte es täglich zu spüren bekommen. Bis heute gab sie mir die Schuld an ihrem Schicksal. *»Wenn du nicht gewesen wärest, hätte ich gehen können …«*

Später hatte ich meine Mutter innerlich immer in Schutz genommen. Sie hatte die Geliebte meines Vaters ja nicht erfunden. Es hatte diese Marianne gegeben. Aber es war schon so lange her, ich war ein Baby gewesen. Als ich älter wurde, hatte ich versucht, böse auf meinen Vater zu sein, doch das war mir nie gelungen. Er war einfach ein warmherziger, fröhlicher Mensch gewesen, der von allen gemocht wurde. Und meine Mutter sprach auch nie mehr mit ihm über die alte Geschichte, machte ihm keine Vorwürfe, zumindest nicht laut. Sie litt stumm vor sich hin, war oft ablehnend und aggressiv, auch zu ihm. Warum hatte sie ihm nicht verzeihen können? Irgendwann hatte ich begonnen, mich zu fragen, warum er nicht wegging. Sie verließ. Vielleicht war er meinetwegen geblieben.

Trotzdem liebte ich meine Mutter. Trotz all der Verletzungen war das so. Und ich hoffte noch immer darauf, dass sich unser Verhältnis ändern könnte. Das kleine Mädchen in mir wollte von ihr geliebt werden. Es lernte nicht dazu. Obwohl mein Verstand mir sagte: Hör auf, darauf zu hoffen, sie kann es nicht, sie ist depressiv. Krank. Und das geht nicht von alleine weg.

Ich musste sie anrufen, schon zu lange hatte ich mich nicht mehr gemeldet. Gleich morgen früh …

Ich wurde schläfrig. Das Holz des Rumpfes speicherte die Wärme der letzten Tage. Gregor hatte mir im Frühling geholfen, den Rumpf zu schleifen und neu zu lackieren. Wir hatten Blaumänner angehabt und waren von Kopf bis Fuß von dem Schleifstaub bedeckt gewesen. Zu Hause hatten wir uns zusammen unter die Dusche gestellt. Dann hatte ich mich aufs Bett gelegt, und er hatte meine Schulter massiert, von der ungewohnten Arbeit hatte sie mir wehgetan. Heftig ergriff mich die Sehnsucht nach ihm. Ich richtete mich auf. Beleidigt zu sein, sich nicht zu melden, das kam mir so sinnlos vor. Wir mussten uns aussprechen. Ich nahm mein Handy und schrieb: »Bin auf dem Boot und denke gerade an dich. Du fehlst mir.« Den Finger schon auf der Sendetaste zögerte ich. Wenn er wieder nicht antworten würde? Seine Nachricht auf meinem Anrufbeantworter ging mir durch den Kopf.»Falls du versucht hast, mich zu erreichen«, hatte er gesagt. Hieß das nicht, er wartete auf ein Zeichen? Ich wollte nicht länger allein sein, ich brauchte Gregor, der mich in den Arm nahm. Gregor, dem ich bedingungslos vertraute. Ich drückte auf »Senden«. Fast sofort piepte das Gerät: »Gesendet«.

6

Zum ersten Mal seit Wochen hatte der Himmel seine Farbe gewechselt. Es war drückend warm, und eine graue Wolkendecke hing so tief, dass ich das Gefühl hatte, es gäbe kaum Luft zum Atmen. Obwohl es schon auf neun Uhr zuging, fühlte ich mich nicht ausgeschlafen. Ich holte mir im Hotel einen Milchkaffee im Pappbecher, lief zurück zum Boot, warf den Motor an und fuhr aus dem Hafen. Kein Windhauch war zu spüren. Ich bog um die steinerne Hafenmole herum, an dem kleinen Hotelstrand vorbei auf das Schiffswrack zu, das wie ein Mahnmal aus Stahl und Eisen aus dem Wasser ragte. Hier begann eine lang gestreckte Sandbank, die Lieps, auf dem immer wieder Boote strandeten. Der Boden war hell, ab und zu tauchten grüne Flecken von Wasserpflanzen auf. Ich schaltete in den Leerlauf, warf den Anker ins Wasser und ließ das Boot langsam rückwärtsfahren, bis er sich im Boden vergraben hatte. Ich stellte den Motor aus. Vollkommene Stille umgab mich. Kein anderes Boot war zu sehen. Ich trank meinen Kaffee und aß dazu eine Scheibe weich gewordenes Knäckebrot aus einer Packung, die noch im Schrank an Bord gelegen hatte.

Himmel und Meer verschmolzen in Grautönen. Ich fühlte mich wie in einen warmen, undurchdringlichen Kokon eingesponnen.

Ich wählte die Nummer meiner Mutter. Es klingelte lange ins Leere, das Haus hatte zwei Etagen, dazu Speicher, Keller und Garten, wer weiß, wo sie steckte. In der Ferne hörte ich leises Grummeln. Aber nach Gewitter sah es nicht aus.

Sie nahm ab. »Amelung?«

»Hallo Mama, ich wollte mich mal melden. Wie geht es dir?«

»Ist etwas passiert?«

»Nein, nichts, ich ...«

»Warum rufst du dann an? Du rufst nie ›einfach so‹ an.«

Das stimmte nicht, und das wusste sie genauso gut wie ich. Zweimal im Monat versuchte ich, Kontakt zu ihr aufzunehmen. Aber es hatte keinen Sinn zu widersprechen, es würde nur zu Streit führen.

»Ich wollte nur hören, wie es dir geht.«

»Wie soll es mir schon gehen? Allein in diesem Haus.«

Die Diskussion darüber, warum sie das Haus nicht verkaufte und in eine kleine, gemütliche Wohnung zog, musste auch nicht zum tausendsten Mal geführt werden. Ich seufzte.

»Wie kommst du denn zurecht? Was macht deine Hüfte?«

»Ich bin fit. Zum Glück bin ich nicht auf Hilfe angewiesen. Es wäre ja auch niemand da.« Sie schwieg einen Moment, gab mir Zeit, mein schlechtes Gewissen zu entwickeln.

»Wenn nur die Treppen nicht wären ... Ich beiße halt die Zähne zusammen. Es geht schon. Mach dir keine Sorgen um mich. Du hast ja viel zu tun, so viel Stress, so viel im Kopf ...«

»Ich würde gerne bald kommen. Vielleicht mal an einem Wochenende?«

»Na ja ... das ist schwierig.«

Ich unterdrückte ein Stöhnen. Lächelte stattdessen. »Warum, Mama? Hast du was vor?«

»Nein, nur… Dann müsste ich einen Rieseneinkauf machen. Ich hab nichts im Haus. Der Kühlschrank ist leer. Die Kocherei strengt mich an. Für mich allein stelle ich mich nicht mehr an den Herd. Mir reicht ein Butterbrot.«

»Den Einkauf mache ich. Ich bringe uns was Leckeres mit, und wir kochen zusammen, okay?«

»Ich weiß nicht… Wenn du meinst…«

Ich schluckte. Sie durfte nicht an meiner Stimme merken, dass ich fast weinte. »Überleg es dir einfach, ja? Ich melde mich noch mal.«

»Was ist denn los mit dir? Du klingst so anders als sonst.«

Hatte sie das wirklich gefragt? Ich umklammerte das Handy. Sie hatte nachgefragt, sich für mich interessiert, ganz von allein!

Ein Wortschwall wollte aus mir herausströmen. Wie gern hätte ich ihr erzählt, wie ich mich fühlte. Aber ich musste aufpassen. Durfte das kleine Zeichen von Interesse nicht ersticken, indem ich sie zu sehr belastete.

»Janne? Bist du noch dran?«

»Ja, ich… Mir geht es im Moment nicht so gut. Ich habe Ärger auf der Arbeit und…«

Beinahe hätte ich Gregor erwähnt, aber bestimmt hatte sie vergessen, dass ich mich ihm zusammen war.

»Mit meinem Freund läuft es auch nicht rund. Ich würde sagen, im Moment ist einfach der Wurm drin.«

»Du denkst auch nur an deine Arbeit. Da muss sich ein Mann ja vernachlässigt fühlen. Als ich in deinem Alter war, hatte ich dich schon geboren. Als ich schwanger wurde, hab ich meine Stelle gekündigt und hab mich um den Haushalt gekümmert.« Sie holte zischend Luft. »*Ich* hab alles dafür getan, dass dein Vater ein perfektes Zuhause hatte, aber er … musste ja alles kaputtmachen.«

»Er hat nichts kaputt gemacht, und das weißt du genau.«

Tausend Volt oder mehr, blitzschnell wie ein Stromstoß lud sich das Schweigen zwischen uns auf. Es war ein Luftholen, eine Tür war plötzlich aufgestoßen, eine Mauer eingestürzt, eine Mauer der Lähmung in mir.

Ich hatte es getan. Ich hatte ihr widersprochen.

»Was willst du damit andeuten?« Ihre Stimme klang hohl.

»Du hättest ihm verzeihen müssen. Aber du konntest es nicht. Du hast ihn und mich gequält. Aber vor allem dich selbst. Niemand ist *schuld* daran, wie unser Leben verlaufen ist. Wir haben doch alle das Beste versucht …« Die Stimme brach mir weg. Ich schluchzte, und das war das Letzte, was ich in diesem Moment wollte. Ihr meine Schwäche zeigen. Ich hielt das Handy ein Stück von mir entfernt, damit sie mich nicht weinen hörte.

»Janne …? Janne.«

Es dauerte einen Moment, bis ihre Stimme aus dem Gerät zu mir drang, bis ich erkannte, dass sie nicht böse oder kalt klang, sondern ängstlich, besorgt.

»Janne … was hast du denn nur … Hör auf, bitte hör auf zu weinen.«

Von mir kam nur ein Flüstern. »Ich kann nicht mehr, Mama. Ich kann nicht mehr mit dir sprechen. Ich will nicht mehr.«

»Nein. Lass mich nicht allein, Janne. Ich habe nur dich. Es tut mir alles so leid.«

Ich hörte, was sie sagte. Aber ich konnte ihren Worten kaum glauben. Meine Mutter würde niemals sagen, dass ihr etwas leidtut. Sie hatte niemals eine Stimme gehabt, in der Wärme und gleichzeitig Verzweiflung lagen.

Ich konnte nicht antworten, es war zu viel.

»Janne? Wenn du wirklich herkommen willst … Also, ich würde mich freuen.« Sie wartete darauf, dass ich etwas sagte. »An einem der nächsten Wochenenden? Oder … ganz, wie du es schaffst … Ich bin ja hier.«

»Ist gut, Mama. Ich komme bestimmt bald. Ich … rufe noch mal an.«

Ich legte auf. Schloss die Augen. Meine Hand lag auf der Ruderpinne, sie ruckte leicht mit den Wellen hin und her. Das Ruder umlegen, eine neue Richtung einschlagen. Mein Leben musste sich ändern, das war mir noch nie so klar gewesen wie in diesem Moment. Es sollte ganz entschieden anders laufen.

Ich öffnete die Augen, griff die Pinne fester. Aber es gab keinen Wind, nicht den leisesten Hauch, der mich vom Fleck bringen konnte.

Ich legte mich auf die hölzerne Sitzbank und sah in den Himmel. Nach einer Weile kam leichter Wind auf, und das Boot drehte sich sacht im Kreis. Ich ließ mich treiben, und es gelang mir eine Weile, an nichts Konkretes zu denken. Nicht an meine Mutter, nicht an den ganzen Ärger, der mich erwartete. Solange ich hier war, auf dem Meer, allein mit meinem Boot und den Möwen, konnte ich mir vormachen, ich wäre beschützt. Doch bald musste ich zurück in mein Leben. Zurück nach Berlin. Ich sehnte mich nach Ruhe, aber die Ängste ließen sich nicht länger bannen, sie drängten mit Macht in mein Bewusstsein.

Endlich versuchte ich es noch mal bei Michaela, doch wie am Abend hörte ich nur die Ansage. Ich ärgerte mich darüber. Das war nun der dritte Versuch gewesen. Was sollte das für ein Spiel werden? Zuerst weinte sie auf meinen Anrufbeantworter, und dann war sie nicht zu erreichen. Sie hätte längst zurückrufen können. Sonst checkte sie ihr Handy ja auch alle fünf Minuten. Ihren Festnetzanschluss hatte sie abgeschafft. Ich schob das Telefon in meine Hosentasche und legte mich wieder hin. Ob Gregor sich melden würde?

Von Westen schoben sich dunklere Wolken heran. Der Wind war stärker und kühler geworden, doch ich war zu träge, um mein Sweatshirt überzuziehen. Ich lag da, das Schaukeln machte mich müde. Irgendwann flogen ein paar Möwen kreischend über mich hinweg. Ich schrak hoch, als dicke Regentropfen auf meinem Gesicht zerplatzten. Ich musste eingeschlafen sein. Wie lange hatte ich hier gelegen? Eine dünne Schicht aus hellweißen Wolken zog sich quer über den Horizont, darüber wölbte sich der Himmel schwarz. Ein Blitz zuckte grell. Ich lauschte auf den Donner, doch er folgte erst Sekunden später. Das Gewitter war noch nicht über mir. Ich startete den Motor, holte den Anker ein und fuhr schnell in Richtung Hafen. Der Regen ging in ein Prasseln über, nach wenigen Minuten war ich bis auf die Haut durchnässt. Blitze und Donner wechselten sich ab. Der Wind kam mir nun eisig vor, er blies in heftigen Böen. Ich fror. Kurz bevor ich meinen Liegeplatz erreichte, wurde der Regen so stark, dass Steg und Boote vor meinen Augen verschwammen. Eine Gewitterböe drückte mich fast gegen die gegenüberliegenden Schiffe. Wie sollte ich bei diesem Wetter allein anlegen? Ich gab mehr Gas und versuchte, mich meinem Steg im richtigen Winkel zu nähern. Da sah ich durch dichte Wasserschleier eine Gestalt direkt an meinem Platz stehen. Es war üblich unter den Seglern, sich gegenseitig beim Anlegen zu helfen, doch wer war bei diesem Sauwetter draußen unterwegs? Eine dunkle Regenjacke, die Kapuze tief ins Gesicht gezogen, genau so eine Jacke hatte auch … Es war Gregor. Ich warf eine Festmacherleine, er fing sie geschickt auf und zog mein Boot heran. Ich sprang an Land und machte die hintere Leine fest. Meine Kleider klebten nass und kalt an meinem Körper. Gregor hatte die Vorderleine befestigt, kam auf mich zu und schloss mich in die Arme. Ich war so froh, sicher an Land zu sein.

Eine halbe Stunde später lagen wir aneinandergekuschelt, in weiche Frotteebademäntel gehüllt, auf einem Bett im Hotel und betrachteten durch die Fensterfront das Naturschauspiel, das sich über der Bucht abspielte. Die helle Wolkenschicht war vom Wind zerrissen worden, kleine Fetzen, wie von einem Wattebausch abgezupft, trieben an dem tintenschwarzen Himmel vorbei. Blitze und Donner tobten über uns. Regentropfen spritzten vom Boden hoch, die warmen Steine der Promenade dampften. Gregor rieb abwechselnd meine beiden Hände, die immer noch kalt waren. Ich genoss es, hier bei ihm zu sein, das Boot sicher vertäut am Steg.

»Woher hast du gewusst, wann ich in den Hafen komme?«, fragte ich.

Gregor lächelte breit. »Ich hab hier am Fenster auf dich gewartet.«

»Seit wann bist du denn da?«

»Gleich, nachdem deine SMS angekommen war, bin ich losgefahren. Konstantin hat mir sein Auto geliehen.«

Gregor fuhr ungern weitere Strecken mit seinem alten Lieferwagen. Ich musste lange draußen in der Bucht geschlafen haben. Wie leichtsinnig von mir bei dem heranziehenden Gewitter. Doch sogar jetzt spürte ich wieder die Müdigkeit. Ich konnte mir meinen merkwürdigen Zustand nur mit Vanessa Otts Tabletten erklären.

Gregor beugte sich zu mir und küsste mich. »Ich bin noch nie im Leben so froh über eine SMS gewesen«, murmelte er.

Ich schob meine Hand in den Ausschnitt seines Bademantels und streichelte ihn. »Mir ist gar nicht mehr kalt«, flüsterte ich.

Wir liebten uns, begleitet von den Schlägen des Donners.

Durch meine geschlossenen Augenlider zuckten die Blitze. Ich war hier, ich war geborgen …

Später streichelte Gregor mein Haar, das noch feucht war. »Es ist vorbei, sieh mal.«

Ich öffnete die Augen. Das Gewitter war verschwunden, die Wolken trieben auseinander, dazwischen lugte blauer Himmel hervor.

»Lass uns rausgehen. Ich möchte ans Meer. Und ich hab einen Bärenhunger«, sagte Gregor.

Ich fühlte mich ausgeruht. Offenbar war die Wirkung der Tabletten endlich verflogen. Ich stand auf und ging nackt ins Bad. Gregor blieb in der Tür stehen und betrachtete mich. Ich drehte mich um und lächelte. »Was ist?«

»Nichts.«

Er kam zu mir, umarmte mich und vergrub sein Gesicht in meinem Haar.

»Wie bist du eigentlich auf die Idee mit dem Hotel gekommen?«, fragte ich.

Wenn Gregor und ich zusammen hier im Hafen waren, hatten wir immer auf dem Boot übernachtet.

»Ich wollte ein bisschen Luxus mit dir genießen.« Er lachte. »Und zum Arrangement gehört nachher ein nobles Vier-Gänge-Menü. Dein Freund ist nämlich ein stinkreicher Typ, musst du wissen.«

Ich drehte mich um. »Du? Was ist passiert?«

Er hob die Schultern. »Das Schicksal hat es auch mit mir mal gut gemeint. Ich hab dir doch von der Art-déco-Sitzgruppe erzählt, erinnerst du dich?«

»Ja, die mit den seltenen Intarsien, bei dem Trödler?«

»Genau. Eine Kundin, der ich zufällig davon erzählt habe, hatte Interesse daran. Sie hat sie gekauft, und ich restauriere die Stücke gerade. Sie hat mir einen fetten Vorschuss gezahlt.«

Er sah auf die Uhr. »Komm jetzt, wenn wir vor dem Essen noch ans Meer wollen, müssen wir los.«

Von dem Gewitter war nur die frische Brise zurückgeblieben, und auf den Wellen bildeten sich weiße Schaumkrönchen. Das Wasser darunter schimmerte hellgrün in der späten Nachmittagssonne. Wir liefen barfuß, die Schuhe in der Hand. Ich versuchte, mich auf den kühlen Sand zwischen meinen Zehen zu konzentrieren, auf das schöne Gefühl, Gregors Hand zu halten, auf die Luft, die nach dem Regen roch wie frisch gereinigt. Aber meine düsteren Gedanken lauerten im Hintergrund und verdarben mir die Stimmung.

»Du bist so still«, meinte Gregor. »Ist irgendwas?«

Ein Schwan, der nah am Ufer vorbeischwamm, streckte den Kopf vor und fauchte in meine Richtung. Ich dachte an das Gespräch mit meiner Mutter, aber ich wollte noch nicht davon erzählen.

»Es hat mit der Arbeit zu tun. In den letzten Tagen ist viel passiert.«

»Mit den Unternehmensberatern?«

»Ja, und mit meinem Chef.«

»War das nicht dieser Sonnenbank-Macho, der auf der Weihnachtsfeier eine Sonnenbrille im Haar stecken hatte?«

Ich musste lachen. Erinnern konnte ich mich nicht daran, aber das passte genau zu Gunter von Hirten.

»Willst du erzählen, was los war?«

»Möchtest du es denn hören?«

Er lachte. »Wenn du sowieso dauernd an die Arbeit denkst, dann können wir auch darüber reden.«

Ich begann mit von Hirtens geheimnisvoller Dienstreise, mit den Unternehmensberatern, dem plötzlich geforderten Sparkonzept, mit der verpatzten Präsentation. Ich erzählte auch von Vanessa Otts merkwürdigem Verhalten, meinem

Misstrauen gegen Michaela und von ihrem verzweifelten Anruf.

»Du meine Güte.« Gregor legte den Arm um meine Schultern. Er schwieg eine Weile, dann meinte er: »Anscheinend bist du da nur von Intriganten umgeben. Ich begreife nicht, was dir an dem Job so viel Spaß macht.«

»Im Moment kann ich von Spaß nicht reden.«

»Ich rede auch nicht von diesem Moment. Die Arbeit belastet dich. Nicht nur jetzt. Es ist immer irgendwas los, was Stress verursacht. Das laugt dich auf Dauer aus.«

Er sagte es nicht, doch ich wusste, was er dachte. Das laugt *uns* auf Dauer aus.

»Was wäre eigentlich, wenn du den Job sausen lässt? Du hast viele Möglichkeiten. Verabschiede dich doch von diesem blöden Laden.«

Ich zuckte die Schultern. »So einfach ist das nicht. Ich hab Verantwortung für meine Leute. Für den Smiling Kids Day.«

»Hast du die noch? Oder haben sie dich nicht vielmehr kaltgestellt?« Gregor blieb stehen und hob einen Stein auf. Er schleuderte ihn flach übers Wasser, wo er viele Male in kleinen Bögen hochsprang, bis er versank. Er drehte sich zu mir um. »Ich möchte nicht ohne dich sein. Das habe ich in diesen Tagen gemerkt.«

Wir küssten uns.

»Ich will mit dir zusammenleben, Janne. Mit allen Konsequenzen. Ich möchte Kinder mit dir haben.«

Ich lehnte den Kopf an seine Schulter und atmete seinen vertrauten Geruch ein, fühlte, wie das Glück mich durchströmte. Wie schön, dass er das gesagt hatte …

»Ich möchte so gern …« Gregor zögerte. »Vielleicht können wir endlich zusammenziehen.«

»Ja, das sollten wir tun«, murmelte ich in seine Halsbeuge.

Gregor hob den Kopf und trat einen halben Schritt zurück, sodass ich ihn ansehen konnte. »Das Beste hab ich dir noch gar nicht erzählt. Diese neue Kundin hat nicht nur den einen Auftrag für mich. Sie ist in der Geschäftsführung von Auktiona. Das ist ein bekanntes Auktionshaus, bei dem die Versteigerungen übers Internet laufen, in einem Online-Auktionssaal. Ein super Konzept! Sie arbeiten mit einem internationalen Expertenteam zusammen und suchen gerade einen weiteren Experten für antike Möbel. Sie hat mich Löcher in den Bauch gefragt, zu meiner Berufserfahrung und so, und sie hält es für denkbar, dass sie mich ins Team holt. Ich müsste dann Schätzungen von Möbelstücken vornehmen. Es gibt Bedarf ohne Ende. Ich würde in der ganzen Welt herumreisen. Sie sagt, damit kann ich viel mehr verdienen als mit meiner Werkstatt. Wenn das klappen würde, wären wir abgesichert. Du müsstest diesen Terror bei Alfa.Sat nicht länger aushalten. Du könntest kündigen und müsstest nicht mal sofort was Neues finden.«

Ich versuchte, begeistert auszusehen, doch es gelang mir nicht, mich über Gregors Neuigkeiten zu freuen. Das klang alles so … unrealistisch. Halt, stopp. Es war seine Branche, sein Job. Ich kannte mich ja gar nicht aus. Vielleicht war das die Chance seines Lebens. Sicher wusste Gregor, was er tat. Und genau das hatte ihm doch gefehlt: ein vernünftiger Auftraggeber, finanzielle Absicherung. Was war nur los mit mir? Hatte meine Mutter doch recht mit ihren ewigen Vorwürfen gehabt? Konnte ich mich nicht in andere Menschen einfühlen?

Vor allem die Sache mit dieser Kundin kam mir komisch vor. Ich war misstrauisch. Sie war plötzlich am Horizont aufgetaucht, und Gregors sämtliche Probleme sollten gelöst sein? Wie merkwürdig, dass ein internationales Auktionshaus ausgerechnet in Gregors kleiner, staubiger Werkstatt in Schöneberg fündig wurde …

»Was ist das für eine Frau?«, fragte ich und rang mir ein Lächeln ab. »Ist sie jung? Oder schon älter? Findest du sie sympathisch?«

»Sie sieht rasend gut aus. Aber natürlich nicht so gut wie du.« Er stupste mich mit dem Ellenbogen in die Seite und grinste. »Keine Ahnung, wie alt die ist. Schwer zu schätzen. Sie hat etwas sehr Forsches, Entschiedenes an sich. Aber was das Finanzielle angeht, scheint sie mehr als fair zu sein.«

»Warte erst mal ab, ob sich das so entwickelt, wie du möchtest. Ich meine, es sind tolle Aussichten. Aber du hast die Frau ja erst kennengelernt.«

Gregor ließ mich los. »Weißt du, das ist typisch. Statt dich mit mir zu freuen, bist du skeptisch.«

»Ich freue mich mit dir. Habe ich nicht gerade gesagt, ich fände es toll?«

»Ja, aber in welchem Ton. Du glaubst nicht daran.«

»Doch, nur … Lass uns erst mal abwarten, ob …«

»Gut, dann warte ab. Mach weiter so. Lass dich ausnutzen. Mach deine Gesundheit kaputt. Und unsere …«

»Nun übertreib doch nicht so.«

»Lass mich ausreden! Unsere Beziehung leidet, seit du bei Alfa.Sat bist. Manchmal denke ich, es geht alles kaputt zwischen uns.«

Wir waren beide lauter geworden. Der Stress und der Frust, die sich in mir angestaut hatten, wollten heraus und entluden sich. Ich hatte Tränen in den Augen.

»Unsere Beziehung geht nicht kaputt, weil ich bei Alfa.Sat arbeite. Ich habe genauso das Gefühl, dass du meinen Job nicht respektierst. Nur deine Arbeit ist toll und wichtig. Es ist doch so: Entweder ich stimme allem zu, was du planst, oder ich zerstöre unsere Freundschaft.«

»Du bist etwas Besseres, nicht wahr? Weil du in deiner Glamourwelt lebst, mit Promis und Events, etwas Besseres als ein dummer Handwerker, gib es doch zu. Von mir aus mach, was du für richtig hältst.«

Ich war sprachlos. Wie kam er darauf, dass ich so dachte? Ich hatte nie etwas Abfälliges über seine Arbeit gesagt. Im Gegenteil, ich hatte sein Können oft bewundert. Sein Vorwurf war absurd. So absurd, dass ich mich nicht rechtfertigen wollte.

Ich starrte in die Ferne, um ihn nicht ansehen zu müssen. Der Wind hatte nachgelassen. Kaum noch Bewegung auf dem Wasser. Das Meer lauerte in undurchdringlichem Grün. Dann blickte ich ihn doch an und sah, dass ich ihn verletzt hatte.

»Wenn du willst, geh schon zum Hotel zurück«, sagte er. »Ich laufe noch ein paar Schritte.«

»Bitte, Gregor. Lass uns doch …«

Er schüttelte den Kopf, wandte sich ab und lief in die andere Richtung weiter.

Unser Hotelzimmer sah chaotisch aus. Die Bademäntel lagen auf dem Boden, auf dem Bett war das Laken zerwühlt. Eben noch hatten wir hier eng umschlungen gelegen. Ich hatte mich geborgen gefühlt. Mein Magen knurrte, und ich dachte an das Essen, auf das sich Gregor so gefreut hatte.

Ich beschloss, zu duschen und mir etwas Frisches anzuziehen. So war ich wenigstens beschäftigt. Als ich fertig war, stand ich vor dem Spiegel. Ich hatte mein Haar geföhnt und hochgesteckt. Die Frisur sah schön aus. Aber mein Gesicht war immer noch bleich, mit dunklen Augenringen. Ich hatte keine Lust, mich zu schminken. Zu vertuschen, dass es mir nicht gut ging.

Ob Gregor schon zurück war? Ich wählte seine Handynummer, es klingelte in seiner Reisetasche neben mir.

Ich ging ins Restaurant. Vielleicht war er bereits dort. Ohne mich abzuholen. Ein junger Kellner nahm mich am Eingang in Empfang.

»Speisen Sie allein?«, fragte er mich.

»Nein, ich sehe mal nach, ob mein Begleiter schon hier ist.« Ich ging an ihm vorbei ins Innere des Saals, der modern und stilvoll eingerichtet war, anheimelnd mit seinen warmen Rottönen an Wänden und Boden. Die meisten Tische waren von Paaren besetzt. Ein leiser Klangteppich aus intimen Gesprächen und dezentem Besteckklappern lag über allem. Gregor war nicht da.

Ich kehrte zum Eingang zurück, ratlos, was ich nun tun sollte.

»Gerade ist ein Tisch am Fenster frei geworden«, sagte der Kellner. »Möchten Sie vielleicht dort auf Ihren Begleiter warten?«

»Gern, vielen Dank.«

Ich wollte mir meinen Frust nicht anmerken lassen. Dann würde ich eben allein essen. Ein tolles Candle-Light-Dinner! Ich hatte einen wundervollen Blick auf die Segeljachten, die sanft an den Stegen schaukelten, doch ich konnte die Aussicht nicht genießen. Ich bestellte mir eine Karaffe Rotwein, während in mir die Wut weiter wuchs. Ich wählte noch mal Gregors Handynummer. Wenn er inzwischen auf dem Zimmer war, würde er es ja hören. Aber es klingelte endlos, und niemand nahm ab. Was dachte Gregor sich dabei, für den Rest des Abends zu verschwinden? Er erwartete von mir, dass ich schlagartig meinen Job kündigte, und wollte mir nicht mal Zeit lassen, darüber nachzudenken.

Der Kellner riss mich aus meinen Gedanken, ich hatte ihn nicht kommen sehen. »Wenn Sie das Vier-Gänge-Menü noch bestellen wollen, müssten Sie jetzt bitte Bescheid sagen. Es gibt aber auch später noch eine Auswahl à la carte.« Er hielt mir eine aufgeschlagene Karte hin. Mein Magen rumorte, aber gleichzeitig konnte ich mir nicht vorstellen, etwas zu essen.

»Danke, ich habe gar keinen Appetit. Ich möchte zahlen.«

»Soll ich es auf die Zimmernummer buchen?«

Gregor hatte mich in das Hotel eingeladen. Ich wollte nicht, dass mein Wein auf seiner Rechnung auftauchte.

»Nein, das begleiche ich sofort.«

Seine neugierigen Blicke ignorierend, zahlte ich und gab ihm ein großzügiges Trinkgeld. Ein letztes Mal, das schwor ich mir, wählte ich Gregors Handynummer. Nichts. Dann versuchte ich es noch einmal auf Michaelas Handy. Auch dort vergeblich.

Ich verließ das Restaurant. Nur noch zwei Tische waren belegt. In der Nähe der Bar spielte jemand auf einem Flügel. Einige Pärchen saßen beim Cocktail im Kerzenschein und pickten Oliven aus Glasschalen. Ich sah durch die gläserne Front neben dem Haupteingang hinaus, die zur Straße und zu den Parkplätzen führte. Vielleicht kam Gregor ja in diesem Moment zurück. Er war nicht zu sehen. Draußen im Wendekreis stand, mit dem Rücken zu mir, eine dünne, dunkelhaarige Frau. Ich blieb stehen. Sie sah aus wie Vanessa Ott. Sie hielt ein Handy an ihr Ohr. Die Figur und das Haar stimmten, aber die Kleidung nicht, denn diese Frau trug ein bunt gemustertes Sommerkleid mit einem weiten Rock, darüber ein rosa Strickjäckchen. Konnte sie es trotzdem sein? Ich hatte ihr erzählt, dass mein Boot in der Nähe von Wismar liegt. War sie mir gefolgt? Nein, das war ein absurder Gedanke, warum sollte sie auch … Sie wollte ja nach München zu ihrem Verlobten fliegen. Und mit Jörg essen gehen.

Die Frau stand noch immer dort und gestikulierte beim Telefonieren. Ich musste wissen, ob sie es war. Ich lief auf die

Drehtür zu und hörte ein Motorengeräusch. Ein Taxi fuhr vor. Sie stieg ein, und es fuhr los. Ich hatte ihr Gesicht nicht sehen können.

Mein Kopf begann wieder zu schmerzen, und mir war ein wenig schlecht. Der Wein auf nüchternen Magen war mir nicht gut bekommen.

Das Bild der Frau ließ mich nicht los. Ich sah hinüber zum Empfangstresen. Eine Hotelangestellte ordnete die Flyer in den Aufstellern. Ich ging zu ihr.

»Bitte entschuldigen Sie, haben Sie an diesem Wochenende einen Gast namens Vanessa Ott? Sie ist eine Kollegin von mir, und ich glaube, ich habe sie gerade verpasst.«

So richtig logisch klang das nicht, aber falls dies der Angestellten auffiel, ließ sie es sich nicht anmerken. Sie tippte etwas in den Computer ein.

»Vanessa Ott? O-Doppel-T?«

Ich nickte. »Nein, unter diesem Namen habe ich keinen Eintrag.«

»Sie muss gerade eben ein Taxi bestellt haben.«

Sie lächelte freundlich. »Hier bei mir war niemand.«

Ich lief den Flur entlang zu unserem Zimmer. Ich war erschöpft und sehnte mich nach Schlaf. Wenn Gregor zurückgekommen war, was sollte ich dann sagen? Ich war wütend und verletzt. Dass er so lange verschwunden blieb, hatte es noch schlimmer gemacht.

Das Zimmer war leer. Alles war unverändert. Ich stand einen Moment herum und überlegte, was ich nun tun wollte. Die Vorstellung, mich hinzulegen und auf ihn zu warten, erschien mir unerträglich. Ich packte meine Sachen in die Tasche, durchquerte wieder die Halle, verließ das Hotel zur Hafenseite. Ich überlegte, nach Berlin zu fahren. Aber gleichzeitig wusste ich, dass ich die Fahrt nicht durchhalten würde. Nicht in dem

Zustand, mit den stärker werdenden Kopfschmerzen und nach der Karaffe Wein.

Ich lief hinunter auf den Steg bis zu meinem Boot. Im Inneren war es dunkel und kalt. Ich kroch in meinen Schlafsack. Ich versuchte, an meinen Vater zu denken, an die Segeltörns mit ihm, an irgendetwas Schönes. Diesmal half es nichts. Tränen traten mir in die Augen. Draußen war es still bis auf das leise Glucksen des Wassers am Rumpf. Ich lag da und konnte nicht einschlafen. Ab und zu hörte ich Schritte auf dem Steg. Leute gingen zu ihren Booten, unterhielten sich. Jemand klopfte gegen den Bug meines Schiffes. Ich fuhr hoch und klappte die Vorderluke auf. Im Dunkeln konnte ich nicht erkennen, wer dort stand, aber dann hörte ich Gregors leise Stimme. »Janne, bist du noch wach?«

7

Auf der Rückfahrt nach Berlin ging mir diese Nacht durch den Kopf. Wir hatten nicht mehr viel geredet, aber das war auch nicht nötig gewesen. Uns beiden hatte der Streit leidgetan.

Wir schliefen eng aneinandergeschmiegt, deckten uns mit meinem Schlafsack zu. Wir frühstückten ausgiebig im Hotel. Danach segelten wir zur Insel Poel, badeten dort an dem feinen Sandstrand, kauften uns Fischbrötchen direkt am Kutter im Hafen ... Es war ein scheinbar friedlicher Sonntag. Aber mir war die ganze Zeit bewusst, dass unsere Meinungsverschiedenheiten im Hintergrund schwelten. Sie waren nicht ausgeräumt, wir hatten sie nur fürs Erste verdrängt.

In meinem Haus angelangt, leerte ich den Briefkasten und stieg die Treppe hinauf. Vor meiner Wohnungstür stand eine Rose. Sie sah extravagant aus, langstielig mit einer dunklen Blüte, fast violett, steckte allerdings in einer Bierflasche.

Ich sah hinüber zu Sebastians Tür. Eine Rose war das falsche Signal. Ich hatte gehofft, er hätte meine Botschaft in der E-Mail verstanden. Wenigstens war es keine rote Rose.

Ich schloss meine Tür auf, packte den Griff meiner Reisetasche, nahm die Flasche mit der Blume in die andere Hand und ging in die Wohnung. Ein kühler Luftzug wehte mir entgegen. Keine Hand frei für den Lichtschalter, verharrte ich einen Moment im dunklen Wohnungsflur.

Etwas stimmte nicht. Ich stellte die Flasche ab und schaltete das Licht im Flur ein, dann die Deckenlampe im Wohnzimmer. Die Tür zum Balkon stand weit offen. Ich ließ nie ein Fenster oder eine Tür auf, wenn ich wegging.

Wie einen Film sah ich die Szenen meiner Abreise vor mir. Vanessa Ott war gegangen, und ich hatte geschlafen. Ulla hatte mit mir auf dem Sofa gesessen. Später hatte ich die Nachrichten auf dem Anrufbeantworter abgehört. Ich hatte gepackt und dann die Wohnung verlassen.

Ich konnte mich nicht erinnern, auf den Balkon gegangen zu sein. Meine Pflanzen … Ich hatte vor der Abreise vergessen, sie noch mal zu gießen. Ich war viel zu durcheinander gewesen. Ob es hier auch geregnet hatte wie an der Ostsee? Ich trat hinaus und sah erleichtert, dass keine Pflanze die Blätter hängen ließ. Die Erde in den Kästen war gut durchnässt.

Ich ging zurück in die Wohnung, ließ die Balkontür offen und schaltete das Licht im Schlafzimmer ein. Zuerst kam mir alles ganz normal vor, doch dann sah ich es.

Auf meinem Bett, auf der Überdecke, war eine Vertiefung wie von einem Körper. Ich hatte das Bett vor der Abfahrt gemacht, das wusste ich genau. Ich hatte das Kopfkissen und mein Federbett aufgeschüttelt und zuletzt die weiße Tagesdecke darübergebreitet. Auch das Kissen war in der Mitte eingedrückt. Als hätte jemand darauf gelegen.

Ich stand wie erstarrt in der Tür. Jemand war in meiner Wohnung gewesen.

Ich zwang mich, zum Schrank zu gehen. Er war geräumig genug, dass sich ein Mensch darin verstecken konnte. Mein Herz schlug bis zum Hals, als ich die Schiebetür öffnete. Meine Jacketts, Blusen und Hosen hingen auf ihren Bügeln, darunter hatte ich zwei Koffer verstaut. Alles war wie immer. Nebenan lag die Wäsche in kleinen Stapeln in den Fächern. Ich schloss den Schrank.

Auf meinem Nachttisch standen noch die Wasserkaraffe und der Teller mit dem angebissenen Zwieback. Ich drehte mich um. Noch etwas war merkwürdig. Wieso war die Badezimmertür geschlossen? Ich ließ sie immer offen stehen.

Ich betrat das Bad. Es roch nach meinem Eau de Toilette. Hatte ich es vor meiner Abreise noch benutzt? Ich konnte mich nicht erinnern. Manchmal machte ich Handgriffe, die mir in Fleisch und Blut übergegangen waren, ohne sie bewusst wahrzunehmen, wie abends mein Haar zu kämmen, bevor ich ins Bett ging …

Konzentriert betrachtete ich jeden Gegenstand. Alles stand an seinem angestammten Platz. Ich rieb mir die Schläfen, hinter denen der Kopfschmerz pochte, ging in die Küche, wo mir nichts auffiel, dann ins Wohnzimmer. Ich setzte mich aufs Sofa. Bei allem, was ich tat, fühlte ich mich beobachtet. Denk nach, befahl ich mir. Denk genau nach.

Vielleicht spielte mir die Erinnerung einen Streich. Ich war Freitagnachmittag so müde und verwirrt gewesen. Waren die Tabletten schuld, dass ich etwas verwechselte? Hatte ich mich nach dem Packen noch mal kurz hingelegt? War das gewesen, nachdem ich das Bett gemacht hatte? Dann könnte der Körperabdruck von mir selbst stammen. Aber die offene Balkontür … Die hätte ich doch bemerken müssen. Vielleicht war sie beim Schließen nicht richtig eingerastet, sodass sie später durch einen Windstoß aufgedrückt wurde. Wenn das Gewitter auch hier getobt hatte, konnte es ja eine heftige Böe gegeben haben.

Ich stützte den Kopf in die Hände. Das alles *konnte* so gewesen sein. Aber mir war nie zuvor so was passiert. Andererseits … zu denken, dass jemand Fremdes meine Wohnung betreten und in meinem Bett gelegen haben sollte, kam mir noch viel absurder vor. Derjenige musste ja irgendwie hereingekommen sein.

Ich lief zu meiner Eingangstür. Hatte ich etwas übersehen? Einbruchspuren? Es war nichts zu erkennen. Ein anderer Gedanke schoss mir durch den Kopf. Und wenn es kein Fremder gewesen war, sondern jemand, den ich kannte? Mein Blick fiel auf Gregors Ersatzschlüssel an dem roten, geflochtenen Bändchen. Er hing noch immer neben der Tür an meinem Schlüsselbord. Gregor konnte definitiv nicht hier gewesen sein. Nur Ulla besaß einen weiteren Nachschlüssel, genauso wie ich einen von ihrer Wohnung.

Ich ging in Gedanken durch, wer in der letzten Zeit meine Wohnung betreten hatte. Ulla natürlich. Und am Freitag Vanessa Ott. Sie hatte darauf bestanden, mit nach oben zu kommen, obwohl ich gesagt hatte, es sei nicht nötig. Und dann tauchte sie auch noch in Boltenhagen auf. Wobei ich mir nach wie vor nicht sicher war, ob sie tatsächlich dort gestanden hatte. Es ergab auch keinen Sinn. Was sollte Vanessa Ott in Boltenhagen? Oder allein in meiner Wohnung?

Auch Sebastian war hier gewesen. Konnte es möglich sein, dass er den Ersatzschlüssel an sich genommen, kopiert und später während meiner Abwesenheit wieder an seinen Platz gehängt hatte? Ich dachte an seine E-Mail. »Selbst schuld, du hast mich verwirrt …«. Was ging in seinem Kopf vor? Er war mir bisher ganz normal vorgekommen. Ein gut aussehender, etwas verträumter und chaotischer Typ, der gern flirtete und wunderschöne Musik machte. Aber natürlich kannte ich ihn nur flüchtig. Vielleicht hatte er ein gestörtes Verhältnis zu Frauen, spionierte ihnen nach und sammelte persönliche Gegenstände als Fetische? Vielleicht hatte er mir über Bennis Mutter nur Lügen erzählt, und sie hatte ihn verlassen, weil er … Stopp, ermahnte ich mich. Die Fantasie ging eindeutig mit mir durch. Trotzdem sah ich in meinem Wäschekorb nach. Meine benutzte Unterwäsche war noch da.

Ich versuchte, mich daran zu erinnern, ob der Ersatzschlüssel neben der Tür gehangen hatte, als ich zur Ostsee aufgebrochen war. Aber ich wusste es einfach nicht, egal, wie sehr ich meine Gehirnzellen strapazierte. Ich hatte nicht auf den Schlüssel geachtet. Wozu auch.

Ich goss mir in der Küche ein Glas Wasser ein, kehrte zurück aufs Sofa und versuchte mich zu beruhigen. Als einzige Erklärung bot sich an, dass Ulla hier gewesen war. Vielleicht hatte sie eine Pause zwischen zwei Terminen in der Nähe überbrückt und sich einen Moment ausgeruht. Sie hatte bemerkt, dass meine Blumen vertrockneten, hatte sie gegossen und versehentlich die Tür aufgelassen. Nein, das klang alles nicht sehr realistisch. Aber irgendeine Erklärung musste es geben. Ich holte mein Telefon und rief bei Ulla an. Zum Glück war sie zu Hause.

»Janne, wie geht es dir?« Sie klang gehetzt.

»Wieder besser, danke, ich bin gerade von der Ostsee zurück. Sag mal, warst du am Wochenende in meiner Wohnung?«

»Nein. Wie kommst du darauf?« Sie stockte. »Du liebe Zeit! Sag nicht, ich sollte die Blumen gießen und hab es vergessen?«

»Nein, mach dir keine Sorgen.«

»Ah, ein Glück. Ich weiß im Moment echt nicht, wo mir der Kopf steht. Ich hab so viel zu tun mit diesem Prozess. Und ich bin so verliebt. Janne, ich bin verliebt wie noch nie in meinem Leben.«

»Wirklich …? Das ist …«

»Du, Janne? Bitte sei nicht böse, wenn ich etwas kurz angebunden bin. Tom und ich wollen ins Kino, und ich bin noch nicht umgezogen.«

»Bitte sag mir nur noch eines: Gab es hier gestern auch ein Gewitter?«

»Nein, leider nicht.« Sie seufzte. »Ich hatte so darauf gehofft. Drückend heiß war es. Aber Gewitter gab es wohl nur oben an der Küste.«

»Es hat nicht geregnet?«

»Keinen Tropfen. Wieso fragst du?«

»Erzähle ich dir später.«

Ich wünschte ihr viel Spaß im Kino und legte auf. Mit zitternden Händen schloss ich meine Balkontür. Wer hatte meine Blumen gegossen?

Das Gefühl war fremd und sehr verstörend. Ich hatte Angst in meinen eigenen vier Wänden. Ich war hellwach, und mein Gehirn lief auf Hochtouren. Ich wollte nicht hierbleiben. Zuerst sah ich nach, ob alle Fenster geschlossen waren. Ich prägte mir den Zustand meiner Wohnung genau ein, registrierte und speicherte jeden Handgriff, den ich tat. Es würde mir nicht noch einmal passieren, dass ich mich an Einzelheiten nicht erinnern konnte. Dann drehte ich von außen zweimal den Schlüssel im Türschloss und lauschte auf Geräusche im Hausflur, auf Laute aus Sebastians Wohnung. Nichts.

Auch auf der Straße wurde ich das Gefühl nicht los, dass jemand mich überwachte. Ich blickte mich um. Wie an jedem Abend waren viele Leute unterwegs, Anwohner, die nach Hause kamen, oder bummelnde Touristen auf dem Weg in eines der Restaurants. Das Gefühl, unter Menschen zu sein, beruhigte mich ein wenig.

Heute Nachmittag, bevor wir getrennt mit den zwei Autos zurückfahren mussten, hatte Gregor mich gefragt, ob ich am

Abend noch zu ihm kommen wollte. Ich hatte abgelehnt. Ich hatte am Montag lieber früh im Sender sein wollen. Jetzt aber war ich dankbar für sein Angebot.

Eigentlich hatte er mich noch anrufen wollen, ob ich gut in Berlin angekommen war, aber er hatte sich nicht gemeldet. Hatte er mich vergessen? Ich verdrängte den unschönen Gedanken. Ich fand einen Parkplatz fast vor Gregors Haus und sah erstaunt, dass die Werkstatt hell erleuchtet war. Arbeitete er etwa? Am späten Sonntagabend?

Durch das Schaufenster sah ich ihn. Er arbeitete an einem Tisch, an einer Oberfläche mit Intarsien. Der musste wohl zu der wertvollen Sitzgruppe gehören. Gregor, der sonst alles ruhig und bedächtig erledigte, wühlte hektisch in einer Werkzeugtruhe. Er zog einen länglichen Gegenstand heraus, schleuderte ihn wütend zurück. Nun hatte er eine große Feile in der Hand. Er ließ sie fallen. Ich hörte das scheppernde Geräusch bis auf den Bürgersteig, dann seine Flüche.

Ich war stehen geblieben. Was war los mit ihm? Meine innere Stimme warnte mich davor, zu klingeln. Aber das war lächerlich. Ich drückte auf den Knopf.

Er machte mir nicht auf. Ich hatte schon dreimal geklingelt, doch er reagierte nicht darauf. Ich stellte mich direkt vors Schaufenster und klopfte gegen die Scheibe. Er sah mich, drehte sich um und kam in Richtung Haustür. Er riss sie auf. Ich erschrak, als ich das Ausmaß von Wut und Verletzung in seinen Augen sah.

»Was willst du hier? Du bist doch verabredet«, sagte er mit einer Kälte in der Stimme, die mir noch mehr Angst machte.

Ich sah ihn fassungslos an. »Was ist los? Was meinst du?«

Er schnaubte und schüttelte den Kopf. »Du hast wirklich Nerven, hier aufzukreuzen. Willst du es noch schlimmer für mich machen?«

»Gregor, ich weiß nicht, wovon du redest.«

»Nein? Keine Ahnung?« Er trat mit einer heftigen Bewegung zur Seite und gab den Eingang frei. »Dann werde ich es dir zeigen.« Er drehte sich um und ging in sein Büro. Ich folgte ihm langsam und zögernd.

Er hämmerte mit wütenden Bewegungen auf der Tastatur seines uralten Computers herum.

»Ich habe es schon gelöscht. Ich will das nie wieder anschauen müssen. Aber es ist noch da, im Papierkorb.«

Ich stand neben ihm und sah, wie er eine E-Mail öffnete. »Dein Song« las ich in der Betreffzeile. Mein Herzschlag setzte aus. War das Sebastians E-Mail an mich?

»Du brauchst es nicht zu lesen. Du kennst den Inhalt bestimmt auswendig.« Gregor hatte schon die Hand auf der Tastatur, um auszuschalten.

»Nein, warte«, rief ich. Es war nicht nur die eine Mail, sondern ein gesamter E-Mail-Verkehr zu sehen. Die Absender waren Sebastians und meine Mailadresse im Sender.

»Hallo Janne, sehen wir uns heute Abend? Ich habe an dich gedacht, und auf einmal hatte ich eine Melodie für ein neues Stück im Kopf. Das muss ich dir unbedingt vorspielen. Ich habe es *Jannes Song* genannt. Kisses from Sebastian.«

Wie war Gregor an diese Mail gekommen? Ich war erleichtert, dass ich Sebastian so deutlich geantwortet hatte: »Widme ihn besser einer anderen Dame. Bin ja in festen Händen …« Das hatte ich geschrieben, und das musste Gregor doch auch gesehen haben. Doch als ich weiterlas, erstarrte ich. Meine Antwortmail lautete:

»Lieber Sebastian, ich kann mich kaum auf die Arbeit konzentrieren. Ich spüre die ganze Zeit deine Küsse, deine Hände auf meiner Haut … Ich sehne mich nach mehr. Janne«

Es ging noch weiter. Nun kam wieder Sebastian: »Es war

wunderschön mit dir. Du bedeutest mir sehr viel. Wann können wir uns sehen?«

»Ich kann es nicht erwarten. Hoffentlich geht das Wochenende schnell vorbei. Ich melde mich gleich, wenn ich zurück in Berlin bin, deine Janne.«

In meinem Kopf überschlugen sich die Gedanken. Wie konnte das sein? Ich scrollte hoch zum Beginn. Die E-Mails waren am Freitag an Gregor weitergeleitet worden, und er hatte sie erst nach seiner Rückkehr von der Ostsee entdeckt. Der Absender hieß secretdeath@yahoo.com. Heimlicher Tod? Geheimer Tod? Was sollte das bedeuten?

Gregor wandte sich ab, wollte aus dem Zimmer gehen.

»Gregor! Bitte warte. Wer hat dir das geschickt?«

»Keine Ahnung. Anonym. Ist mir aber auch egal.« Er warf mir einen wütenden Blick zu. »Vielleicht jemand aus deinem Sender, dem es leidgetan hat zu sehen, wie ich verarscht werde.«

»Ich habe das nicht geschrieben. Nichts davon.«

»Wie musst du an der Ostsee gelitten haben. Wie hast du es fertiggebracht, mit mir zu schlafen? Hast du dabei an ihn gedacht?«

Er ging aus dem Zimmer. Ich lief ihm nach in die Werkstatt. Was konnte ich noch sagen, um ihn zu überzeugen? Er drehte mir den Rücken zu. »Geh einfach.«

Ich musste es schaffen, dass er mir glaubte. Aber ich verstand es ja selber nicht. Ich atmete tief durch.

»Das Einzige, was stimmt, ist, dass ich mit Sebastian gemailt habe.«

Gregor richtete sich auf, er hielt eine stählerne Schraubzwinge in der Hand, sein Körper war angespannt. Ich erzählte ihm, wie ich Sebastian und Benni kennengelernt hatte und von der Einladung zu dem Konzert. Ich berichtete wahrheitsgetreu, dass Sebastian mit mir geflirtet hatte und dass wir uns ein Taxi nach Hause geteilt hatten.

»Ich habe nichts mit ihm. Aber ich mag ihn. Er ist ein liebenswerter Chaot. Der kleine Benni kommt mir fast erwachsener vor als er. Vielleicht träumt Sebastian von einer Kleinfamilie, sucht nach einem Muttererersatz für Benni. Nach jemandem, der sich um sie beide kümmert. Was weiß ich? Er scheint irgendwas in mich hineinzuprojizieren. Aber ich habe ihm gesagt, dass ich vergeben bin. Und als diese Mail mit dem Song kam, habe ich es ihm noch mal geschrieben.«

Gregors Anspannung war noch gewachsen. Er umklammerte die Schraubzwinge so fest, dass die Adern an seinem Unterarm hervortraten. »Ich muss nachdenken. Bitte … lass mich einfach in Ruhe.«

Er glaubte mir nicht. Ich weiß nicht, ob ich ihm geglaubt hätte, wenn die Situation umgekehrt gewesen wäre.

»Das ist die Wahrheit. Mehr ist nicht passiert. Diese Mails, die du da bekommen hast, sind nicht echt. Irgendwer muss sie gefälscht haben.«

Erst in dem Moment, in dem ich es aussprach, wurde mir die Ungeheuerlichkeit des Vorgangs bewusst. Wieder war jemand an meinem Computer gewesen. Hatte meine privaten Mails gelesen. Hatte sie umformuliert und an Gregor weitergeleitet. Es fühlte sich an wie ein Schlag in den Magen. Jemand hatte vor, mein Leben zu zerstören.

8

Der Schlüssel glitt fast lautlos in mein Türschloss. Ich kämpfte das beklommene Gefühl nieder, drehte ihn um und schob die Tür einen Spalt auf. Stille. Abgestandene Luft. Staubpartikelchen auf meinem Spiegel. Ich machte so wenig Licht wie möglich, ging langsam von Zimmer zu Zimmer und zog überall die Vorhänge zu. Dann schloss ich mich im Schlafzimmer ein, doch ich konnte nicht einschlafen. Bei jedem leisen Knacken schreckte ich hoch. Und meine Gedanken fuhren Achterbahn. Wer hatte Gregor die Mails geschickt? Wer hatte Zugang zu meinem Computer? Der merkwürdige Anruf unter Tränen von Michaela ... Und dann war sie nicht mehr zu erreichen gewesen. Konnte es sein, dass sie ...

Irgendwann nach Mitternacht hörte ich Lärm durch die Wand. Es klang, als würde Sebastian die Möbel verrücken. Er sprach laut, eine Frauenstimme antwortete. Ich erkannte Elenas Stimme mit dem südlichen Akzent. Sie lachte perlend, es klang fast wie eine Tonleiter, auf- und absteigend. Eine Weile wurde es ruhiger, dann vernahm ich rhythmisches Stöhnen und kleine Schreie. Die beiden schliefen offenbar auf Sebastians Sofa miteinander und schienen eine Menge Spaß zu haben. Das beruhigte mich. Wenn Sebastian und Elena eine

Affäre hatten, dann war Sebastian nicht so auf mich fixiert, wie ich es befürchtet hatte. Und dann waren es Hirngespinste, sich vorzustellen, er hätte heimlich auf meinem Bett gelegen. Aber wer sonst?

Erst in den frühen Morgenstunden fiel ich in eine Art Halbschlaf. Als ich um halb acht aufstand, wurde ich von Schwindelgefühlen gequält. Ich fuhr mit der U-Bahn zur Arbeit, weil ich mir das Autofahren nicht zutraute.

Im Sender angekommen, legte ich meine Tasche auf meinem Schreibtisch ab und ging direkt zu Michaela. Evelyn, Heike und sie saßen an ihren Computern.

»Guten Morgen. Na, wie läuft es bei euch?« Es kostete mich viel Kraft, normal zu klingen.

»Morgen, Janne«, sagten Evelyn und Heike gleichzeitig. Ich bemerkte ihre erstaunten Blicke, die sich sicher auf mein Aussehen bezogen. Die fürchterlichen Ränder unter den Augen hatte ich nicht überschminken können.

Michaela sah nur kurz auf und tippte dann weiter.

Ich beschloss, sie nicht direkt zu konfrontieren, sondern sie erst mal aus dem Gemeinschaftsbüro zu lotsen. »Michaela? Ich bin ein bisschen spät dran, aber wollen wir noch zusammen einen Kaffee trinken?«

»Schaffe ich nicht. Ich muss etwas für Vanessa Ott fertig machen.«

Ich war sofort verärgert. »Hab ich was verpasst? Du bist meine Assistentin. Oder arbeitest du jetzt direkt für die Bloomsdale-Leute?«

»Sieht so aus«, meinte Michaela. »Ich kann jedenfalls nichts dagegen machen. Ich muss um meinen Job kämpfen. Wenn es schon sonst niemand tut.«

Ich hörte, wie Evelyn hinter meinem Rücken hörbar einatmete. Natürlich verfolgten sie und Heike das Gespräch genau. Ich stellte mich direkt vor Michaelas Schreibtischkante. Musste ich mich von meiner eigenen Assistentin so abkanzeln lassen?

»Was soll die Anspielung? Was ist los? Habe ich dir was getan?«, fragte ich in schärferem Ton.

Michaela wich meinem Blick aus, zuckte nur mit den Schultern.

»Ich habe das ganze Wochenende versucht, dich zu erreichen«, sagte ich. »Ich hab mir Sorgen gemacht, wegen deiner Nachricht am Freitag. Warum bist du nie drangegangen?«

Michaela hörte auf zu tippen. Ihre Augen funkelten wütend. »Stell dir vor, über so einen Anruf hätte ich mich gefreut. Sehr sogar! Das ganze Wochenende hab ich gewartet, doch du hast es nicht mal versucht. Du warst wohl zu beschäftigt.«

»Wie bitte? Ich habe dich mindestens viermal angerufen.«

»Mein Handy war die ganze Zeit an. Und da ist kein einziger Anruf von dir eingegangen. Und dass du mich jetzt auch noch belügst …« Sie wandte den Kopf ab.

»Pass auf, was du da sagst. Ich weiß nicht, was schiefgelaufen ist, aber jedenfalls habe ich dich angerufen.«

Ich war außer mir. So kam ich nicht weiter mit ihr. Sie bockte, und ich wurde immer wütender. Gleich würde ich ihr etwas Unüberlegtes an den Kopf schmeißen. Und so würde ich nicht herausfinden, was geschehen war.

Ich ging wortlos aus dem Zimmer in mein Büro und knallte die Tür zu. Ich wollte niemanden mehr sehen. Gleichzeitig war mir bewusst, dass ich mich nicht abschotten durfte. Alle Türen im Sender hatten tagsüber offen zu stehen. Wie sah denn das aus? Ich war Abteilungsleiterin und musste ansprechbar sein. Aber ich sehnte mich danach, allein zu sein, am liebsten hätte ich mich irgendwo verkrochen.

Ich ging zum Schreibtisch und nahm meine Handtasche, um sie auf das Sideboard zu stellen. War die Tasche nicht verschlossen gewesen? Wenn ich draußen unterwegs war, machte ich den Reißverschluss immer fest zu. Jetzt stand er offen. Ich kontrollierte den Inhalt. Es war alles da, mein Portemonnaie, das mir Gregor zu Weihnachten geschenkt hatte, mein Schlüsselbund, mein Handy. Ich versuchte, die U-Bahn-Fahrt zu rekonstruieren, einzelne Handgriffe. Aber ich konnte mich nicht erinnern, die Tasche unterwegs geöffnet zu haben. Wieder nahm ich mir vor, meine Sachen nicht unbeaufsichtigt herumstehen zu lassen. Aber ich konnte ja schlecht jedes Mal meine Bürotür abschließen, wenn ich kurz aus dem Zimmer ging.

Nachdenklich betrachtete ich mein Handy. Michaelas Nummer war die letzte, die ich angerufen hatte. Ich drückte auf die Wahlwiederholung, und ihr Name erschien auf dem Display. Wieder kam nur die automatische Ansage, der Teilnehmer sei nicht zu erreichen.

Ich rief ihre Bürodurchwahl an. »Ja?«, meldete sie sich.

»Ist dein Handy jetzt auch eingeschaltet?«

»Natürlich.«

»Ich höre immer nur diese automatische Ansage.«

»Versteh ich nicht«, sagte sie unfreundlich. »Vor ein paar Minuten hat mich jemand anderes auf dem Handy erreicht.«

Ich legte auf, suchte Michaelas Nummer in meinem Adressverzeichnis und wählte nun noch einmal, indem ich Zahl für Zahl langsam eintippte.

»Meiffert?«, meldete sich Michaela gleich nach dem ersten Klingeln.

»Entschuldige, ich wollte noch mal was testen.«

Wir legten wieder auf. Ich verglich die beiden Nummern, die ich zuletzt gewählt hatte. Die Nummer, die unter Michaelas

Namen eingespeichert war, stimmte nicht. Ich hatte das ganze Wochenende eine fremde Nummer angerufen.

Ich stand auf, war schon halb in der Tür. Das musste ich mit Michaela klären. Vanessa Ott lief draußen vorbei, blickte in mein Büro, blieb vor meiner Tür stehen. Sie sah anders aus. Ich wusste zuerst nicht, woran es lag. Doch dann bemerkte ich, dass sie die Haare nach hinten gebunden hatte.

»Frau Amelung, wie geht es Ihnen? Ich hatte Sie noch mal angerufen. Sind Sie die Kopfschmerzen losgeworden?«

»Ja, danke. Bitte entschuldigen Sie, dass ich nicht zurückgerufen habe.«

»Das macht doch nichts. Sie waren ja am Wochenende verreist. War das Segeln schön?« Sie zwinkerte mir zu. »Hauptsache, Sie sind wieder auf dem Damm.«

Sie kam herein und setzte sich auf meinen Besucherstuhl. »Es gibt gute Neuigkeiten. Mark Winter und ich sind ja längst mit einer anderen Abteilung beschäftigt, aber ich habe mit Gunter von Hirten ausgemacht, dass Sie das Budget des neuen Smiling Kids Day aufstellen. So bleibt Ihr Einfluss gewahrt. Ich bin froh, dass ich auf diese Weise etwas für Sie tun konnte.« Sie strahlte mich an, doch ihr Lächeln verschwand, als sie meinen ratlosen Gesichtsausdruck sah. »Sie haben Ihre Mails noch gar nicht gelesen?«, fragte sie.

»Nein, ich bin erst seit ein paar Minuten hier und …«

»Ach so.« Ihre Lippen wurden schmaler.« »Sie müssten eine Mail von Gunter von Hirten haben, in der er Sie mit der Ausarbeitung des Budgets beauftragt. Ich hatte gedacht, Sie hätten längst damit angefangen. Ich würde an Ihrer Stelle nicht zu lange warten.«

»Weiß Jörg Ermgassen schon Bescheid über das neue Konzept?«, fragte ich.

»Von mir nicht.«

»Haben Sie ihn am Wochenende getroffen?«

»Nein, das hat leider nicht geklappt. Mein Verlobter hat mich versetzt. Er musste am Samstag beruflich nach New York. Es hätte sich für mich nicht gelohnt, nach München zu fliegen.«

Ich sah wieder die Frau vor dem Hotel in Boltenhagen vor mir. »Und hatten Sie trotzdem ein schönes Wochenende?«

»Klar«, sagte sie. »Ich habe mal richtig ausgeschlafen. Und meinen Balkon frisch bepflanzt. Hab es mir zu Hause gemütlich gemacht.«

Sie sah mich prüfend an. »Sie sehen müde aus. Geht es Ihnen wirklich gut?«

»Ja. Ich habe nur schlecht geschlafen.«

»Sie müssen besser auf sich aufpassen. Sonst werden Sie noch krank.«

Ich nickte.

Sie schüttelte ihren Haarzopf. »Ich wollte Ihnen noch etwas zeigen. So ganz traue ich mich noch nicht, aber ... schauen Sie mal.« Sie zog ein unauffälliges Gummi aus dem Haar und lockerte es mit den Fingern auf. Es fiel über ihre Schultern. »Wie finden Sie meine neue Frisur? Nicht so schön wie Ihr langes Haar natürlich, es sind nur Extensions.«

»Toll«, sagte ich. »Es sieht ... absolut echt aus.«

Es stimmte. Sie sah umwerfend aus. Ihr Gesicht schien etwas voller geworden zu sein, auch ihre Haut war nicht mehr so blass wie noch vor Tagen, sie schimmerte zart gebräunt. Sie hatte das Grün ihrer Augen mit Lidschatten betont, und einen korallenroten Lippenstift aufgelegt. Und das lange, schwarze Haar glänzte.

»Kann ich es wirklich offen tragen?«, fragte sie.

»Auf jeden Fall.«

Sie stand schwungvoll auf und ging zur Tür. »Danke für Ihren Rat. Bis später vielleicht. Einen schönen Tag.«

Sie verließ mich und winkte mir vom Flur aus noch mal durch die Glasscheibe zu.

Michaela war nicht in ihrem Büro. Weder Evelyn noch Heike wussten, wo sie steckte. Frustriert ging ich zurück an meinen Schreibtisch und öffnete Gunter von Hirtens Mail. Das Sparkonzept war offiziell vom Vorstand abgesegnet, nun konnte die eigentliche Arbeit losgehen.

Ich rief von Hirten an. »Moment, ich verbinde dich«, sagte Marlies, seine Sekretärin.

»Ja? Janne?« Das war seine Stimme.

»Weiß Jörg Ermgassen schon von dem neuen Konzept?

»Von mir nicht. Ich dachte, du hättest längst mit ihm gesprochen. Hol das sofort nach. Dann könnt ihr auch über den Ablauf reden.«

Ich starrte minutenlang auf das Telefon, bevor ich es über mich brachte, Jörgs Handynummer zu wählen.

»Janne, was für eine schöne Überraschung am Montagmorgen! Ich liebe es, wenn meine Woche so beginnt.«

Warum musste er immer so gute Laune haben? Das machte es noch schwieriger für mich.

»Hallo Jörg, hast du einen Moment Zeit?«

»Klar, alles entspannt.« Er kicherte. »Ich sitze im Schlafanzug auf meiner Dachterrasse. Was ist los, wieso klingst du so ernst?« Er verstellte die Stimme. »Yvette, lass das. Ich muss telefonieren. Hör auf, an meinem Ohrläppchen zu knabbern.… Nein, Yvette, bitte…« Er stöhnte in den Hörer.

»Jörg!«

»Hey, war doch nur Spaß. Ich bin allein, ehrlich. Also, schieß los. Nein, zuerst muss ich dir noch was erzählen. Ich habe am Wochenende einen Entschluss gefasst. Janne, ich werde mein Leben ändern.« Er wechselte in einen feierlichen Tonfall. »Ja, du hörst richtig. Ich will so nicht weitermachen. Von Party zu

Party herumgereicht werden. Diese ganzen hohlen Flirts. Jörg, der Frauenschwarm. Das erwarten sie von mir. Das haben sie jahrelang bekommen. Aber nun hab ich es satt. Ich hab das Klischee lange genug bedient. Ich weiß jetzt, dass ich was anderes will. Eine echte, ernsthafte Beziehung. Ein Haus mit Garten und Kinderschaukel.« Er lachte. »Kannst du dir das vorstellen? Ich und Kinder?«

»Ehrlich gesagt … nein.«

»Egal, es müssen auch nicht unbedingt Kinder sein. Vielleicht ein Hund?«

»Jörg …«

»Auf jeden Fall ein ruhigeres Leben. Entschleunigung. Der Stress frisst mich auf. Der ständige Druck. Stimmen die Quoten? Reichen die Buchungen der Werbekunden? Diese Fünfzehn-Stunden-Arbeitstage. Immer zentnerweise Schminke im Gesicht. Immer gute Laune ausstrahlen.« Im Hintergrund dröhnte laut eine Maschine. »Entschuldige den Krach, ich mach mir gerade Espresso. Jedenfalls, der Smiling Kids Day ist meine Rettung. Natürlich kann ich mich darauf nicht ausruhen und den Rest des Jahres Däumchen drehen, aber es ist ein guter Grundstock. Ich will keine wöchentliche Show mehr bei Alfa.Sat. Ich hab mit meinem Agenten gesprochen. Ich arbeite frei. Er hat genug Anfragen für Moderationen. Ich kann wieder flexibler sein. Ich kann reisen. Ich ziehe nach Berlin. Weg aus Schickimicki-München. Was sagst du jetzt?«

Ich schluckte. Normalerweise hätte ich gelacht. Haus mit Garten, Berlin, Kinder, Reisen … Ich hatte Jörg schon öfter in diesem unausgegorenen Zustand erlebt. Aber nun musste ich es aussprechen, sonst wurde alles nur noch schlimmer. »Das hört sich toll an, aber ich muss dir was sagen. Es gibt eine Veränderung, was den SKD angeht.«

»Wieso? Was meinst du damit?«

»Bloomsdale Consulting stellt das Programm des Senders auf den Kopf.«

»Wie bitte?«

»Die Zielgruppe soll jünger werden. Der SKD bekommt ein neues Konzept. Es wird Einsparungen geben.« Nun war es heraus.

»Janne? Was redest du da?«

Ich holte Luft. »Eigentlich ist es gar nicht so schlecht. Du wirst als Gastmoderator in diversen Sendungen für die Spendenaktion auftreten. Das Thema wird den gesamten Tag beherrschen.«

»Gastmoderator? Aber was ist mit meiner Show?«

Ich seufzte. »Die gibt es in dem Sinne nicht mehr. Wie gesagt …«

»Keine internationalen Stars?«, unterbrach er mich.

»So ist es. Alles, was Geld kostet, ist gestrichen. Aber wenn man es gut durchkonzipiert, kann es genauso ein Erfolg werden.«

»Bullshit. Was du mir hier so nebenbei erzählst, bedeutet das Ende meiner Karriere bei Alfa.Sat.« Er schnaubte. »Und auf wessen Mist ist dieses Konzept gewachsen?«

Ich hätte ihn anlügen, alles auf von Hirten schieben können, aber ich hatte keine Lust dazu. Und keine Kraft. »Das Konzept ist von mir«, sagte ich.

»Was? Das ist nicht dein Ernst.«

»Jörg. Ich hatte keine Wahl. Entweder eine radikale Sparversion oder gar kein Smiling Kids Day.«

»Dann wäre gar keiner besser gewesen.«

Wir schwiegen beide. Dann sagte Jörg: »Ich rufe Lehner an.«

Was hatte ich erwartet? Dass er Verständnis haben würde? Nein, natürlich war er sauer. Ein Gefühl von Verzweiflung und Ohnmacht ergriff mich. Wieder war jemand wütend auf mich. Jemand, an dem ich hing. Und ich war für heute noch nicht fertig.

Ich griff zum Telefon und wählte die Nummer von Miranda Glass' Agent. Zuerst glaubte er mir einfach nicht. Nach dem neuen Skandal um Miranda hatte er befürchtet, wir würden ihr eine andere Sängerin vorziehen. Er schien fast erleichtert, dass es nicht daran lag, sondern an Sparmaßnahmen von oberster Stelle.

»Es wird nicht leicht, das Miranda beizubringen«, meinte er. »Es tut mir so leid für sie. Ich hatte gerade das Gefühl, sie fängt sich wieder. Sie wollte bei dieser Show glänzen. Das schien sie zu stabilisieren.«

»Ich bin auch sehr traurig darüber«, sagte ich. »Aber ich hoffe, dass sich bald eine neue Gelegenheit für ein Engagement ergibt. Dann melde ich mich sofort.«

»Okay, das würde uns freuen.« Ich hörte seiner Stimme an, dass er nicht daran glaubte. »Bis dahin.«

»Ja, bis bald. Und sagen Sie ihr bitte viele Grüße.«

Ich legte auf. Meine Hand war verkrampft, so fest hatte ich das Gerät umklammert. Ich wollte aufstehen und auf die Toilette gehen, aber meine Beine fühlten sich an, als wollten sie wegknicken. Mir fiel ein, dass ich nicht gefrühstückt hatte. Wann hatte ich überhaupt das letzte Mal etwas gegessen? Gestern früh mit Gregor. Schon beim Gedanken an ihn krampfte sich mein Magen zusammen. Wer hatte diese Mails gefälscht? Und wie sollte ich das herausfinden?

Es wurde so dunkel im Zimmer, dass ich meine Schreibtischlampe anknipste. Draußen zog sich eine Wolkenwand zusammen, tief in dem bleiernen Grau brodelte etwas. Dunkellila und schwefelgelb.

Ich begann, das neue Budget aufzustellen. Von Hirten schien sich nicht einmischen zu wollen. Das war ja auch bequemer für ihn. Ich würde die Arbeit machen, und er konnte später die Ernte einfahren. Es war Vanessa Ott vermutlich nicht schwergefallen, ihn zu überzeugen, das Budget mir zu überlassen.

Draußen lief der Sushi-Lieferant mit Tüten vorbei. Die anderen hatten gemeinsam Mittagessen bestellt. Wieder hatte mich niemand gefragt. Es schien, als mieden sie den Flur vor meiner Glaswand. Sonst kamen doch ständig Leute und winkten oder steckten den Kopf herein auf ein paar Sätze. Auch das Telefon war verdächtig still. Ich fühlte mich ein wenig stärker und verließ mein Büro, um auf die Toilette zu gehen. Die Tür des Konferenzraums stand offen. Ich hörte die Stimmen meiner Kollegen, und als ich vorbeiging, erhaschte ich einen Blick ins Innere. Da saß Michaela, gemeinsam mit Evelyn und Heike. Und mittendrin Vanessa Ott. Sie erzählte gerade etwas, und die anderen lachten. Michaela sah sie mit bewundernden Blicken an.

»Michaela?« Ich steckte den Kopf in die Tür. Das Gespräch riss ab. »Ich muss dich kurz sprechen.«

»Jetzt?«

»Ja. Es ist dringend.«

Sie kam zu mir auf den Flur, in ihrem Gesicht spiegelte sich ihr Unwille.

»Inzwischen weiß ich, warum ich dich am Wochenende nicht erreichen konnte.«

»Ach ja?«

Durch die angelehnte Tür des Konferenzraumes würde man uns sicher hören. »Komm kurz mit in mein Büro.«

Dort blieben wir mitten im Raum stehen. »Deine eingespeicherte Nummer in meinem Handy muss manipuliert worden sein. Ich bin auf einem fremden Band gelandet.«

Ihr Blick war misstrauisch und verständnislos. »Wie meinst du das? Jemand soll die Nummer …?«

»Genau. Durch eine andere ersetzt haben.«

Auf ihrer Stirn bildete sich eine steile Falte. Sie schwieg.

»Und noch etwas. Am Freitag war jemand an meinem Computer, hat private E-Mails von mir umgeschrieben und an Gregor geschickt.«

»Wozu das denn?«

»Um unsere Beziehung zu zerstören.«

Sie verschränkte die Arme und sah mich mit kaltem Blick an. »Janne … meinst du nicht, dass du langsam paranoid wirst?«

»Du glaubst mir nicht?«

»Hör dir doch mal selber zu. Was du da für Behauptungen aufstellst …! Keiner von uns glaubt dir mehr, und das hast du dir allein zuzuschreiben.« Wut funkelte jetzt in ihren Augen. »Du weißt, dass ich dich immer sehr geschätzt habe. Auch als Chefin. Aber was du mit uns machst, ist so verdammt … unfair.«

»Was meinst du damit? Was mache ich denn mit euch?«

»Jeder weiß inzwischen, dass du scharf auf von Hirtens Job bist. Du willst die Abteilung verkleinern. Du hast längst festgelegt, wer von uns gehen soll. Diejenigen hast du bei Bloomsdale negativ bewertet.« In ihrem Blick lag Verachtung. »Du hast keine Sekunde lang für mich gekämpft. Und für Heike und Evelyn auch nicht. Nur Sven, deinen Liebling, den behältst du natürlich.« Ihre Stimme überschlug sich fast. »Du hast den Smiling Kids Day aufgegeben, dich widerstandslos auf diese Sparversion eingelassen, die man mit drei Aushilfen auf die Beine stellen kann. Dafür brauchst du uns nicht mehr. Hauptsache, du stehst gut da beim Vorstand. Als Sparkönigin.«

»Michaela! Das ist totaler Blödsinn.«

Sie ging zur Tür.

»Hör mir zu! Michaela!«

Draußen näherte sich das Gewitter, ich hörte Donnergrollen. Einzelne, dicke Regentropfen trafen die Fensterscheibe.

Endlich drehte sie sich um.

»Nichts davon stimmt. Was den SKD angeht, hatte ich keine Wahl. Wenn ich das neue Konzept nicht entwickelt hätte, dann wäre er komplett gestrichen worden. Wäre dir das lieber gewesen?«

Ihre Augen wurden noch schmaler. »Wir sind jedenfalls froh, dass Vanessa Ott sich für uns einsetzt.« Sie ging hinaus und schloss die Tür.

Mein Atem ging schnell und stoßweise. Ich hatte das Gefühl, mich übergeben zu müssen. Dichter Regen rauschte nun herunter, verwischte die Konturen der Gebäude. Ich ging zum Fenster, öffnete es, ohne mich um das Wasser zu kümmern, das hereindrückte und dunkle Flecken auf meinem Büroteppich hinterließ. Ich brauchte Luft. In das Prasseln hinein klingelte das Telefon. Es war Gunter von Hirten.

»Bist du mit dem Budget fertig?«

Ich atmete durch. Es kostete mich unendliche Kraft, meine Stimme zu kontrollieren. »Noch nicht, aber ich bin relativ weit.«

»Schick es mir rüber. Sofort.« Er legte auf.

Das Telefon klingelte wieder. Eine externe Nummer mit Hamburger Vorwahl. Ich ignorierte es. Versuchte zu begreifen, was Michaela mir vorgeworfen hatte. Jemand hatte diese Lügen über mich verbreitet, und alle glaubten sie.

Die interne Leitung blinkte: Evelyn. Ich nahm den Hörer ab. »Was ist?«

»Ich habe hier eine Frau Melchers. Privat. Soll ich durchstellen?«

»Kenne ich nicht.«

»Sie sagt, es sei dringend.«

Ich zögerte. Ein Verdacht durchzuckte mich. Vielleicht war irgendwas mit Gregor?

»Stell sie durch.«

Nach einer kurzen Wartezeit hörte ich, wie sich die Frau meldete. »Frau Amelung, schön, dass ich Sie direkt erreiche. Können Sie gerade ungestört sprechen?« Sie hatte so einen Singsang in der Stimme, eine künstliche Fröhlichkeit, die mich auf die Palme brachte.

»Worum geht es?«

Mit dem Hörer am Ohr schickte ich die Mail an von Hirten ab, im Anhang das Budget.

»Wir sind eine Personalberatung, die sich auf die Medienbranche spezialisiert hat. MediaConsult. Sicher haben Sie von uns gehört. Dr. Albrecht hätte Interesse an einem Gespräch mit Ihnen. Uns ist zu Ohren gekommen, dass Sie sich verändern wollen.«

Ich starrte auf den Hörer. Headhunter. Jemand hatte ihnen einen Wink gegeben. Das bedeutete, in der Branche wurde kolportiert, dass ich einen neuen Job suchte.

»Nein, das muss ein Missverständnis sein.«

Normalerweise hätte ich mich geschmeichelt fühlen müssen, dass eine führende Unternehmensberatung mich auf ihrer Liste führte, aber der Gedanke, dass hinter meinem Rücken diese Gerüchte gestreut wurden, brachte mich noch mehr auf.

»Sie wollen sich nicht verändern?«, hakte die Frau nach.

»Woher haben Sie diese Information?«, fragte ich zurück.

»Oh, tut mir leid, darüber kann ich nichts sagen. Aber wenn Sie mit Dr. Albrecht selbst sprechen möchten …«

Ich überlegte, wie ich reagieren sollte. Ich wollte es mir mit MediaConsult nicht verderben. Wer weiß, wann ich einen Headhunter brauchte?

»Nein, vielen Dank, das ist im Moment nicht aktuell. Wir können ja locker in Kontakt bleiben, ich melde mich. Auf Wiederhören.«

Wir verabschiedeten uns und legten auf. Einen Augenblick später klingelte das Telefon erneut. Verdammt, kam ich nicht eine Sekunde zum Nachdenken?

Am anderen Ende der Leitung räusperte sich jemand. »Frau Amelung? Hier ist Mark Winter. Können Sie ins Büro von Herrn von Hirten kommen? Jetzt gleich?«

Von Hirtens Sekretärin blickte auf, als ich ins Vorzimmer kam. »Da bist du ja endlich«, sagte sie unfreundlich. »Die warten schon alle.«

»Dir auch einen schönen Tag, Marlies«, fauchte ich. Sie lächelte gehässig.

Als ich eintrat, fiel mein Blick sofort auf den einzigen Farbfleck im Raum. Vanessa Ott trug eine rosa Bluse. Es war ein dezentes Rosa, doch es stach in meinen Augen. Das gleiche Rosa hatte die Strickjacke der Frau in Boltenhagen gehabt.

Ich starrte sie an, bis Vanessa Ott amüsiert die Augenbrauen hob und lächelte.

Die Tür ging auf, und Helmut Eichstätt kam herein. Er wünschte allen knapp einen guten Tag und setzte sich. Der Boss von Bloomsdale? Was wollte der denn hier? Das war doch ein schlichtes, internes Arbeitstreffen! Alarmiert nahm ich Platz. Eichstätt musterte Vanessa Ott. Offenbar kannte er sie noch nicht in Rosa und mit Langhaarfrisur.

»Was haben Sie sich dabei gedacht, Frau Amelung?«, sagte von Hirten in leisem, scharfem Ton zu mir. »Wollen Sie, dass wir uns blamieren?«

Er reichte mir zwei Papierbögen. Ich sah, dass es mein eigener Budget-Entwurf war. Die anderen hatten diese Ausdrucke bereits vor sich.

»Ich weiß nicht, was Sie meinen«, wollte ich sagen, doch Helmut Eichstätt kam mir zuvor.

»Können wir dann bitte anfangen? Herr Winter, worum geht es heute genau?«

»Um den Vorschlag, das Event-Marketing als Profitcenter auszugliedern.«

Ich schnappte nach Luft.

»Das Outsourcen einer kompletten Abteilung birgt Chancen, aber auch Risiken«, sagte Eichstätt. »Vorteil für den Sender wäre, dass wir den Headcount reduzieren. Wie viele Leute hat die Abteilung noch gleich?«, fragte er von Hirten.

»Fünfzehn.«

»Das heißt, fünfzehn weniger auf der Payroll.«

Ich starrte ihn an. Er sprach von meinen Kollegen. Davon, dass sie als Dienstleistungsagentur ausgelagert werden sollten. Dass sie kostendeckend arbeiten mussten, auf sich gestellt, ohne Vertrag mit dem Sender. Wer war auf diese irrsinnige Idee gekommen?

»Die Mitarbeiter sind nicht abgeneigt«, sagte von Hirten.

Wer hatte mit meinem Team darüber gesprochen? Ohne mein Wissen? Mein Blick traf Vanessa Ott. Sie betrachtete konzentriert den Nagel ihres Zeigefingers, als ginge sie das Gesagte nichts an.

Eichstätt nickte. »Das freut mich. Wenngleich es für die Entscheidung nicht relevant ist.«

»Für den Smiling Kids Day, der als Charity-Event ja beim Sender bleiben soll, stelle ich ein kleines Team zusammen, das direkt mir unterstellt wird«, meinte von Hirten. »Ich dachte an drei Leute.«

»Liegt das Budget für den Smiling Kids Day schon vor?«, fragte Eichstätt.

»Ein Entwurf von Frau Amelung«, antwortete Vanessa Ott.

Es war das erste Mal, dass sie sich äußerte, seit ich den Raum betreten hatte.

»Der Ausdruck vor Ihnen«, sagte von Hirten, und Eichstätt nahm das Papier zur Hand.

Von Hirten seufzte. »Ich muss vorweg sagen, wir haben da ein kleines Problem. Ich hatte das Budget Frau Amelung überlassen. Was ich nicht ahnen konnte, ist, dass sie ...«, er wechselte einen Blick mit Eichstätt, »dass sie sich dazu hat hinreißen lassen, für Jörg Ermgassen ein utopisches Honorar zu veranschlagen.«

»Wo steht dieser Posten?«, fragte Eichstätt.

»Auf der ersten Seite unter ›Gesamtkosten Moderation‹. Und es gibt noch weitere Posten, die so nicht realistisch sind.«

Ich überprüfte das Papier mit einem kurzen Blick. Die Zahl, die dort als Honorar eingetragen war, stammte nicht von mir, sie war viel höher als die Summe, die ich ursprünglich veranschlagt hatte. Das ganze Budget war manipuliert worden. Wieder war ich von Hirten in die Falle gegangen.

»Wieso bekommt Ermgassen überhaupt ein Honorar?«, fragte Eichstätt. »Ich denke, er hat einen Rahmenvertrag mit dem Sender?«

»Den hat er gerade aufgelöst«, meinte von Hirten. »Er will frei arbeiten.« Er räusperte sich. »Frau Amelung und Herr Ermgassen sind ... eng befreundet. Ich will da nichts unterstellen, aber ...« Er senkte betreten den Blick.

»Stimmt das?«, fragte mich Mark Winter. »Sie stehen in einer persönlichen Beziehung zu ihm?«

Ich hatte keine Chance. Zu behaupten, die Honorarsumme sei gefälscht, würde so aussehen, als wolle ich mich vom Vorwurf der Vetternwirtschaft reinwaschen. Und als wolle ich meinen Chef beschuldigen. Sie würden mir kein Wort glauben. »Ich bin mit Jörg Ermgassen befreundet, das ist richtig«, sagte ich.

Eichstätts Gesichtsausdruck wurde hart. Er stand auf und ließ sein Handy in die Jackentasche gleiten. Mich sah er nicht an. »Also bitte, Herr von Hirten, vielleicht können Sie selbst das Budget korrigieren. Herr Winter wird Sie wenn nötig unterstützen. Dann könnte man sich erneut zusammensetzen. Aber das geht sicher auch ohne mich.«

Von Hirten nickte, und Mark Winter sagte: »Selbstverständlich, Herr Dr. Eichstätt, ich kümmere mich darum.«

Eichstätt ging zur Tür. Ich fühlte mich, als hätte mein Kreislauf die Arbeit eingestellt. Meine Hände waren eiskalt. Vanessa Ott kam zu mir und legte mir die Hand auf die Schulter. »Frau Amelung, ist alles in Ordnung?«

»Alles bestens«, hätte ich ihr am liebsten ins Gesicht geschrien.

Eichstätt hielt in der Bewegung inne und starrte uns beide an. »Frau Ott«, sagte er in scharfem Ton. »Kann ich Sie kurz sprechen?«

»Aber gern.« Sie erwiderte kühl seinen Blick und folgte ihm aus dem Raum.

»Was sollte das?«, hörte ich Eichstätts leise, aber messerscharfe Stimme im Vorzimmer. »Glauben Sie, ich hab meine Zeit gestohlen? Machen Sie so was nicht noch mal, sonst …«. Der Rest war unverständlich, sie hatten das Zimmer verlassen.

Die Tür des Waschraums fiel hinter mir zu. Ich hastete in eine der Toilettenkabinen und verriegelte sie. Schon während der letzten Minuten in von Hirtens Büro war mir übel gewesen. Ich übergab mich. Mit zitternden Knien setzte ich mich auf den Toilettendeckel. Außerhalb der Kabine war alles still. Ich öffnete die Tür und ging zu den Waschbecken. Ich wusch mein

Gesicht und spülte meinen Mund aus. Die Wimperntusche zerlief als dunkler Halbmond unter meinen Augen. Ich versuchte, sie mit einem Papierhandtuch wegzureiben. Es klappte nicht. Wieder stieg Magensäure in mir hoch. Mir wurde schwindelig, und ich rutschte, an die Wand gelehnt, in die Hocke. Ich atmete tief und gleichmäßig, um die Übelkeit zu vertreiben. Die Tür ging auf. Es war Vanessa Ott. Ausgerechnet sie.

»Frau Amelung, was haben Sie?«

Ich antwortete ihr nicht.

Sie kam zu mir und streckte mir ihren Arm entgegen. Ich rappelte mich hoch, ohne ihre Hilfe in Anspruch zu nehmen. Im Spiegel sah ich uns beide: Mein Haar hing strähnig herab, mein Gesicht wirkte in dem Neonlicht noch bleicher, die Augen lagen in tiefen Schatten. Und ich sah sie neben mir. Genau hier, vor diesem Spiegel, hatte ich mit Vanessa Ott gestanden. Es war erst wenige Tage her. Und doch kam es mir vor, als wäre es in einem anderen Leben gewesen. Sie hatte krank ausgesehen, ihr Kreislauf hatte versagt. Jetzt strahlten ihre grünen Augen, ihre Haut schimmerte rosig. Der Geruch ihres Parfüms stieg mir in die Nase, es roch edel und teuer, aber reizte meine Magenschleimhaut.

Ihr Gesicht war ernst. »Frau Amelung, ich wollte es schon seit Tagen ansprechen, aber ich dachte …« Sie zögerte. »Ich mache mir wirklich Sorgen. Das ist eine schwierige Zeit für Sie. Sie haben das Gefühl, Sie müssen um Ihr Projekt kämpfen. Sie lassen keine Minute davon ab. Aber es ist zu viel. Sie sind überarbeitet und gestresst. Und deshalb unterlaufen Ihnen … Fehler. Denn ich vermute, dass Sie sich bei der Honorarsumme schlicht verrechnet haben. Sie müssen Ihre Kräfte schonen, sonst klappen Sie uns zusammen.«

»Sie wissen genauso gut wie ich, dass die Zahl nicht von mir stammt.«

Sie zog überrascht die Augenbrauen hoch. Ich glaubte ihr den Blick nicht. Mein Atem beschleunigte sich, die Übelkeit stieg wieder in mir hoch.

Sie nahm ein paar Papiertaschentücher, tränkte sie mit kaltem Wasser, drückte sie aus und reichte sie mir. »Hier, legen Sie die auf Ihre Stirn.« Als ich sie nicht nahm, tat sie es. Die Kühle war angenehm.

»Sie behaupten, jemand habe die Zahlen gefälscht«, sagte sie langsam. »Das wäre ein starkes Stück. Dann will Sie jemand fertigmachen. Mir fällt schon länger auf, dass von Hirten auffällig viel Spaß daran hat, Sie bloßzustellen.« Sie betrachtete sich im Spiegel und schüttelte das künstlich verlängerte Haar. »Ich kann Sie so gut verstehen. Das war eine schreckliche Situation. Und was für ein Pech, dass Dr. Eichstätt ausgerechnet bei diesem Termin dabei war. Er hat nun einen ganz falschen Eindruck von Ihnen. Erst die Präsentation und nun so etwas. Er hasst jede Art von Vetternwirtschaft.«

Verlogenes Biest. Sie war diejenige, die dafür gesorgt hatte, dass Eichstätt dabei gewesen war. Nun hob sie abwehrend die Hand. »Zum Glück konnte ich noch kurz mit ihm sprechen. Ich habe ihm gesagt, dass ich Sie für absolut integer halte. Dass da irgendein Missverständnis vorliegen muss. Was glauben Sie …?« Sie senkte die Stimme. »Steckt von Hirten dahinter, oder halten Sie es für denkbar, dass Ihre Assistentin Ihnen schaden will? Könnte sie … das Budget manipuliert haben?«

»Ich habe die Datei direkt an von Hirten gemailt, ohne Michaela Meiffert ins cc zu setzen.«

»Aber warum? Sie ist doch ihre persönliche Assistentin für den Smiling Kids Day?«

Ich wollte Vanessa Ott nichts von meinem Streit mit Michaela sagen.

Sie lächelte wissend. »Sie trauen ihr nicht mehr. Das halte

ich für klug. Trauen Sie niemandem. Ich kriege heraus, wer dahintersteckt. Und demjenigen wird das nicht gut bekommen.« Sie blickte meinem Spiegelbild in die Augen. »Es fühlt sich vielleicht gerade nicht so an, aber Sie sind nicht allein, Frau Amelung.«

Nicht allein … Der Gedanke ließ mich frösteln. War sie mir bis nach Boltenhagen gefolgt? Was wollte sie von mir?

»Sie sehen furchtbar aus«, sagte sie sanft. »Sie sollten sich hinlegen, bis Sie wieder fit sind. Mein nächstes Meeting ist erst um zwei. Ich fahre Sie nach Hause.«

Ich trat einen Schritt zurück. »Nein. Das ist nicht nötig. Mir geht es besser. Ich kann weiterarbeiten.«

»Sehen Sie sich an. Sie sind krank.« Vanessa Ott schüttelte den Kopf. »Machen Sie sich über Ihr Projekt nicht so viele Sorgen. Von Hirten kann keine Entscheidungen treffen, die ich nicht mitbekomme. Ich passe auf ihn auf. Wenn Sie sich erholt haben, kommen Sie zurück und übernehmen Ihr Projekt wieder.«

Ich schüttelte den Kopf, holte tief Luft. »Danke, aber ich fühle mich wirklich besser. Ich bleibe im Sender und mache weiter mit meiner Arbeit.«

Sie streckte den Rücken durch, rückte ein Stück von mir ab. »Das ist natürlich Ihre Entscheidung.«

Alle Besorgnis und Wärme war aus ihrem Blick verschwunden. Sie drehte sich um und ging hinaus.

Ich fühlte einen letzten Rest an Kraft in mir. Vielleicht war es der pure Überlebenswille.

Die Übelkeit hatte nachgelassen, und ich wusste, dass ich dringend etwas essen musste. Doch ein Anruf war noch dringender. Ich lief zurück in mein Büro und erreichte Sebastian auf dem Handy.

»Janne! Wie schön, dass du dich meldest. Können wir uns sehen?«

»Das wollte ich vorschlagen«, gab ich zurück.

»Komm doch zu mir, wenn du Feierabend hast.«

»Nein, besser wäre …« Ich wollte ihn auf neutralem Boden treffen. Nicht auf seinem Samtsofa, wo er versucht hatte, mich zu küssen. Und wo er letzte Nacht mit Elena geschlafen hatte. Und erst recht nicht wollte ich ihn in meiner Wohnung haben.

»Kannst du mich abholen? Hier am Sender?«

»Ja, klar. Darf ich dich vielleicht zum Essen einladen?«

»Gut, von mir aus.«

Er zögerte. »Du hörst dich so komisch an. Was ist los?«

»Das möchte ich nicht am Telefon besprechen.«

»Wie du willst. Na, ich hoffe, ich kann dich ein bisschen aufheitern.«

»Um neun, okay? Früher komme ich hier nicht raus«, sagte ich.

»Super«, sagte Sebastian. »Ich freu mich sehr.«

Ich lief bis zum Bäcker zwei Straßen weiter, aß auf dem Rückweg ein belegtes Brötchen und machte mir in der Küche einen Kräutertee. Dann setzte ich mich an den Schreibtisch und blickte an meinem Filmplakat vorbei auf den Flur. Wer etwas von mir wollte, sollte ruhig kommen. Meine Tür stand offen, ich war gewappnet. Aber da draußen war niemand. Und es würde auch niemand zu mir kommen. Dafür hatte Vanessa Ott gesorgt.

Ich würde nicht kampflos aufgeben. Weder mein Projekt noch die Leitung meiner Abteilung. Das würde ich ihnen allen beweisen. Ich erstellte einen Ablaufplan des neuen Konzeptes. Der Tag verging wie im Flug und gegen Abend, nach etwa fünfzehn Telefonaten und fünfzig E-Mails, hatte ich das Gefühl, meinem Ziel ein Stück näher gekommen zu sein. Ich hatte mit den meisten Redaktionen und Produktionsteams gesprochen, und der Smiling Kids Day in seiner neuen Form nahm mehr und mehr Gestalt an. Ich beschloss, eine Übersicht direkt der Geschäftsführung vorzulegen und von Hirten zu übergehen. Ich hatte noch keine Idee, wie ich das begründen sollte, aber allein die Vorstellung besserte meine Laune. Von Hirten würde sich noch wundern.

Michaelas eingespeicherte Nummer in meinem Handy hatte sich nicht von selbst verfälscht. Konnte es sein, dass er es in den Fingern gehabt hatte? Hatte er systematisch daran gearbeitet, Michaelas und mein Vertrauensverhältnis zu zerstören, um sich ihrer als Informationsquelle zu bedienen?

Doch was mir weit mehr Angst machte als von Hirtens Machenschaften im Sender, waren die Dinge, die in meinem Privatleben schiefliefen. Jemand legte es darauf an, meine Beziehung zu zerstören. Und war skrupellos genug, in meine Wohnung einzudringen und meine persönlichen Mails zu manipulieren. Das konnte nicht Gunter von Hirten gewesen sein. Er hatte von Gregor keine Ahnung. Wenn Sebastian dahintersteckte, würde ich es noch heute herausfinden.

Ich zog Sicherungskopien von meinen sämtlichen Dateien und änderte das Passwort meines Computers. Gleich morgen früh würde ich mein Wohnungsschloss austauschen lassen.

9

Als ich um kurz nach neun auf die Straße trat, roch es nach Erde und feuchten Blättern. Im Bordstein stand noch das Regenwasser. Die Luft war stark abgekühlt.

Sebastian lehnte ein Stück vom Haupteingang entfernt an einem Laternenpfahl. Die Hände steckten in den Taschen seiner abgewetzten Lederjacke. Er trug einen Dreitagebart, und seine braunen Locken sahen zerzaust aus. Mit seinem betont lässigen Styling fiel er hier am schicken Gendarmenmarkt aus dem Rahmen, aber ich musste mir eingestehen, dass er mir nach wie vor gefiel. Er entdeckte mich und kam auf mich zu. Wir begrüßten uns, ohne uns zu berühren. Ich fror. Eine Jacke hatte ich seit Wochen nicht dabei.

Sebastian musterte mich eindringlich. Es irritierte mich.

»Warum schaust du mich so an?«

»Ehrlich gesagt … du siehst total fertig aus. Als wenn du nächtelang nicht geschlafen hättest.«

Seine Besorgnis klang aufrichtig, und ich spürte, wie mein Misstrauen schmolz. Sebastian wirkte einfach nicht wie ein Typ, der heimlich Schlüssel nachmachte oder sich in fremde Computer einhackte. Ich versuchte zu lächeln. »Ach, weißt du, leider hab ich nachtaktive Nachbarn.«

»Oh.«

»Hey, das sollte ein Witz sein. Dass ich nicht schlafen kann, hat nichts mit dir und Elena zu tun.«

»Schade.«

Wir schwiegen einen Moment.

»Wo wollen wir hingehen?«, fragte ich.

»Hier in der Ecke kenne ich mich nicht aus. Da drüben ist ein asiatisches Restaurant. Das kennst du bestimmt?«

»Ja, da gehe ich dauernd hin«, sagte ich. Ich hatte keine Lust, im Nice Place auf Kollegen zu treffen, mit Sebastian gesehen zu werden und die Gerüchteküche anzuheizen.

»Ich hab eine bessere Idee.« Ich schlug ihm ein Restaurant am Hackeschen Markt vor. Sebastian war einverstanden, zu Fuß zu laufen. Ich hatte eine Gänsehaut und rieb mir die Arme. Er legte seinen Arm um meine Schulter, die Wärme tat so gut. Erst jetzt spürte ich, wie sehr ich mich am Schreibtisch verspannt hatte.

Den ganzen Weg über erzählte er mir von einem Wettbewerb. Er hatte eine Komposition eingereicht und gestern erfahren, unter den Nominierten zu sein. Und auch im Restaurant, während wir in den Speisekarten blätterten, bestritt er die Unterhaltung allein. Noch hatte ich keine Idee, wie ich das Thema mit den gefälschten E-Mails ansprechen sollte. Mein Kopf funktionierte nicht so wie sonst, ich spürte eine dumpfe Müdigkeit. Als Sebastian eine Flasche Wein bestellte, begann ich mir Sorgen zu machen, wie ich die nächste Stunde überstehen sollte. Ich bestellte mir einen Kaffee und nahm mir vor, an dem Wein nur zu nippen. Vielleicht besserte sich mein Zustand auch, sobald ich etwas zu essen bekam. Erst nach einigen Momenten bemerkte ich, dass Sebastian verstummt war und mich nur noch ansah. »Was ist?«, fragte ich irritiert.

»Ich quatsche dich voll mit meinen Musikgeschichten. Tut mir leid. Du wolltest mit mir reden.«

Ich nahm nun doch einen größeren Schluck Wein.

»Nur eines noch, wegen gestern Nacht …«, fuhr er fort. »Elena ist seit zwei Jahren in der Band. Sie ist toll. Sie sieht fantastisch aus. Wir nennen sie unseren kleinen Feldwebel.«

»Ja, sie hat euch gut im Griff, das ist mir auch aufgefallen.«

»Wir hatten gleich am Anfang eine heftige Affäre. Na ja, das hat sich schnell geklärt. Es geht nicht gut mit uns beiden. Aber da wir beide solo sind und manchmal ein paar Streicheleinheiten brauchen …«

Ich sah ihn an. »Jemand hat unsere E-Mails manipuliert und an meinen Freund weitergeleitet.«

Seine braunen Augen weiteten sich. »Wie meinst du das?«

»Der Text war umformuliert. Es las sich, als hätten wir eine Affäre. Ich will mehr. Ich kann es kaum erwarten. So was in der Richtung.«

Er wirkte schockiert. »Im Ernst? Und dein Freund hat das gelesen?«

Ich nickte.

»Und jetzt?«

»Jetzt glaubt er, ich würde ihn mit dir betrügen.«

»Aber wer macht denn so was?« Wenn Sebastians Fassungslosigkeit gespielt war, dann hatte er den Beruf verfehlt.

»Jemand hat auch einen Schlüssel zu meiner Wohnung und hat sich darin aufgehalten, während ich am Wochenende verreist war.«

Unsere Blicke trafen sich.

»Warum willst du mit mir reden? Du glaubst doch nicht etwa, ich …«

»Ich weiß nicht, was ich glauben soll. Seitdem ich auf deinem Konzert war, geht alles schief in meinem Leben. Mein Chef versucht mich fertigzumachen. Mein größtes Projekt wurde auf eine Sparversion zusammengestrichen. Meine Kollegen reden nicht mehr mit mir. Meine Beziehung geht vor die Hunde …«

Sebastians Hand bewegte sich auf dem Tisch in meine Richtung. »Janne, das tut mir so leid …«

Ich wollte nichts sehnlicher, als endlich die Wahrheit erfahren, doch ich ahnte bereits, dass ich sie hier nicht finden würde.

Sebastian zog seine Hand vorsichtig zurück, wie um mich nicht noch wütender zu machen. »Kannst du mir erzählen, was genau passiert ist?«

In mir wehrte sich alles dagegen, ihn zu meinem Vertrauten zu machen. War es klug, ihm alle möglichen Informationen über mich zu geben? Wer war er? Was hatte er vor? Ich musste vorsichtig sein. Durfte keinem Menschen mehr trauen.

Ich kannte mich selbst nicht wieder. Ich fühlte mich, als wäre meine Haut durchsichtig. Was darunter lag, war verwundbar und sichtbar für jeden.

Sebastian rutschte auf seinem Stuhl herum. Trank. Wartete ab. Er drängte mich nicht zu reden. Vielleicht war es seine eigene massive Ratlosigkeit, wie er mit der Situation umgehen sollte, die mein Misstrauen besiegte.

Je mehr ich redete, desto erleichterter fühlte ich mich. Sebastian war ein guter Zuhörer, bewies durch kleine Zwischenfragen, dass er mitdachte. Er orderte neuen Wein und sorgte dafür, dass mein Glas nicht leer wurde.

Irgendwann hatte er seine Hand über meine gelegt. Ich fand es in Ordnung. Die Hand gab Wärme ab, die sich gut anfühlte. Nach dem Essen, gegen das mein Magen rebellierte, von dem ich aber dank Sebastians Hartnäckigkeit die Hälfte schaffte, nahmen wir ein Taxi nach Hause. Wir standen vor unserem Haus. Ich blickte nach oben zu den Fenstern. Alles war dunkel. Meine Balkontür war geschlossen. Trotzdem kam die Angst zurück. Ich stellte mir vor, wie ich das Licht einschaltete, jeden

Raum inspizierte, in den Kleiderschrank sah. Würde ich neue Spuren entdecken? Ich wusste nicht, wovor ich mich mehr fürchtete: vor Beweisen oder vor der Möglichkeit, dass ich mir alles nur einbildete. Denn das bedeutete, dass ich langsam durchdrehte. Aber nein. Das konnte nicht sein. Meine Blumen waren gegossen worden.

»Ich … will nicht nach Hause. Lass uns noch etwas trinken gehen, okay?«

Sebastian sah mich erstaunt an. »Klar. Wohin?«

Vor der Cocktailbar stand eine Schlange von Menschen, doch Sebastian kannte den Türsteher, er winkte uns durch. Inzwischen hatte ich beschlossen, mich nicht mehr gegen die Wirkung des Alkohols zu wehren. Ich war jetzt viel ruhiger. Mein Kopf fühlte sich angenehm leer an. Noch einen oder zwei Drinks, und ich würde es sogar aushalten, allein in meiner Wohnung zu sein.

Sebastian kämpfte sich vor bis zur Theke, ich folgte in seinem Fahrwasser. Er bestellte zwei Margaritas. Eine Frau schob mich zur Seite, ich schwankte, hielt mich an Sebastian fest.

»Hier, damit du mir nicht umkippst.« Er bugsierte mich auf einen Stehhocker. Wir versuchten anzustoßen, was mit den breiten Kelchen, über deren Ränder die leuchtend rote, eisige Crème überzulaufen drohte, nicht so einfach war. Es schmeckte herrlich süß und fruchtig. Wir nippten an dem Getränk und betrachteten die Leute um uns herum. Es störte mich nicht, dass es an der Theke immer voller wurde und Sebastian so nah an meinen Hocker gedrängt wurde, dass sich unsere Körper berührten. Ich lehnte den Kopf an seine Schulter und ließ es zu, dass seine Hand unter meinem Haar verschwand und sanft meinen Nacken massierte. Ich genoss es sogar. Die vielen Stimmen um uns herum waren wie ein an- und abschwellendes Rauschen, ab und zu ein Ruf, ein lautes Lachen, wie Schaumkronen auf den Klangwellen, die uns umgaben. Es war so warm hier drin … Sebastians Finger bearbeiteten mit leichtem Druck meine Schultern. Es tat so gut. Auf einmal prallte jemand seitlich gegen mich, ein Ellenbogen bohrte sich in meine Seite. Ich öffnete die Augen. Im Gedränge hatte ein junger Typ das Gleichgewicht verloren und war gegen mich gekippt. Er entschuldigte sich auf Englisch mit einem Schwall von Worten. Er kam mir nah mit seinem Gesicht. Ich roch seinen Atem und wich zurück. Hier drinnen gab es kaum noch Sauerstoff! Wo war Sebastian? Doch da stand er, streckte die Hand zu mir aus, den jungen Typ noch zwischen uns. Ich blickte zur Tür. Wieso wurden immer noch mehr Leute hereingelassen, obwohl der Raum längst überfüllt war?

Da sah ich plötzlich sein schwarzes Haar, das Profil mit der markanten Nase. Ich sah ihn, weil er die meisten anderen um einen halben Kopf überragte. Er befand sich in der Nähe des Eingangs und versuchte, sich zum Tresen durchzukämpfen. Gregor.

Sebastian war es gelungen, sich an dem Engländer vorbeizudrängeln, und presste nun seinen schweißfeuchten Oberkörper von hinten gegen meinen Rücken. Seine Hand lag plötzlich auf meiner Taille. Wenn Gregor uns sah … Aus meiner Beklemmung wurde Panik. »Ich muss raus hier. Ich krieg keine Luft mehr.«

Er blickte mich erstaunt an.

»Sebastian, bitte, ich …«

»Hey, ruhig. Atme ganz ruhig.«

Der Druck auf meiner Lunge ließ nach, und für einen Augenblick lehnte ich an Sebastians Brust.

»Komm, ich bringe dich hier raus.«

Ich glitt von dem Hocker, fühlte mich sicher gehalten von Sebastians Armen oder vielleicht auch von fremden Händen, die mich davor bewahrten zu stolpern. Ich sah nichts um mich herum. Mein Blick war fixiert auf den schwarzen Haarschopf, auf Gregor, der schon nah am Tresen stand. Weit weg vom Eingang. Wenn es mir schnell gelang, nach draußen zu kommen, würde er mich nicht sehen. Er drehte sich um, und ein Lächeln glitt über sein Gesicht. Er hob die freie Hand und winkte jemandem zu. Er rief etwas. Bei dem Lärm war nichts zu verstehen, es war, als forme sein Mund lautlose Silben. Ich folgte seinem Blick. Da war Vanessa Ott.

Sie stand nicht weit von Gregor entfernt, ins Haar gebunden trug sie ein türkisfarbenes Tuch.

Sebastian kämpfte sich vor mir durch die Menge, schob Leute zur Seite, als würde er ein Meer teilen. Er bemerkte nicht, dass ich zurückblieb. Mein Gehirn arbeitete auf Hochtouren. Gregor und Vanessa Ott in der Cocktailbar? Sie kannten sich doch gar nicht. Wie ein Blitz schob sich ein Bild in meinen Kopf: Vanessa Ott am Tisch mir gegenüber, ihre Finger spielten mit dem Wasserglas. »Ein echter Handwerker? Ich finde ja Männer attraktiv, die praktisch veranlagt sind.« Gregors Name war damals gefallen. Konnte es sein, dass sie sich ihn eingeprägt hatte? Dass sie Kontakt zu ihm aufgenommen hatte?

Ich duckte mich hinter einen breitschultrigen Mann und hoffte, dass sie mich nicht sah. Ich musste nur Zeit gewinnen. Bestimmt würde sie versuchen, zu Gregor an den Tresen zu gelangen. Doch stattdessen bewegte sich Gregor, ein Glas Wein auf Kopfhöhe balancierend, auf Vanessa zu. Sie warf ihre Haare in den Nacken. Nun war er dort. Vanessa zeigte auf den Wein, und Gregor reichte ihr das Glas. Sie redeten.

Vor meinen Augen tanzten Punkte, hell wie kleine Flammen. Dahinter wurde alles schwarz. Ich fiel. Da war etwas, das mich hielt. Ich öffnete die Augen. Nah vor mir schwebte Sebastians Gesicht.

»Janne!« Sebastian legte den Arm um mich. Der Türsteher war auf uns aufmerksam geworden und bewegte seinen massigen Körper auf uns zu. »Platz!«, rief er. Vor ihm wichen die Leute zurück, bildeten eine Gasse, ließen uns passieren. Natürlich erregten wir Aufsehen. Ich steckte noch immer in einem dunklen Nebel, sah alles nur verschwommen. Mittendrin auf einmal Gregors lächelndes Gesicht, das wieder verschwand wie der Mond hinter einer Wolke. Das Lächeln galt nicht mir. Ich drehte mich um, sah ein schmales Gesicht und dunkles Haar, einen korallenrot geschminkten Mund. Schnell wandte sie den Blick ab, als würden wir uns nicht kennen.

Sebastian schob mich weiter zum Ausgang. Der Türsteher telefonierte, während er uns die Tür aufhielt, und schon standen wir auf der Straße, neben der Schlange von Leuten, die darauf warteten, eingelassen zu werden. Hier draußen war es kalt und dunkel.

»Geht's wieder? Du siehst schrecklich aus. Du brauchst frische Luft.« Sebastian hielt mich noch immer fest.

Ich konzentrierte mich darauf, gleichmäßig ein- und auszuatmen. Der Nebel verschwand.

Ein Taxi fuhr vor, Sebastian öffnete die hintere Tür und schob mich hinein. Ich lehnte meinen Kopf an das Fenster, das Glas war angenehm kühl. Er hielt meine Hand. Ab und zu drückte er sie. Ich war froh, dass er mich ansonsten in Ruhe ließ. Er plauderte mit dem Fahrer. Ich hörte nicht zu. In meinem Kopf tobten zwei Namen im immer gleichen Rhythmus: Vanessa, Gregor. Vanessa, Gregor. Irgendwann hielt das Taxi vor unserem Haus. Ich ließ mich von Sebastian durchs Treppenhaus nach oben führen. Er nahm mir meinen Schlüssel aus der Hand und schloss für mich auf. Dann sah er mich besorgt an und strich mir eine Haarsträhne aus der Stirn. »Du bist ganz schön durch den Wind, was?«

»Ich will nur noch ins Bett.«

»Kommst du allein klar?«

Ich nickte. Ich ging in meinen Wohnungsflur, schloss die Tür und erstarrte. Von der Straße aus hatten meine Fenster dunkel ausgesehen. Nun brannte im Wohnzimmer Licht. Ein merkwürdiger, süßlicher Geruch lag in der Luft. Ich machte ein paar Schritte, und die Angst schlug über mir zusammen wie eine Flutwelle. Mitten im Zimmer auf dem Boden stand die Aloe. Das, was von ihr übrig war. Jemand musste eine ungeheure Wut an ihr abreagiert haben, sie sah aus, als wäre sie einem Massaker zum Opfer gefallen. Einige ihrer ausladenden, fleischigen Blätter waren abgerissen worden, die restlichen waren zerhackt und zerschnitten. In den mittleren Spross war ein Messer gerammt. Weißlicher, zähflüssiger Saft lief aus den Wunden und sickerte auf den roten Sisalteppich.

10

Ich wollte mich verstecken, mich in der Dunkelheit verkriechen. Es war zu hell und zu warm hier. Ich versuchte, mich zu strecken, doch meine Beine stießen gegen ein Hindernis. Ich blinzelte gegen das Helle an. Es war Sonnenlicht, das mir ins Gesicht schien. Ich hörte Stimmen in einem anderen Raum und schlug die Augen auf. Mein Kopf schmerzte.

Ich lag auf Ullas Sofa. Ich war in Sicherheit.

Langsam richtete ich mich auf, stellte die Beine auf den Boden. Ich trug ein fremdes Nachthemd. Die Erinnerung an den gestrigen Abend traf mich wie ein Schlag in den Magen. Vanessa und Gregor. Die zerstörte Pflanze. Ulla. Sie war gekommen und hatte mich abgeholt.

Ulla saß in der Küche mit Tom an dem winzigen Tisch beim Frühstück. Er war halb hinter einer Zeitung verborgen. Es roch nach geröstetem Toast.

»Janne!« Ulla stand auf. »Wie geht es dir?«

»Frag mich nach dem ersten Kaffee«, murmelte ich, und meine Stimme klang dünn und kratzig. Sie drückte mich auf den frei gewordenen Stuhl, stellte eine Tasse vor mich und goss ein. Tom sah mich mitfühlend an, dann auf die Uhr. »Mist, ich muss los.«

Er küsste Ulla im Vorbeigehen auf den Mund.

»Tom, ist es wirklich okay, wenn du allein hingehst?«

Er drehte sich in der Tür noch mal um. »Ich kriege das hin. Du bekommst einen genauen Bericht. Ich ruf dich heute Mittag an.«

Ulla warf ihm einen Handkuss zu, und er ging.

Ich achtete kaum auf die beiden, trank den Kaffee in kleinen Schlucken und kämpfte gegen meine Verzweiflung an. Die Tür fiel zu. Ich beschloss, heute nicht in den Sender zu gehen. Ich würde später anrufen, um mich krank zu melden. Ulla goss mir und sich neuen Kaffee ein und setzte sich auf Toms Platz. Ich fühlte mich in ihrer Wohnung fast genauso zu Hause wie in meiner eigenen. Meine Wohnung … sofort war die Panik wieder da. Das Gefühl, ohnmächtig zu sein. Ausgeliefert. Konnte ich mich jemals wieder sicher fühlen? Ich war Ulla dankbar, dass sie mitten in der Nacht gekommen war. Ich hatte wie erstarrt vor der Aloe gestanden, hatte mich dann in meinem Flur an die Wand gedrückt und gewartet, bis Ulla geklingelt hatte. Ulla hatte im Schlafzimmer und in der Küche nachgesehen. Alles habe normal ausgesehen. Außer, dass ich mal aufräumen müsse. Ich hatte nicht weiter nachgefragt, was sie damit meinte. Sie hatte mich nach draußen vors Haus geschickt, die abgehackten Teile der Aloe eingesammelt und eine Mülltüte über den Rest gestülpt.

»So«, sagte Ulla, »nun erzähl mal richtig. Gestern Nacht im Auto hörte sich alles etwas wirr an.«

»Musst du nicht arbeiten?«

»Tom geht alleine zum Prozess.« Sie grinste. »Wird sowieso Zeit, dass er flügge wird. Und du bleibst heute hier, ich hab schon im Sender angerufen.«

Eine Stunde und eine weitere Kanne Kaffee später saßen wir immer noch am Frühstückstisch. Während ich erzählte, konnte Ulla die Hände nicht stillhalten, sie riss kleine Fetzen vom Rand der Zeitung ab.

»Nachdem du gesagt hattest, hier habe es keinen Tropfen geregnet, war ich sicher, dass ich mir die Veränderungen in meiner Wohnung nicht eingebildet hatte. Jemand war da, hat auf meinem Bett gelegen und die Pflanzen gegossen.«

»Und diesmal die Aloe zerstört.« Ulla betrachtete mit gerunzelter Stirn das malträtierte Papier. »Wir müssen die Polizei einschalten.«

»Ich hatte auch daran gedacht, aber das bringt nichts. Die nehmen das nur zu den Akten und sagen, ich solle mein Schloss auswechseln lassen. Und genau das habe ich vor.«

»Unbedingt.« Ulla kaute auf einem Stück Brot herum. »Das Ganze erinnert mich an Schneewittchen. Wer hat aus meinem Becherchen getrunken? Wer hat in meinem Bettchen geschlafen?«

Ich sah Vanessa Ott vor mir. Schwarz wie Ebenholz, weiß wie Schnee. Und nach dem Konzert rot wie Blut.

»Was von Hirten im Schilde führt, ist klar. Er will dich loswerden, und der Bloomsdale-Einsatz ist die perfekte Gelegenheit dazu. Aber was treibt diese Vanessa Ott? Was will die nachts mit Gregor in der Bar?«

»Wenn ich das wüsste. Es macht mich wahnsinnig. Ich klammere mich daran, dass sie sich zufällig getroffen haben. Sie könnten sich aus der Werkstatt kennen.«

»Im Leben nicht. So leid es mir tut, das zu sagen. Hat sie mit Gregor geflirtet?«

Ich zermarterte mein Hirn, die Bilder von den beiden schossen durch meinen Kopf, taten weh. »Sie haben sich gefreut, sich zu sehen. Mehr kann ich nicht sagen. Ach, verdammt …«

Ulla kam zu mir und legte den Arm um meine Schulter. »Komm schon, das wird sich alles aufklären. Ich kann mir nicht vorstellen, dass Gregor sich mit dieser Frau einlässt. Das passt doch gar nicht.«

Ich sah Vanessa Ott vor mir, das türkisfarbene Tuch im Haar, das sie nun genauso trug wie ich meines. Ob sie Gregor gefiel? Er stand eigentlich nicht auf extrem schlanke Frauen. Ein paar Kurven müssten schon sein. Hatte er zumindest mal behauptet, dabei die Hand auf meinen Po gelegt und mich wegen meines entrüsteten Blickes ausgelacht. Dieser alberne, liebevolle kleine Moment schien aus einem anderen Leben zu stammen. Aus einer Zeit, in der ich glücklich und unbeschwert war. Und es nicht zu schätzen gewusst hatte.

Ullas Telefon schrillte in meine Gedanken. Sie nahm ab. »Tom, was …? Ja, schon gut, kein Problem … Nein. … Wirklich? Das ist nicht wahr! … Gut, in zehn Minuten.«

Sie kam zurück in die Küche.

»Du musst los?«, fragte ich. Ich versuchte, die Angst, die in mir aufstieg, zu unterdrücken. Ich wollte nicht, dass Ulla mich allein ließ.

»Es ist unglaublich. Der Staatsanwalt hatte einen wichtigen Kronzeugen geladen, einen Ex-Hells-Angel, der seit Tagen verschollen war. Man hatte schon befürchtet, dass er von Rockern umgebracht wurde. Und der ist wieder aufgetaucht. Steht jetzt im Gerichtssaal. Seine Aussage kann dem gesamten Prozess eine neue Wendung geben.«

»Dann beeil dich und quatsch nicht lange rum.«

Ulla war noch im Bademantel. Sie sah mich an. »Janne, ist das wirklich okay, wenn ich gehe? Du bist mir wichtiger als der Prozess.«

»Ich rühre mich nicht vom Fleck und mache niemandem die Tür auf«, sagte ich. »Schon gar nicht der bösen Stiefmutter.« Ich versuchte ein Lächeln.

Ulla verschwand im Schlafzimmer und zog sich an.

»Sag mal, was hast du denn neuerdings gegen Miranda Glass?«, rief sie durch die geöffnete Tür.

»Gar nichts. Wieso?«

»Na, in deiner Küche liegen doch Dutzende zusammengeknüllte oder zerrissene Autogrammkarten von ihr. Hier, ich hab eine eingesteckt.« Sie kam zur Küchentür und reichte mir eine stark zerknickte Postkarte. Sie zeigte Miranda in einem nachtblauen Abendkleid mit glitzernden Pailletten, ein Mikro in der Hand. Es musste ein älteres Foto sein, auf dem ihre Augen noch strahlten. Quer darüber zog sich der Schriftzug ihrer schwungvollen Signatur.

Nachdem Ulla gegangen war, kroch die Stille bis in den letzten Winkel der Wohnung. Ich trank die Kanne mit Kaffee leer und starrte auf Toms Zeitung, ohne einen einzigen Satz aufzunehmen. Ich ließ den gestrigen Abend Revue passieren. Mein Abgang aus der Bar. Gregors Lächeln, das ihr gegolten hatte. Warum war er dort gewesen. Mit ihr? Ich musste herausfinden, was dahintersteckte. Bevor ich mich immer mehr in diesem Spinnennetz aus Lügen verfing. Aber wie? Ich konnte ja schlecht Vanessa oder Gregor fragen.

Ich hielt es nicht länger aus, still zu sitzen, räumte die Reste des Frühstücks in den Kühlschrank, spülte mit der Hand, obwohl Ulla eine Spülmaschine hatte. Dann lief ich in der Wohnung umher. Was konnte ich noch tun? Ich räumte ihren Wohnzimmertisch auf, auf dem Zeitschriften, eine halb leere Tüte Chips und zwei benutzte Weingläser standen. Ich polierte ihren Badezimmerspiegel, goss die Kräutertöpfe auf der Fensterbank. Das Bild der zerstückelten Aloe schob sich in meinen Kopf. Wer hatte eine solche Wut auf mich? Was sollte ich nur tun?

Miranda Glass hatte in dem Kaufhaus eine ahnungslose Touristin angegriffen. Litt Miranda unter Wahnvorstellungen? Gab sie mir die Schuld an der Krise in ihrer Karriere? Aber warum? Ich kannte sie doch kaum. Genauso wenig wie Vanessa Ott. Wie waren die zerrissenen Autogrammkarten in meine Küche gekommen?

Ich lief zurück ins Wohnzimmer, setzte mich auf das Sofa, stand gleich wieder auf. Die Stille war nicht auszuhalten. Die Aussicht, mich die nächste Stunde mit Grübeleien im Kreis zu drehen, war unerträglich. Ich rief Mirandas Agent an.

Als er sich meldete, wurde mir bewusst, dass ich mir keinen Anlass für den Anruf ausgedacht hatte. Ich beschloss spontan, bei der Wahrheit zu bleiben.

»Ich wollte mich nur kurz erkundigen, wie es Miranda inzwischen geht.«

»Was glauben Sie wohl?«, fragte Ralf Siebert. »Aber sie wird sich wieder fangen, da bin ich sicher.« Er gab sich Mühe, zuversichtlich zu klingen, doch ich hörte den resignierten Ton in seiner Stimme.

»Ist sie noch im Hotel de Rome?«

Er räusperte sich. »Nein, sie … wohnt jetzt woanders.«

Während ich noch überlegte, wie ich mehr aus ihm herausbekommen konnte, sagte er: »Frau Amelung, hat Ihr Anruf einen konkreten Grund? Wenn nicht, wüsste ich nicht, warum wir noch länger telefonieren sollten.«

»Mich belastet die ganze Sache, und ich mache mir Sorgen. Sie wissen, wie gern ich Miranda unterstützt hätte. Ich habe mich ziemlich weit damit aus dem Fenster gelehnt, sie dem Vorstand zu empfehlen. Ich hätte hinter ihr gestanden, egal, was passiert wäre. Dass mein Projekt auf eine Sparversion zusammengestrichen wurde, ist nicht meine Schuld, deshalb verstehe ich nicht, dass Sie so unfreundlich sind.«

Er seufzte. »Entschuldigen Sie. Sie haben ja recht. Seit zwei Tagen bin ich nicht mehr Mirandas Agent. Ich habe den Vertrag aufgelöst.«

»Sie glauben nicht mehr daran, dass sie auf die Beine kommt?«

»Ich weiß nur, dass ich ihr nicht helfen kann. Ich bin Agent. Und kein Vaterersatz. Miranda ist finanziell am Ende. Sie hat wochenlang in dem Luxushotel gewohnt und die Tage mit Shoppen verbracht. Sie ist taub für jeden Rat von mir. Sie reagiert nur noch aggressiv, wenn ich versuche, sie zu bremsen. Ich habe einfach aufgegeben.«

»Wo ist sie jetzt?«

»Auf der Krisenstation einer psychiatrischen Klinik.«

»Das tut mir sehr leid.« Ich zögerte. »Ich dachte, ich hätte sie gestern von Weitem gesehen. In der Nähe meiner Wohnung, am Kollwitzplatz.«

»Nein, vollkommen unmöglich. Sie war nirgendwo in den letzten zwei Tagen. Ich hab sie besucht, sie war vollgepumpt mit Beruhigungsmitteln.«

»Und wie soll es mit ihr weitergehen?«

»Wenn sie dort entlassen wird, muss sie zurück nach Köln. In ihre alte Wohnung. Ihre Schwester wohnt in der Nähe. Die muss sich um sie kümmern. Ich werde es nicht mehr tun.« Er klang, als wäre er noch weit davon entfernt, seinen Worten selbst zu glauben.

Nach dem Telefonat fühlte ich mich traurig und antriebslos. Miranda hatte meine Aloe nicht auf dem Gewissen. Also weiter … Gegrübelt hatte ich genug, jetzt musste ich handeln. Das Türschloss …

Ich setzte mich an Ullas Schreibtisch. Die Belüftung ihres Computers surrte leise, er war eingeschaltet. Ich googelte und fand den Schlüsseldienst bei mir um die Ecke, an dem ich auf dem Weg zur U-Bahn immer vorbeikam. Der Mitarbeiter witterte die Chance, mir eine aufwendige Schließanlage zu verkaufen, und ich ließ mich darauf ein. Hauptsache, er garantierte mir größtmögliche Sicherheit und baute alles so schnell wie möglich ein. Er konnte mir sogar einen Termin am frühen Nachmittag anbieten, weil ihm jemand abgesagt hatte.

Während ich mit ihm sprach, entdeckte ich einen Stapel Papier auf Ullas Schreibtisch. Es waren die Zeitungsartikel zu dem Todesfall in Hamburg, die sie im Netz gefunden hatte. »Mysteriöser Selbstmord in Hamburger Softwarefirma«. Zum ersten Mal sah ich ein Foto von der jungen Frau, die sich in den Tod gestürzt hatte. Katharina Schilling. Ihr blonder Kurzhaarschnitt und das runde, sympathische Gesicht wirkten fast kindlich, und ihr Mund war ein wenig zu groß geraten. Auf dem Bild lachte sie breit. Sie trug ein buntes T-Shirt, auf das ein Meeresstrand mit Möwen gedruckt war.

Ich las alle Artikel durch, erfuhr aber kaum etwas, was Ulla mir nicht schon berichtet hatte. Die Frau war Softwareentwicklerin bei IOMAG gewesen und hatte kurz vor ihrem Tod die Kündigung erhalten, nachdem Bloomsdale Consulting das Unternehmen umstrukturiert hatte. Kurz wurden Stimmen aus ihrem Umfeld zitiert. Ihre Eltern und Freundinnen beschrieben Katharina Schilling als positiv denkenden, fröhlichen Menschen. In ihrer Abteilung war sie sehr beliebt, Kollegen und ihr Chef äußerten sich tief betroffen über ihren Tod. Laut einer guten Bekannten schien die Beziehung mit ihrem Freund harmonisch gewesen zu sein, die beiden hatten schon einen Termin auf dem Standesamt festgelegt. Der Freund selbst kam nirgendwo zu Wort, wurde auch nicht namentlich erwähnt. Über ihren Abschiedsbrief war nur spekuliert worden. Er hatte in ihrer Wohnung gelegen, wo ihn ihr Freund gefunden hatte. Den Inhalt hatte die Kriminalpolizei mit

Rücksicht auf die laufenden Ermittlungen unter Verschluss gehalten.

Auf einem der Ausdrucke hatte Ulla eine handschriftliche Notiz hinterlassen: »Karsten fragen. Angeblich Interview mit Hunzicker im *Abendblatt.*« Hunzicker? So hieß doch diese blonde Fernsehmoderatorin aus der Schweiz? Was sollte die mit dem Hamburger Todesfall zu tun haben?

Ich weckte den Computer aus dem Ruhezustand und rief das Archiv des *Abendblattes* auf. In die Suchmaske gab ich den fremden Namen ein. »Leider ergab Ihre Suche keinen Treffer«, las ich. Ich gab Katharina Schilling in das Suchfeld ein und wurde zu den zwei Artikeln geleitet, die Ulla bereits ausgedruckt hatte.

Ich rief auf Ullas Handy an, um ihr auf die Mailbox zu sprechen. Ich war überrascht, als sie dranging.

»Der Prozess ist unterbrochen«, meinte sie etwas atemlos. »Hier ist echt Stimmung! Es gab Tumult unter den Zuschauern. Der Ex-Hells-Angel wurde bedroht und beschimpft, bevor er auch nur ein Wort aussagen konnte. Dann gingen im Publikum mehrere Typen mit Fäusten aufeinander los. Die waren wohl aus rivalisierenden Banden. Und jetzt schafft die Polizei die Randalierer aus dem Gebäude.« Der Lärm im Hintergrund ebbte etwas ab. Vermutlich war sie in eine ruhigere Ecke gegangen. »Wo bist du, Janne? Noch bei mir?«

»Ja, hier ist alles in Ordnung.« Ich fragte sie, was es mit dem Namen Hunzicker auf sich habe.

»Christian Hunzicker war der Verlobte von dieser Toten aus Hamburg. Wieso fragst du?«

»Ich hatte mich gewundert, warum er in den Artikeln über die Tote nirgendwo zitiert wurde. Du hast etwas über Karsten und ein Interview notiert, aber das kann ich im Internet nicht finden.«

»Es ist nie veröffentlicht worden. Warum, weiß ich nicht. Ich wollte Karsten noch mal anrufen, bin aber noch nicht dazu gekommen. Warte mal kurz …«, ich hörte undeutlich, wie sie mit jemandem sprach, dann meldete sie sich wieder. »Janne? Tom sagt gerade, hier geht es erst in zwei Stunden weiter. Ich fahre jetzt mit ihm in die Redaktion. Ich schaue mal, was ich über die Hunzicker-Sache rausbekomme, okay?« Ich dankte ihr, und wir legten auf.

Sie meldete sich nach einer Dreiviertelstunde, die ich damit zugebracht hatte, Ullas CDs alphabetisch zu sortieren. Sie würde mich umbringen, aber ich musste mich mit irgendetwas beschäftigen, das mich von den Endlosschleifen in meinem Kopf ablenkte.

»Das war ein Volltreffer«, meinte sie. »Das Interview mit Hunzicker enthielt brisantes Material. Hunzicker hat eine Unternehmensberaterin, mit der seine Verlobte zu tun hatte, beschuldigt, sie umgebracht zu haben. Er hat Karsten den Namen nicht genannt, aber es kommt nur Vanessa Ott infrage, denn sie war damals die einzige Frau im Team.«

»Aber du hast doch gesagt, die Kripo ging von einem Selbstmord aus?«

»Genau. Entscheidendes Indiz war ebendieser Abschiedsbrief. Ein Schriftexperte hat die Handschrift eindeutig Katharina Schilling zugeordnet. Für Karsten klang Hunzickers Version trotzdem plausibel, er hat ihm geglaubt. Aber er durfte nichts veröffentlichen. Veto der Redaktionsleitung.« Sie holte Luft. »Karsten sagt, Bloomsdale habe diesem Hunzicker nach der Einstellung der Ermittlungen per einstweiliger Verfügung verboten, weiterhin Vanessa Ott zu beschuldigen. Und Karsten glaubt, die haben auch die Veröffentlichung des Interviews verhindert. Hunzicker ist in der Redaktion aufgetaucht und hat Karsten beschimpft. Die Wahrheit müsse ans Licht kommen, und Karsten dürfe nicht den Schwanz einziehen. Aber Karsten waren die Hände gebunden. Danach hat er nichts mehr von Hunzicker gehört.«

»Warum ist er auf einmal bereit, dir das alles zu erzählen?«

Ulla zögerte.

»Ulla?«

Sie atmete hörbar ein und aus. »Er wollte im Gegenzug Informationen von mir.«

»Über mich und Vanessa Ott. Verdammt, was hast du ihm erzählt? Was hat er jetzt vor?«

»Janne, er will beweisen, dass der Abschiedsbrief gefälscht war. Dass Vanessa Katharina Schilling über die Brüstung gestoßen hat. Lass ihn nur wühlen. Für dich kann das nicht von Nachteil sein.«

»Das ist nicht dein Ernst. Wenn er irgendwas Aktuelles über Vanessa Ott veröffentlicht und sie rausbekommt, dass er Informationen von mir erhalten hat, kann ich bei Alfa.Sat einpacken. Sie sorgt dafür, dass ich rausfliege. Sofort.«

»Janne, ich glaube nicht …«

»Wie heißt Karsten mit Nachnamen?«, unterbrach ich sie.

»Klingbeil.«

Ich googelte im Netz Bilder von Karsten Klingbeil. Es war der Mann, den ich abends mit Vanessa Ott auf dem Flur bei Alfa.Sat gesehen hatte. Der Fremde mit dem blauen, zerknitterten Jackett, der Vanessa Ott gedroht hatte.

»Janne, bist du noch dran? Es hat keinen Zweck, jetzt hysterisch zu werden. Lass uns nachher über alles reden, wenn ich zurück bin. Okay?«

»Hat Karsten dir noch mehr Details über den Inhalt des Interviews erzählt?«

»Es ging unter anderem darum, was in dem Abschiedsbrief stand. Katharina Schilling fühlte sich offenbar von allen Menschen, die ihr nahestanden, im Stich gelassen. Auf der Arbeit war sie Opfer von Mobbing und Intrigen geworden. Sie hat sehr unter dem Zerwürfnis mit den Kollegen gelitten. Was sie geschrieben hatte, hörte sich wohl recht wirr und paranoid an. Sie fühlte sich von allen und jedem verfolgt. Der größte Schock und Vertrauensverlust für sie war aber offenbar, dass Hunzicker sie betrogen haben soll.« Ulla räusperte sich. »Der Abschiedsbrief war für ihn recht gefährlich, weil er durch den Inhalt für die Kripo zum Verdächtigen wurde, aber an seinem Alibi gab es nichts zu rütteln.«

Ich versuchte, die Flut von Gedanken, die mir in den Kopf kam, zu ordnen. »Hat Karsten diesen Hunzicker zu seiner angeblichen Affäre befragt?«

»Klar. Hunzicker hat es nicht abgestritten, fremdgegangen zu sein. Aber er hat sich geweigert, darüber mit Karsten zu sprechen.«

Es gab im Hamburger Telefonbuch nur einen Eintrag unter dem Namen Christian Hunzicker. Ich tippte langsam seine Nummer in Ullas Telefon, zögerte vor der letzten Ziffer, bis das Display sich in den Ruhestand verabschiedete. Was sollte ich zu ihm sagen? Ich musste meinen Anruf erklären. Nein, vermutlich landete ich auf einem Anrufbeantworter. Welcher normale, arbeitende Mensch war an einem Montagmittag zu Hause? Ich würde ihn einfach bitten, mich zurückzurufen, und mir in der Zwischenzeit etwas überlegen. Ich wählte erneut die Nummer. »Hunzicker?«

Er war da. »Guten Tag, mein Name ist Janne Amelung. Ich rufe aus Berlin an. Wir kennen uns nicht, und ich habe eine etwas ungewöhnliche Bitte an Sie.« Ich zögerte kurz. »Ich würde gern mit Ihnen über Ihre Verlobte sprechen. Über Katharina Schilling.«

»Für welche Zeitung schreiben Sie?«

»Ich bin nicht von der Presse. Ich arbeite bei Alfa.Sat, dem Fernsehsender. Aber ich rufe aus privaten Gründen an.«

Die Antwort war statisches Knistern.

Ich holte Luft. »Bei uns im Sender ist die Unternehmensberatung Bloomsdale Consulting im Einsatz, und ich habe mit einer Frau namens Vanessa Ott zu tun.« Ich suchte nach einer Formulierung, die nicht allzu verrückt klang. »Ich weiß, dass auch Ihre Verlobte mit ihr zu tun hatte. Dass es zu gewissen Schwierigkeiten gekommen ist. Ich wüsste gern mehr über die Hintergründe. Ich habe den Eindruck, es gibt eine Reihe Parallelen und …« Ich brach ab, weil ich hörte, wie Christian Hunzicker scharf die Luft einzog. Die Wahrheit müsse ans Licht kommen, hatte er dem Journalisten gesagt. Jetzt, ein Jahr später, wollte ich diese Wahrheit hören.

»Ich weiß nicht, woher Sie Ihre Informationen haben«, sagte er. »Vielleicht wissen Sie aus derselben Quelle, dass ich eine einstweilige Verfügung unterschreiben musste. Ich darf meine Meinung zu dieser Frau nicht äußern. Und ich will es auch nicht mehr. Damals hat mir niemand zugehört. Die Kripo hat sich von diesen Lackaffen mit ihren dicken Autos blenden lassen. Die Presse hat gekuscht.« Er schnaubte. »Ich habe mühsam gelernt, mit dem, was passiert ist, zu leben. Und jetzt will ich meine Ruhe. Außerdem glaube ich Ihnen kein Wort. Sie schützen persönliche Betroffenheit vor, um mich dann in eine dieser Realityshows zu locken. Sie schlagen Profit aus dem Leid anderer. Das bringt Einschaltquoten, oder? Wissen Sie was? Ich scheiß auf Sie und Ihren Sender. Ich scheiß auf Ihre Lügen. Ihr kotzt mich alle an.« Es klickte. Die Leitung war tot.

Ich legte den Hörer auf und starrte auf Ullas Bildschirmschoner, auf dem Sterne explodierten und durch farbenfrohe Spiralnebel sausten.

Was verband Katharina Schilling und mich außer Bloomsdale Consulting? Ihre Welt war zerbrochen, und schließlich hatte sie keinen Ausweg mehr gesehen und sich in den Tod gestürzt. Wieso dachte Mark Winter, dass sich die Geschichte wiederholen würde? Hunzicker hatten sie zum Schweigen gebracht. Im Abschiedsbrief hatte gestanden, er habe eine Affäre gehabt. Vielleicht für Katharina der letzte Anstoß, sich umzubringen. Ich dachte an Gregor und Vanessa Ott in der Bar. Egal, wie ich es drehte oder wendete, im Zentrum meines Spinnennetzes saß Vanessa Ott.

Ich sah sie vor mir, wie sie mir ihr langes Haar präsentierte. Wie sie in irgendeinem Laden ein grünes Tuch fand, das meinem ähnelte. Wie sie ihre tristen Anzüge gegen farbenfrohe Klamotten tauschte. Wie sie sich langsam in mich verwandelte. Mir wurde eiskalt.

Wenigstens in meine Wohnung würde sie nicht mehr kommen, dafür würde ich sorgen.

Ich sah auf die Uhr. Der Schlüsseldienst. Ich musste mich beeilen. Ich fuhr nach Hause und schaffte es fünf Minuten vor der Zeit. Ich leerte meinen Briefkasten und beschloss, erst auf den Handwerker zu warten, bevor ich in die Wohnung ging. Er verspätete sich. Zunächst schob ich es auf die Verkehrsverhältnisse, doch nach fünfzehn Minuten rief ich bei der Firma an. Die Mitarbeiterin klang überrascht. Fingernägel klackerten auf einer Tastatur. Der Termin sei storniert worden, ich selbst habe doch vor zwei Stunden angerufen.

»Das muss ein Missverständnis sein. Ich habe nicht angerufen. Und ich brauche das Schloss dringend. Noch heute!«

Obwohl ich fast geschrien hatte, klang ihre Stimme unbeeindruckt. Leider sei es nicht möglich, den Mitarbeiter jetzt zu schicken. So kurzfristig könne sie mir nicht helfen. Es ginge frühestens morgen. Ich legte auf. Warum hatte ich ausgerechnet den Schlüsseldienst bei mir um die Ecke beauftragt? Warum hatte ich es *ihr* so leicht gemacht?

Mit zitternden Knien stieg ich in den zweiten Stock, stand mit dem Schlüssel in der Hand vor meiner Tür. Tränen schossen mir in die Augen. Das war meine Wohnung. Mein Leben. Niemand konnte mich aus meinem Leben drängen. Doch ich schaffte es nicht aufzuschließen. Als unten die Haustür ins Schloss fiel, fuhr ich zusammen. Jemand kam die Treppe herauf. Benni. Er steckte in einem ausgebeulten Trainingsanzug und trug zwei Tüten vom Supermarkt.

»Hallo Benni.«

»Hi.« Er sah mich erstaunt an. »Weinst du?«

»Nein. Ich wollte gerade … « Mir fiel nichts Passendes ein. Ich steckte den Schlüssel in die Tasche. »Und du? Hast du schulfrei?«

»Es sind doch Ferien.«

»Ach ja.«

»Du kommst doch mit zu meiner Einschulungsfeier, oder?«

Ich räusperte mich. »Na ja, ich glaube schon.«

Sein Gesicht hellte sich auf.

»Wo ist denn dein Papa?«

»Der hat Probe.«

»Und was machst du jetzt?«

Er zuckte die Schultern. »Weiß nicht. Spielst du was mit mir? Monopoly?«

»Tut mir leid. Ich …« Der Gedanke war auf einmal da. »Ich muss nach Hamburg fahren.«

11

Christian Hunzicker wohnte in Wandsbek. Straßen mit vierstöckigen Häusern aus rotem Klinker. Eine ältere Frau, die gerade ins Haus ging, ließ mich mit hinein, und so stand ich direkt vor Hunzickers Wohnungstür. Ich klingelte und fixierte den Türspion. Während der dreistündigen Fahrt hatte ich überlegt, wie ich ihn überzeugen konnte, wenn er das Gespräch verweigern wollte. Aus der Wohnung drang kein Geräusch. Und wenn er gar nicht zu Hause war?

Schön blöd. Warum kam mir der Gedanke erst jetzt? Es war früher Abend. Vielleicht war er im Schichtdienst oder machte Überstunden, oder war nach der Arbeit verabredet? Ich klingelte ein zweites Mal. Stille.

Es gab vier Personen, die über die damaligen Geschehnisse Auskunft geben konnten. Christian Hunzicker, Mark Winter, Helmut Eichstätt und Vanessa Ott. Die Bloomsdale-Leute würden niemals freiwillig darüber reden. Mir blieb nur der Verlobte von Katharina Schilling. Ich beschloss, es in einer Stunde erneut zu versuchen. Als ich schon auf der Treppe war, wurde die Tür aufgemacht.

»Was wollen Sie?« Seine Stimme traf mich in den Rücken.

Ich ging die wenigen Stufen wieder hinauf. Hunzicker sah

aus, als hätte er geschlafen. Sein T-Shirt hing halb aus der Trainingshose, und ein paar Haarbüschel standen vom Kopf ab.

»Ich habe Sie heute Mittag angerufen. Ich bin Janne Amelung.«

Er kniff die Augen zusammen, taxierte mich. »Sagten Sie nicht, Sie rufen aus Berlin an?«

»Ja, das stimmt. Bitte, kann ich kurz reinkommen? Es ist sehr wichtig für mich.«

»Ich warne Sie. Wenn Sie mir mit einer von diesen Shows kommen …«

Ich schüttelte nur den Kopf. Vielleicht überzeugte ihn der verzweifelte Ausdruck in meinen Augen. Oder mein übernächtigtes Aussehen. Er wandte sich ab und ging in die Wohnung. Ich folgte ihm in einen winzigen Flur mit einer Garderobe, die aussah, als müsse sie durch die Last von Jacken und anderen Kleidungsstücken jeden Moment aus der Wand brechen. Zuoberst hing etwas Weißes aus robustem Stoff, ein Judoanzug.

Hunzicker setzte sich in den Wohnraum an einen mit Brötchenkrümeln bedeckten Esstisch. Der Fernseher lief, und auf dem Couchtisch standen Bierflaschen. Eine Tür führte in ein weiteres Zimmer. Ich sah die Ecke eines Bettes mit einer zerwühlten Decke.

»Bitte.« Ungeduldig zeigte er auf den zweiten Stuhl, und ich setzte mich. Gegenüber an der Wand hing eine gerahmte Fotografie von ihm und Katharina. Sie lehnten an einem Brückengeländer, im Hintergrund ein Fluss, ein Stück einer mittelalterlich wirkenden Stadtmauer, offenbar ein Schnappschuss aus dem Urlaub. Während Katharina genauso aussah wie in der Zeitung, hätte ich Hunzicker auf diesem Foto fast nicht erkannt. Auf dem Bild war er viel schlanker, er trug eine Sonnenbrille und lachte in die Kamera. Der Mann, der jetzt vor mir saß, war bestimmt zehn Kilo schwerer, sein Gesicht wirkte aufgedunsen. Seine hohe Stirn wurde durch ausgeprägte Geheimratsecken noch betont.

Er hatte meinen Blick auf das Foto bemerkt. »Das war in Italien, im Sommer, kurz vor Katis Tod. Sie wollte immer mit mir in den Süden. Sie hat die Wärme geliebt.« Er räusperte sich. »Ich habe nicht verstanden, was Sie von mir wollen.«

Auf einmal kam es mir viel zu gewagt vor, mich diesem wildfremden Menschen anzuvertrauen. Aber es ging nicht anders. Ich musste ihn einweihen, um zu erfahren, was mit Katharina geschehen war. Zunächst erzählte ich nur von meinen beruflichen Schwierigkeiten, die mit dem Einsatz von Bloomsdale Consulting begonnen hatten. Hunzicker hatte die Arme vor der Brust verschränkt. Sein Gesicht verriet nichts darüber, was er dachte. Als ich das erste Mal Vanessa Otts Namen erwähnte, wurde sein Blick wacher. Ich sprach von ihren Versuchen, unsere Bekanntschaft auf eine private Ebene auszuweiten. An seinen Augen sah ich, dass er meinen Worten aufmerksam folgte. Als ich von den Erlebnissen in meiner Wohnung und meinen Ängsten berichtete, beugte er sich vor und legte die Hände auf den Tisch. Doch er schwieg.

»Vielleicht halten Sie mich für verrückt, aber ich habe das Gefühl, Ihrer Freundin ist vor einem Jahr das Gleiche passiert wie mir. Mein Leben wird Schritt für Schritt zerstört. Zuerst war es der Job, jetzt ist es auch meine Beziehung zu meinem Freund. Und ich weiß nicht, warum.«

»Ihre Beziehung geht kaputt?«, fragte er.

Ich berichtete von den gefälschten E-Mails und von dem Zusammentreffen in der Bar.

»Bitte erzählen Sie mir, was passiert ist, bevor Katharina gestorben ist«, sagte ich.

Hunzickers Blick wanderte unruhig durch den Raum. »Ich würde Ihnen gern helfen, aber ich kann es nicht. Ich will über diese Frau nicht reden. Vanessa Ott. Ich will nicht mal an sie denken.« Er sah mich an. »Ich kann Ihnen nur einen guten Rat geben. Legen Sie sich nicht mit ihr an. Machen Sie einen Riesenbogen um sie.«

»Was glauben Sie denn, was ich tun soll? Nach Australien auswandern?«

Er stand auf. »Ich habe keine Zeit mehr. Ein Termin.«

Ich blickte auf die Bierflaschen, auf den fadenscheinigen Stoff seiner Trainingshose. Auch ich erhob mich, und meine Knie zitterten. »Warum wollen Sie mir nicht helfen?«

Er schwieg.

»Warum können Sie nicht über sie sprechen? Weil es Ihnen von Bloomsdale verboten wurde? Ich verspreche, dass es unter uns bleibt. Ich rede mit niemandem darüber.«

Er schob den Unterkiefer vor und sah noch verstockter aus.

»Bitte helfen Sie mir.«

»Sie haben Ähnlichkeit mit Kati«, sagte er schroff. »Nicht äußerlich. Nein, das überhaupt nicht. Aber Ihre Ausstrahlung. Kati war wie ein offenes Buch. Sie hat sich nicht verstellt, sie ließ jeden in ihr Herz sehen. Menschen wie Kati und Sie sind eine leichte Beute für …« Er wandte sich zu mir, sein Körper bebte vor Anspannung. »Verdammt, ich will nicht über Katis Tod reden. Nicht etwa, weil ich Angst vor diesen Bloomsdale-Typen hätte. Das glaubt auch dieser Journalist, dieser Klingbeil. Der hat mich wieder angerufen. Wollte noch mal mit mir sprechen. Ich hab ihm gesagt, er soll mich in Ruhe lassen. Damals hat er mir nicht geglaubt, und jetzt ist es zu spät.«

Er rieb mit einer Hand über seine Augen. »Ich hätte Kati helfen müssen. Ich habe sie im Stich gelassen. Wenn ich es nur rückgängig machen könnte … Ich will nicht mehr daran denken. Es quält mich. Sosehr Sie mir auch leidtun, ich verkrafte das nicht. Gehen Sie bitte. Fahren Sie zurück.«

Ich nahm meine Tasche von der Stuhllehne. Mein Körper fühlte sich taub an. Nur in meinem Kopf tobte es. Was nun? Ich war am Ende. Nur er konnte mir helfen. Aber er wollte es nicht. Tränen stürzten aus meinen Augen. Tränen der Wut. Ich ging zur Tür, hatte das Gefühl, keine Sekunde länger diese verbrauchte Luft atmen zu können.

Hinter mir hörte ich ein Krachen. Ich fuhr herum. Vor Hunzicker auf dem Boden lag einer der Stühle, zertrümmert. Er hielt ein Stuhlbein in der Hand und schleuderte es in den Raum. Er traf die Bierflaschen, fegte sie vom Tisch. Er trat gegen den Couchtisch, der über die Dielen schrammte und vor das Sofa prallte. Dann schlug er die Hände vors Gesicht, ich hörte ein ersticktes Schluchzen. Raus hier. Schnell. Der Mann war unzurechnungsfähig. Ich hatte die Klinke schon in der Hand. Hunzicker stand mitten im Raum und weinte. Ich ließ die Tür wieder los, wusste aber nicht, was ich tun oder sagen sollte. Ich hatte Angst, ihn zu reizen. Gut möglich, dass mich der nächste Stuhl traf. Aber seine Wut schien verraucht zu sein. Auf einmal löste er sich aus seiner Erstarrung, ging an mir vorbei in eine kleine Küche. Ich hörte ihn den Kühlschrank öffnen, Flaschen klirrten. Er kam zurück, eine offene Bierflasche in der Hand und ließ sich schwer in den Sessel fallen. Er trank und schwieg.

Ich stand noch immer bewegungslos an der Tür. Warum gab ich nicht endlich auf und fuhr zurück? Etwas hielt mich hier fest …

Irgendwann, nach einer Weile, wandte er sich zu mir um, in seinem Blick lag Erstaunen, als wundere er sich, dass ich noch da war. Er atmete laut aus, es klang fast wie ein Stöhnen. »Sie kam zu uns in den Club und wollte Mitglied werden. Ich bin Judotrainer. Sie trug ein schwarzes Kostümchen und Perlenohrringe und hochhackige Schuhe, und ich dachte, was will die denn hier?« Er kippte den Rest des Bieres hinunter. »Sie hat beim Training zugeschaut. Hinterher hat sie mich Löcher in den Bauch gefragt. Welche Trainingsmethode ich anwende. Welche Philosophie ich vertrete. Sie hatte sich mit Judo beschäftigt, das hab ich gleich gemerkt. Sie kannte die Regeln, die Farben der Gürtel. Sie sagte, sie habe seit Längerem vor, damit anzufangen. Sie kam zweimal die Woche zum Abendtraining. Wir hatten niemanden in ihrer Gewichtsklasse. Oft hab ich Einzeltraining mit ihr gemacht. Dabei hat sie sich völlig verausgabt. Einmal hat sie sich nach dem Training übergeben, so fertig war sie.« Er schwieg eine Weile. Ich rührte mich nicht.

»Ich weiß nicht, warum sie mich fasziniert hat«, sagte er dann. »Sie war nicht mein Typ. Ich steh eher auf Frauen, die mit einem in Gummistiefeln durch den Wald stapfen. Sie war so perfekt, diese edlen Klamotten, das Parfüm, das Makeup. Das alles wirkte künstlich auf mich. Wie eine Maske. Als müsse sie sich dahinter verstecken. Sie war … geheimnisvoll. Und das, was ich ihr über Judo sagte oder zeigte, war heilig für sie.« Er warf mir einen kurzen Blick zu. »Das klingt vielleicht bescheuert, aber als Trainer reißt man sich den Arsch auf für seine Schüler, und die meisten wissen es nicht zu schätzen, hören nicht mal zu. Aber sie hat mich bewundert. Sie war so zerbrechlich. Gleichzeitig war sie willensstark. Sie wusste verdammt genau, was sie wollte.« Er setzte die Flasche an, doch sie war leer, und er stellte sie mit einem Knall auf den Tisch.

»Ich hatte ja keine Ahnung, wer sie ist. Dass sie die Frau ist, mit der Kati bei IOMAG zu tun hatte.«

Er verschwand wieder in die Küche. »Wollen Sie ein Bier?«

Ich reagierte nicht. Er kam zurück und drückte mir eine eiskalte Flasche in die Hand. »Sie hat mich belogen. Das angebliche Interesse an Judo war geheuchelt. Sie hatte ein anderes

Ziel. Hat sich an mich rangemacht. Erst hab ich nicht bemerkt, dass sie flirtet. Bis diese Sache beim Training passiert ist. Ich hatte ihr den Hüftwurf gezeigt, da hat sie mich plötzlich umarmt. Sie hat sich an mich geklammert. Wir waren allein im Studio, und sie fing an, mich zu streicheln. Sie legte ihre Hand auf mein … Ich hab die Beherrschung verloren und hab sie geküsst. Sie hat es wirklich darauf angelegt.«

Mir schossen Bilder durch den Kopf, die mir Übelkeit verursachten. Vanessa Ott in Gregors Werkstatt, wie sie sich zusammen über einen Tisch beugen und er ihr zeigt, wie glatt sich der Schellack anfühlt. Wie sich ihre Hand seiner nähert und sie, wie zufällig, berührt.

Ich trank von dem Bier, es war so kalt, dass es in der Speiseröhre schmerzte.

Christian Hunzicker blickte mich an, seine Augen waren gerötet. »Na, wie hört sich das für Sie an? Ich hoffe, Sie zerfließen vor Mitleid mit mir. Die arme, ahnungslose Beute, die von der bösen Spinne gefangen und gefressen wurde. Ich wünschte, ich würde es selber glauben.«

Er ließ sich wieder in den Sessel fallen.

»Seit einem Jahr rede ich mir ein, dass ich nicht schuld war. Dass das jedem Mann so passiert wäre. Wir sind alle so verdammt eitel. Vanessa hat mir das Gefühl gegeben, etwas Besonderes zu sein. Kati war zu der Zeit nur noch mit sich beschäftigt. Sie hatte im Job an allen Fronten zu kämpfen. Ich hatte eine Phase, da konnte ich es nicht mehr hören, den ganzen internen Kram, wer ihr jetzt wieder übel mitgespielt hatte. Diese Paranoia. Sie fühlte sich verfolgt, auf der Straße, in ihrer Wohnung, egal, wo. Sie ist langsam durchgedreht. Es war einfach nur noch anstrengend. Und ich konnte ihr nicht helfen. Zumindest wusste ich nicht, wie.«

»Und Vanessa Ott steckte hinter Katis Problemen?«

»Das kann ich nicht beweisen. Aber es passierte alles gleichzeitig. Kati hatte nie mit irgendwem Probleme. Sie war der Sonnenschein in ihrer Abteilung, wurde zu jedem Geburtstag eingeladen. Und auf einmal wurden Lügen über sie verbreitet, die anderen wandten sich von ihr ab. Und das fing alles mit dem Tag an, an dem Vanessa Ott bei der IOMAG aufgetaucht ist.«

Draußen zog eine dunkle Wolkenfront auf, es wurde dämmrig im Zimmer. Hunzickers Gesicht lag im Schatten.

»Aber warum?«, fragte ich. »Warum macht sie das?«

»Sie ist krank im Kopf«, meinte er langsam. »Am Anfang haben wir uns ständig gesehen. Gut, ich war scharf auf sie, aber gleichzeitig war sie mir unheimlich. Sie wollte permanent wissen, wo ich bin, was ich tue. Sie hat sich angeklammert. Als ich versucht habe, mich ein bisschen zurückzuziehen, ist sie sofort aggressiv geworden.«

»Wann haben Sie gemerkt, dass es dieselbe Frau ist, mit der Ihre Verlobte im Job zu tun hatte?«

»Als Kati mir die Webseite von Bloomsdale gezeigt hat. Da war ein Foto von Vanessa. Und dann wurde es gruselig …« Er schüttelte den Kopf. »Am selben Tag kam Vanessa mit einer neuen Frisur ins Studio. Ich dachte, ich sehe nicht recht. Sie trug die Haare wie Kati, kurz geschnitten und blond gefärbt. Und sie hatte ein T-Shirt mit irgendeinem bunten Aufdruck an. An dem Abend hab ich kapiert, dass sie irre sein muss. Sie wurde mir echt unheimlich.«

»Und dann?«

»Was dann? Ich hab Schluss mit ihr gemacht. Nach dem Training. Wir waren noch im Studio.«

»Wie hat sie reagiert?«

»Sie hat keinerlei Gefühl gezeigt. Ist gleich gegangen. Ich habe sie danach nicht mehr wiedergesehen. Als Kati dann starb und die Ermittlungen begannen, da hatte ich den Verdacht …« Er starrte vor sich hin. »Nein. Ich war *sicher*, dass sie sich gerächt hat. An Kati und auch an mir.«

Regen prasselte gegen die Scheibe.

»Und der Abschiedsbrief?«

Er schüttelte wieder den Kopf, als wäre er dieses Thema endgültig leid. »Er war nicht von Kati. Ja, ich weiß, was Sie sagen wollen.« Er hob abwehrend die Hand, was ich in der Dunkelheit nur noch schemenhaft erkennen konnte. »Das Gutachten der Schriftexperten. Angeblich war es ihre Schrift.«

Er stand auf und ging ins Schlafzimmer. »Da«, sagte er durch die offene Tür. »Auf dem Kopfkissen hat er gelegen.«

Ich folgte ihm, glaubte, nicht richtig gehört zu haben. »Das ist Katharinas Schlafzimmer gewesen? Sie hat hier gewohnt?«

Obwohl die Luft warm und abgestanden war, bildete sich eine Gänsehaut auf meinen Armen. Auf den Gedanken war ich bisher nicht gekommen. Hatten die beiden hier zusammengelebt? Nein, dafür war die Wohnung zu klein. Das Bett war breit genug für zwei Personen, doch nur auf einer Seite stand ein Nachttisch. An der Wand hing eine Fotoleinwand mit dem Panorama einer Steppenlandschaft. Sand, vertrocknete Sträucher. Erst auf den zweiten Blick erkannte ich einen Tiger, der im Staub lauerte, das dunkle Muster seines Fells hob sich ab vor dem Gelb und dem Grau der Umgebung. Seine Augen faszinierten mich. Sie strahlten Ruhe aus, Gewissheit, gebündelte Kraft. Er konzentrierte sich, aber worauf?

Hunzicker drehte sich mit einer heftigen Bewegung zu mir um, lenkte mich ab von dem Bild.

»Nach Katis Tod wollte ich hier nichts verändern. Ich konnte es nicht. Deshalb hab ich meine Wohnung gekündigt und bin bei ihr eingezogen. Hab mir ein Katharina-Mausoleum errichtet. Aber es ist nur eine leere Schachtel, ohne Inhalt. Das Bild da mit dem Tiger. An dem hat sie gehangen. Ein paar Möbel.

Das Briefpapier. Requisiten. Aber ihre Seele ist nicht mehr hier.«

Er sah aus dem Fenster, und ich folgte seinem Blick. Vor dem schmutzigen Grau der Hofmauer glänzten nass und grün die Blätter einer Esche. Im Hof hörte ich Kinder lachen.

Er knipste eine Leselampe an, öffnete die Schublade im Nachttisch und holte eine flache, fliederfarbene Schachtel heraus. »Das ist das Papier, auf dem der Abschiedsbrief geschrieben wurde. Sie hat es mal geschenkt bekommen.«

Ich streckte die Hand aus, er reichte es mir rüber und setzte sich auf das Bett. Die zartlila Bögen sahen handgeschöpft aus, nicht glatt wie industriell hergestelltes Papier, sondern von Fasern durchzogen, die eine Geschichte zu erzählen schienen.

»So ein schönes Briefpapier hab ich noch nie gesehen«, sagte ich.

Er stieß ein bitteres Lachen aus. »Mag sein, aber Kati hätte niemals einen Brief geschrieben. So was Altmodisches. Vielleicht hätte sie eine E-Mail verschickt. Oder auf Facebook einen Post an ihrer Pinnwand hinterlassen. Aber der eigentliche Beweis für mich ist …«

Hunzicker saß in dem Lichtkegel wie unter einem Scheinwerfer, auf seinem Gesicht lagen gespenstische Schatten.

»Kati wusste nichts von meiner Affäre mit Vanessa.«

12

Der Regen wehte graue Schleier über die Felder entlang der Autobahn. Ich fuhr wie in Trance, die Scheibenwischer flitzten hin und her wie die Pendel eines unerbittlichen Hypnotiseurs. Verschwommen huschten Bilder durch meinen Kopf. Gregor und Vanessa …

Mein Handy klingelte kurz vor dem Wittstocker Kreuz. Ulla machte sich Sorgen, weil sie nicht wusste, wo ich abgeblieben war. Ich berichtete von der Begegnung in Hamburg.

»Komm direkt zu uns«, schlug sie vor. »Tom hat thailändisch gekocht. Es ist noch was übrig.«

Die Aussicht, in Ullas Küche zu sitzen, etwas Warmes zu essen und anschließend aufs Sofa zu fallen, war verlockend normal. Aber in meinem Leben war nichts mehr normal.

»Das ist lieb von dir, danke. Aber ich glaube, ich möchte allein sein. Einfach nur schlafen«, log ich.

Sie versuchte, mich zu überreden.

»Sei nicht böse, Ulla, ich möchte mit niemandem reden. Ich ruf dich an.« Ich drückte das Gespräch mit dem Daumen weg.

Eine Stunde später war ich endlich in Berlin und fand einen Parkplatz vor Gregors Nachbarhaus. Es ging auf Mitternacht zu, doch in der Werkstatt brannte wieder das Licht. Es schien so greifbar nah zu sein: zwanzig Schritte durch den Regen laufen, zu ihm nach Hause kommen, wie ich es schon hunderte Male vorher getan hatte, ihn umarmen. An ihn geschmiegt einschlafen. Meine Sehnsucht nach ihm und der absurde Wunsch, die Zeit zurückzudrehen, alles ungeschehen zu machen, drückten schmerzhaft auf meine Brust. Ich blickte eine Weile durch den Regen auf seine erleuchteten Fenster, bis ich das weiße Auto wahrnahm, das direkt vor der Haustür stand. Es war ein Alfa Romeo. Ich stieg aus, stülpte meine Jacke als Regenschutz über den Kopf. Ich hatte keine Ahnung, was ich jetzt tun wollte. Ich versuchte, in die Werkstatt zu sehen. Sie war leer.

Da ging die Haustür auf, und Vanessa Ott kam heraus. Sie trug ein rostrotes Kleid, lief auf hohen Absätzen die wenigen Schritte zu ihrem Wagen, stieg ein und fuhr weg. Ich hatte ihren Gesichtsausdruck nicht erkennen können.

Ich blickte wieder zur Werkstatt hinüber. Nun war Gregor allein. Nur ein paar Meter entfernt.

Das Gespräch mit Christian Hunzicker ging mir durch den Kopf. Vanessa Ott hatte ihn verführt. Bestimmt hatte sie Gregor mit dem Möbelauftrag geködert, sich als Expertin für Art déco ausgegeben, ihm geschmeichelt, sein Können bewundert. Sie hatte ihm eine Karriere bei dem Online-Auktionshaus in Aussicht gestellt. Und parallel hatte sie ihre Reize als Frau eingesetzt. Hinter ihrer schönen, zerbrechlichen Fassade hatte sie ihren Willen und ihre Fähigkeit zu manipulieren verborgen.

Ich musste Gregor klarmachen, wer diese Frau war. Er war einem Trugbild aufgesessen. Alles, was sie ihm erzählt hatte, war gelogen.

Ich setzte einen Fuß auf die Straße, wo das Wasser in einem Bach den Bordstein herunterlief.

Die Haustür wurde aufgerissen, und Gregor kam heraus. Er zog sich die Kapuze eines Sweatshirts über den Kopf und ging mit eiligen Schritten über die Straße. Ich erstarrte. Seine Bewegungen waren eckig und verkrampft, ich kannte Gregors Körpersprache genau, er musste sehr angespannt oder wütend sein. Jeden Moment würde er mich erkennen. Mich fragen, was ich hier tat. Ich konnte sein Gesicht sehen, es wirkte maskenhaft, sein Blick war auf den Boden gerichtet. Ich wandte mich ab, versteckt unter meiner Jacke. Er ging wenige Meter neben mir vorbei. Nachdem er hinter der Straßenbiegung verschwunden war, löste ich mich langsam aus der Erstarrung.

Was war los mit ihm? Was mochte zwischen ihm und Vanessa Ott vorgefallen sein? Ich spürte den Schlüssel zu Gregors Wohnung in meiner Hosentasche. Ich musste nachsehen. Musste es einfach wissen. Ich würde es ertragen, was es auch war: ein zerwühltes Bett, im Kopfkissen der Duft von Vanessa Otts teurem Parfüm, eine fremde Zahnbürste im Bad ... Doch sosehr die Wahrheit auch wehtun würde, sie schien mir in diesem Moment leichter zu ertragen als nichts zu wissen.

Ich lief zu seiner Haustür, schloss auf und ging hinein. Das Erste, was mir auffiel, war ein unangenehmer Geruch. Es roch verbrannt. In der Wohnung war es dunkel. Ich wollte kein Licht machen, aus Angst, jemand könne es von draußen sehen. In Gregors Schlüsselschublade lag eine kleine Taschenlampe für Notfälle. Ich nahm sie heraus und knipste sie an. Der Gestank kam aus der Küche. Ich ging hinein und leuchtete umher. In einer Pfanne auf dem Herd lag etwas Schwarzes, das sich bei näherem Hinsehen als zwei verbrannte Stücke Fleisch herausstellte. In einem Topf schwammen verkochte Nudeln in milchigem Wasser. Es musste übergekocht sein und hatte sich in das Ceranfeld eingebrannt. Ich richtete den Lichtstrahl auf den Esstisch. Zwei Teller standen dort, eine schlanke weiße Kerze, Weinkelche. Das Tischtuch war nass, auf dem Boden lagen Scherben, mitten darin eine Rose, deren Blütenblätter zermatscht an den Holzdielen klebten. Ein Essen zu zweit, zu dem es nicht gekommen war? Aber warum? Waren sie gleich im Bett gelandet, hatten die Steaks in der Pfanne vergessen?

Ich ging ins Schlafzimmer. Gregor machte sein Bett nie. Die Zudecke war zerwühlt, das Fenster stand weit offen. Da Gregor im Erdgeschoss wohnte, ein riskantes Versehen. Jeder konnte hier hereinklettern. Außerdem war der Boden nass vom Regen. Ich schloss das Fenster, beugte mich über das Kopfkissen und schnupperte. Es roch leicht nach Moschus. Nach Gregors Haarshampoo. Im Arbeitszimmer konnte ich nichts Auffälliges entdecken. Der Computer war ausgeschaltet. Auf dem Schreibtisch lag Gregors Ordner mit der Aufschrift »Rechnungen«. Ich klappte ihn auf. Zuoberst war die Kopie einer Rechnung über die Restaurierung der Art-déco-Intarsienmöbel abgeheftet. Sie war an Vanessa Ott in der Carmerstraße in Berlin-Charlottenburg adressiert, und Gregor hatte in seiner krakeligen Schrift »bezahlt 12.8.« darauf vermerkt. Die Rechnungssumme belief sich auf fast viertausend Euro.

Als Letztes betrat ich die Werkstatt. Zuerst wirkte alles wie immer. Die abgestellten Möbel warfen scharfkantige Schatten, und ich verdeckte den Lichtstrahl mit meiner Hand. Von der Straße aus konnte jeder hineinsehen. Mitten im Raum stand der große, ovale Art-déco-Tisch. Die Intarsien in zarten Perlmutttönen schimmerten wie neu unter einer ebenmäßigen Lackschicht. Doch dann sah ich es. Ein tiefer, hässlicher Kratzer zog sich quer über das dunkle Holz der Tischplatte.

Ich lief bis zum Felsenkeller, stellte mir vor, wie Gregor dort saß und sich betrank, außer sich vor Wut, dass Vanessa seine mühsame Arbeit zerstört hatte. Doch die Kneipe war fast leer, und die Wirtin wischte mit einem Lappen den Tresen trocken. Wo war er? Als ich zurückkam, lag seine Wohnung noch immer im Dunkeln. Ich stieg ins Auto. Was nun? Ich fühlte mich ausgelaugt und erschöpft. Und wenn ich es riskierte, nach Hause zu fahren? Der Gedanke an meine Wohnung ließ mich frösteln. Aber ich konnte die Augen kaum noch aufhalten. Ich musste ein paar Stunden schlafen. Ich startete den Motor.

In meinem Briefkasten lag eine Einladung zu Bennis Einschulungsfeier. Samstag in zwei Wochen. Die Karte kam mir vor wie ein Relikt aus einer anderen Welt. Einer Welt, in der Menschen ungestört ihren Alltag weiterlebten und zu der ich nicht mehr gehörte.

Im Hausflur war es absolut still. Das Haus wirkte leer, kalt und abweisend. Ich stieg die Treppe hoch zu meiner Wohnung und wollte aufschließen. Der Schlüssel ließ sich nicht drehen. Mein Herz schlug bis zum Hals. Die Tür war nicht mehr abgeschlossen. Ich zog ihn heraus und trat zwei Schritte zurück. Jemand war in meiner Wohnung. Nicht jemand. Sie war da.

Meine Gedanken rasten. Ich zwang mich, ruhig zu atmen. Wie war das heute Mittag gewesen, als ich wegen des Schlüsseldienstmitarbeiters hier war? Benni war gekommen. Ich hatte das Schloss nicht benutzt. Und als ich davor hier war? Hatte ich einfach vergessen abzuschließen? Nein, das war mir noch nie passiert. Aber vielleicht hatte mir mein Unterbewusstsein einen Streich gespielt? Es nützte ja nichts, die Tür zu verriegeln, wenn meine Feindin einen Schlüssel besaß. Meine Feindin.

Vor Angst frierend klingelte ich bei Sebastian. Was tat ich da? Es war spät am Abend. Doch ich betete, dass er noch wach war. Als er öffnete und mich sah, nahm sein Gesicht einen erschreckten Ausdruck an. »Janne, was ist los?«

Ich konnte nichts sagen, mich kaum rühren.

»Janne! Was hast du?« Er trat zu mir und nahm mich in den

Arm. Ich presste den Kopf an seine Schulter, und die Tränen kamen unaufhaltsam. Ich versuchte, jedes Geräusch zu vermeiden. Wenn sie hinter der Tür lauerte und mich hörte …

»Lass uns reingehen«, flüsterte ich. »Schließ die Tür.«

Sebastian folgte mir in sein Wohnzimmer, drückte mich aufs Sofa. In der Tür zu seinem Zimmer stand Benni und rieb sich die Augen. Mein Klingeln hatte ihn geweckt.

»Papa, was machst du? Warum ist Janne da?«

»Hallo Benni«, brachte ich hervor. »Es tut mir so leid …«

Sebastian ging zu ihm und legte ihm den Arm um die Schultern. »Komm, leg dich ins Bett. Es ist alles in Ordnung.« Er verschwand mit Benni im Kinderzimmer, ich hörte, wie er summte *Schlafe, mein Prinzchen, schlaf ein …* Nach ein paar Minuten kam er heraus und zog leise die Tür hinter sich zu.

Er setzte sich neben mich und nahm meine Hand. »Erzähl, was los ist. Du siehst echt fertig aus.«

»Ich weiß jetzt, wer die E-Mails manipuliert hat. Es war diese Frau, mit der ich auf deinem Konzert war.«

»Die Unternehmensberaterin?«

Ich nickte. »Sie muss auch einen Nachschlüssel haben. Sie ist jetzt da drin.« Ich zeigte auf die Wand, die unsere Wohnungen verband. Wieder kamen mir die Tränen.

Sebastian legte beide Arme um mich. »Schschsch … ist schon gut«, murmelte er. Ich schluchzte, und mein ganzer Körper bebte. Gar nichts war gut. Er umfasste meine Schultern und sah mich an. »Gib mir deinen Schlüssel«, sagte er.

»Nein, bleib hier«, ich griff nach seiner Hand, sah das Messer in der Aloe vor mir. »Sie ist unberechenbar.«

»Janne«, sagte er mit fester Stimme, »gib mir den Schlüssel. Ich sehe nach. Ich verspreche dir, alles wird in Ordnung sein.«

Ich hoffte so sehr, dass er recht hatte. Ich zog meinen Schlüsselbund aus der Handtasche, reichte ihn Sebastian. Dann kauerte ich mich in die Ecke des Sofas und wartete.

Er kam nach ein paar Augenblicken ins Zimmer zurück und winkte mir. »Komm, es ist niemand da, überzeug dich selbst.«

Ich folgte ihm in meine Wohnung. Er hatte überall das Licht eingeschaltet, und wir gingen von Raum zu Raum. Ich sah meine vertrauten Sachen, mein Nachthemd über dem Rand der Badewanne, ich selbst hatte es dort hingelegt, die angebrochene Flasche Wein in der Küche, ich selbst hatte sie geöffnet, mein Frühstücksteller mit Brotkrümeln in der Spüle. Auf dem Boden lagen die zerstörten Autogrammkarten. Die Erkenntnis traf mich schmerzhaft. Ich würde mich hier nie wieder geborgen fühlen. Es war nicht mehr mein Zuhause.

Im Flur blinkte der Anrufbeantworter und zeigte drei entgangene Anrufe an. Ich drückte auf die Starttaste. Sebastian wandte sich zur Tür, wollte in seine Wohnung gehen. »Nein, bitte bleib noch einen Moment hier«, bat ich ihn.

Auf dem Band war nur ein Rauschen. Nein, noch etwas. »Hörst du das? Da atmet doch jemand«, sagte Sebastian stirnrunzelnd. »Die Nummer ist unterdrückt. Was soll der Mist?«

Das Band schaltete auf die nächste Aufnahme. Wieder das Atmen.

»Sieh mal«, sagte Sebastian, »die Anrufe sind jeweils im Abstand von einer Stunde eingegangen. Meinst du, das ist diese Frau gewesen?«

Ich starrte auf das Gerät, das nun die dritte Nachricht abspielte. Wir hörten einen langgezogenen Laut, ein Wehklagen, aber es war kein Weinen oder Schluchzen. Es klang gespenstisch. Körperlos. Der Laut traf mich ins Mark. Er war, selbst in der Verfälschung der digitalen Aufnahme, der reine, verzweifelte Schmerz.

»Ich glaube, du schläfst bei mir drüben«, sagte Sebastian.

13

Die Nacht erschien mir endlos. Sebastian hatte mir sein Schlafzimmer überlassen und war mit einer Decke aufs Sofa umgezogen. Ich konnte mich nicht erinnern, jemals so erschöpft gewesen zu sein, doch an Einschlafen war nicht zu denken. Irgendwann hörte ich Benni nebenan im Traum sprechen. Als es leise klopfte und Sebastian die Tür einen Spalt öffnete, hatte ich das Gefühl, keine Minute geschlafen zu haben. War es mitten in der Nacht oder schon Morgen?

»Na? Wie geht es? Ich sollte dich um sieben wecken«, sagte er.

Mit einem Ruck setzte ich mich auf und, als öffnete sich ein Schleusentor, füllte sich mein Kopf mit Gedanken an Vanessa Ott. Sebastian versuchte, mich zu einem gemeinsamen Frühstück zu überreden, und Benni bot sich sogar an, frische Brötchen zu holen, doch ich lehnte dankend ab. Schon bei dem Gedanken an Essen rebellierte mein Magen. Ich kochte mir in meiner Küche schnell einen Kaffee, suchte mir etwas zum Anziehen heraus und fuhr zum Sender.

Auf dem Weg zu meinem Büro ging ich bei Michaela vorbei. Wir begrüßten uns kühl. Ich fragte, ob etwas Dringendes anläge, sie verneinte und wandte sich ihrem Bildschirm zu. Wenigstens Evelyn schenkte mir ein zaghaftes Lächeln und wollte wissen, ob es mir wieder besser ginge.

Ich schaltete meinen Computer an, gab das neue Passwort ein, das nun nicht einmal mehr Michaela kannte, und checkte meine E-Mails. Fast alle bezogen sich auf den Smiling Kids Day. Am Vortag hatte von Hirten einen Statusbericht verlangt, in zwei weiteren Mails wurde seine Wortwahl immer unfreundlicher, er drängte mich zu antworten. Offenbar hatte ihm niemand mitgeteilt, dass ich mich krankgemeldet hatte. Auch Mark Winter schien das nicht zu wissen, er hatte um einen Anruf gebeten, in der zweiten Nachricht mit Lesebestätigung. Sollten sie warten, bis sie schwarz wurden. Es war mir egal. Ich hatte nur einen einzigen Gedanken im Kopf. Was wollte Vanessa Ott von mir? Und was wollte sie von Gregor?

Ich rief die Webseite von Auktiona, dem Online-Versteigerungshaus, auf. Unter der Rubrik »Jobs« wurde eine Buchhalterin gesucht, von einer Stellenausschreibung für einen Möbelexperten fand ich keine Spur. Ich rief die Zentrale an und ließ mich mit der Personalabteilung verbinden. In den letzten Jahren hatte ich zum Glück so viel von Gregors Arbeit mitbekommen, dass es mir nicht schwerfiel, mich als Expertin für Antikmöbel auszugeben. Ich fragte nach den Chancen, mich für das internationale Team von Auktiona zu bewerben, doch die Mitarbeiterin blockte mich ab. Das Team sei seit Langem komplett, bestückt mit erfahrenen Leuten. Da das Auftragsvolumen zurückgehe, würden sie sicher niemand Neues dazuholen. Nein, auch in absehbarer Zukunft nicht. Ich bedankte mich höflich und legte auf. Judo und Antikmöbel. Dank der Recherchemöglichkeiten im Netz und der Erfahrung aus ihrem eigenen Job war es Vanessa Ott sicher leichtgefallen, sich als Kennerin auszugeben. Sie hatte Gregor belogen, genau wie damals Christian Hunzicker.

Ich rief bei der Pforte an, hoffte Herrn Keipkes freundliche

Stimme zu hören. Er war nicht im Dienst. Sein Kollege gab mir die Auskunft, dass Frau Ott nicht im Hause sei. Ich ging zum Büro der Unternehmensberater und lauschte. Alles still. Ich klopfte an und hörte Mark Winter: »Herein.«

Als ich die Tür öffnete, stand er auf und kam auf mich zu. »Frau Amelung! Ich hoffe, es … es geht Ihnen gut?« Er stoppte mitten in der Bewegung, räusperte sich, wandte sich um und setzte sich wieder. Auch wenn er versucht hatte, seine Gefühle vor mir zu verbergen, hatte ich die Erleichterung in seinem Blick gesehen. Hatte er gedacht, mir sei etwas zugestoßen? So wie Katharina Schilling?

»Ganz okay, danke.«

Auf dem Schreibtisch von Vanessa Ott lag ihr Dienstnotebook, ein elegantes Schreibset aus Leder und ein leerer Schreibblock mit aufgedrucktem Bloomsdale-Logo.

»Waren Sie gestern nicht da? Sie haben meine Mails nicht beantwortet.«

»Ich war krank.«

Er zögerte. »Ich bin froh, dass es Ihnen besser geht.«

»Froh? Wegen Ihrer Kollegin?«

Er schloss die Augen, einen Moment zu lang für einen Wimpernschlag. »Ja. Ich dachte schon, Sie hätten sich gegenseitig angesteckt. Frau Ott hat sich auch gestern krankgemeldet. Genau wie Sie. Es gibt schon merkwürdige Zufälle, nicht?« Er rang sich ein Lächeln ab.

»Ich glaube nicht an Zufälle.« Ich wunderte mich über meine Ruhe. »Genauso wenig wie Sie.«

Er runzelte fragend die Stirn.

»Ich war gestern in Hamburg.«

»Was soll das heißen?«

»Sie erinnern sich sicher an Katharina Schilling. An die Frau, die sich angeblich in den Tod gestürzt hat.«

Mark Winter zuckte, als ich den Namen aussprach. »Haben Sie nicht das Gefühl, das alles schon mal erlebt zu haben? Vor einem Jahr, bei IOMAG?«

Er lockerte seine Krawatte, als würde sie ihn beim Atmen behindern. »Katharina Schilling. Ja, sie war ... sie hatte ...« Er holte Luft. »Sie hat Selbstmord begangen. Eine junge Frau, die den Verlust ihres Jobs nicht verkraftet hat. Ein Unglück. So etwas kann passieren, wenn jemand psychisch nicht stabil ist. Bloomsdale Consulting kann einem Unternehmen nur Empfehlungen geben. Der Vorstand entscheidet selbst über Kündigungen und Sozialpläne. Niemand kann uns verantwortlich machen. Schon gar nicht für irgendwelche Kurzschlussreaktionen.«

Er presste die Fäuste gegeneinander und musterte mich. »Sie sehen noch immer krank aus. Bleiben Sie doch den Rest der Woche zu Hause. Versuchen Sie, sich zu schonen.«

»Haben Sie Angst, dass ich die Nächste bin, die über eine Brüstung fällt? Wie mitfühlend von Ihnen.« Ich konnte meine Wut nicht mehr verbergen. Ich drehte mich um und ging zur Tür.

»Frau Amelung, warten Sie.«

Ich sah ihn an und bemerkte erst jetzt, wie grau seine Gesichtsfarbe war und wie tief die Schatten unter seinen Augen. Die Sonnenbankbräune war verschwunden.

Er flüsterte fast. »Wenn Sie ... Hilfe brauchen, kontaktieren Sie mich bitte.«

Ich ging und ließ die Tür offen stehen.

Eine Viertelstunde später parkte ich direkt vor dem Jazz-Club, in Sichtweite lag Vanessa Otts Wohnhaus. Ich blieb noch einen Moment im Auto sitzen, dachte an das Konzert zurück. Wie glücklich sie ausgesehen hatte, versunken in die Musik, mitschwingend im Takt. Wie schön sie an dem Abend gewesen war. Und wie sie die Blicke der Männer auf sich gezogen hatte. Sie musste Verehrer ohne Ende haben. Warum spannte sie einer Frau wie Katharina Schilling den Verlobten aus? Einen durchschnittlich aussehenden Typ, der ein langweiliges Leben führte und nicht mal Karriere gemacht hatte. Und was wollte sie von Gregor? Gut, er war nicht durchschnittlich. Aber auch er lebte in einer vollkommen anderen Welt als sie. Meine Wut wuchs immer weiter. Was bildete sie sich ein? Hatte sie einfach Spaß daran, fremde Leben kaputt zu machen?

Ich lief die paar Schritte die Carmerstraße entlang. Vanessa Otts Haus hatte eine sorgfältig restaurierte Stuckfassade. Jede Wohnung besaß einen Balkon. Ich ging auf die Haustür zu, las die Namen auf dem hochglanzpolierten Messingschild. Vanessa Ott, Vorderhaus, dritter Stock. Ich zwang mich, nicht Sturm zu klingeln. Ich drückte den Knopf und wartete. Es tat sich nichts. Mark Winter hatte gesagt, sie habe sich krankgemeldet. Vielleicht war sie beim Arzt. Ich klingelte erneut. »Ja?«, drang ihre Stimme durch die Sprechanlage. »Janne Amelung.« Nach einem Moment summte der Türöffner. Ich durchquerte einen Flur mit dunkelroten Läufern und stieg die Treppen hoch. Es gab kein Zögern und kein Ausweichen mehr. Ich ließ mir keine Lügen mehr auftischen. Was ging vor im Kopf dieser Frau, die sich zu meiner Feindin erklärt hatte, ohne dass ich verstand, warum? Sie öffnete. »Endlich«, sagte sie mit brüchiger Stimme. »Gott sei Dank sind Sie endlich da.«

Ihre Pupillen waren winzig und das Weiß der Augäpfel mit roten Äderchen durchzogen. Sie hielt einen Arm vor ihren Magen gepresst, mit dem anderen stützte sie sich am Türrahmen ab. Ihr Gesicht war kalkweiß. Offenbar hatte sie sich eilig etwas zum Anziehen übergeworfen, denn ihre Bluse war falsch geknöpft. Ihr Anblick schockierte mich. Kurz sah ich sie vor mir, wie sie in der Bar gestanden hatte, das grüne Tuch im Haar, perfekt gestylt und geschminkt. Wie sie mit Gregor anstieß und ihre Augen strahlten. Jetzt schien sie kurz vor dem Zusammenklappen zu sein. In meinem alten Leben hätte ich den Impuls gehabt, einen Arm auszustrecken, um sie zu stützen und in die Wohnung zu bringen. Jetzt nicht mehr. Ich gönnte es ihr. Es sollte ihr richtig dreckig gehen.

»Ich muss mit Ihnen reden«, sagte ich kalt.

»Ja. Natürlich. Kommen Sie rein.«

Sie wankte voraus durch einen Flur, an dessen taubenblau gestrichenen Wänden sich zwei mannshohe Spiegel gegenüberhingen, einer in einem goldenen, einer in einem silbernen Rahmen. Zwischen zwei verschlossenen Zimmertüren stand eine Kommode, darauf eine Vase mit einer Orchidee aus Seide. Ich folgte ihr in eine geräumige Küche. Die Kochinsel mit Ceranfeldern in der Mitte sah unbenutzt aus. Ringsum sah ich blitzblanke Arbeitsflächen. Nichts stand oder lag hier herum, kein Geschirr, kein Topf, kein Toaster, keine Brotschneidemaschine. Einen einzigen Gegenstand entdeckte ich dennoch. Einen Holzblock für sechs Messer. Einer der Schlitze war leer.

An die Wand geschraubt, befand sich ein halbrunder Klapptisch mit zwei zierlichen Stühlen. Darüber hing ebenfalls ein Spiegel. Vanessa Ott schwankte auf einen der beiden Stühle zu und setzte sich mit einem erleichterten Seufzer. »Möchten Sie etwas? Kaffee?«

Ich schüttelte nur den Kopf.

»Ich hab mir wohl eine Magen-Darm-Grippe eingefangen«, sagte sie. »Ich hoffe, ich stecke Sie nicht an.«

»Keine Sorge.«

»Sie sind sicher wegen Ihres Freundes gekommen? Sie sind wütend auf mich, das sehe ich Ihnen an.«

Es schien sie nervös zu machen, dass ich so wortkarg war.

»Sie fragen sich, woher ich ihn kenne. Was ich von ihm will.«

Ich reagierte nicht.

»Und vor allem, ob ich mit ihm ins Bett gehe.«

Meine Augenlider zuckten, ohne dass ich es verhindern konnte. Sie hatte meine Reaktion gesehen. »Sie Ärmste. So viele Fragen. Und keine Antworten.«

Sie stand auf, nahm aus einem Schrank ein Glas und füllte es mit Wasser aus dem Hahn.

»Erstaunt Sie das?«, fragte ich in ihren Rücken. »Sollte mir das alles gleichgültig sein? So gleichgültig wie Ihnen die Männer, mit denen Sie was anfangen?«

Sie wandte sich nicht um.

»Und nicht nur die sind Ihnen egal. Auch alle anderen, mit denen Sie zu tun haben.«

»Nein ... Sie haben keine Ahnung.«

Als sie sich umdrehte, erkannte ich, dass ich sie verletzt hatte.

»Sie zum Beispiel waren mir nicht egal. Ich war immer auf Ihrer Seite. Ich habe mich für Sie eingesetzt. Fragen Sie Mark Winter.« Sie holte Luft. »Die Sache mit Gregor tut mir so unendlich leid. Sie hatten mir erzählt, dass er Möbel restauriert, und zuerst wollte ich diesen alten Tisch gar nicht mehr aufpolieren lassen. Aber dann dachte ich, warum ihn nicht mal einem Experten zeigen? Wegschmeißen kann ich ihn immer noch. Ich habe ihn zu Gregor gebracht, und er hat mir die Augen geöffnet, was für ein wertvolles, wunderschönes Möbel ich da besitze. Dass es sich lohnt, daran zu arbeiten.«

Seinen Namen aus ihrem Mund zu hören, war wie eine Ohrfeige. Ich konnte mir ausmalen, wie diese erste Begegnung abgelaufen war. Wenn Gregor ins Schwärmen geriet, wirkte seine Begeisterung ansteckend. Er hatte ihr restaurierte Tische gezeigt, verschiedene Lackierungen, alte und edle Hölzer, er war in seinem Element gewesen. Sie hatte die Lösungsmittel gerochen, das Holz und den Staub und, wenn sie neben ihm gestanden hatte, auch Gregors Körper und den Moschusduft seines Haars.

»Und dann sind Sie in Verzückung über seine Intarsien-Sitzgruppe geraten, haben ihm viertausend Euro versprochen und ihm ein Lügenmärchen von einem tollen Job in einem Expertenteam erzählt.«

Sie legte eine Hand über ihren Mund, und ich erkannte, dass ihre Augen voller Tränen standen. »Ich kann Ihre Wut so gut verstehen«, presste sie zwischen den Fingern hervor. »Es ist unverzeihlich. Es hätte nie passieren dürfen.«

»Was? Was hätte nie passieren dürfen?«

»Ich habe mich in ihn verliebt.«

Ich schrie fast vor Wut. »Das ist gelogen. Sie haben sich in die Idee verliebt, ihn mir wegzunehmen.«

Sie war mit zwei Schritten bei mir, stürzte fast auf mich. »Nein! Nein, das dürfen Sie nicht denken. Ich ... oh, Mist!« Sie lief aus der Küche.

Ich stand auf. Sie war in einem Badezimmer verschwunden, durch den Spalt in der Tür sah ich einen Spiegel, der die gekachelte Wand fast verdeckte, darunter ein Waschbecken. Ich hörte, wie sie sich heftig übergab. Ich blieb im Türrahmen stehen. Der Brechreiz schien vorüberzugehen. Sie beugte sich über das Becken und erschien dann in der Badezimmertür, noch bleicher als zuvor.

»Bitte, denken Sie nicht so von mir. Sie wissen ja nicht, wie das ist ... Ich wünsche mir so sehr eine echte Beziehung. So eine wie Sie und Gregor sie haben. Die Sehnsucht war einfach zu stark.«

»Was ist denn mit Ihrem Verlobten?«

»Er existiert gar nicht. Ich habe ihn erfunden, damit Sie denken, dass ich … dass ich eine normale Frau bin, die ein erfülltes Leben hat.« Sie zitterte, als habe sie Schüttelfrost. »Gregor liebt Sie so sehr. Und Sie wissen das gar nicht zu schätzen.« Ihre Stimme wurde kälter. »Sie nehmen und nehmen. Liebe und Zuneigung. Sie werden von allen überschüttet damit und bemerken es nicht mal.«

Sie würgte, fuhr herum zum Waschbecken und krümmte sich zusammen. Ihre Beine knickten ein, und sie fiel auf die Knie. Sie übergab sich auf den Boden, ein Schwall landete auf ihrer Bluse. In einem der Zimmer klingelte ein Telefon. Vanessa Ott schien es nicht zu hören. »Hauen Sie ab«, stieß sie hervor. »Ich brauche Sie nicht. Und das mit Gregor ist keiner Rede mehr wert. Er hat mich nur benutzt. Er hat sich an meiner Bewunderung aufgegeilt, genauso eitel und dumm wie alle Männer. Er hat mit mir geschlafen, und wenigstens ihm hat es riesigen Spaß gemacht.«

Ich sah das verbrannte Fleisch in der Pfanne vor mir, den gedeckten Tisch, die Splitter der Vase, die zertretene Rose. Und den tiefen Kratzer im Lack des Tisches. In diesem Moment entdeckte ich das Messer. An der Klinge war Blut. Es lag auf dem Boden in der Nähe der Toilettenschüssel, nicht weit von Vanessa Ott entfernt. Als hätte sie meinen Blick bemerkt, streckte sie den Arm aus und griff danach.

»Hauen Sie endlich ab«, sagte sie. »Ich will allein sein.«

Ich starrte sie an. Für einen Moment erschien es mir einfach, zu gehen. Wie eine unglaubliche Erleichterung. Vanessa Ott war krank und unberechenbar. Ich würde die Tür zumachen, sie aus meinen Gedanken verbannen und sie vergessen. Doch ich wusste, dass das nicht möglich war. Sie hatte sich in meinem Leben eingenistet wie ein Holzwurm, sie lebte in den Schatten in meiner Wohnung, in jeder zärtlichen Geste zwischen Gregor und mir. Ich konnte mir noch so sehr wünschen, sie wäre fort, es würde nichts nützen. Sie hatte Macht über mich gewonnen, und dafür hasste ich sie.

Nimm das Messer und stich sie ab!

Ich schnappte nach Luft. Das war nicht ich, die das gedacht hatte. Die einem anderen Menschen den Tod gewünscht hatte, eiskalt und gefühllos. Vanessa Ott lag am Boden, verzweifelt, das Messer in der Hand. Ich war die Starke. Wenn ich ging und sie sich etwas antat, würde ich mir das nicht verzeihen können.

Ihre Augen forschten in meinem Gesicht. Ich machte einen zögerlichen Schritt auf sie zu. Vielleicht konnte ich ihr das Messer wegnehmen. Später sollte ich mich wieder und wieder fragen, was geschehen wäre, wenn ich in diesem Moment gegangen wäre. Vielleicht wäre alles anders gekommen. Aber ich tat es nicht. Ich entschied mich, ihr aufzuhelfen. Ich konnte sie nicht da liegen lassen. Hinter der Zimmertür ging erneut das Telefon. Irgendjemand schien sie dringend erreichen zu wollen. Gab es doch jemanden in ihrem Leben, der sich um sie sorgte, der wusste, dass sie krank war, und fragen wollte, ob sie etwas brauchte? Hatte sie ihre angebliche Einsamkeit, die Sehnsucht nach einer Verbindung zu einem Menschen, genauso erfunden wie alles andere, eine weitere Masche, um mich zu manipulieren? Aber vielleicht war es auch nur die Sekretärin von Bloomsdale, die wissen wollte, wo ihre schriftliche Krankmeldung blieb.

Als sie sah, dass ich mich näherte, begann sie zu schluchzen. Ich ging in die Hocke und nahm ihr das Messer aus der Hand. Das Blut glänzte feucht. Ich ekelte mich vor dem Anblick, mir wurde fast schlecht. Ich nahm das Messer mit zwei Fingern oben am Griff und trug es in die Küche. Wohin damit? Ich ließ es in die Spüle fallen. Dann ging ich zurück zu ihr.

»Legen Sie sich irgendwohin.« Ich half ihr, auf die Beine zu kommen. Sie lehnte sich an mich, ihr Schluchzen wurde stärker. Ich versuchte, sie möglichst wenig zu berühren, ihre Nähe war fast unerträglich für mich. Ich schob sie von mir weg und zeigte auf die nasse Bluse, an der Erbrochenes klebte. »Die ziehen Sie am besten aus.«

Sie knöpfte sie auf, streifte sie ab und ließ sie zu Boden fallen. Sie fror. Ich konnte nicht anders, als sie für einen Moment durch Gregors Augen zu betrachten. Sie trug einen apricotfarbenen BH aus Spitze. Ihre Brüste waren klein, sodass sie ihn nicht gebraucht hätte. Unter ihrer makellosen weißen Haut sah ich jeden Knochen und jede Rippe. Ich konnte mir Gregor und diese Frau nicht zusammen vorstellen, trotzdem hallten ihre Worte durch meinen Kopf, wie viel Spaß er mit ihr gehabt hatte. Ich drängte die absurden Bilder weg, griff nach einem Bademantel am Haken an der Tür und reichte ihn ihr. Als sie die Arme hob, um ihn zu nehmen, sah ich die Schnittwunden an ihren Unterarmen. Sie waren blutverschmiert, und die Wunden bildeten offenbar gerade erst feine Krusten. Sie bemerkte meinen entsetzten Blick, sagte aber nichts.

»Wir müssen … Haben Sie Jod und Verbandszeug?«

Sie schüttelte den Kopf, als hätte ich einen unsinnigen Vorschlag gemacht. »Das lohnt sich nicht.«

Hieß das, sie machte das dauernd? Ich wollte es gar nicht wissen.

Ich half ihr, den Bademantel überzuziehen. Sie wickelte sich darin ein und knotete den Gürtel in der Taille zu. Ich hakte sie unter und brachte sie in den Flur. Ich wusste nicht, warum, aber ich steuerte auf die rechte Tür zu, hinter der ich ein Sofa oder Bett vermutete. In diesem Moment ging dort das Telefon erneut.

»Nein, nicht da rein«, sagte sie scharf und bewegte sich auf die andere Tür zu. Das Klingeln stoppte, und ich hörte eine Männerstimme, die offenbar auf den Anrufbeantworter sprach. Ich konnte die Worte nicht verstehen, aber die Stimme kam mir bekannt vor. Sie klang erregt. Wütend. Und auf einmal hörte ich meinen Namen.

Der Mann hatte etwas über mich gesagt! Ein Knacken, ein Piepen. Die Ansage war beendet.

Ich blieb stehen. »Wer war das?«

Vanessa Ott keuchte, riss sich aus meinem Griff los, lief zum Badezimmer zurück und schloss die Tür. Sie drehte den Schlüssel um. Ich folgte ihr, wartete vor der Tür, hörte, wie sie voller Schmerz keuchte und würgte und sich übergab. Irgendwann wurde es still.

Ich klopfte, hämmerte dann mit der Faust gegen die Tür.

»Warum gehen Sie nicht endlich?« Ihre Stimme klang matt, aber die Wut darin war nicht zu überhören. »Sie denken, jeder würde Sie brauchen. Aber das stimmt nicht. Sie ahnen gar nicht, wie überflüssig Sie sind.«

Ich drehte mich um, durchquerte den Flur und öffnete die Tür zu dem Zimmer mit dem Telefon. Es war das Wohnzimmer. Ich erschrak. Vor mir breitete sich ein Schlachtfeld aus. Das Sofa, der Tisch und der Boden waren übersät mit Essensresten und aufgerissenen Packungen. Toastscheiben, zerrupft und zerbröselt, eine geöffnete Dose mit Fisch, aus der Öl auf das Sofa gelaufen war, eine Tüte Erdnussflips, der halbe Inhalt verstreut, ein Sechserpack Muffins. Dazwischen Kekse, Müsliriegel, Schokolade, Wiener Würstchen, ein Jumbobecher mit Vanillepudding. Auf dem Becher war ein kleines, verschmitzt blickendes Mädchen abgebildet. Eine Fernsehwerbung kam mir in den Sinn. Eine Mutter mit weißer Schürze und Holzkochlöffel. Sie rührt voller Hingabe einen Pudding im Topf. Das kleine Mädchen steckt zwei Finger hinein und schleckt sie ab wie ein Kätzchen seine Pfoten. Die Mutter lächelt liebevoll.

Ich balancierte durch das Chaos zu einem Regal, in dem der Anrufbeantworter stand, spulte zurück und drückte auf »Wiedergabe«.

»Vanessa, was soll das? Geh doch ran.« Das war nicht die Männerstimme von vorhin, es klang nach einer alten Frau. »Ich weiß, dass du zu Hause bist. Du hast dich krankgemeldet. Wolltest du mir das verheimlichen?« Sie seufzte. »Ich krieg doch sowieso alles raus. Hast du gegessen? Drei vernünftige Mahlzeiten. Du willst nicht wieder im Krankenhaus landen, oder? Es war schrecklich für mich, dich mit diesen Schläuchen und Sonden im Körper zu sehen. Meine Schöne … Du warst immer die Schönste von allen.« Eine kurze Pause. »Vanessa? Bist du beim Arzt? Oder …? Triff dich bloß nicht mehr mit ihm. Hörst du? Er nutzt dich nur aus. Er wird dich verletzen, das weiß ich. Wir reden noch mal darüber. Ich melde mich in einer Stunde wieder, dann wirst du ja hoffentlich zurück sein.« Es klickte, das Band sprang weiter auf die nächste Nachricht. Die Männerstimme. Wütend und ungeduldig. Aus der Nähe erkannte ich sie: Es war Helmut Eichstätt.

»Was soll das? Du kannst nicht einfach abtauchen, jetzt, wo es kompliziert wird. Mark hat was mitbekommen, er ist ja nicht blöd.« Ein schweres Atmen. »Aber du machst ja sowieso, was du willst. Schick den verdammten Brief meinetwegen ab. Aber dann gib Ruhe. Es reicht, dass Janne Amelung ihren Job verliert. Danach ist Schluss. Ich will nicht noch mal so einen Wirbel. Und ruf mich nicht zurück. Ich bin gerade in der Klinik. Inga hat sich ein wenig erholt. Aber sie ist sehr labil.« Längere Pause. »Bitte, Vanessa … lass uns in Frieden. Ich bitte dich darum.« Es rauschte noch einen Moment, doch die Nachricht war zu Ende. Das Band schaltete sich ab.

Aus dem Badezimmer hörte ich leises Stöhnen, ab und zu ein Würgen. Ich verließ die Wohnung.

14

Mein Handy klingelte. Schon am Klang von Ullas Stimme konnte ich hören, dass etwas nicht stimmte. »Was ist los?«

»Er hat mich abserviert.«

»Wer? Tom?«

Ihre Stimme bebte. »Ich war heute früh für die Nachrichtenagentur bei einem Politiktermin. Tom ist allein zum Prozess gefahren, und ich wollte nachkommen. Und vor einer halben Stunde habe ich eine Mail von der Redaktion bekommen, dass ich raus bin: ›Herr Markert schafft das nun ohne Sie. Ist ja jetzt gut eingearbeitet, es macht keinen Sinn, dafür zwei Mitarbeiter zu bezahlen. Wenn er krank ist oder verhindert, rufen wir Sie an.‹«

Ich saß noch in meinem Auto, nahe bei Vanessas Haus. »Ulla, das tut mir so leid. Warum hast du dich nicht gleich gemeldet?«

»Hab ich.«

Mir fiel ein, dass ich mein Handy lautlos geschaltet hatte. »Ich komme zu dir, okay?«

»Nein, du hast gerade selbst genug um die Ohren.«

»Das stimmt. Ich muss dir auch was erzählen.«

Im Hintergrund hörte ich ein lautes Krachen.

»Ulla? Was machst du?«

»Ich werfe sein ganzes Zeug auf den Müll.«

Als ich bei Ulla eintraf, war sie immer noch außer sich vor Wut. Im Wohnzimmer hatte sie Toms Kleider, Bücher und Zeitschriften auf einen Haufen geschmissen. Sie lief wie ein eingesperrtes Tier in der kleinen Küche auf und ab, während ich an ihrem Tisch saß. Nach der Begegnung mit Vanessa Ott fühlte ich mich ausgelaugt wie nach einem Marathonlauf. Mein Magen schmerzte. Es war längst nicht vorbei. Was für einen Brief hatte Eichstätt gemeint? Was planten sie? Meine Kündigung?

Im Moment war Ulla nicht ansprechbar. Obwohl ich keinen Kaffee wollte, goss sie mir eine Tasse ein.

»Es war ein abgekartetes Spiel, von Anfang an. Tom wusste, er kriegt den Auftrag nur mit mir gemeinsam. So ein Greenhorn setzen sie nicht allein an den wichtigsten Prozess des Jahres. Die ganze Flirterei und Schleimerei! Mir wird schlecht, wenn ich daran denke. Wie er sich angestrengt hat im Bett! Vermutlich hat er sich geekelt. Jetzt muss ich's der Alten wieder besorgen. Aber was tut man nicht alles für die Karriere! Generation Praktikum, sag ich nur.«

Sie setzte sich und vergrub den Kopf in den Händen. Ich stand auf und legte den Arm um ihre Schulter. »Ulla … ich kann deine Wut ja verstehen, aber … hast du mal überlegt, dass du Tom vielleicht unrecht tust? Vielleicht hat er selbst mit der Entscheidung nichts zu tun. Stell dir vor, die Redaktion hat einsam beschlossen, dass ein Berichterstatter allein ausreicht, und er war von der Nachricht genauso geschockt wie du.«

Ulla hob langsam den Kopf. »Und wieso meldet er sich dann nicht?«

»Vielleicht, weil er ahnt, wie du gerade drauf bist? Dass du recht impulsiv bist, müsste er inzwischen mitbekommen haben.«

»Ich reagiere völlig normal.«

»Das bestreitet keiner. Ich finde nur, du solltest ihn nicht verurteilen, solange du nicht die Hintergründe genauer kennst.«

»Aber ich rufe ihn nicht an.«

Ich zuckte mit den Schultern. »Vielleicht weiß er noch gar nichts darüber. Du sagst doch, er war beim Prozess und ...«

»Sie müssen ihn doch gefragt haben.«

»Warum? Sie rechnen doch nicht damit, dass er das ablehnen könnte.«

Ulla stand ruckartig auf und ging ins Wohnzimmer. Ich folgte ihr. Sie legte Toms Bücher und Zeitschriften wieder auf den Sofatisch, stopfte T-Shirts und ein Hemd in den Wäschekorb und hängte seine Jacke an die Garderobe im Flur. »Ich kann nur hoffen, dass du recht behältst. Ob er sich nun ekelt oder nicht, er ist der beste Liebhaber, den ich je hatte.«

Unsere Blicke trafen sich, und wir mussten grinsen. Im nächsten Augenblick wurde ich wieder ernst. »Kann ich dir auch was erzählen?«

»Klar, lenk mich bloß ab von diesem kleinen, gutaussehenden, karrieregeilen Mistkerl.«

Nach meinem Bericht über die letzten zwei Tage sah Ulla mich fassungslos an. »Was für ein Biest. Ich hätte sie umgebracht!«

»Nicht, wenn du sie gesehen hättest. Die Schnittwunden an ihren Armen bluteten noch. Und dieses ganze Essen in sich hineinzustopfen und dann zu erbrechen ...« Mir wurde allein von der Erinnerung an das absurde Sammelsurium an Nahrungsmitteln noch flau im Magen.

»Dosenfisch mit Vanillepudding?« Ulla verzog den Mund. »Das bringen nicht mal Schwangere fertig.«

Ich schüttelte nur stumm den Kopf, noch immer schockiert. »Diese alte Frau auf ihrem Band ... Das muss ihre Mutter gewesen sein. Die Ansage war gruselig. Es klang, als ob sie Vanessa rund um die Uhr kontrollieren würde. Sie hat ihr sogar verboten, sich mit irgendeinem Mann zu treffen.«

Ulla schnalzte mit der Zunge. »Einer erwachsenen Tochter? Das ist krass.«

»Ich vermute, da ging es um Eichstätt.« Ich setzte mich aufs Sofa. »Das ist doch merkwürdig. Sie hat mir bei unserem ersten Gespräch erzählt, ihre Mutter habe sich umgebracht, als Vanessa zwölf war.«

»Vielleicht ein Wunschtraum. Aber du kannst davon ausgehen, dass du aus dem Mund dieser Frau noch nie ein wahres Wort gehört hast.«

Ulla ging hinaus und kam mit einer Flasche Grappa zurück. Sie nahm zwei Gläser aus dem Schrank. Es war noch nicht mal Mittag.

»Für mich nicht, ich muss einen klaren Kopf behalten.«

Ulla goss sich ein. »Ich auch. Aber jetzt brauch ich einen.«

Ich schob ihr mein Glas hin, sie grinste kurz und füllte es. Wir kippten den Inhalt auf Ex hinunter.

»Was willst du jetzt machen?«, fragte Ulla.

Ich hob die Schultern. »Ich weiß nur, dass ich Vanessa Ott irgendwie stoppen muss.«

»Was ist das für ein Brief, von dem Eichstätt gesprochen hat?«

»Ich hab keine Ahnung.«

»Du hast es da mit einer Psychopathin zu tun«, sagte Ulla. »Sie hat alle Menschen in deinem Umfeld so manipuliert, dass sie sich von dir abgewendet haben. Und nun holt sie zum finalen Schlag gegen dich aus. Sie hat, oder hatte, eine Affäre mit Eichstätt und erpresst ihn damit. Er hat Angst um seine Ehe und lässt sie gewähren. Und von Hirten freut sich sowieso über alles, was dir schadet.«

»Ich muss mit Mark Winter reden.«

Ulla winkte ab. »Vergiss es. Der gehört zu dieser üblen Brut dazu. Intern herrscht da ein Hauen und Stechen, aber wehe, jemand greift Bloomsdale von außen an. Die liefern sich nicht gegenseitig ans Messer.«

Ich schüttelte den Kopf. »Versetz dich in seine Lage. Nach dem Projekt heißt es ›up or out‹. Entweder ihm oder Vanessa Ott wird gekündigt. Er muss doch eine unglaubliche Wut auf sie haben. Sie spielt falsch. Erpresst Eichstätt. Gefährdet den Ruf des Unternehmens.«

»Sei bloß vorsichtig, Janne. Das sind Haifische, und Mark Winter ist einer von ihnen.«

Ich stand auf. »Mag sein, aber er und ich sind in der gleichen Situation. Vanessa Ott zerstört unsere Existenz. Und wir beide haben Angst vor ihr.«

Mark Winters Büro war leer. Wie mir der Pförtner berichtete, hatte er keine zwanzig Minuten zuvor den Sender verlassen. Ich suchte seine Visitenkarte heraus und rief ihn auf dem Diensthandy an.

Als er meinen Namen hörte, versuchte er, mich abzuwimmeln. Er sei in der Mittagspause und wisse nicht, wann er zurück im Büro sein könne.

»Sie haben mir heute früh Ihre Hilfe angeboten. Ich muss sofort mit Ihnen sprechen.«

Er zögerte. »Ich bin draußen am Schlachtensee. In einer Stunde könnte ich …«

»Ich komme raus«, unterbrach ich ihn.

Wir verabredeten uns an der Bootsvermietung. Als ich am Ufer ankam, war es drückend warm, und für einen Werktag waren viele Jogger und Spaziergänger unterwegs. Es vergingen ein paar Minuten, bis mir auch Mark Winter im Joggingdress entgegenkam. Er wischte sich den Schweiß aus dem Gesicht.

»Kommen Sie, gehen wir hier entlang.«

Wir nahmen einen Weg, der vom Seeufer weg in den Wald führte. Hier war kaum noch ein Mensch zu sehen.

»Ich habe mit Vanessa Ott gesprochen«, begann ich.

Er sah mich erstaunt an. »War sie im Sender?«

»Nein, ich war bei ihr zu Hause.«

»Wie geht es ihr?«

Wie viel mochte er über sie wissen? Sollte ich bei der offiziellen Magen-Darm-Grippe bleiben oder konnte ich mit ihm über Vanessas Bulimie sprechen?

»Noch nicht gut«, sagte ich ausweichend. »Und mein Besuch wird ihren Zustand noch verschlechtert haben, denn ich habe ihr unangenehme Fragen gestellt.«

Als Mark Winter schwieg, fuhr ich fort: »Ich habe sie auf die Parallelen zu der Geschichte mit Katharina Schilling angesprochen.«

»Und? Was hat sie dazu gesagt?«

»Sie hat beteuert, dass sie mir nie schaden wollte. Dass sie sich für mich eingesetzt hat. Ich glaube ihr kein einziges Wort.«

Er zögerte. »Zu Beginn war es so. Sie war begeistert von Ihnen und Ihrer Abteilung. Dann hat sie ihre Meinung auf einmal geändert. Sie ist oft sehr sprunghaft, aber ich war ziemlich geschockt, das muss ich zugeben.«

»Wissen Sie noch, wann das genau gewesen ist?«

Er schüttelte unwillig den Kopf. »Aber ich glaube, es begann an diesem Morgen, als sie zu spät ins Büro kam. Als es ihr plötzlich schwindelig wurde.«

Er wusste es so genau wie ich: Es war der Morgen nach dem Jazzkonzert gewesen. Als sie die Kontrolle über sich verloren hatte, sich heimlich die Arme aufgeritzt hatte, bis es blutete. Ich sah sie vor mir, am nächsten Morgen im Sender, wie sie im Waschraum zusammengebrochen war. Und Mark Winters Blick auf mich, als ich sie zurück ins Büro gebracht hatte: voller Hass. Hatte er damals schon geahnt, dass etwas begann, das sich nicht mehr stoppen ließ? Hatte er an die Anfänge in Hamburg gedacht? An Katharina Schilling? Und mich deshalb gehasst, weil ich die Nächste war, die sie alle ins Unglück stürzte?

»Es war kurz nachdem Ihr Chef aus London zurückgekommen war. Plötzlich saß sie dauernd mit Gunter von Hirten zusammen und hat ihn von der Notwendigkeit eines Sparkonzeptes überzeugt.«

»Das ging also von ihr aus?«

Er nickte. »Ich fand den konzeptionellen Ansatz bedenkenswert. Schließlich müssen wir am Ende ein Cost-Cutting erreichen. Ich habe zunächst nur die Benefits für Alfa.Sat gesehen.«

»Und dann?«

Er verlangsamte seine Schritte. »Dann brachte sie die Idee auf den Tisch, das Event-Marketing als Profit-Center outzusourcen. Aber die Abteilung erledigt zahlreiche Einzelleistungen, die derzeit pauschal entlohnt werden, dann aber einzeln als Dienstleistung bezahlt werden müssten, plus den ganzen Verwaltungsaufwand. Im Vergleich mit anderen Dienstleistern wäre sie nicht mehr marktfähig.«

Seine Worte rauschten durch meinen Kopf. Was ich verstand, war, dass sich die Ausgliederung meiner Abteilung nicht rechnen würde. Das hätte ich Bloomsdale gleich sagen können. »Das muss Frau Ott doch auch klar gewesen sein.«

Er kickte einen Stein vom Weg ins Gebüsch. »Sie hat mit von Hirten die Datenbasis plausibilisiert.«

»Sie hat was?«

»Die Daten zurechtgebogen.«

»Und Sie haben das so hingenommen?«

»Nein, natürlich nicht. Aber ich kam an Eichstätt nicht ran mit meinen Argumenten.«

»Und warum nicht?«

Er zögerte.

»Läuft da was zwischen den beiden?«

»Hören Sie auf.« Eine Weile ging er schweigend neben mir her. »Wie auch immer«, sagte er dann. »Ich interessiere mich nicht für das Privatleben meiner Kollegen.«

Ich blieb stehen. Ich konnte meine Wut nicht mehr zügeln. »Na, dann ist ja alles prima so, oder nicht? Die Zahlen in meinem Budgetentwurf zu Jörg Ermgassens Honorar waren auch ›plausibilisiert‹. Um mich vor Helmut Eichstätt bloßzustellen. Warum sprechen Sie überhaupt noch mit mir? Offenbar steht ja meine Kündigung schon fest, wenn ich Eichstätts Worten Glauben schenken darf. Es muss nur noch irgendein Brief verschickt werden.«

»Was für ein Brief?« Er kniff die Augen zusammen.

Mir war es egal, ob es klug war, ihn einzuweihen. Ich hatte nichts mehr zu verlieren. Sollte er doch wissen, dass ich heimlich Vanessa Otts Anrufbeantworter abgehört hatte. Ich erzählte ihm, was Eichstätt auf das Band gesprochen hatte.

Er schüttelte den Kopf. »Da ist was Neues im Gange. Ich weiß nicht, was er gemeint haben könnte. Verdammt, ich kann nie voraussehen, was sie als Nächstes tut. Sie ist unberechenbar.«

»Sie haben sie vor einer neuen Katastrophe gewarnt. Ihnen waren die Parallelen zu Hamburg bewusst, und Sie hatten Angst, dass das gefährlich werden könnte. Trotzdem haben Sie geschwiegen. Warum?«

Er schwitzte stark und fuhr sich mit einem Stofftaschentuch

übers Gesicht. »Weil … ich gehofft hatte, dass sie nicht noch mal so weit geht. Aber sie ist noch besessener als damals.«

»Besessen wovon?«

Er zuckte die Schultern. »Wenn ich das wüsste. Bis zu der Sache in Hamburg dachte ich, ich kenne sie ganz gut. Wir haben gemeinsam angefangen bei Bloomsdale. Das schweißt zusammen. Wir waren blutjung, kamen frisch aus dem Studium. Der Job war heftig. Das System funktioniert, weil sich jeder ständig leicht überfordert fühlt, hat mal ein Kollege gesagt. Das fördert den Drive. Und die Angst. Wenn Sie zwölf bis fünfzehn Stunden am Tag arbeiten, dann müssen Sie brennen für den Job, für die Firma. Da ist kaum Zeit fürs Privatleben. Für die Familie. Die meisten von uns leben allein. Unsere Familie heißt Bloomsdale Consulting. Nur dass hier nicht mit Liebe belohnt und bestochen wird, sondern mit Boni, mit Incentive-Reisen, Hilton-Hotelpunkten, Dienstwagen. Am nächsten stehen einem die Leute, mit denen man die ersten internationalen Beratertrainings besucht hat. Die Netzwerke halten ewig. Die wissen, wie man denkt und tickt, wie es sich anfühlt, harte Beurteilungen und Zielvereinbarungen zu bekommen, wenn jedes Jahr die Messlatte höher gesetzt wird. Wer zweimal die Bewertung ›low‹ oder ›failed‹ bekommt, ist draußen.«

»Ich vermute, mit dem Druck können schon psychisch gesunde Menschen schwer umgehen?«

Er verzog den Mund. »Das soll keine Rechtfertigung für Frau Otts Verhalten sein. Und auch keine für meines.«

Ich sah ihn an. »Sie haben gesagt, Sie könnten mir helfen.«

»Nein, habe ich nicht. Ich habe gesagt: Kontaktieren Sie mich, wenn Sie Hilfe brauchen. Das ist ein Unterschied.«

Ich musste wider Willen lachen, seine aalglatte Art war einfach absurd. »Was mit mir geschieht, ist nicht wichtig für Sie, das hab ich schon verstanden. Sie handeln erst, wenn die Gefahr für Sie selbst zu groß wird. Also, was müsste passieren? Müsste Vanessa Ott mir etwas antun? Oder ich mich umbringen, mit einem Abschiedsbrief, der Bloomsdale Consulting belastet? Reicht es nicht, dass Sie Ihren Job verlieren werden, wenn die nächste Beförderung ansteht? Vanessa Ott hat Eichstätt in der Hand. Was glauben Sie, wen er zum Junior Partner macht?«

Er blickte zu Boden, und der Schweiß lief ihm über die Stirn in die Augen, doch er schien es nicht zu bemerken. »Die Sache mit diesem Brief…«, sagte er langsam. »Vielleicht ist das etwas, womit ich arbeiten kann.«

Ich musste nicht lange warten, bis sich das Geheimnis um den Brief lüftete. Am nächsten Morgen, nach einer weiteren Nacht auf Ullas Sofa, wurde ich zu einem Termin in die Vorstandsetage bestellt. Sofort.

Die Sekretärin betrachtete mich mit ängstlichem Blick, als ich ins Vorzimmer kam.

»Weißt du, worum es geht?«, fragte ich sie leise.

»Nein, aber die Stimmung ist ziemlich aufgeheizt. Lehner hat vorhin Lucy angebrüllt. Ich habe ihn noch nie so schreien hören.«

Mit einem beklommenen Gefühl klopfte ich und trat ein. Neben Lehner saß Lucy. Ihr Mund war zu einem schmalen Strich zusammengekniffen. Auf dem Konferenztisch lagen ein bedrucktes Blatt Papier und ein Briefumschlag.

»Frau Amelung«, begann Lehner ohne Begrüßung, »wir haben heute ein anonymes Schreiben bekommen. Darin wird behauptet, dass Sie in den letzten drei Jahren bei der Auftragsvergabe für die Konzerte zum Smiling Kids Day knapp über 100 000 Euro in bar als Anreiz zur Entscheidungsfindung erhalten haben. Von einem Technikdienstleister.«

Ich blickte von ihm zu Lucy. Anreiz zur Entscheidungsfindung? Bestechung? Ich fühlte mich vollkommen ruhig. Er hatte ja nicht von mir gesprochen. Er konnte das doch nicht glauben …? Das also war der Brief.

»Frau Amelung?« Lehners Stimme klang nun schärfer. »Nehmen Sie bitte dazu Stellung.«

Ich schüttelte lächelnd den Kopf. »Ich soll 100 000 Euro erhalten haben, damit ich die Aufträge an einen bestimmten Technikdienstleister vergebe?«

Ich konnte nicht anders, als Vanessa Ott einen Moment lang für diesen Schachzug zu bewundern. Aber, Pech für sie, all das war frei erfunden, und sie konnte mir das niemals beweisen.

»In den letzten drei Jahren, seit Sie beim Sender sind«, bestätigte Lehner. »An die Firma Neonlicht GmbH mit Hauptsitz in Frankfurt, die den Zuschlag als Generalunternehmer erhielt und mit deren Geschäftsführer Sie nachweislich befreundet sind.«

»Wir sind nicht befreundet. Wir kennen uns eben nur seit Jahren und arbeiten sehr gut zusammen.«

»Herr Lehner, ich kann das bestätigen«, setzte Lucy an, doch er überging ihren Einwurf. Er nahm das Blatt und las vor: »›Mitarbeiter der Firma Neonlicht, die zu unserem Informantenkreis gehören, haben von überhöhten Preisabsprachen berichtet, die auf Drängen von Janne Amelung bei Alfa.Sat durchgesetzt wurden. Für ihre Bemühungen hat Frau Amelung von Neonlicht eine Einmalzahlung von 50 000 Euro bekommen, außerdem wurde eine monatliche Vergütung von fünf Prozent der Gesamtvertragssumme vereinbart. Dies entspricht etwa 1500 Euro monatlich, die Frau Amelung über drei Jahre erhalten hat.‹«

»Das ist absoluter Blödsinn«, sagte ich. Lehner las weiter: »›Unsere Erkenntnisse liegen bereits der zuständigen Staatsanwaltschaft vor. Da wir keinen Einblick in die Vergabe der übrigen Gewerke in dem betreffenden Zeitraum besitzen, gehen wir davon aus, dass Sie durch Ihre Interne Revision detaillierte Untersuchungen vornehmen werden. Wir behalten uns vor, diese Missstände auf der diesjährigen Jahreshauptversammlung zur Sprache zu bringen. Da der Alfa.Sat Media AG und damit den Aktionären bereits Schaden in nicht abschätzbarer Höhe entstanden ist, halten wir eine weitere Zusammenarbeit zwischen Frau Amelung und der Alfa.Sat Media AG für unzumutbar. Unterzeichnet: Anonyme Aktionärsvertretung gegen Korruption.‹«

»Sie können gern alle Verträge und Unterlagen der letzten Jahre einsehen. Sie werden nicht den geringsten Beweis für diese absurden Behauptungen finden«, sagte ich mit fester Stimme.

»Nein, umgekehrt wird ein Schuh daraus. Sie beweisen uns Ihre Unschuld, Frau Amelung. Stellen Sie die Unterlagen zusammen und melden Sie sich bei der Internen Revision.«

Lucy zupfte nervös an der Hülle ihres Notebooks herum. »Janne, wir haben auch gehört, dass du versucht hast, für Jörg Ermgassen ein vollkommen überzogenes Honorar anzusetzen.«

»Zum Glück hat Bloomsdale Consulting da direkt einen Riegel vorgeschoben«, sagte Lehner. »Offenbar sind Ihnen persönliche Seilschaften wichtiger als die Loyalität dem Unternehmen gegenüber. Ich habe Sie immer als eine sehr kompetente Mitarbeiterin geschätzt, das wissen Sie, Frau Amelung, aber … sollten sich diese Vorwürfe als wahr erweisen, sehe ich keine andere Möglichkeit, als Sie fristlos zu kündigen.«

Er nickte mir knapp zu. Das Gespräch war beendet.

Zu Lucy gewandt sagte er: »Bleib hier, wir müssen darüber reden, wie wir bei der Hauptversammlung reagieren.«

Ich ging direkt zu Mark Winter, um ihm von dem Brief zu berichten.

»Nicht schlecht«, meinte er langsam. »Darauf muss man erst mal kommen.«

»Zum Glück ist an der Sache nichts dran. Ich kann nachweisen, dass ich mich immer korrekt verhalten habe.«

Er zog die Augenbrauen hoch, und sein Blick gefiel mir gar nicht. Vanessa Ott hatte die ganze Zeit über manipuliert, getrickst und gefälscht, warum sollte sie nicht auch diesmal …?

Ich stand auf. »Ich suche die Unterlagen sofort raus.«

In meinem Büro zog ich die Ordner zum Smiling Kids Day aus dem Regal. Die Ausschreibung und alle Angebote der Technikdienstleister waren hier abgeheftet. Ich hatte jedes Jahr geprüft, dass uns drei Angebote vorlagen. Ich blätterte die Unterlagen durch. Im Ordner befanden sich nur noch die Angebote der Firma Neonlicht. Ich durchsuchte den gesamten Ordner, doch die anderen Angebote blieben verschwunden. Ich sah in meinem Computer nach. Auch die digitalen Fassungen fehlten. Jemand hatte sie gelöscht. Und das musste geschehen sein, bevor ich mein neues Passwort installiert hatte.

Ich rief Michaela an. »Komm bitte kurz in mein Büro.«

Sie blieb in der Tür stehen. »Was ist?«

»In den Ordnern fehlen Angebote zum Smiling Kids Day. Zum Beispiel die von Sound & Light vom letzten und vorletzten Jahr. Hast du die rausgenommen?«

»Nein, warum sollte ich?«

»Jemand hat die gleichen Dokumente in meinem Computer gelöscht. Weißt du etwas darüber?«

Ihre Augen wurden schmal. »Ich lösche nichts in deinem Computer. Und diese Ordner habe ich seit über einem Jahr nicht mehr angerührt.«

»Okay, danke. Das war's schon.« Es gab keinen Grund, ihr

nicht zu glauben. Was Vanessa Ott anfing, machte sie gründlich.

Ich blickte Michaela nach, wie sie über den Flur ging. Mein Puls raste. Ich musste etwas unternehmen. Sofort. Meine Unschuld beweisen. Mich von diesen infamen Vorwürfen reinwaschen. Nur wie?

Es gab einen Menschen, der mich beraten konnte. Der auch in dieser Situation eine Lösung wusste. Ich wählte Oderthals Nummer. Es war doch ganz einfach! Er würde mit Lehner sprechen und die bösen Gerüchte aus der Welt räumen.

Nach dem dritten Klingeln hob er ab. »Oderthal?«

Ich war so erleichtert, seine Stimme zu hören, dass mir die Tränen in die Augen traten. »Hier ist Janne Amelung.«

»Janne. Was gibt es? Ich habe gerade wenig Zeit.«

Ich schluckte. Kein »Wie schön, dass du dich meldest!« Seine Stimme klang kühl. Er freute sich nicht über meinen Anruf.

»Ich möchte nicht stören, aber haben Sie vielleicht doch ein paar Minuten? Es wäre sehr wichtig für mich. Ich stecke ziemlich in Schwierigkeiten und …«

»Falls du von dieser Bestechungsgeschichte redest …«, begann er.

Er wusste davon! Aber wie konnte das sein?

»… dann muss ich dir sagen, dass mich das maßlos enttäuscht hat. War es das wert? Dem Sender zu schaden, die Menschen, die dir Verantwortung übertragen und Budgets anvertraut haben, zu täuschen? Um sich selbst zu bereichern? Ich muss sagen, es gibt kaum etwas, das ich mehr verabscheue als Gier. Egal, in welcher Form. Korruption, Steuerhinterziehung, Betrug. Ich dachte, ich kenne dich, Janne. Du wirkst so loyal, so ehrlich. Ich kann immer noch nicht glauben, dass ich mich so getäuscht haben soll.«

»Ich verstehe nicht, wie Sie das so einfach glauben können. Ich habe mich nicht bestechen lassen. Es ist alles frei erfunden.«

»Hier auf meinem Esstisch liegt eine Kopie dieses Briefes. Lehner hat sie mir geschickt. Er war ja genauso sprachlos. Aber die Zahlen sprechen für sich. Ich hab zwanzig Jahre bei Alfa.Sat im Controlling gearbeitet. Ich weiß, wovon ich rede. Was hier drinsteht, klingt absolut plausibel und keineswegs frei erfunden. Das konnte nur jemand schreiben, der internen Einblick besitzt. Jemand, der diese Machenschaften nicht länger decken wollte.«

»Diese Frau von Bloomsdale Consulting. Sie erinnern sich doch? Sie war auf Ihrem Abschiedsempfang und stand auf einmal bei uns. Sie steckt dahinter!« Meine Stimme überschlug sich, fast hätte ich geschrien. »Sie versucht systematisch, mir zu schaden. Sie hat diesen Brief geschrieben, damit ich gekündigt werde. Und das ist längst nicht alles, was sie mir angetan hat. Sie …«

»Moment«, Oderthal klang eisig. »Ich habe Frau Ott in den letzten zwei Wochen recht gut kennengelernt. Sie hat mich mehrfach um Rat gefragt, unter anderem zu deiner Abteilung. Das freut einen alten Rentner wie mich, der sonst kaum noch was mitbekommt. Sie hält mich hier auf dem Laufenden. Und sie hat mir erzählt, dass du nur noch eines im Kopf hast: von Hirtens Job, die Abteilungsleitung. Sie war die ganze Zeit sehr besorgt, weil dir deine Mitarbeiter offenbar egal sind. Jeder ihrer Versuche, sich für die Abteilung stark zu machen, wurde ja von dir torpediert.« Er holte tief Luft. »Sie hat mir sogar angekündigt, dass ich mit diesem Anruf von dir rechnen muss. Sie leidet sehr darunter, dass du überall verbreitest, sie würde dir schaden wollen. Das liegt ihr fern, das kannst du mir glauben.«

»Sie hat Sie manipuliert, genau wie alle anderen. *Sie* ist es, die die Lügen verbreitet.«

»Es tut mir leid, wir müssen auflegen. Mir läuft die Zeit davon.«

»Stellen Sie sich vor, mir auch.« Ich legte auf und starrte den Telefonhörer an. Er war voller Fingerabdrücke, oberhalb der Sprechmuschel klebte ein Make-up-Rest. Vielleicht stammte er von ihr? Ich ekelte mich auf einmal so davor, dass ich einen Brechreiz spürte.

Als ich aufsah, stand Mark Winter in der Tür. »Was ist los?«

Ich schluckte nur.

»Fehlen Unterlagen?«

Ich nickte.

Er kam ins Zimmer und schloss die Tür. »Was wollen Sie nun machen?«

»Ich könnte der Internen Revision meine Kontoauszüge vorlegen.«

Winter brach in lautes Lachen aus. »Glauben Sie, dass Kickbacks aufs Girokonto überwiesen werden wie das monatliche Gehalt? Nein, solche Summen übergibt man in Briefumschlägen nachts in der Tiefgarage.«

Ich brachte nicht mal ein Lächeln zustande. Er amüsierte sich über meine Naivität in kriminellen Dingen. Und andere trauten mir wirklich so etwas zu.

»Dann kann ich nur mit offenen Karten spielen«, sagte ich. »Ich gehe zu Lehner und sage ihm, was ich auf dem Anrufbeantworter gehört habe. Ich erzähle ihm alles, was Vanessa Ott gemacht hat.«

»Das dürfen Sie nicht. Sie haben keine Beweise. Das Band ist sicher längst gelöscht.«

»Soll ich Ihrer Meinung nach abwarten, bis ich die Kündigung erhalte? Ohne den Versuch, mich zu wehren?« Ich hätte ihn am liebsten an den Schultern gepackt und geschüttelt. »Wen schützen Sie? Sich selbst? Oder Vanessa Ott?«

Mark Winters Gesicht war noch blasser geworden.

»Warum tun Sie so, als wäre alles normal? Diese Frau ist eine Psychopathin, sie hat eine Affäre mit Ihrem Chef und wird Sie eiskalt aus dem Job kicken.«

Er verkrampfte die Hände ineinander. Was ging in ihm vor? War es die alte Solidarität mit seiner langjährigen Kollegin? Oder war er in Vanessa verliebt? Nein, das konnte nicht sein. In eine magersüchtige Irre, die sich die Arme aufritzte? Aber vielleicht wollte er das nicht wahrhaben. Sah nur die schöne Oberfläche.

Er funkelte mich böse an. »Sie haben ja keine Ahnung. Eichstätt bedeutet ihr nichts. Er hat die Macht, das ist sexy. Die beiden sind sich sehr ähnlich. Sie kompensieren ihre Angst vor den Menschen, indem sie Macht und Kontrolle über sie gewinnen.«

»Eichstätt wirkt nicht so, als hätte er Angst vor irgendjemandem.« Ich sah ihn vor mir, groß und breitschultrig, strotzend vor Selbstbewusstsein.

»Nicht, solange er meint, alles im Griff zu haben. Aber wehe, etwas entgleitet ihm. Wie seine Frau … eine junge schwedische Malerin. Galt mal als aufsteigender Stern am Kunsthimmel. Seit sie mit ihm zusammen ist, hört man nichts mehr von ihrer Karriere. Sie malt jeden Tag ein Bild und zerstört es am Abend. Vor Kurzem hat sie versucht, sich umzubringen.«

»Aber wie kann Eichstätt eine Affäre riskieren, wenn er weiß, wie labil sie ist?«

Mark Winter seufzte genervt. »Was weiß ich? Er scheint die Tatsache zu ignorieren, dass Vanessa ebenso unkontrollierbar ist wie seine Frau. Vanessa hat mit zwölf den ersten Selbstmordversuch gemacht. Danach war sie lange Zeit in Therapie.«

Ich musste daran denken, was sie mir erzählt hatte. Ihre Mutter habe sich umgebracht, als sie zwölf war. Ihre Mutter, die Vanessa sogar noch als erwachsene Frau kontrollierte.

»Muss Eichstätt nicht befürchten, dass Vanessa Ott versucht, ihn zu erpressen?«

»Klar«, sagte Mark Winter. »Jeder, der Vanessa kennt, hätte das befürchtet. Eichstätt war leichtsinnig. Und jetzt kriegt er die Quittung. Er steht kurz vor der Ernennung zum CEO der Bloomsdale Europe durch das amerikanische Headquarter. Der entscheidende Karrieresprung. Wenn rauskommt, dass er seine Ehefrau mit einer Projektmanagerin aus seinem eigenen Team betrügt, kann er einpacken.« Er sprach ohne jede Genugtuung in der Stimme.

»Ich werde mit Lehner sprechen«, sagte ich. »Egal, ob Sie mich unterstützen oder nicht.«

Mark Winter schüttelte den Kopf. »Reden Sie besser mit Eichstätt. Erpressen Sie ihn genauso eiskalt wie Vanessa, mit Ihrem Wissen über den gefälschten Brief und darüber, dass er dabei mitmacht. Drohen Sie ihm, an die Presse zu gehen. Eichstätts Zukunft hängt an einem seidenen Faden. Er wird alles Menschenmögliche tun, um zu verhindern, dass die Geschichte an die große Glocke gehängt wird. Er wird dafür sorgen, dass Ihre Kündigung vom Tisch kommt. Dafür reicht ein vertrauliches Gespräch zwischen ihm und Lehner.«

Er nahm einen Zettel von meinem Schreibtisch und schrieb etwas darauf. »Das ist das Passwort von Vanessas Notebook. Weiter kann ich Ihnen nicht helfen.«

Er sah mich nicht an, als er mir den Zettel reichte. Ich hatte ihn für kühl, distanziert und ziemlich langweilig gehalten, einen Zahlenjongleur ohne Herz und Gefühl. Ich hatte nur die Oberfläche gesehen, makellos und glatt poliert. Genauso wie bei Helmut Eichstätt. Und bei Vanessa? Nein, bei ihr hatte ich früh die Risse in ihrer strahlenden Fassade geahnt. Die Zeichen, dass etwas nicht stimmte. Blut auf ihrem Ärmel. Ihre Verletzbarkeit. Ihre Rastlosigkeit und innere Leere. Weil sie gewollt hatte, dass ich es ahne. Ich war jemand, der Nähe zuließ. Der Gedanke kam mir absurd vor, aber … bestrafte sie mich genau dafür?

Eine halbe Stunde später saß ich mit Ulla in meinem Büro, vor uns das aufgeklappte, dienstliche Notebook von Vanessa Ott.

Wir fanden unzählige E-Mails, die zwischen Vanessa Ott und Gunter von Hirten hin- und hergegangen waren. Was Mark Winter gesagt hatte, stimmte. Vanessa Ott hatte ihn von dem Sparkonzept überzeugt. Sie hatte ihm mein erstes Konzept zugespielt, mit dem er auf der Präsentation geglänzt hatte. Eine kryptische Bemerkung deutete darauf hin, dass sie auch die Kopien vertauscht und mein Notebook zum Abstürzen gebracht hatte. Gunter von Hirten müsse sich meinetwegen keine Sorgen machen. Sie kümmere sich darum, dass ich an dem Tag schlecht vorbereitet erscheinen würde.

»Verdammt, ich mache sie fertig«, knurrte Ulla. »Ich wette, wir finden auch diesen anonymen Brief.«

Aber sosehr wir auch suchten, er befand sich nicht auf dem Rechner.

»Den hat sie bestimmt gelöscht«, meinte Ulla. »Aber bevor gelöschte Dokumente endgültig verschwinden, sind die noch irgendwo zwischengespeichert. Ich hab nur keine Ahnung, wie man da rankommt.«

»Ich ruf Benno von unserer Technikabteilung an. Vielleicht hat der eine Idee.«

Ich gab Benno gegenüber das Notebook als mein eigenes

aus und tat zerknirscht, weil ich eine wichtige Datei versehentlich gelöscht hätte. Er tröstete mich, dass nicht die Daten weg seien, sondern nur der Pfad, der zu ihnen führt. Benno brauchte wenige Minuten, und wir hatten Zugriff auf Dateien aus Vanessa Otts Papierkorb. Den anonymen Brief hatte sie unter dem Namen »Finale« gespeichert. Außerdem entdeckten wir Fotos. Ganze Archive von Fotos.

»Diese hier haben deine Anfangsbuchstaben, J. A., im Dateinamen.« Ulla öffnete eines der Fotos und atmete hörbar aus. »Sieh dir das an. Das ist bei dir zu Hause.«

Ich klickte von Bild zu Bild, und mir lief eine Gänsehaut über den Rücken. Vanessa Ott hatte jedes Zimmer, jedes Detail meiner Wohnung festgehalten.

Es gab auch Fotos mit der Bezeichnung K. S. »Katharina Schilling«, sagte ich. Auch hier waren Wohnungsfotos gespeichert. Und Aufnahmen von Christian Hunzicker, manche im Judoanzug in einer Sporthalle, eines auf der Straße, wo er gerade in ein Auto einstieg.

»Hat sie auch Fotos von Gregor?«, fragte ich.

Wir stießen auf ein Bild von ihm, wie er sein Haus verließ. Ein weiteres war offenbar durch das Schaufenster seines Ladens aufgenommen. Gregor beugte sich im Hintergrund über ein Möbelstück.

»Sie hat die Aufnahmen heimlich geschossen«, murmelte Ulla. »Ich ziehe das alles auf einen Stick und rufe Karsten an. Es wird Zeit für seinen großen Auftritt.«

»Mir reicht es«, sagte ich und stand auf.

»Janne?« Ullas Stimme klang alarmiert. »Sieh dir das hier mal an.«

Ich trat neben sie und blickte auf den Monitor. Auf dem Foto war ich, auf meinem Bett, mein Gesicht und meine Hände waren unnatürlich weiß, ich hatte die Augen geschlossen. Um mich herum war alles rot gefärbt. Mein Kopfkissen und die Bettdecke sahen aus wie von Blut getränkt.

»Wie …? Was bedeutet das?«

Ulla schluckte. »Das ist nachbearbeitet. Das Rot hat sie nachträglich mit einem Bildbearbeitungsprogramm hinzugefügt. Das ist ein Kinderspiel.« Sie versuchte, beruhigend zu klingen.

Ich konnte den Blick nicht von dem Foto abwenden. Ich war wehrlos gewesen, hatte geschlafen, während sie an meinem Bett gestanden hatte. Was hätte sie noch alles tun können?

15

Die Villa, zu der ich wollte, lag in einer gepflegten Zehlendorfer Straße. Sie war von einer Hecke gegen Blicke vom Bürgersteig abgeschirmt. Vor einer Garage stand ein Porsche Boxter.

»Nicht bei Bloomsdale«, hatte Eichstätt am Telefon gesagt. »Bei mir. Nicht vor acht.« Ich drückte auf den Klingelknopf, und eine melodische Türglocke ertönte. Eichstätt öffnete in Anzug und Krawatte und führte mich in ein geräumiges Wohnzimmer mit Blick auf einen Pool im Garten. Der Rasen war saftig grün, ein Sprenger sprühte glitzernde Wasserfontänen, Terrassenmöbel lehnten an der Hauswand, noch in Folie verpackt.

Eichstätt bot mir etwas zu trinken an, die höfliche Frage fiel ihm sichtlich schwer. Ich lehnte ab.

»Also gut, Frau Amelung, ich bin äußerst gespannt.« Er schwenkte ein Glas Rotwein, schnupperte daran. »Was sind das für Informationen, die angeblich meine Karriere beenden können?« Er lehnte sich zurück, schlug lässig die Beine übereinander, doch ich spürte seine Anspannung, sah die Nervosität in seinem Blick.

Am Fenster stand eine leere Staffelei neben einem Tisch mit Tuben und einer Palette voll vertrockneter Farbreste.

»Wie geht es Ihrer Frau? Weiß sie von Ihrer Affäre? Offenbar noch nicht, denn Vanessa Ott erpresst Sie ja damit. Deshalb geben Sie ihr freie Hand, meine Karriere und die Zukunft meiner Abteilung zu sabotieren. Sie wissen von dem anonymen Brief, den sie an den Vorstand geschickt hat und der meine Kündigung bewirken soll.«

Eichstätt verschränkte die Arme. »Wie kommen Sie auf diese wirren Geschichten?«

»Ihre Frau ist in einer Klinik. Sie waren heute bei ihr. Und ich war bei Vanessas Ott, als Sie angerufen haben.«

Er zog überrascht die Augenbrauen hoch, dann entspannte er sich. »Die Nachricht dürfte inzwischen gelöscht sein.« Er trommelte mit den Fingerspitzen auf die Sofalehne. »Ich denke, unsere Unterhaltung endet an dieser Stelle.«

»Gut. Wie Sie meinen.« Ich stand auf und griff nach meiner Tasche. »Dann gehe ich mit meinen Informationen zum Vorstand von Alfa.Sat und an die Presse.«

Er lächelte herablassend. »Warum sollte Ihnen jemand glauben?«

»Weil vor einem Jahr Katharina Schilling in Hamburg starb. Ein mysteriöser Fall, der nicht befriedigend aufgeklärt wurde. Jedenfalls nicht für die Medien. Vanessa Ott hat systematisch Katharina Schillings Leben zerstört, nicht nur ihre Karriere, sondern auch ihr Privatleben. Das Gleiche geschieht seit Wochen mit mir und meinem Leben. Dafür gibt es Beweise. Der Wirbel, den ich veranstalten kann, wird ausreichen, um Sie zu ruinieren. Es gibt einen Journalisten, der nur auf einen Startschuss wartet. Die Sache mit der Affäre brauche ich nicht mal zu erwähnen. Die behalte ich als Trumpf in der Hinterhand.«

Eichstätts Finger tanzten und trommelten. Was er dachte, verbarg er hinter einer maskenhaft gleichgültigen Miene. »Was wollen Sie?«

»Meine Rehabilitierung bei Alfa.Sat. Reden Sie mit Lehner,

und sagen Sie ihm, woher der Brief stammt. Und wer die Intrigen gegen mich angezettelt hat.«

Eichstätt schnaubte. »Sie sind verrückt. Was gewinne ich denn dadurch? Meine Beförderung kann ich mir genauso abschminken.«

Ich zuckte die Schultern. »Das ist Ihr Risiko. Aber ich denke, Sie haben eine Chance. Lehner wird kein Interesse daran haben, Alfa.Sat in negative Schlagzeilen zu verwickeln. Sie haben eine psychisch kranke Kollegin, die aus dem Ruder gelaufen ist. Sie sind beunruhigt wegen ihrer Machenschaften, Sie befürchten, dass sie einer Mitarbeiterin des Senders Schaden zufügt, Sie haben den Verdacht, dass ein anonymer Brief geschrieben worden sein könnte. Sie klären alles auf, sind der Saubermann. Was wollen Sie mehr?«

Eichstätt ging zum Fenster. Er blickte eine Weile auf den Rasen. Dann wandte er sich um. »Selbst wenn Lehner einwilligt, das Ganze zu vertuschen, muss ich Vanessa Ott kündigen. Dafür wird sie sich rächen. An mir. Und an Ihnen.«

Ich wusste, dass er recht hatte. Und ich hatte Angst davor.

Vor der Terrassentür miaute laut eine Katze.

»Schsch! Verschwinde!«, zischte Eichstätt durch den Fensterspalt.

Ich sah, dass die Katze von einem Knäuel pechschwarzer Katzenbabys umringt war. »Die sind ja noch winzig.«

»Zwei Wochen alt. Sie hat sie im Heizungskeller bekommen. Meine Frau kriegt sich gar nicht mehr ein vor Begeisterung. Sie will sie alle behalten. Das geht natürlich nicht. Ich habe eine Katzenallergie. Ins Haus lasse ich sie nicht, nur in den Keller.«

Eines der Kätzchen sprang an der Scheibe hoch und purzelte rückwärts. Ich musste lächeln. »Die sind wirklich niedlich.«

Eichstätt ging in die Hocke und pochte mit dem Zeigefinger

an die Scheibe. Sofort näherten sie sich alle und stupsten mit ihren Nasen neugierig gegen das Glas.

»Meine Frau wird morgen entlassen«, sagte Eichstätt. »Angeblich hat sich ihr Zustand gebessert. Ich hätte die Katzen längst abholen lassen, aber sie freut sich so sehr darauf. Das ist ein gutes Zeichen, sagen die Ärzte. Dass sie sich überhaupt auf etwas freut.«

Ich fuhr zu Ulla, aber sie war nicht zu Hause. Ich hätte ihr gern erzählt, was an diesem Tag passiert war, doch ich konnte vor Erschöpfung kaum die Augen aufhalten. Ich zog mich aus, holte mir meine Zudecke, rollte mich auf Ullas Sofa zusammen und schlief ein. Auf einmal fasste mich jemand an der Schulter, ich blinzelte, es war taghell im Zimmer.

»Janne«, sagte Ulla sanft. »Da versuchen einige Leute, dich anzurufen. Dein Handy klingelt dauernd.«

Ich setzte mich auf. Wo war ich? War es Morgen oder Abend? »Wie spät ist es?«

»Kurz nach neun.«

Es war taghell. Ich musste fast fünfzehn Stunden geschlafen haben!

Ulla grinste. »Du hast in so einer Art Koma gelegen. Gestern Abend, als ich kam, hab ich versucht, dich zu wecken. Du hast nichts mitbekommen. Ich fand, dass du mal ausschlafen solltest.«

Ich ging ins Bad. Kaltes Wasser ins Gesicht. Und Kaffee. Viel Kaffee. Ulla goss mir schon eine Tasse ein. Wenn sie um die Zeit noch zu Hause war, hieß das wohl, dass Tom nach wie vor allein über den Prozess berichtete.

»Hast du mit Tom gesprochen?«, fragte ich vorsichtig.

»Heute noch nicht.« Als sie mein fragendes Gesicht sah, lächelte sie. »Der pennt auch noch.«

»Er ist hier?«

Sie nickte Richtung Schlafzimmer. »Du hattest recht. Er wusste nichts von der Entscheidung der Redaktion, mich rauszuschmeißen. Als er davon erfahren hat, hat er sich geweigert, ohne mich weiterzuarbeiten. Er hat einfach gesagt, er schmeißt hin, wenn ich nicht wieder mit im Boot bin. Das hat funktioniert.«

»Großartig.« Das war die erste positive Nachricht, die ich seit Langem hörte. »Aber wieso seid ihr dann nicht längst im Gerichtssaal?«

»Heute ist der Prozess unterbrochen, und der Süße darf ausschlafen. Wir haben gestern lange Versöhnung gefeiert.«

Meine Handysprachbox zeigte fünf Nachrichten an. Die erste kam aus dem Sender. Von Sven. Er klang betroffen.

»Janne, wir sitzen hier alle zusammen und ... Also, Lehner hat uns gerade informiert. Wir sind alle absolut sprachlos. Wo bist du denn? Melde dich doch bitte.«

Michaela war gleich zweimal zu hören, eine Nachricht war von Evelyn und eine von Lucy Reeves, Lehners Assistentin.

Auch Lucys Stimme klang besorgt. »Janne, die Sache mit dem Brief hat sich aufgeklärt. Und so einiges mehr. Wir wissen Bescheid über die Machenschaften von Vanessa Ott. Lehner hat deine Mitarbeiter informiert. Alle sind sehr bestürzt. Bitte melde dich schnell und mach einen Termin bei Lehner. Er muss noch etwas anderes mit dir besprechen.«

Ich berichtete Ulla, was los war.

»Na, ich würde sagen, du musst dich im Sender blicken lassen«, meinte sie. Sie verschränkte die Arme. »Das geschieht ihr so recht, dieser Schlange. Ich wünsche ja selten jemandem etwas Schlechtes, aber sie hat es verdient, mit ihrem Finger im Hals zu krepieren.«

Die nächsten Stunden kamen mir vor wie ein Film, in dem ich mitspielte, den ich mir aber gleichzeitig aus großer Entfernung auf der Leinwand anschaute. Als ich im Sender eintraf, hatten sich meine Mitarbeiter bereits wieder in ihre Büros zurückgezogen. Auf dem Flur war alles still. Die Tür zu Vanessa Otts und Mark Winters Raum stand offen, die Schreibtische waren geräumt. Ich fuhr zunächst hoch in die Vorstandsetage, wo mich Lehners Sekretärin direkt in sein Büro schob. Er betonte, er habe den Behauptungen in dem anonymen Brief nie wirklich Glauben geschenkt. Die Verkettung von Ereignissen habe ihn jedoch verunsichert, das müsse er zugeben, angefangen von meinem Versagen auf der Präsentation über mein merkwürdiges Verhalten meinen Mitarbeitern gegenüber bis hin zu dem überhöhten Honorar für Jörg Ermgassen. Aber nun habe er für all das eine Erklärung bekommen.

»Da hat Ihnen jemand übel mitgespielt, Frau Amelung«, schloss er. »Wie Herr Eichstätt versichert, hatte er selbst keine Kenntnis von den bösen Absichten seiner Mitarbeiterin. Er war entsetzt, als er davon erfuhr. Selbstverständlich hat er Frau Ott mit sofortiger Wirkung gekündigt.«

Lehner spreizte seine Finger auf dem Tisch. »Dr. Eichstätt hat das abschließende Gutachten, das Bloomsdale nun offiziell vorlegt, noch mal eigenhändig überprüft. Wir stimmen überein, dass Ihre Abteilung im vollen Headcount bestehen bleibt. Niemandem wird gekündigt. Wir probieren die Sparversion des Smiling Kids Day in diesem Jahr aus, bei Bedarf erweitern wir das Konzept im nächsten Jahr wieder.« Er räusperte sich. »Zwischen Dr. Eichstätt und mir herrscht Einigkeit darüber, dass weder Bloomsdale noch Alfa.Sat Interesse daran haben können, dass diese … unglücklichen Vorgänge an die Öffentlichkeit dringen. Bloomsdale ist ein seriöses Unternehmen. Es war ein bedauerlicher Einzelfall. Noch ist dem Sender kein Schaden entstanden, und sicher werden auch Sie mithelfen wollen, dass das so bleibt. Mit schlechter Presse ist niemandem gedient.« Er forschte in meinem Gesicht nach einem Zeichen des Einverständnisses, doch so einfach wollte ich es ihm nicht machen.

»Sie haben einiges durchgemacht. Nehmen Sie einen bezahlten Sonderurlaub. Fahren Sie zwei Wochen weg, legen Sie die Füße hoch, lassen Sie sich verwöhnen. Und wenn Sie wiederkommen, habe ich ein Angebot für Sie.« Er legte eine Spannungspause ein, und ich versuchte, interessiert auszusehen.

»Zum Anfang des nächsten Monats biete ich Ihnen die Leitung der Marketingabteilung an.«

»Was ist mit Gunter von Hirten?« Ich musste einfach fragen.

»Er verlässt das Unternehmen.«

Als ich schwieg, fügte er hinzu: »Sie müssen sich nicht sofort entscheiden. Nehmen Sie die Auszeit, und sagen Sie mir in zwei Wochen Bescheid. Ach, übrigens soll ich Sie von Frank Oderthal herzlich grüßen. Er bedauert es sehr, dass er sich auf eine falsche Fährte hat locken lassen. Rufen Sie ihn doch bei Gelegenheit mal an.«

Ich hatte kaum den Aufzug auf meiner Etage verlassen, da bat Sven mich in den Konferenzraum. Sie hatten sich alle versammelt, meine gesamte Abteilung. Auf dem Tisch standen ein Blumenstrauß, eine Magnumflasche Sekt und Gläser. »Die Flasche war noch übrig von der letzten Berlinale«, sagte Sven grinsend. »Die köpfen wir jetzt.«

Jemand ließ den Korken knallen und schenkte ein. Sven war aufgekratzt, lief hektisch hin und her, goss Sekt nach, machte aufgeregte Scherze. Michaela stand auf einmal neben mir und berührte mich am Arm. »Janne …«

Wir stießen an, tranken einen Schluck, aber sahen uns nicht in die Augen. Noch schmerzten die Wunden.

»Erinnerst du dich an den Abend, an dem wir so lange an dem neuen Konzept gesessen haben?«, fragte Michaela. »Da hat sie mich doch nach Hause gefahren.«

Ich nickte. »Sie fragte mich, ob ich sicher sei, dass du das Beste für deine Leute wolltest. Ich hab sie erstaunt angesehen. Dann hat sie mir nach und nach von deinen Plänen erzählt, die Abteilung zu verkleinern. Und von deiner schwarzen Liste mit den Abschusskandidaten, auf der auch ich stehen würde. Wir saßen noch ewig in ihrem Wagen vor meinem Haus. Ich musste versprechen, mein Wissen für mich zu behalten. Dasselbe hat sie auch Evelyn, Sven und den anderen erzählt. Natürlich haben alle darüber geredet. In Einzelgesprächen hat sie uns versprochen, dass sie sich für uns einsetzt. Immer wieder hat sie uns vor dir gewarnt. All das hat sich wie ein Lauffeuer im Sender verbreitet. Jetzt wissen wir, dass sie alles nur erfunden hat, schamlos gelogen. Aber wir konnten das ja nicht ahnen. Wir hatten einfach Angst um unsere Jobs. Was sie sagte, klang so realistisch.« Sie hob hilflos die Schultern. »Wir sind auf sie reingefallen. Mir tut es so leid. Uns allen. Wir hoffen, du kannst es verstehen …«

»Warum ist keiner von euch zu mir gekommen, um mich zu fragen? Wenigstens von dir hätte ich das erwartet.«

Sie blickte zu Boden. »Egal, was du gesagt hättest, ich hätte es für eine Lüge gehalten. Bitte verzeih mir, wenn du kannst.«

»Ich brauche Zeit, um alles zu verarbeiten.«

Die anderen beobachteten uns. Michaela nickte, stellte ihr Glas ab und stand betreten da.

»Es ist ziemlich viel schiefgelaufen in den letzten Wochen«, sagte ich zu allen. »Zu viel, um es mit einem Schlückchen Sekt herunterzuspülen. Zu viel, um zu sagen: Schwamm drüber, machen wir einfach weiter wie vorher, Vanessa Ott ist ja an allem schuld. Sosehr ich auch auf Harmonie stehe, leider kann ich das nicht sagen. Sicher, sie hat uns manipuliert, uns belogen. Wir hatten Angst um unsere Jobs. Aber wir sind deshalb nicht schuldlos. Keiner von uns. Und darüber sollten wir erst mal nachdenken, bevor wir zur Tagesordnung übergehen.«

Betretene, bestürzte Gesichter. Nur Sven deutete ein Nicken an. Ich musste raus hier, allein sein und nachdenken. Ich entschuldigte mich mit Kopfschmerzen und holte mein Auto aus der Tiefgarage. Ich fuhr ein Stück, ohne zu wissen, wohin, und hielt dann in einer Parklücke. Ich rief Mark Winter an.

»Haben Sie etwas von Vanessa Ott gehört?«

»Nur, dass sie weiterhin krankgemeldet ist.«

Ich erzählte ihm, was ich von Lehner über ihre Kündigung erfahren hatte.

»Das war abzusehen«, sagte Mark Winter mit müder Stimme. »Ich sollte mich freuen, damit ist meine Beförderung gesichert.«

»Was glauben Sie, was sie jetzt macht?«, fragte ich.

»Ich weiß nicht mal, wo sie ist. Gestern Abend hab ich bei ihr zu Hause geklingelt, aber sie hat nicht geöffnet und es brannte kein Licht. Ans Handy geht sie auch nicht.« Er zögerte. »Das Merkwürdige ist, Helmut Eichstätt ist auch nirgendwo erreichbar.«

Ich probierte Eichstätts Nummern selbst noch einmal, ohne Ergebnis. Seine Vorzimmerdame wimmelte mich mit der Auskunft ab, er werde den Rest des Tages nicht im Büro erwartet.

Ich fuhr nach Zehlendorf. Während ich mich seinem Haus näherte, wurde mir bewusst, dass ich nach Vanessa Otts weißem Alfa Romeo Ausschau hielt. Er war nirgendwo zu sehen.

Aber Eichstätts Porsche stand vor der Garage. Ich parkte und stieg aus.

Monoton röhrte ein Rasenmäher in der Nähe. Ich ging zur Tür und klingelte. Es rührte sich nichts. Ich klingelte ein zweites Mal und wartete. Der Mäher verstummte. Vor dem Nachbarhaus tauchte ein Mann in grünem Overall auf und stellte Grassäcke vor die Garage. Misstrauisch sah er zu mir herüber. Das war keine Gegend, in der man zu lange vor einer Villa herumstehen sollte. Vermutlich holte gleich irgendein Nachbar die Polizei. Unschlüssig wandte ich mich um. Da hörte ich ein Geräusch aus Eichstätts Garten. Die Katze. Sie musste hinter dem Haus sein. Ihr Miauen klang anders als gestern, wie lautes, verzweifeltes Wehklagen. Der Ton alarmierte mich.

Ich ging über den Weg aus Natursteinplatten am Haus entlang und blickte in den Garten.

Eichstätt saß im Businessanzug mit Krawatte und blank polierten Schuhen auf einer Bank am Rand der Wiese. Er hatte das Gesicht in den Händen verborgen. Die Katze umkreiste den Pool und stieß dabei ihre verzweifelten Schreie aus.

»Herr Eichstätt?«

Er reagierte nicht. Ich ging ein paar Schritte auf ihn zu, näherte mich auch der Katze. Sie fauchte mir entgegen. Im Pool sah ich etwas Dunkles schimmern. Ich beugte mich über den Rand. Die Katzenjungen lagen dort auf dem Grund, nasse, schwarze, tote Fellhäufchen. Ein Windhauch kräuselte die Wasseroberfläche und verwischte ihre Konturen.

»Herr Eichstätt!«

Er hob den Kopf. Als er mich sah, straffte er die Schultern.

»Sie war schneller als ich«, sagte er langsam. »Ich bin ins Büro gefahren, aber ich hatte ein schlechtes Gefühl. Die Kellertür war nur angelehnt, damit die Kätzchen nach draußen können. Normalerweise schlafen sie um die Zeit. Sie muss sie rausgelockt haben.«

Ich schwieg betroffen, versuchte die Bilder zu verdrängen, die mich überfielen. Die Kätzchen im Wasser, wie sie mit ihren Pfoten ruderten, bis die Kraft sie verließ.

»Haben Sie Vanessa Ott gestern noch mal gesehen?«

»Ja, sie kam zu unserem Treffpunkt. Ein Hotel in Charlottenburg. Ich habe ihr gesagt, dass ich sie kündigen muss. Habe ihr ein erstklassiges Zeugnis versprochen, mit dem sie bei anderen Unternehmensberatungen mit Handkuss genommen wird. Ich habe sie angefleht, es dabei zu belassen. Ruhe zu geben. Sie hat gesagt, ich würde bald mehr Ruhe haben, als mir lieb ist.« Er schüttelte den Kopf. »Inga wird heute aus der Klinik entlassen. Was soll ich ihr denn sagen?«

Ich setzte mich neben ihn auf die Bank. Im Nachbargarten sprang der Rasenmäher wieder an.

Eichstätt blickte mich an. »Seien Sie vorsichtig. Das hier ist nur eine Warnung. Ich traue ihr alles zu.«

16

Der Wind war kühl, aber nicht allzu stark. Schon in der Hafenausfahrt setzte ich die Segel. Langsam glitt ich in die Bucht hinaus. Ich hatte keine Kraft mehr gehabt. War einfach losgefahren. Vor ihr geflohen.

Die Ruhe auf dem Wasser tat unendlich gut. Das Boot war da, das Meer, der Wind, Freiheit. Nicht alles hatte Vanessa Ott mir wegnehmen können.

Aber bald musste ich zurück. Wohin? In meine Wohnung? Selbst mit einem neuen Türschloss würde ich mich nicht mehr sicher fühlen. Ich konnte nicht jedes Mal bei Sebastian klingeln, damit er Händchen hielt. So wie gestern Abend. Er hatte mich angestarrt wie eine Geistererscheinung, als ich plötzlich vor seiner Tür stand.

»Wo warst du die ganze Zeit?«

Ich berichtete ihm, was in den letzten Tagen geschehen war und dass ich bei Ulla gewohnt hatte. »Ich muss mir überlegen, was ich jetzt mache. Mit der Wohnung, mit dem Job …« Mit Gregor, fügte ich in Gedanken hinzu.

»Dann werde ich bald neue Nachbarn bekommen?«, fragte er mit düsterem Gesichtsausdruck.

Ich steckte meinen Schlüssel ins Schloss.

»Soll ich mit reinkommen?«

Ich nickte dankbar. Meine Wohnung roch fremd. Aber alles darin schien mir unverändert. Ich stellte meine Reisetasche aufs Bett und warf T-Shirts, Pullover und Hosen hinein.

»Was hast du vor?«

»Ich hab frei. Sonderurlaub. Erst mal fahr ich ein paar Tage aufs Boot.« In dem Moment fiel es mir ein. Bennis Einschulungsfeier.

»Keine Sorge, nächsten Samstag bin ich zurück.«

»Das brauchst du gar nicht. Benni und ich haben noch mal darüber gesprochen. Wer will, darf etwas vorspielen. Und wir zwei haben eine super Nummer drauf. Er auf der Geige, ich mit dem Saxofon.« Er lächelte breit. »Bestimmt hat keiner einen Papa, der den ersten Preis bei einem Jazz-Wettbewerb gewonnen hat. Das hat Benni gesagt.«

Sebastian hatte so stolz geklungen, als er das erzählte. Endlich mal eine gute Nachricht. Ich freute mich für die beiden.

Dann schob sich das Bild der ertrunkenen Kätzchen in meinen Kopf und verdrängte das gute Gefühl. In meinem eigenen Leben gab es keine guten Nachrichten. Keine Entwarnung. Vanessa Ott war in meiner Wohnung ein und aus gegangen und hatte alles fotografiert. Es fühlte sich an, als hätte sie meine Sachen in Besitz genommen. Verdammt, schon wieder kreisten meine Gedanken um diese Frau. Ich hasste sie. Am meisten dafür, dass ich sie nicht vergessen konnte. Sie selbst war irgendwohin verschwunden, aber meine Angst vor ihr verschwand nicht.

Ich wünschte mir so sehr zu erfahren, wie es Gregor ging. War ihm klar, dass Vanessa Ott ihn nur benutzt hatte? Hatte er herausgefunden, dass sie ihm eine Menge Lügen aufgetischt hatte? Wieder drängte sich Vanessa Ott in den Mittelpunkt meiner Gedanken. Gregor und ich. Nur wir waren wichtig. Zu verlieren hatte ich nichts. Ich nahm mein Handy. Und zögerte doch. Gregor hatte mit dieser Frau geschlafen. Nein. Bestimmt hatte sie gelogen. Sie log doch immer. Aber was war, wenn es doch stimmte? Wenn Gregor irgendwas an ihr fand?

Auf jeden Fall war mehr passiert, als zwischen einem Möbelrestaurator und einer Kundin passieren sollte. Der für zwei gedeckte Tisch, die Rose, die Kerzen … Doch an diesem Abend, an dem sie seine Wohnung verlassen hatte, mussten sie Streit gehabt haben. Da war der Kratzer auf dem wertvollen Tisch, für Gregor schmerzhafter als eine Wunde in seiner eigenen Haut. Er war extrem wütend gewesen. Vielleicht ging es Gregor jetzt so ähnlich wie mir. Er saß irgendwo herum und grübelte darüber, was zwischen mir und Sebastian lief. Vielleicht hatte diese Schlange ihm noch weitere »Beweise« unserer angeblichen Affäre zugespielt. Zuzutrauen war ihr alles.

Ich nahm mein Handy und öffnete die Liste der eingespeicherten Nummern. Da war sein Eintrag. Gregor. Meine Finger fühlten sich steif an. In diesem Augenblick klingelte das Gerät. Ich erschrak und hätte es beinahe fallen lassen. Auf dem Display stand sein Name.

»Janne?«

»Ich wollte dich auch in dieser Sekunde anrufen.«

Ohne ihn sehen zu können, wusste ich, dass er lächelte.

»Wie geht es dir?«, fragte ich vorsichtig.

Er atmete hörbar aus. »Nicht so gut. Die letzte Zeit war … anstrengend. Und dir?«

»Auch nicht berühmt …«

Wir redeten wie zwei Fremde. Gleichzeitig war die Nähe zwischen uns so intensiv spürbar, dass ich am liebsten geweint hätte. Alles ungeschehen machen. Alles, was passiert war, einfach vergessen und von vorn anfangen.

»Es ist schwierig am Telefon«, sagte Gregor. »Ohne ... dein Gesicht zu sehen.«

»Ja, geht mir genauso.«

Aus dem Wismarer Fahrwasser näherte sich von rechts ein Motorboot. Mein Segelboot hob und senkte sich im Rhythmus der Wellen.

»Gregor? Meinst du, wir könnten uns treffen?«

»Das wäre gut. Wo bist du?«

»Auf dem Boot.«

Er räusperte sich. »Ich komme nach, so schnell ich kann. Aber es gibt noch eine Sache, die ich hier erledigen muss.«

»Eine ... Sache?«

»Ich kläre das mit ihr. Ich sage ihr, was ich von ihr halte.«

Ich hörte die Wut in seiner Stimme. »Nein, tu das nicht. Sie ist krank. Es hat keinen Sinn. Du kannst mit ihr nicht reden wie mit normalen Menschen ...«

»Ich lass ihr das nicht durchgehen. Schon gar nicht, was sie dir alles angetan hat.«

Auf keinen Fall wollte ich, dass Gregor ihr noch mal begegnete. Wenn sie ihm etwas antat ... Und ich war über zweihundert Kilometer entfernt. Versteckte mich hier auf meinem Boot, redete mir ein, ich wäre in Sicherheit. Aber es war ein Trugschluss. Solange sie irgendwo lauerte, gab es keine Sicherheit. Ich hatte keine Ahnung, was ich tun würde, wenn ich in Berlin ankam, aber ich durfte mich nicht vor ihr verstecken.

»Warte auf mich. Ich fahre zurück, so schnell ich kann.«

Er zögerte. »Okay«, sagte er dann. »Wir stehen das gemeinsam durch.«

Ich rieb mir über die nackten Arme. Der Wind war kälter geworden. Ich nahm Kurs auf den Hafen.

Das Motorboot fuhr in meine Richtung. Vielleicht Leute, die auf der Untiefe ankern wollten. Ich orientierte mich. Die Sandbank schimmerte als heller Streifen unter Wasser, doch das dunkelgraue, stählerne Untiefenzeichen lag weit genug entfernt. Ich befand mich auf sicherem Gebiet. Das Motorboot näherte sich weiter, fuhr genau auf mich zu.

Ich riss mein Fernglas aus der Halterung und starrte hindurch. An Bord sah ich eine einzelne Person. Sie war mager, trug eine weiße Schirmmütze und eine Sonnenbrille. Der Motor heulte auf, das Boot wurde schneller, preschte auf mich zu.

Es gab keinen Zweifel. Sie war es. Sie hatte mich gefunden.

Hektisch blickte ich um mich. Ausweichen. Ich musste weg hier. Ich korrigierte meinen Kurs nach Backbord, hielt nun auf die Lieps zu. Das konnte nicht gut gehen. Die Sandbank lag mir im Weg. Ich fror. Vanessa Ott hatte ebenfalls ihren Kurs geändert und raste weiter direkt auf mich zu. Sie nahm die Schirmmütze ab, und lange dunkle Locken fielen über ihre Schultern.

Es lagen nicht viel mehr als dreißig Meter zwischen den Booten. Ich musste wenden. Die Untiefe war nicht mehr weit entfernt, ich sah schon die Möwen im Wasser stehen. Aber ich konnte auch nicht ausweichen, Vanessa Ott versperrte mir den Weg. Noch zwanzig Meter. Ich umklammerte die Pinne. Fehlentscheidung, für eine Wende reichte der Platz längst nicht mehr. Noch zehn Meter.

Sie starrte zu mir herüber. Es war, als bohrte sich ihr Blick durch meine Haut, durch das Fleisch bis tief auf die Knochen. Ihr Gesicht war angespannt, ihre Lippen zu einem schmalen Strich zusammengepresst. Wollte sie mein Boot versenken? Noch sieben Meter. Noch fünf. Vor mir türmte sich die hohe Bordwand auf. Ich hörte schon das hässliche Geräusch, mit dem die Rümpfe ineinanderkrachten. Gleich würde mein geliebtes Boot, das Boot meines Vaters, zersplittern. Ich riss das Ruder herum und fuhr direkt auf die Lieps zu. Das Wasser zwischen den Booten schäumte wild und weiß. Ein paar Zentimeter! Das Motorboot schoss an mir vorbei. Das war knapp gewesen! Es gab einen Ruck, ich verlor den Halt, ließ das Ruder los, wurde nach vorn geschleudert. Mein Schiff saß auf Grund, der Kiel steckte im Boden fest. Ich hatte mir beim Fallen die Schulter geprellt. Ich rappelte mich auf, warf die Segel los. Laut schlugen sie im Wind hin und her. Das Motorboot hatte abgebremst. Es drehte und kam wieder auf mich zu. Ich fiel fast unter Deck und holte mein Handy aus der Hosentasche. Ich wählte Gregors Nummer und schrie vor Erleichterung, als ich seine Stimme hörte. »Vanessa Ott ist hier. Sie will ...« Ein heftiger Schlag ließ mein Schiff erzittern. Ich ließ das Handy fallen und sah nach draußen. Wie eine Wand türmte sich der Rumpf des Motorboots neben mir auf. Vanessa Ott musste gegen mein Schiff geprallt sein. War es leckgeschlagen? Drang Wasser herein? Es war nichts zu erkennen. Der Stoß hatte meinen Kiel aus dem Schlick befreit. Beide Boote schaukelten und stießen gegeneinander. Da sah ich sie, etwa einen Meter über mir, sie klammerte sich an ihre Reling, setzte sich darauf, schwang die Füße über Bord, zögerte, schien auf den richtigen Moment zu warten. Sie sprang auf mein Boot.

Sie landete auf einem Bein, mit dem anderen rutschte sie ab. Sie stürzte auf den Schiffsboden, schrie auf vor Schmerz. Ich versteckte mich im Inneren des Bootes. Ich konnte die Luke nicht versperren, denn das Schott, ein stabiles Holzbrett, lag unerreichbar bei ihr hinten in der Backskiste. Ich suchte im Salon nach einer Waffe, nahm das längste scharfe Messer aus der Besteckschublade. Vorsichtig näherte ich mich der Luke und spähte nach draußen. Vanessa Ott war nicht mehr zu sehen. Wo war sie? Hatte sie sich verletzt? Durch das Fenster sah ich das Motorboot wegtreiben. Auch mein Boot bewegte sich. Zum Glück weg von der Untiefe.

Mit dem Messer in der Hand stieg ich aus der Luke. Vanessa Ott hockte in der Nähe des Mastes und hielt ihr Bein umklammert. Der Wind wirbelte ihr falsches langes Haar um ihren Kopf.

»Haben Sie noch immer nicht genug?«, schrie ich.

Sie hob den Kopf und löste sich vom Mast. Sie rutschte langsam auf dem Po in meine Richtung, ihre Bewegungen waren eckig und unsicher. Ich dagegen war mit den Schiffsbewegungen vertraut, daran gewöhnt, sie mit dem Körper aufzufangen. Das war ein Vorteil. Trotzdem war ich wie gelähmt vor Angst. Ich hob das Messer vor meine Brust. Sie kam näher. Der Ausdruck in ihrem Gesicht schockierte mich. Es war von Schmerz und Verzweiflung verzerrt.

Sie blickte auf das Messer und hielt inne. »Warum wollen Sie mir wehtun?«, rief sie, gegen das Knallen des Segels ankämpfend.

Ich weinte und lachte zugleich. »Ich? Ich will Ihnen wehtun? Sie machen mein ganzes Leben kaputt.«

Sie schüttelte heftig den Kopf. Die Konturen ihres Gesichtes verschwammen vor meinen Augen, und ich sah meine Mutter vor mir, ihren verzweifelten und doch kalten Blick. *Du bist an allem schuld! Starr mich nicht so an! Verschwinde ins Bett. Verschwinde …*

»Was hab ich Ihnen getan?«, schrie ich.

Sie kroch weiter auf mich zu. »Mich im Stich gelassen. Ich habe Ihnen vertraut, Ihnen intimste Dinge von mir erzählt. Vom Tod meiner Mutter … Wir waren Freundinnen.«

»Nein! Freundinnen belügen sich nicht. Ihre Mutter ist gar nicht tot! Sie wollten nur mein Mitleid erregen. Und gleichzeitig haben Sie Ihre Macht ausgespielt. Sie wussten, dass ich Angst um meinen Job habe.«

»Wenn ich geahnt hätte, wie falsch Sie sind! Wie berechnend! Auf dem Konzert hab ich es endlich erkannt. Als Sie mich weggestoßen haben, mir gezeigt haben, wie sehr Sie mich verachten!«

Ich starrte sie an. Wie konnte sie das behaupten? »Aber das habe ich nicht. Ich habe Ihnen nicht das Geringste getan!«

»Sie haben mich links liegen lassen, mich nicht mehr beachtet. Sie standen ja im Mittelpunkt, von allen bewundert. Sie hatten nur noch Augen für diesen Musiker und für seine albernen Freunde.«

Ich zitterte vor Wut und Angst. Bei ihr war an diesem Abend ein eigener Film abgelaufen, der nichts mit der Realität zu tun gehabt hatte. Wie verblendet musste sie sein? Wie … krank? Sie hatte gemerkt, dass sie mich nicht für sich allein haben konnte. Damit hatte ich sie verletzt, ohne es zu ahnen. Und von da an hatte sie mich gehasst. Mich bestraft.

Ich ließ sie für eine Sekunde aus den Augen und blickte mich um. Nirgendwo war ein Boot zu sehen. Aber Gregor musste längst die Polizei verständigt haben. Und ganz sicher war er unterwegs zu mir …

Blitzschnell packte Vanessa Ott meinen Arm mit dem Messer. Ich versuchte, mich aus ihrem Griff zu befreien. Ihr Gesicht war nah vor meinem.

»Sie haben mir wehgetan, und jetzt tue ich Ihnen weh«, keuchte sie. Ihre Fingernägel kratzten über meine Wange. Ich riss schützend eine Hand hoch. Sie packte das Messer, entwand es meinen Fingern. Ich krümmte mich zusammen, tauchte unter dem Großsegel durch auf die andere Seite des Decks. Sie stach auf das Tuch ein, zerfetzte und zerriss es. Dann folgte sie mir, kriechend, um nicht das Gleichgewicht zu verlieren.

»Bleib hier! Du hast keine Chance«, schrie sie.

Ihr Kopf war auf der Höhe des Großbaums, als eine Windböe das Schiff auf die Seite legte und das massive Holzstück herumschwingen ließ. Es prallte mit den eisernen Beschlägen gegen ihre Schläfe. Sie sackte zusammen. Ich verharrte auf der anderen Bootsseite, beobachtete sie. Sie bewegte sich nicht, nur der Wind zerrte an ihren Haaren. Ich hielt den Atem an, kletterte zu ihr und nahm ihr das Messer weg. Sie leistete keinen Widerstand, schien mich nicht mehr wahrzunehmen. Ihre Augenlider flatterten, die Augäpfel irrten umher. Sie war wehrlos. Aber wie lange noch? Ich musste etwas tun. Wenn sie zu sich kam, würde sie mich töten. Ich musste mich wehren, solange es ging. Ich musste es tun … sofort!

Ich hob das Messer. Ihr Blick wurde ganz ruhig. Sie sah mich an.

Stoß zu. Töte sie.

Doch mein Arm zitterte, Tränen trübten meinen Blick. *Stoß das Messer in ihren Bauch. Unter den Rippen. Tu es! Jetzt!*

Sie schloss die Augen.

Mein Arm gehorchte mir nicht. Meine Finger waren kraftlos, ließen das Messer fallen. Es prallte auf das Deck. Ich starrte sie an. Ihr Gesicht sah friedlich aus, als würde sie schlafen. Mein Verstand hämmerte weitere Befehle, die mein Körper nicht ausführte. *Nimm das Messer. Stich zu!*

Ich trat mit dem Fuß nach dem Messer, es schlitterte ein Stück Richtung Heck. Ich kletterte hinterher, löste das Fall, zog das Großsegel herunter, das Vanessa Ott zerfetzt hatte, und versuchte dann, das Vorsegel festzuziehen, um mit dem Wind Fahrt aufzunehmen. Weg hier. In den Hafen.

Etwas klemmte auf dem Vorschiff, ich konnte das Segel nicht spannen. Ich schrie auf. So ein Mist. Ausgerechnet jetzt.

Ein Geräusch wie ein Keuchen. Ich fuhr herum. Aber Vanessa Ott lag noch so da, wie ich sie verlassen hatte. Auf allen vieren kroch ich an ihr vorbei zum Bug. Eine der Schoten hatte sich an einer Klampe verhakt und verknotet. Mit steifen Fingern versuchte ich, das Tau zu lösen. Es saß zu fest. Ich musste es schaffen. Ich zerrte daran herum, wimmerte vor Angst.

Ein Schmerz, wie ich ihn noch nie gespürt hatte, durchbohrte meinen Rücken. Ich fiel nach vorn auf den Bauch. Ich versuchte, den Kopf zu wenden. Was tat sie? Aus dem Augenwinkel sah ich sie, sie stand über mir, ohne sich festzuhalten, in ihrer Hand blitzte das Messer. Ich drehte mich auf den Rücken, der gellende Schmerz in der Wunde nahm mir den Atem. Ich schützte mich mit den Armen. Sie stach wieder zu, traf mich über dem Ellbogen. Sie griff mit ihren eiskalten Fingern nach meinem Handgelenk und zerrte daran, beugte sich herunter, zielte auf meine Brust. Ich warf mich zur Seite, die Klinge durchbohrte meine Schulter. Sie zog sie heraus. Wir schrien beide, ich konnte meine Stimme kaum von ihrer unterscheiden.

Meine Kraft ließ nach. Vanessa Ott hob wieder den Arm, Blut tropfte von der Messerklinge. Mein Blut. Mit letzter Kraft winkelte ich die Knie an und trat mit beiden Füßen gegen ihre Beine. Sie taumelte rückwärts zur Bootskante. Und im nächsten Augenblick war sie einfach weg.

Ich riss die Augen auf. Über Bord. Im Wasser.

Ich lauschte, in meinen Ohren rauschte es. Mein eigenes Blut. In meinem Rücken sickerte etwas warm und feucht. Ich stellte mir vor, wie mein Blut über die Holzplanken lief und in den Ritzen des Bootes verschwand. Meine Augenlider wurden schwer. Nein! Bleib wach! Wo ist sie? Kommt sie zurück?

Doch meine Augen fielen zu. Ich war so müde … Es wurde dunkel. Und kalt … so kalt …

Die Körper im Wasser schimmerten grün. Frauenkörper, schlank und voll Anmut. Sie sanken in die Tiefe. Ihr langes Haar wehte wie feine Korallenarme. Zu einer Musik, sanft wie das Zerplatzen von Luftblasen, tanzten sie. *After the rain comes sun, after the sun comes rain again…* Bilder und Töne schwebten durch meinen Kopf. Dazwischen eine Stimme. Laut und energisch. Ich verstand sie nicht. Das Wasser leuchtete wie ein Opal. Ich sank in das flirrende Grün. Etwas zog an mir, zog mich nach oben…

»Janne! Janne! Ich glaube, sie kommt zu sich.«

Ich blinzelte. Da war jemand. Direkt über mir.

»Janne! Hörst du mich?«

Jetzt kam noch jemand hinzu. Das erste Gesicht lächelte, das zweite sah ernst und besorgt aus. Ich wollte mich bewegen, meinen Arm heben, aber das ging nicht. Er schien festgebunden zu sein. Ich schaffte es, die Augen offen zu halten. Das lächelnde Gesicht gehörte Gregor.

»Wo bin ich?«, fragte ich.

»Im Krankenhaus«, antwortete das fremde Gesicht, es war ein älterer Mann. »Ich bin Dr. Gebert, ich habe Sie operiert.« Er zeigte auf einen Tropf neben meinem Bett. Schläuche führten von dort in meinen Arm. »Sie haben sehr viel Blut verloren.«

Blut? Wie ein Flash sah ich ein Bild von mir, ich lag schlafend auf meinem Bett, rot getränkt von Blut. Etwas daran stimmte nicht. »Bildbearbeitung«, tönte Ullas Stimme durch meinen Kopf. »Das ist ein Kinderspiel…«

Ich versuchte, den Kopf zu heben. »Was ist passiert?«

Gregor wechselte einen Blick mit dem Arzt. Der nickte. Gregor nahm vorsichtig meine Hand.

»Du warst auf dem Boot und bist angegriffen worden. Du hast Verletzungen. Stichwunden.«

Noch mehr Bilder schossen durch meinen Kopf. Vanessa

mit dem Messer. Sie wollte mein Herz treffen. Sie war rückwärts getaumelt und verschwunden.

Mein Herz klopfte bis zum Hals. »Wann war das? Wie lange bin ich schon hier?«

Der Arzt zog die Stirn in Falten. »Etwa sechs Stunden. Sie haben eine Narkose bekommen.«

»Wo ist sie?«, fragte ich.

»Wer?«, fragte der Arzt.

»Vanessa Ott? Du hast am Telefon gesagt, sie sei bei dir gewesen.« Gregor beugte sich näher zu mir.

»Wo ist sie? Sie ist über Bord gefallen.«

Beide wechselten wieder einen Blick.

»Sie dürfen sich nicht aufregen«, wandte der Arzt ein.

»Sie war im Wasser«, meine Stimme klang schrill. »Habt ihr sie nicht gefunden?«

»Janne, reg dich nicht auf«, sagte Gregor. »Wir mussten dich sofort ins Krankenhaus bringen, du wärst fast verblutet. Die Seenotretter sind zurückgefahren, um das Segelboot zu bergen.«

»Ruf sie an«, rief ich. »Frag, ob sie sie gefunden haben. Sie muss dort gewesen sein. Bitte! Tu es sofort!«

Gregor stand wortlos auf und ging zu seiner Jacke, die über einem Stuhl hing. Ich sah, wie er sein Handy herausnahm. Er ging aus dem Zimmer. Ich wollte ihn rufen. Er sollte nicht weggehen. Doch ich hatte keine Kraft ... Mein Rücken, meine Schulter und mein Arm schmerzten. Es wurde von Minute zu Minute schlimmer.

»Die Narkose lässt nach«, sagte der Arzt, der mich beobachtet hatte. »Sie haben tiefe Wunden. Wir geben Ihnen was gegen die Schmerzen.«

»Ich habe nach ihr getreten, und sie ist gestürzt. Sie war plötzlich verschwunden.«

Der Arzt nahm kurz meine Hand. »Das wird sich alles klären. Aber zunächst dürfen Sie sich nicht aufregen.«

Er drückte einen Knopf neben meinem Bett, eine Krankenschwester kam herein. Er sagte leise etwas zu ihr. Sie befestigte einen vollen, durchsichtigen Beutel an meinem Tropf.

»Versuchen Sie noch ein wenig zu schlafen. Ich sehe nachher wieder nach Ihnen«, sagte die Schwester, und beide verließen das Zimmer.

Das heftige Pochen meines Herzens ließ nach, eine bleierne Erschöpfung überkam mich. Ich wusste nicht, ob Minuten oder Stunden vergangen waren, als Gregor zurückkam. Bei ihm waren zwei Männer.

»Hauptkommissar Lothar Steffen, Wismar«, sagte der ältere der beiden. Der Zweite sagte mir auch seinen Namen, aber ich vergaß ihn sofort wieder.

»Ihr Arzt hat uns erlaubt, kurz mit Ihnen zu sprechen. Sagen Sie Bescheid, wenn es zu anstrengend wird.«

»Was ist mit Vanessa Ott?«

»Eines nach dem anderen«, sagte der ältere Polizist. »Erzählen Sie uns bitte der Reihe nach, was passiert ist.«

Gregor blieb im Hintergrund stehen. Ich konnte den Ablauf jetzt detailliert wiedergeben, schilderte, wie das Motorboot aus der Wismarer Bucht gekommen war und mir den Weg abgeschnitten hatte. Wie ich Vanessa Ott erkannt hatte. Der jüngere Polizist machte sich Notizen auf einem Block.

»Sie hat versucht, Sie zu erstechen, Sie haben nach ihr getreten, und sie ist über Bord gefallen?«, fragte er, als ich mit meinem Bericht fertig war.

Ich nickte.

»Konnten Sie ihr nicht helfen? Einen Rettungsring werfen?«

»Ich konnte mich nicht mehr bewegen. Ich muss kurz danach bewusstlos geworden sein.«

»Aus der Wunde im Rücken ist schnell sehr viel Blut ausgetreten. Was meine Patientin sagt, ist absolut plausibel«, schaltete sich der Arzt ein, der auf einmal wieder im Zimmer stand. »Ich denke, es genügt für heute mit der Befragung.«

»Haben Sie Vanessa Ott gefunden?«, fragte ich die Polizisten.

»Nein, aber die Suche läuft noch«, gab der jüngere zurück. »Die Seenotretter sind unterwegs, parallel sucht ein Hubschrauber die Bucht ab. Es wurde ein führerloses Motorboot in der Nähe von Wieschendorf treibend gefunden. Es ist von der Vermissten in Wismar gechartert worden.«

Ich starrte ihn an, konnte seinen Erklärungen nicht folgen. »Sie müssen Sie finden. Bitte! Suchen Sie weiter! Sie müssen Sie finden.«

17

8 Monate später

Im Garten riecht es nach Frühling. Es ist erst Anfang März, aber die Sonne besitzt schon Kraft. Gelb und lila leuchten Narzissen und Krokusse in der Erde. Ich hole Spaten und Hacke aus dem Geräteschuppen. Heute geht es den alten Sträuchern an den Kragen. Ich brauche den Platz für ein Gemüsebeet.

Es gibt Tage, an denen mich mein neues Leben so sehr erfüllt, dass ich kein einziges Mal an Vanessa Ott denke. Ich lebe nun anders. Intensiver. Die Ärzte meinten, es sei ein Wunder gewesen, dass ich überlebt habe. Und so empfinde ich mein Leben: als ein Wunder.

Vanessa Otts Leiche wurde nicht gefunden. Mich traf keine Schuld an ihrem Tod. Die Polizei schenkte meinem Bericht Glauben, dass ich in Notwehr gehandelt hatte, um mich zu retten. Nach vierzehn Tagen konnte ich das Krankenhaus verlassen. Noch weitere drei Wochen war ich krankgeschrieben und wohnte bei Gregor. Meine Wohnung hatte ich seit der Sache auf dem Boot nicht mehr betreten. Innerlich nannte ich es »die Sache«. Es gab genaue Beschreibungen für das, was passiert war, doch ich konnte sie nicht einmal denken. Ich verdrängte das alles. Ich brauchte Zeit.

Meine Mutter besuchte mich. Nach Jahren verließ sie zum ersten Mal ihr Haus, ihre Festung, und kam nach Berlin, um nach mir zu sehen. Wir haben nicht über die Vergangenheit gesprochen; doch ich war glücklich, dass sie sich um mich sorgte. Und Gregor war so charmant zu ihr, dass sie sich bei uns wohlfühlen *musste*.

Und mich verwöhnte er auch. Er kochte meine Lieblingsgerichte. Er lieh mir DVDs aus, fuhr mit mir aufs Land, versuchte mich abzulenken.

Bei einem unserer Spaziergänge entdeckten wir schließlich das Haus. Es lag in der Nähe eines Badesees in dem Dörfchen Glindow, und die Fahrzeit nach Berlin betrug weniger als eine halbe Stunde. Wir knobelten ein paar Wochen an der Finanzierung herum und kauften es dann. Meine Mutter gab mir meinen Teil aus dem Erbe meines Vaters dazu, und Gregor hatte kein Problem damit, Vanessa Otts großzügige Entlohnung für die Restaurierung der Möbel mit hineinzustecken. Die Vorstellung war mir unheimlich. Nahmen wir auf diese Weise nicht ihr Erbe mit in unsere Zukunft? Aber ich sagte nichts dazu.

Ich hätte auf meinen Bauch hören sollen.

Das Haus war lange nicht renoviert worden, der Keller war feucht, das Dach undicht, aber vieles konnte Gregor selbst reparieren. Das Haus hatte fünf Wohnräume auf zwei Etagen. Vor allem aber gehörte ein geräumiger Schuppen dazu, den Gregor sich zu einer Werkstatt ausbaute. Den Garten hatte ich zu meinem Zufluchtsort erklärt, und ich räumte ihn kräftig auf. Ich holte Buchsbäume aus der Erde, die den Winter nicht überlebt hatten, und bereitete Beete vor, in die ich später Gemüse, Kräuter und Blumen pflanzen wollte. Später, wenn die

Nachtfröste endlich vorbei waren. Im Geiste sah ich meinen Garten schon blühen, eine Pracht aus Rosen, Wicken und Kamelien.

Lange hatte ich überlegt, ob ich bei Alfa.Sat eine Zukunft haben konnte. Durch Vanessas Tod schien das grausame Kapitel endgültig abgeschlossen zu sein. Niemand sprach es aus, aber es fühlte sich so stimmig an. Die Gerechtigkeit war wiederhergestellt. Vanessa war die Ursache allen Übels gewesen, und sie hatte dafür bezahlt. Es erschien mir manchmal unheimlich, aber keiner erwähnte sie mehr, nicht einmal Karsten Klingbeil, der seine Enthüllungsstory aufgab. Sie war mehr als tot, totgeschwiegen.

Doch mein Leben musste weitergehen. Auch bei Alfa.Sat. Denn warum sollte ich meinen Job aufgeben, der mir Spaß machte und in dem ich gut war, besser als von Hirten? Ich hatte die Beförderung verdient. Ich sagte Lehner zu und zog in mein neues Büro ein, als Leiterin der Marketingabteilung. Mit Sven arbeite ich weiter zusammen, wir haben noch immer ein lockeres, unkompliziertes Verhältnis, und kein Außenstehender würde bemerken, dass sich etwas zwischen uns verändert hat. Denn es gibt eine Kluft, die sich nicht mehr schließen lässt. Michaela hat gekündigt, während ich krankgeschrieben war. Wir haben später noch einmal telefoniert. Den Versuch gemacht, uns auszusprechen. Uns versichert, dass wir uns nicht mehr böse sind.

Mein Herzblut steckt weiterhin im Smiling Kids Day. Er war ein Erfolg, vor allem für Jörg als Moderator. Auch mit ihm habe ich mich versöhnt. Die neue Form des Spendenmarathons soll weitergeführt werden. Auf diese Weise ist doch etwas von Vanessa Ott geblieben.

Tagsüber gelingt es mir längst, sie zu vergessen. Doch nachts kommt sie zurück. Sie schwebt im Wasser, ihr weißes Gesicht schimmert unter der Oberfläche, dann sinkt sie in die Tiefe. Ich tauche zu ihr hinab. Das Wasser ist so kalt. Sie umkreist mich, ihre Bewegungen sind elegant und fließend. Dann ist sie unter mir, sie greift nach meinem Fußgelenk. Ich strampele, trete nach ihr, ich kann mich aus ihrem Griff nicht befreien. Sie zieht mich hinab ins Dunkel. Immer tiefer, immer tiefer. Ich muss atmen. Wassermassen drücken auf meine Brust. Ich öffne den Mund, schreie. In diesem Moment wache ich auf. Jedes Mal. Ich klammere mich an Gregor. Er kennt das schon, fragt nicht mehr nach dem Traum, hält mich einfach nur fest.

Was zwischen ihm und Vanessa abgelaufen war, hat er mir erst erzählt, als ich aus dem Krankenhaus entlassen wurde. Es war so gewesen, wie ich es mir mit Ulla schon ausgemalt hatte. Wie in einem Puzzle fügte ich nun die fehlenden Teilchen hinzu. Ich beschrieb ihm, was ich in seiner Wohnung gesehen hatte: den Tisch, liebevoll für zwei gedeckt, das zerbrochene Porzellan, die zertretene Blume, die verbrannten Steaks in der Pfanne.

»Was ist an dem Abend passiert?«

»Erinnere mich nicht daran! Das war eine Katastrophe!«

Gregor hatte den Kontakt zu Vanessa endgültig beenden wollen. Für ihn war es eine geschäftliche Verabredung gewesen, die sie getroffen hatten, ein Auftrag über eine Möbelrestaurierung, der nun abgeschlossen war.

»Ich hab gespürt, dass sie etwas in unsere Bekanntschaft hineininterpretiert hat. Sie hat mit mir geflirtet. Ist fast jeden Tag in der Werkstatt vorbeigekommen, um sich die Fortschritte der Lackarbeiten anzusehen. Einmal hatte sie etwas aus dem Feinkostladen mitgebracht. Ob ich auch noch nicht zu Abend gegessen habe? Eine Flasche Wein war auch in der Tüte. Ich wollte nicht unhöflich zu ihr sein. Es war ja ein ganz schöner Batzen Geld, den sie mir gezahlt hatte. Aber dann habe ich gemerkt, dass etwas mit ihr nicht stimmte. Sie wollte wissen, was ich am nächsten Abend vorhabe. So als wären wir ein Paar. Es ist an diesem Tag eskaliert, an dem du sie aus meinem Haus hast kommen sehen. Sie hat mich am späten Nachmittag besucht, ich hatte noch zu tun, und sie verschwand in der Küche. Sie tat geheimnisvoll, wollte mich mit irgendetwas überraschen. Als ich später zu ihr ging, hatte sie den Tisch gedeckt, richtig romantisch, mit einer Kerze und einer roten Rose. Sie hatte zwei Stücke Fleisch gekauft, stand am Herd. Für eine Sekunde dachte ich, du wärest da, sie trug ihr Haar wie du, und sie hatte so ein türkisfarbenes Tuch hineingeknotet ...« Gregor schüttelte den Kopf. »Ich konnte mich nicht mit ihr an den Tisch setzen. Da war eine Grenze. Sie ging zu weit. Sie war besessen ... Vielleicht von der Idee, wir wären zusammen.«

Er bat Vanessa, die Wohnung zu verlassen. Als sie nicht reagierte, ging er ins Schlafzimmer und machte die Tür zu. Bald darauf roch es verbrannt, er fand in der Küche das Schlachtfeld vor und danach den zerkratzten Tisch.

Ich schob die andere Frage vor mir her, weil ich nicht sicher war, ob ich die Antwort wirklich hören wollte. Erst später, als wir bereits in das Haus umgezogen waren und den Abend im Bett, in ein dickes Federbett gekuschelt, verbrachten, weil das Heizöl noch nicht geliefert worden war, fragte ich ihn.

»Hast du mit ihr geschlafen?«

Er schüttelte den Kopf. »Wie kommst du darauf?«

Ich erzählte ihm, was Vanessa Ott mir gesagt hatte. Gregor blickte nachdenklich zur Zimmerdecke. »Ich habe noch nie einen Menschen getroffen, der so sehr in einer Scheinwelt gelebt hat wie sie. Ich wette, sie hat ihr ganzes Lügenkonstrukt für absolut wahr gehalten.«

»Es klang so realistisch. Sie sagte, du hättest Spaß mit ihr gehabt.«

Gregor zog die Bettdecke über unsere Köpfe. »Ich zeig dir mal, wie es aussieht, wenn ich Spaß habe …!« Ich schmiegte mich an ihn.

Seit dieser Nacht haben wir Vanessa Ott nicht mehr erwähnt.

Ich lege den Kopf in den Nacken und schließe die Augen. Warm scheint die Märzsonne auf mein Gesicht. Ich genieße es. Mein neues Leben!

In der Werkstatt kreischt eine Säge los. Gregor baut etwas für mich, es soll eine Überraschung werden, zu meinem Geburtstag. Ich bin einfach nur glücklich.

Epilog

Du frierst, es ist kalt im Schatten. Du ziehst die Ärmel deines Pullovers über die Handrücken und vergräbst deine Hände in der Manteltasche. Die Schnittwunden an deinen Armen jucken. Du beißt die Zähne zusammen. Nicht kratzen, es blutet nur und bildet neue Krusten, die wieder jucken. Das wird niemals aufhören.

Konzentriere dich. Sie ist da.

Sie steht mitten im Garten, das Gesicht zur Sonne gewandt. Sie wollte irgendetwas tun, doch sie hat den Spaten in ihrer Hand vergessen. Du spürst, dass sie glücklich ist. Sie denkt kaum noch an dich. Du bedeutest nichts mehr für sie, nicht einmal Gefahr.

Wie still es hier ist. Als gäbe es keine anderen Menschen, nur sie und dich. Sie, die Frau, der alles geschenkt wird, Liebe, Wärme, Freundschaft, ein Zuhause.

Und du …

Hör auf, dich zu bemitleiden. Das ist lächerlich. Auch du hast ein neues Leben. Du bist frei. Es gibt keine Vergangenheit.

Eine Fahrradklingel. Jemand radelt die Straße entlang. Der Briefträger? Er hält auf der Höhe ihres Gartens. Sie geht hin, öffnet das Tor und nimmt einen schmalen Stapel Briefe und die Zeitung entgegen. Sie plaudern, lachen, der Postbote zeigt in den Himmel. Ja, das Wetter! Da zieht sich eine Wolkenfront zusammen …

Jetzt! Ihre Körperhaltung verändert sich. Ja, du erkennst es deutlich. Sie streckt den Rücken, weicht einen Schritt zurück. Sie hat ihn entdeckt, starrt darauf. Der Brief liegt in ihrer Hand.

Der Postbote macht eine Bemerkung. Vermutlich bewundert er das Briefpapier. Das ist mal was Besonderes. Handgeschöpft? Und erst die Farbe … Hellviolett. Wie blasser Flieder.

Du bekommst nicht mit, wie sich der Briefträger verabschiedet und wegfährt, deine Augen kleben an ihr. Sie ist dort stehen geblieben, am Tor. Aus dem Schuppen dröhnt der Motor einer Säge. Sie wirft einen schnellen Blick dorthin. Dann öffnet sie den Umschlag. Etwas Dunkles fällt heraus, sie hebt es auf, betrachtet es.

Du hast eine Locke für sie geopfert. Erkennt sie, dass sie echt ist? Sie lässt die Locke fallen, als wäre es ein Stück glühende Kohle. Entfaltet das Papier. Liest.

Mein Haar ist jetzt so lang wie deines. Kannst du dir vorstellen, wie gut es mir steht? Ich bin eine Zeit lang geschwommen, in dem kalten Wasser, in das du mich gestoßen hast. Aber ich habe ein Ufer erreicht. Eine Insel. Eine neue Insel in meinem Leben.

Du hast dich mit meinem Tod schon abgefunden, nicht wahr? Du warst so leicht aufzuspüren. Wiederholst die alten Fehler. So vertrauensselig. Stell dir vor, Gregors Sägeblatt löst sich und trennt seine Hand ab. Stell dir vor, deine selbst geernteten Zucchini sind vergiftet. Es gibt so viele Gefahren, so viele Möglichkeiten. Stell es dir vor!

Sie lässt die Hand mit dem Brief sinken. Du hast ihn nicht unterschrieben. Wozu auch?

Sie hebt den Kopf, sieht die Dorfstraße hinunter bis zum

Gasthof. Du weißt, was sie sucht: einen weißen Alfa Romeo. Da ist nichts, da draußen. Doch in ihrem Kopf ist alles wieder da.

Sie dreht sich um, geht eilig ins Haus, verschließt die Tür. Sie will dich aus ihrem Leben ausschließen.

Aus dem Nachbarhaus kommt eine Frau mit einem vollen Müllbeutel, sie geht zu einer Tonne an der Straße, wirft ihn hinein. Ein Kind steckt den Kopf aus der Haustür, ruft ihr etwas zu. Du trittst aus dem Schatten. Nun möchtest du lachen. Laut heraus. Du willst, dass dich jemand sieht. Du bringst nur eine Art Husten zustande. Ein schriller und hysterischer Laut. Die Frau blickt nicht einmal auf.

Sie bemerkt dich nicht!

Die Angst schlägt wie eine Flutwelle über dir zusammen. Vielleicht bist du längst tot. Und nur dein Haar wächst weiter und weiter.

Nein! Du reißt die Hände aus den Taschen und kratzt über deine Wunden, kratzt die feinen Krusten auf, bis das Blut hervorquillt. Das Jucken hört auf, du spürst den Schmerz wie Tausende Messerstiche.

Du lebst.

Dank

Zum Glück gibt es nicht nur Vanessa Otts auf dieser Welt. Die Arbeit an diesem Buch hat mir eines sehr bewusst gemacht: wie wichtig es ist, wahre Freundinnen zu haben. Sie sind eine große Bereicherung in meinem Leben. Einige meiner Freundinnen sind zugleich Autorinnen, Lektorinnen und konstruktiv-kritische Testleserinnen.

Ich danke Christiane Dunsbach, ohne die ich das Buch nicht geschrieben hätte.

Gisa Klönne und Lisa Kuppler, die die Entstehung der *Beschützerin* von Anfang an begleitet haben und mir wertvolle Impulse für die Geschichte und für mein Schreiben gaben, Anja Feldhorst und Judith Merchant, auf deren Feedback ich immer vertraue, Bea Kemer, die mit Argusaugen über die Sprache wacht, Christiane Dieckerhoff, deren frischer Blick auf den Text vieles noch mal umkrempelte … ihnen und allen anderen, die mich unterstützten und die ich hier leider nicht alle namentlich nennen kann, sage ich an dieser Stelle meinen herzlichen Dank.

In die aufregende Welt einer Top-Unternehmensberaterin und in ihr Vokabular (ganz ohne Anglizismen ging es deshalb nicht!) führte mich Carina El-Nomany ein, danke dafür!

Mein Dank gilt nicht zuletzt meinen Agentinnen Beatrice Beckmann und Andrea Wildgruber und ebenso meiner Lektorin Maren Arzt für die vertrauensvolle, produktive Zusammenarbeit.

Und mindestens *ein* Mann hat es verdient, hier genannt zu werden – er ist viel mehr als nur der Quotenmann in dieser Aufzählung – nämlich meiner! Danke Kurt, ohne dich geht es nicht.

Post Scriptum:
Alle Charaktere und Ereignisse in diesem Roman sind Produkte meiner Fantasie. Manche Schauplätze gleichen ihren realen Vorbildern, andere habe ich erfunden oder fiktiv verändert, ganz so wie es mir sinnvoll erschien, um diese Geschichte zu erzählen.

Lesen Sie auch …

» Susanne Kliem seziert messerscharf, wie hinter der Fassade einer Landidylle ein abgründiges Geflecht aus Lügen, Eifersucht und Verrat zum Vorschein kommt. Ein meisterhaftes Psychodrama über die, denen wir am meisten trauen – den angeblich besten Freunden … «

Elisabeth Herrmann

LESEPROBE

Nora

Sie saß an dem alten Holztisch im Hof unter der grüngoldenen Krone der Buche, die nur einzelne Sonnenstrahlen durch das dichte Laub dringen ließ. Sie lehnte sich zurück, saß einfach da, die Hände entspannt auf den Oberschenkeln, ihr Kopf war angenehm leer. Die Wärme auf ihrer Haut, Sonnentupfer hinter den geschlossenen Lidern, die Stille um sie herum, der prickelnde Geschmack auf ihrer Zunge … Zufrieden. Wann hatte sie das zum letzten Mal gedacht? Ich bin zufrieden. Sie nahm noch einen Schluck aus dem Sektglas, strich dann über das unbehandelte Holz des Tisches. Warm und rau fühlte es sich an. Die Äpfel in einem Korb vor ihr besaßen ein fast unwirkliches, knackig frisches Grün. Die Stühle ringsum waren Flohmarktfundstücke, bunt zusammengewürfelt, kirschrot, himmelblau und flaschengrün lackiert. Eine Idylle wie ein Postkartenmotiv. Sie stand auf, überlegte kurz, ob sie die neue Kamera holen sollte, machte dann nur einen Schnappschuss mit ihrem Handy.

Johannes kam aus dem Schuppen, trug eine Feuerschale und einen runden Rost, Marlis folgte ihm mit einem dreibeinigen Gestänge.

»Was habt ihr denn da?«, fragte Nora.

»Einen alten Grill. Muss nur sauber gemacht werden«, meinte er.

»Ich zieh mich noch schnell um, bin gleich wieder da.« Marlis warf ihrem Mann eine Kusshand zu und ging vergnügt ins Haus. Johannes holte eine Stahlbürste und einen Handfeger und machte sich ans Werk. Nora sah ihm zu. Er war vollkommen in seine Aufgabe vertieft, schien in sich hineinzulächeln. Das Leben auf dem Land tat ihm gut. Die Arbeit mit den eigenen Händen. Er hatte Nora erzählt, dass er das in seinem Architekturbüro am meisten vermisste.

Schon bald verteilte sich der Geruch nach brennender Holzkohle im Hof. Marlis kam zurück, eine Kette mit bunten Papierlampions in der Hand.

»Schau mal, was ich besorgt habe! Wie früher beim Kindergeburtstag.« Sie trug nun ein karamellfarbenes Wickelkleid. Um die Schultern hatte sie ein dunkelbraunes Webtuch geschlungen, das zu ihren Haaren passte.

»Hey, du siehst toll aus«, sagte Nora.

Marlis legte die Hände auf die Hüften. »Findest du? Ich war etwas unsicher, als ich es gekauft habe.«

»Nein, steht dir richtig gut.«

»Danke!«

Draußen hupte ein Wagen. Nora blickte durch das offene Hoftor. »Da kommt Alex.«

Er stieg aus und winkte ihnen zu. Es würde ihr erstes Grillfest werden, seit sie gemeinsam auf den Hof gezogen waren. Der Umbau des baufälligen Gebäudes unter Johannes' Regie war abgeschlossen, die Wohnungen waren eingerichtet. Er hatte den klotzigen Zaun um den Vorgarten entfernt und zu Kaminholz verarbeitet, Marlis ihren Traum vom romantischen Cottage-Garten umgesetzt und Lavendel, Katzenminze und Rosen angepflanzt. Zusammen waren sie und Nora über die Trödelmärkte gezogen auf der Suche nach ein paar dekorativen Schmuckstücken. Das hölzerne Wagenrad. Eine Gießkanne mit Patina. Eine antike Zinkwanne, die Marlis bepflanzt hatte.

Alex öffnete den Kofferraum. »Gibt's hier einen starken Mann, der mir mal helfen kann?«, rief er.

»Warte!« Johannes ließ die Zeitung, mit der er Luft in die Glut gefächelt hatte, auf den Boden fallen und ging hinaus. Gemeinsam trugen sie einen sperrigen, offensichtlich schweren Karton in den Innenhof, setzten ihn vorsichtig ab.

»Was ist das, um Himmels willen?«, fragte Nora.

»Alexanders neuestes Geheimnis«, sagte Johannes.

»Ein Gasgrill.« Alexander strahlte. »Das Modernste, was du derzeit kriegen kannst.« Er wischte sich den Schweiß von der Stirn. »Und da wir ja öfter Leute einladen wollen, hab ich gleich das größere Modell genommen.«

»Du kommst leider zu spät, mein Lieber.« Johannes klopfte ihm auf den Rücken. »Riechst du nichts? Die Kohle glüht schon.«

Alexander blickte zu dem dreibeinigen Gestell. »Was ist das denn für ein vorsintflutliches Ungetüm?«

»Der lag doch hinten im Schuppen.«

»Egal, ich hab den Gasgrill extra besorgt, und nun will ich ihn auch ausprobieren.«

Auf Johannes' Stirn bildete sich eine senkrechte Falte.

»Wir könnten doch beide benutzen«, schlug Nora beschwichtigend vor.

»Genau.« Marlis nickte. »Fleisch und Würstchen haben wir genug.«

»Ich pack ihn mal aus. Du wirst vor Neid erblassen«, sagte Alex zu Johannes.

Der verzog den Mund. »Ach, darum geht's dir?«

»So ein Quatsch! Komm, du brauchst was zu trinken.«

Alexander goss ihm und sich ein Glas Prosecco ein. Sie stießen an. Johannes' Stirnfalte glättete sich, doch Nora sah, wie er die freie Hand zur Faust ballte, sie dann in die Hosentasche steckte.

Alexander vertiefte sich in die Bedienungsanleitung. Er runzelte die Stirn. »Wie soll das bitte gehen? Wohin gehören denn diese langen Schrauben hier?«

Johannes blickte ihm über die Schulter. »Vielleicht zur Sicherung hier an den Seiten. Ja, ich wette, das passt.«

»Stimmt. Du bist der Beste.« Alex nahm noch einen Schluck, sah Johannes an. »Sei mir nicht mehr böse. Und mach endlich deinen rostigen Schwenkgrill aus. Der räuchert uns hier ein.«

»Sorry, das ist wahr.«

Alexander zwinkerte ihm zu. »Weißt du noch? Im Tiergarten, mit den Mädels aus dem dritten Semester? Wir waren pleite, ich hatte die Idee, statt Steaks Maiskolben und Paprikaschoten mitzunehmen. Aber für das Essen hat sich sowieso niemand interessiert.«

»Du meine Güte, ja!« Johannes' Lächeln wirkte bemüht.

Während er sich abwandte und die Holzkohlenglut löschte, verschwand Marlis im Haus. Sie brachte Teelichte in bunten Gläsern und Servietten mit, verteilte sie auf dem Tisch. Dann inspizierte sie den Blätterhimmel der Buche. »Ich dachte, wir hängen die Lampionkette hierhin, das sieht sicher romantisch aus, wenn es dunkel wird.«

»Mach dir nicht so viel Arbeit. Wir sind doch unter uns«, meinte Nora. Wenn Marlis sich endlich mal hinsetzen würde! Mit ihrem Aktionismus machte sie die ganze Stimmung kaputt.

»Ich möchte aber, dass alles perfekt ist. Und außerdem bekommen wir gleich noch Besuch.«

»Wie meinst du das?«

»Ich hab Diana Wolf eingeladen. Und unseren Nachbarn.«

»Warum denn das? Wir hatten doch …« Nora suchte nach den richtigen Worten. »Wir wollten zusammen feiern, dass endlich alles fertig ist, nach den Monaten mit den Handwerkern, mit Staub und Dreck und Lärm auf der Baustelle. Es sollte unser Einweihungsfest sein.«

»Das ist es doch auch«, sagte Marlis.

»Aber warum hast du Fremde dazu eingeladen?« Nora gelang es nicht, den vorwurfsvollen Ton aus ihrer Stimme zu verbannen.

»Was heißt denn Fremde? Das sind unsere Nachbarn. Es ist nur höflich, sie zum Einstand auf ein Glas hereinzubitten.«

»Entschuldige. Du hast ja recht.« Nora gab sich einen Ruck. »Es wird bestimmt nett.« Sie wusste selbst nicht, warum sie so empfindlich reagiert hatte. Was sprach dagegen, ein paar Leute kennenzulernen? Früher hätte sie sich darauf gefreut, wäre neugierig gewesen, was das für Menschen waren. Zugezogene? Großstädter wie sie selbst? Oder alteingesessene Dorfbewohner? Doch im Moment war ihr alles zu viel. Wenn etwas nicht nach Plan verlief, fühlte sie sich gestresst.

»Du meine Güte, Nora, mach nicht so ein Gesicht.« Marlis hängte die Lichterkette kreisförmig in die Äste. »Vielleicht will ich ja ein bisschen angeben mit dem Hof. Ist das so schlimm?« Sie lachte fröhlich.

Nora ging zu Alexander. »Hast du gewusst, dass Leute aus dem Dorf kommen?«, fragte sie leise.

»Ja, Marlis hat es vorhin erwähnt. Wer denn eigentlich?«

»Die Ärztin von gegenüber, Diana Wolf. Und der Bauer vom Nachbarhof.«

»Dieser düstere Typ? Wie hat Marlis denn das geschafft? Mich hat er bisher kaum gegrüßt.«

»Mich auch nicht.«

Alexander legte seinen Arm um Noras Hüfte und zog sie an sich. Er berührte mit den Lippen ihr Haar und flüsterte in ihr Ohr: »Marlis hat eben ihren ganz eigenen Charme.«

Nora lächelte, dann kicherten sie beide gleichzeitig los wie zwei Kinder, die sich verschworen hatten.

Marlis brachte das Fleisch und die Würstchen auf einem Tablett. Alexander platzierte sorgfältig die ersten Stücke auf dem Grill.

Auch nach siebzehn Jahren noch liebte Nora sein feingeschnittenes Gesicht mit den Lachfältchen um die Augen, das gelockte Haar, das früher dunkelbraun gewesen, doch inzwischen mit silbergrauen Fäden durchzogen war. Im Vergleich zu Johannes, der kräftiger gebaut war und um die Hüften angesetzt hatte, wirkte Alexander fast hager.

»Hallo zusammen!« Diana Wolf stand im Eingangstor. Sie war eine sportliche Mittfünfzigerin und trug das graue Haar modisch und kurz geschnitten. In der Hand hielt sie einen bunten Strauß Dahlien.

Marlis strahlte. »Kommen Sie rein, die ersten Steaks sind gleich fertig.« Die Ärztin drückte ihnen nacheinander fest die Hand und gab Marlis die Blumen. »Noch mal vielen Dank für die Einladung.«

»Danke, die sind aber schön«, sagte Marlis, obwohl sie Nora einmal erzählt hatte, dass sie Dahlien geschmacklos finde.

Marlis machte kehrt und kam mit einer Vase und einer bauchigen Glaskaraffe zurück. »Bowle mit den letzten Erdbeeren für dieses Jahr.«

»Wunderbar«, sagte Nora. »Was kann ich denn noch tun? Soll ich Gläser holen?«

»Lass mal, ich kümmere mich darum. Und du sollst dich ja auch schonen.«

Warum musste Marlis sie behandeln wie eine Kranke? Aber

vielleicht war sie das in Johannes' und Marlis' Augen noch immer.

Inzwischen roch es verführerisch, und Alex verteilte die Steaks. Auf einen Klapptisch hatte Marlis Gläser, Getränke, Teller, Besteck und die Salate gestellt. Nun arrangierte sie dahinter Diana Wolfs Blumen.

»Wunderschön, Frau Wolf. Sind die aus Ihrem Garten?«

Die Ärztin nickte. »Diana reicht. Na, ihr habt ja selbst eine Pracht in eurem Vorgarten.«

Marlis lächelte. »Danke. Vorbild ist ein alter Cottage-Garten in Somerset, die berühmte Anlage von Stonebrook Manor, aber natürlich steckt noch fast alles in den Kinderschuhen, das ist ja unser erster Sommer hier. Wenn du magst, zeig ich dir nachher meine englischen Rosen.«

Nora schmunzelte innerlich über Dianas leicht entgeisterten Blick, den sie hinter einem interessierten Lächeln verbarg.

»Alles okay? Dein Fleisch wird ja kalt.« Johannes saß auf einmal neben Nora und berührte sie am Arm.

»Ich hab nur vor mich hin geträumt. Es ist so ein schöner Abend. Am liebsten möchte ich ihn festhalten, wie ein Standbild in einem Film, und jedes kleine Detail möglichst lange genießen.«

»Ich bin so froh, dass es dir wieder besser geht.« Johannes lächelte sie an, stand auf und nahm sich von den Salaten nach.

Nora goss sich ein Wasser ein. Die Bowle hatte es in sich. Gut, dass Alexander und Marlis mit Diana Wolf Small Talk machten. Sie spürte die Müdigkeit stärker werden, dieses dumpfe und gleichzeitig flirrende Gefühl im Kopf, das eine Folge ihrer durchwachten Nächte war.

»Warum seid ihr hierhergezogen?«

Nora hörte die Frage, bemerkte aber erst Sekunden später, dass sie ihr galt. Diana Wolf hatte sich zu ihr gesetzt.

Mein Job hat mich ausgelaugt bis zum Burn-out, und meine Ehe stand vor dem Aus.

Nein, so wollte sie sich im Dorf nicht präsentieren. Obwohl sie das Gefühl hatte, dass Diana Wolf sie verstanden hätte. Nora suchte nach einer positiver klingenden Antwort. Sie hatte gehofft, hier draußen glücklicher zu sein. Gehofft, dass Alexander zufriedener sein würde. Ruhiger. Sie wollten doch beide eine Veränderung, wieder zueinanderfinden. Da war auch eine verschwommene Vorstellung von Gerüchen und Farben gewesen. Der Duft nach Harz. Ein Teppich aus Moos unter den nackten Füßen. Ein Ineinanderfließen von blassem Blau und zartem Grün mit erdbraunen Sprenkeln. Nicht wie bei Marlis, die eine detaillierte Vorstellung vom Leben in der Natur besaß. Von Körben mit rotbackigen Äpfeln, Pullovern mit Zopfmuster aus dicker Wolle, einer Bauernanrichte in der Küche, einem Ohrensessel am Kamin vor dem Bücherregal …

»Mein Mann hat die Idee gehabt«, sagte Nora und lächelte Diana Wolf an. »Er und Johannes sind Studienfreunde. Sie hatten sich lange Zeit aus den Augen verloren und sind sich zufällig wiederbegegnet. Marlis hatte den Hof geerbt, und Johannes muss Alexander davon vorgeschwärmt haben. Anfangs war es nur Gedankenspielerei. Möchten wir auf ewig mitten in der Stadt leben? Wie wäre es mit Wald und See vor der Haustür? Die Vorstellung gefiel uns irgendwann so gut, dass die Entscheidung dafür gefallen ist.«

Diana nickte. »Ich kann das gut verstehen, wir haben mitten in Potsdam gewohnt, bevor wir hierherkamen.«

Nora musste daran denken, wie Alexander, nachdem er Johannes wiedergetroffen hatte, zu ihr in die Altbauwohnung mit den hohen, stuckverzierten Wänden und den edlen Parkettböden zurückgekommen war. Er war richtig beeindruckt gewesen. »Aufs Land ziehen! Eine echt verrückte Idee! Passt gar nicht zu Johannes, so entscheidungsfreudig war er früher nie. Aber ein kleines bisschen beneide ich ihn darum. Übrigens ist ein Golfclub in Fußnähe, und da spielt ein Kollege von mir.« Er hatte Nora in den Arm genommen. Dann sein ironischer Blick. »Eine Blumenwiese mit Zitronenfaltern vor deinem Fenster. Könntest du dir das vorstellen?«

»Ja. Du nicht?«, war Noras Antwort gewesen. Danach ging alles recht schnell. Sie trafen sich zu viert, Johannes schlug das Chez Madeleine vor, ein Restaurant, in dem Nora und Alexander noch nie gegessen hatten. Nora lernte Marlis kennen, rotbraune Lockenmähne, weit schwingendes, fliederfarbenes Wollkleid, ein Schal mit zarter Spitze umnäht. Sie küsste Nora zur Begrüßung auf beide Wangen und zeigte ihr eine Zeitschrift mit einem romantischen Bauerngarten auf dem Titelbild und mit Koch- und Backrezepten für die einfache, aber köstliche Landhausküche.

Man könne aus dem Hof ein Schmuckstück machen, hatte Johannes geschwärmt. Eine moderne Wohngemeinschaft, in der jeder seinen Freiraum habe. Der Innenhof als Treffpunkt für alle, hinter dem Haus ein Garten mit alten Obstbäumen …

»Ihr habt Glück gehabt.« Diana Wolfs Stimme riss Nora aus den Erinnerungen. »Ich hab gehört, solche Objekte gibt es auf dem Immobilienmarkt schon lange nicht mehr.«

Marlis gesellte sich zu ihnen, legte den Arm um Nora. »Du guckst schon wieder so ernst! Ich verordne dir noch ein Glas von meiner Zauberbowle. Euch beiden. Da sind magische Zutaten drin.« Marlis füllte drei Gläser mit der leicht trüben Flüssigkeit, Eiswürfeln und Erdbeeren. »Prost. Auf den Sommer. Unseren ersten in Seesendorf.«

Diana Wolf nippte daran. »Oh, gefährlich. Noch eins davon, und ich kann meine Schreibtischarbeit für heute vergessen.«

»Dann schiebst du die Schuld auf uns.« Marlis zwinkerte ihr zu. »Komisch, wo der Nachbar wohl bleibt?«

»Norbert?« Diana hob belustigt die Brauen. »Ihr habt ihn eingeladen?«

»Klar, spricht was dagegen?«, fragte Marlis.

Diana lächelte. »Der wird nicht auftauchen.«

»Das hab ich mir gedacht«, warf Alexander ein.

»Das hat aber nichts mit euch zu tun. Er geht allen im Dorf aus dem Weg.«

»Was ist denn los mit ihm?«, fragte Alexander.

»Er ist … sagen wir es so, er ist ein Einsiedler. Will keinen Kontakt. Schon gar nicht zu den neu Zugezogenen. Den ›Golfern‹, wie er sie nennt.« Diana Wolf hob die Schultern. »Nur einmal im Jahr kommt er in die Kneipe, an Fasching. Er hat so einen Spleen. Er will alte sorbische Bräuche wiederbeleben. Eigentlich eine Tradition aus der Cottbuser Gegend, aber es soll sie hier auch gegeben haben. Er baut Faschingsmasken, ziemlich gruselige Dinger sind das, ein Bärenkopf zum Beispiel oder eine Maske mit zwei Gesichtern, einem Lebenden und einem Toten. Es geht um Abwehrzauber, Austreibung böser Geister und so.« Sie rollte mit den Augen. »Und diese Masken sollen die Jungs aus unserem Faschingsverein dann beim Umzug durch das Dorf aufsetzen. Das gibt regelmäßig Zoff, wenn die sich weigern. Norbert beschwört großes Unheil, das über alle hereinbrechen wird, was sich übrigens noch nie bewahrheitet hat. Der Alkoholpegel ist immer ziemlich hoch. Er verschwindet dann beleidigt und lässt sich übers Jahr nicht mehr im Gasthaus blicken.«

»Na, da haben wir ja das große Los gezogen«, meinte Marlis. »Mir ist aufgefallen, dass da drüben alles ziemlich ungepflegt aussieht.«

»Verwahrlost, würde ich eher sagen. Der Hof verfällt zusehends. Seit Norberts Frau gestorben ist, scheint er jegliche

Energie verloren zu haben. Er hat übrigens eine Tochter. Hanna. Sie ist geistig zurückgeblieben. Auch um sie kümmert er sich nicht vernünftig«, sagte Diana. »Wo steckt denn euer Sohn eigentlich?« Sie kannte Lukas bereits, er war in der ersten Woche nach ihrem Einzug in der Praxis gewesen, weil er sich beim Aufstellen von Rattenfallen die Hand an einem rostigen Nagel aufgerissen hatte.

»Oben in seinem Zimmer, er schreibt am Montag irgendeine Arbeit. Ich hoffe, er übt dafür. Hast du auch Kinder?«

»Ja, zwei, schon aus dem Haus. Und ich bin geschieden.«

Sie erzählte das im Plauderton, nahm sich dabei noch einmal Kartoffelsalat.

»Lukas wirkt übrigens sehr reif für sein Alter«, fuhr Diana Wolf an Nora gewandt fort. »Vielleicht hat er ja Lust, in unserer Theatergruppe mitzumachen?«

»Hier im Dorf?«

»Ja, unter meiner Regie. Ich würde so gern die *Iphigenie* aufführen.«

Nora hörte kaum hin, was sie erzählte. Lukas würde niemals zu irgendwelchen Theaterproben gehen, er hatte kein Interesse, Leute kennenzulernen, nicht in Berlin und erst recht nicht hier auf dem Dorf.

»Da habt ihr euch aber was vorgenommen«, meinte Alexander.

Diana lächelte verschmitzt. »Ach, wir sind bescheiden. Ich habe das Stück gekürzt, auf die wesentlichen Rollen. Aber im Moment weiß ich noch nicht mal, wer die Hauptrolle übernehmen könnte.«

»Schade, dass Livia nicht hier ist. Die wäre die Richtige dafür.« Marlis zupfte Zitronenthymian von einem Sträußchen ab, zerrieb die Blättchen zwischen den Fingern und roch daran.

»Wer ist Livia?«, fragte Diana.

»Meine Tochter. Sie wird Schauspielerin.«

»Wirklich? Das ist ja toll.«

»Ja, sie hat einen der begehrten Plätze auf der staatlichen Schauspielschule …«

Musik dröhnte mitten in ihrem Satz los, sie kam aus Lukas' Zimmer in der ersten Etage der zur Maisonettewohnung ausgebauten Scheune, in der Nora und Alexander mit ihrem Sohn wohnten. Irgendein Rap, der Sprechgesang so laut, dass Nora die Ärztin kaum verstehen konnte.

Alexander hob die Achseln und grinste verlegen, dabei sah er für eine Sekunde selbst aus wie ein schlaksiger Junge. Johannes und Marlis warfen sich einen gequälten Blick zu.

»Lukas! Mach das aus!« Alexander stellte sich direkt unter das Fenster. »Lukas, hörst du mich?«

Keine Reaktion von oben.

»Nora! Kannst du bitte …?«, rief Alexander.

Nora ging ins Haus, nahm die Treppe nach oben. Lukas' Tür war abgeschlossen, Nora klopfte laut. Nichts. Sie hämmerte mit der Faust dagegen. Nach einer Weile öffnete er, nur mit Shorts bekleidet. Aus dem Zimmer schlug ihr muffige Luft entgegen.

»Bist du durchgedreht? Mach doch die Musik leiser!«

»Keinen Bock.«

Nicht reizen, nicht provozieren. Streit vermeiden, sonst würde er nur störrisch werden. »Wir können uns nicht mehr unterhalten.«

»Dann lasst es eben sein.« Er wollte die Tür schließen, doch Nora schob den Fuß dazwischen. Ruhig bleiben.

»Komm einfach mit runter, iss ein Steak mit Kartoffelsalat.« Sie sah ihm fest in die Augen. Er atmete genervt aus. War das noch ihr Lukas, der sich auf dem Spielplatz vor größeren Jungs gefürchtet hatte, der weinend Schutz bei ihr suchte, den sie nachts trösten musste, wenn er verschwitzt aus einem Albtraum hochgeschreckt war?

»Keinen Bock.«

»Mach doch, was du willst.« Sie zog den Fuß weg, er schloss die Tür.

Vor einem Jahr, vor ihrem Zusammenbruch, hätte sie weiter argumentiert, nichts erreicht, irgendwann einen Wutanfall bekommen, ihn angeschrien. Sich anschließend Vorwürfe gemacht, sich gefragt, was die anderen von ihr dachten. Sie hätte Lukas, ihrem Mann, Marlis, Johannes und Diana Wolf beweisen wollen, dass sie diese Situation, wie alles in ihrem Leben, im Griff hatte. Wie viel einfacher es geworden war, seit sie das Kämpfen aufgegeben hatte.

Sie ging langsam die Treppe hinunter, betrat den Hof. Der Rap dröhnte unvermindert laut aus Lukas' Zimmer. Nora ignorierte die Blicke von Marlis und Johannes: Konnte sie sich denn nicht durchsetzen?

Diana stand auf, ihr Teller und ihr Glas waren leer. Sie würde sich verabschieden, mit der Begründung, es sei spät geworden, nur raus aus der peinlichen Situation. Als Gast hätte Nora das Gleiche getan. Sie selbst spürte, wie sie von dem hämmernden Beat Kopfschmerzen bekam.

Alexander warf mit einem Scheppern das Grillbesteck auf einen Teller. Nora suchte seinen Blick, hoffte, er würde raufgehen und Lukas zur Vernunft bringen, doch er blieb hinter dem Grill stehen und presste die Lippen zusammen.

Diana füllte ihr Bowleglas auf. Auf einmal begann sie zu lachen. Fröhlich und ansteckend. »Los, ich mach mal ein Foto von euch! Stellt euch da vor den Tisch!« Sie zog ihr Handy aus der Tasche, wartete ab, bis alle beieinanderstanden. »Und nun lächeln, bitte! Ihr fangt ein neues Leben an! Im schönsten Dorf der Welt!« Sie musste fast brüllen, damit sie sie überhaupt verstanden.

Nora hörte nur Wortfetzen. »... Leben! ... Welt!«

Diana hielt das Handy hoch und drückte mehrmals auf den Auslöser. Dann erregte irgendetwas ihre Aufmerksamkeit, sie wandte den Kopf zum Tor.

Nora folgte ihrem Blick. Dort stand eine junge Frau in einem luftigen, türkisfarbenen Sommerkleid. Sie hatte ein schmales, ebenmäßiges Gesicht und eine Haut wie blasses Porzellan. Ihr Erscheinen hatte etwas Theatralisches, als wäre das raue Hofpflaster eine Bühne. Mit einer Hand hielt sie sich an einem silbern glänzenden Rollkoffer fest.

»Livia!«, rief Marlis.

Sie alle sahen zu der Fremden, während Diana Wolf auf den Auslöser drückte. Ein merkwürdiges Foto, das würde Nora später immer wieder denken. Ihre Köpfe, synchron zur Seite gedreht. Sie waren Livias Publikum gewesen, von Anfang an. Bis zum fürchterlichen Ende. Doch niemand hätte sich an diesem Abend ausmalen können, dass ihr neues Leben im schönsten Dorf der Welt binnen weniger Wochen zerstört sein würde.

»Livia!« Marlis löste sich aus der Gruppe, lief ihr entgegen. »Was machst du denn hier?«

Die Musik stoppte mit einem Schlag. Die plötzliche Stille dröhnte in Noras Ohren weiter. Sie drehte sich um. Lukas tauchte mit nacktem Oberkörper am Fenster auf. Auch er starrte Livia an.